AF278084

# El lobo de mar

Jack London

# El lobo de mar

Traducción de Begoña Gárate Ayastuy

ALIANZA EDITORIAL

Título original: *The Sea Wolf*

Primera edición en esta colección: mayo de 2026

Ilustración y diseño de cubierta: Tatiana Boyko

© de la traducción: Begoña Gárate Ayastuy, 2024
© Alianza Editorial, S. A., Madrid, 2026
   Calle Valentín Beato, 21
   28037, Madrid
   www.alianzaeditorial.es

PAPEL DE FIBRA
CERTIFICADA

ISBN: 979-13-7009-258-0
Depósito legal: M-3181-2026
Impreso en España - *Printed in Spain*

# Uno

Apenas sé por dónde empezar, aunque a veces, bromeando, le echo la culpa de todo a Charley Furuseth. Tenía este una casita de verano en Mill Valley a la sombra del monte Tamalpais, y no la ocupaba nunca salvo los meses de invierno, durante los cuales se dedicaba a gandulear y a leer a Nietzsche y a Schopenhauer para solaz de su espíritu. Llegado el verano, prefería el calor y el polvo de la ciudad, bajo el que, sudoroso, trabajaba incesantemente. De no haber sido por mi costumbre de acercarme a verlo todos los sábados y quedarme hasta el lunes, no habría estado yo navegando por la bahía de San Francisco aquella mañana de un lunes del mes de enero.

Y no otra era la razón por la que me encontraba a bordo de esta sólida embarcación que era el *Martínez;* un barco nuevo de vapor que hacía su cuarta o quinta travesía entre Sausalito y San Francisco. El peligro acechaba en la densa niebla que envolvía la bahía, y de la que, como hombre de tierra que era, no tenía ningún recelo. Incluso recuerdo con qué exaltada placidez busqué un lugar en el puente de proa, justo debajo de la timonera, dejando que el misterio de la niebla se adueñara de mi imaginación. Soplaba una suave brisa, y durante un rato permanecí solo, envuelto por la húmeda oscuridad, aunque la verdad es que no tan solo, porque vagamente percibía la presencia del piloto y de quien arriba, en la cabina de cristal, supuse era el capitán.

Recuerdo qué acertada me parecía esta división del trabajo gracias a la cual yo no necesitaba estudiar nada relativo a las nieblas, vientos, mareas o el arte de la navegación para poder visitar a mi amigo, que vivía al otro lado de la bahía. Era una buena cosa esto de que los hombres se especializaran, decía yo para mí. El adecuado conocimiento del piloto y el capitán era suficiente para varios miles de personas que no sabían más que yo acerca del mar y la náutica. Por otra parte, en vez de tener que dispersar mi energía en el aprendizaje de un montón de cosas, la podía concentrar sobre unas pocas en concreto, como por ejemplo el análisis del papel que ocupa Poe en la literatura americana, un ensayo mío que, a propósito, acababa de aparecer en el *Atlantic*. Al subir a bordo, y a mi paso por el camarote, pude ver, y no sin cierta ansiedad por mi parte, a un hombre corpulento que leía el *Atlantic*, justo por la página donde estaba mi artículo. Y ahí estaba de nuevo la división del trabajo: ese conocimiento especializado del piloto y del capitán hacía posible que el señor corpulento pudiera leer el conocimiento especializado que yo tenía sobre Poe, mientras le transportaban seguro desde Sausalito hasta San Francisco. Un hombre de rostro colorado salió a cubierta, tras cerrar con fuerza la puerta del camarote, e interrumpió mis reflexiones, aunque mentalmente anoté esta idea con la intención de exponerla en un artículo que tenía en proyecto, y que había pensado en llamar «La necesidad de libertad: una exigencia del artista».

El hombre de rostro colorado lanzó una mirada a la timonera, escudriñó la niebla que le rodeaba y, tras cruzar la cubierta con fuertes pisadas (sin duda tenía piernas ortopédicas), se quedó a mi lado, con las piernas separadas y una expresión de inmensa alegría en el rostro. No me equivoqué al suponer que era un hombre que había vivido largo tiempo en el mar.

—Un tiempo desapacible como este es el que hace que se encanezca prematuramente —dijo señalando con la cabeza a la timonera.

—Nunca había pensado yo que hubiera que hacer ningún esfuerzo especial —contesté—. Parece tan sencillo como el A-B-C ABC. Conocen la dirección por la brújula, la distancia y la velocidad. Yo a esto no lo llamaría otra cosa más que precisión matemática.

—¡Esfuerzo! —resopló—. ¡Sencillo como el A-B-C ABC! ¡Precisión matemática!

Pareció como si cogiera fuerzas, y echándose hacia atrás me miró fijamente.

—¿Qué me dice de esta marea que corre por el Golden Gate? —me preguntó, o más bien gritó—. ¿A qué velocidad retrocede? ¿Qué fuerza lleva la corriente? Escuche eso, ¿quiere? Se trata de una boya de campana, y estamos encima de ella. Mire cómo cambian el rumbo.

Y de la niebla surgió el lúgubre tañido de una campana, y pude ver cómo el piloto giraba el volante con gran rapidez. La campana, que parecía estar justo enfrente de nosotros, sonaba ahora por un lado. Nuestra propia sirena ululaba con fuerza, y de vez en cuando llegaba hasta nosotros de entre la niebla el sonido de otras sirenas.

—Es un barco de esos que cruzan la bahía —dijo el recién llegado, refiriéndose a un silbato que oímos por la derecha—, y ahí, ¿oye eso?, lo soplan con la boca. Alguna gabarra, lo más seguro. Mejor será que esté usted atento, señor de la gabarra. ¡Ay, ya me lo temía! ¡Ya está el demonio buscando a alguien!

El invisible ferry hacía sonar su sirena una y otra vez, y el cuerno que alguien soplaba con la boca lanzaba bocinazos presos de terror.

—Ahora se están presentando sus respetos, y tratando de abrirse camino —dijo el hombre de tez colorada cuando ya hubieron cesado los apresurados silbatos.

Su rostro estaba resplandeciente, y los ojos le lanzaban destellos de emoción, mientras reproducía en un lenguaje articulado el mensaje de las bocinas y sirenas.

—Esa es la sirena de un vapor que va por ahí, por la izquierda, y ¿oye a ese individuo que parece que tiene una rana en la garganta? Tiene que ser una goleta de vapor que se arrastra desde los Heads contra la marea.

Un pequeño y agudo pitido que silbaba como un loco surgió por delante y muy próximo. Sonaron los gongs en el *Martínez*. Se detuvieron las ruedas de paleta, y su batir rítmico se desvaneció, y después comenzaron de nuevo. El agudo pitido, como el chirrido de un grillo entre los gritos de grandes animales, se apartó a un lado por entre la niebla, y rápidamente se hizo más y más débil. Miré a mi compañero en busca de una explicación.

—Una de esas lanchas temerarias —dijo—. Casi habría sido mejor haberla hundido, ¡pequeño tunante! Son ellos los responsables de muchos problemas, ¿y para qué sirven? Cualquier pedazo de burro se sube a bordo de una de ellas y la lleva de la ceca a la

Meca, haciendo soplar el silbato con todas sus fuerzas, y diciendo al resto del mundo que tengan cuidado con él porque se acerca y no sabe cuidar de sí mismo. Porque él viene, ¡y tú tienes que tener cuidado de él! ¡Derecho de paso! ¡De la más elemental educación! ¡Pero ellos no saben lo que eso significa!

Me hacía gracia verle tan enfadado, sin un motivo que así lo justificara, y mientras seguía tan indignado, pisando con fuerza de aquí para allá, comencé a meditar sobre la fascinación que envolvía a la niebla. Y es que se trataba de algo fascinante: esa niebla que, como la sombra gris del misterio infinito, se cierne sobre una minúscula Tierra que rueda vertiginosa; y los hombres, simples destellos de luz, presos de un celo enloquecedor por el trabajo, cruzan el corazón del misterio cabalgando a grupas de corceles de madera y acero, y avanzan a tientas por entre lo invisible, al tiempo que vociferan con estruendo y presunción, siendo así que en sus ánimos están inseguros y temerosos.

La voz de mi compañero me hizo volver a la realidad y soltar una carcajada. También yo había andado a tientas y dando trompicones, mientras creí cabalgar con los ojos bien abiertos a través del misterio.

—¡Eh, oiga, alguien se acerca de frente! —me estaba diciendo—. Y ¿oye usted eso? Viene muy deprisa. Viene a nuestro encuentro. Estoy seguro de que no nos ha oído todavía. El viento sopla en dirección contraria.

Soplaba una fresca brisa sobre nosotros, y pude oír claramente una sirena, un poco más allá de la proa, y a un lado.

—¿Un ferry? —pregunté.

Asintió con la cabeza, mientras añadía:

—De no ser así, no armaría tanto ruido. Se están poniendo nerviosos los de ahí arriba —y soltó una risita.

Y hacia allí miré yo. El capitán tenía medio cuerpo fuera de la timonera, y miraba con intensidad a la niebla, como si con un esfuerzo extremo de voluntad fuera capaz de atravesarla. Había ansiedad en su rostro, como en la de mi compañero, que se había acercado hasta la barandilla y escudriñaba con el mismo afán en dirección al invisible peligro.

Y entonces fue cuando ocurrió todo, y a una velocidad increíble. Pareció que la niebla se abría como hendida por una cuña, y surgió la proa de un vapor rasgando la niebla en jirones, a uno y a otro lado, como algas que surgieran de las fauces de un Leviatán[1].

Vi cómo un hombre de barba blanca se asomaba por la timonera y se apoyaba en sus codos. Llevaba un uniforme azul, y recuerdo lo bien arreglado y tranquilo que estaba. Su quietud en aquellas circunstancias resultaba escalofriante. Aceptaba el destino, avanzaba con él mano a mano y calculaba fríamente el golpe.

Allí apostado, dirigió una mirada serena y calculadora sobre nosotros como si tratara de precisar cuál sería el punto exacto de colisión, y no prestó atención al piloto cuando, blanco de ira, gritó:

—¡La culpa la tiene usted!

Ahora que lo pienso, comprendo que la observación resultaba demasiado evidente para precisar una réplica.

---

1. Libro de Hobbes sobre teoría política. Es también el nombre de un ser mítico de aspecto monstruoso, de origen fenicio. *(N. de la T.)*

—Agárrese a algo, y espere —me dijo el hombre de rostro colorado. Esfumada su bravuconería, parecía haberse contagiado de una calma preternatural—. Y escuche los gritos de las mujeres —añadió sentencioso, casi con amargura, diría yo, como si ya se hubiera visto en un trance semejante en otra ocasión.

Los barcos chocaron antes de que yo pudiera llevar a cabo su consejo. El golpe debió de producirse justo por el medio, porque el extraño vapor había pasado fuera del alcance de mi vista, y yo no vi nada. El *Martínez* se escoró bruscamente, con un crujir de maderas astilladas. Caí de bruces sobre la cubierta mojada, y antes de que pudiera levantarme oí los gritos de las mujeres. Y esto fue sin duda lo que hizo que se apoderara de mí el pánico: unos gritos indescriptibles que te helaban la sangre. Me acordé de los salvavidas que estaban en el camarote, pero un tropel de hombres y mujeres enloquecidos, con los que me encontré en la puerta, me empujaron hacia atrás. Lo que sucedió inmediatamente después no lo recuerdo, pero sí guardo vivamente en mi memoria cómo los salvavidas eran descolgados de las rejillas, y cómo los iba sujetando el hombre de rostro colorado alrededor de los cuerpos de unas mujeres presas de la histeria. Esta imagen la tengo grabada en el recuerdo con tanta claridad y precisión como si se tratara de un cuadro más de los que he visto. Y en efecto, así, como un cuadro lo veo ahora: los bordes mellados del boquete a mi lado del camarote, por donde la niebla gris se enroscaba formando remolinos; los asientos mullidos de los pasajeros, vacíos pero repletos de objetos que evidenciaban una repentina huida: paquetes, bolsos de mano, paraguas y envoltorios. El caballero corpulento que había estado leyendo mi artículo, encajonado entre corchos y lona, con la revista todavía en la mano, preguntándome con monótona insistencia si yo creía que había peligro; el hombre de tez colorada, estampando, valeroso, sus piernas ortopédicas aquí y allá, mientras abrochaba al mismo tiempo los salvavidas a todos los que iban llegando; y como colofón, los gritos caóticos de las mujeres. Fueron estos gritos lo que más me hizo perder los nervios. Y lo mismo debió de pasarle al hombre de rostro colorado, porque conservo otra imagen, que jamás se borrará de mi mente, en la que el caballero corpulento mete apresurado la revista en el bolsillo de su abrigo, mientras mira a su alrededor con curiosidad; un grupo desordenado de mujeres con el rostro blanco y desencajado y la boca abierta lanza alaridos como un coro de almas en pena, mientras el hombre de rostro colorado, amoratado ahora por la ira, y con los brazos en alto como si estuviera lanzando rayos, grita: «¡Cállense, cállense!».

Recuerdo que esta escena me hizo soltar una carcajada, pero al instante comprendí que yo también estaba siendo presa de la histeria, porque estas mujeres eran de mi misma pasta, como lo eran mi madre y mis hermanas. Aterrorizadas por la muerte que se cernía sobre ellas, se negaban a aceptarla. Y recuerdo que los sonidos que hacían evocaron en mi memoria los chillidos de los cerdos bajo el cuchillo del matarife. Me sentí horrorizado ante una comparación tan expresiva. Estas mujeres, capaces de llevar a cabo las acciones más sublimes y de albergar los más tiernos sentimientos de comprensión y ternura, estaban chillando con todas sus fuerzas porque querían vivir.

Estaban desamparadas, como ratas cogidas en una trampa; y chillaban.

El horror de todo aquello me hizo salir a cubierta. Me sentía con náuseas y ganas de vomitar, así que me senté en un banco. De forma confusa podía ver y oír a los hombres, que, a toda prisa y dando gritos, se afanaban en arriar los botes. Todo sucedía tal y como yo había leído en los libros que describían este tipo de escenas. Las poleas se atascaban. Nada funcionaba. Un bote, arriado sin poner los tarugos, se llenó primero de mujeres y niños, y después de agua, y se fue finalmente a pique. Otro bote había sido abandonado, colgando todavía de la polea por un extremo y arriado por el otro. Nada se veía del extraño vapor que había causado el desastre, aunque oí a unos hombres decir que sin duda enviarían unos botes en nuestro auxilio. Bajé a la cubierta inferior. El *Martínez* se estaba hundiendo muy deprisa, porque el agua estaba muy cerca. Muchos de los pasajeros saltaban por la borda; otros, ya en el agua, clamaban porque se les subiera a bordo de nuevo. Nadie les prestaba atención. Alguien gritó que nos estábamos hundiendo. El pánico consiguiente se apoderó de mí, y me tiré por la borda entre una oleada de cuerpos. Cómo me tiré no lo sé, pero lo que sí supe, y al instante, es por qué los que estaban en el agua deseaban tanto volver al barco. El agua estaba fría, tan fría que hacía daño. La punzada que sentí al sumergirme fue como la del fuego, instantánea y cortante. Me llegaba hasta la médula. Como las garras de la muerte. La angustiosa impresión me hizo jadear, llenando mis pulmones de agua antes de que el salvavidas me subiera a la superficie. Sentí en la boca el fuerte sabor de la sal, y me ahogaba aquella acritud en la garganta y en los pulmones.

Pero lo peor de todo era el frío. Tuve la sensación de que no sobreviviría más que unos minutos. La gente luchaba y se debatía en el agua a mi alrededor. Les oía llamarse a gritos unos a otros, y también oía el ruido de los remos. Por lo visto, el extraño vapor había arriado sus botes. A medida que pasaba el tiempo, cada vez me sorprendía más seguir vivo. No tenía ninguna sensibilidad de cintura para abajo, y un frío entumecedor iba apoderándose de mis entrañas, penetrando hasta lo más profundo.

Pequeñas pero implacables olas, erizadas de espuma, rompían continuamente sobre mí, y al meterse en mi boca me producían un paroxismo que me ahogaba más y más.

Los gritos se hacían cada vez menos precisos, aunque oí a lo lejos un último coro de gritos desesperados. Comprendí que el *Martínez* acababa de hundirse.

Más tarde, y no puedo precisar cuánto, recobré el conocimiento con un sobresalto de miedo. Estaba solo. No se oían ni voces ni gritos; el único sonido era el de las olas, a las que la niebla hacía reverberar, envolviéndolas de un misterio sepulcral.

Compartir el pánico con un grupo, en el que todos participan de un mismo objetivo, no resulta tan terrible como sufrirlo en solitario. Y este último pánico es el que se había apoderado ahora de mí. ¿Hacia dónde era arrastrado? El hombre de rostro colorado había dicho que la marea estaba bajando cuando cruzamos el Golden Gate. ¿Iba yo, pues, mar adentro? ¿Y qué pasaría con el salvavidas que me sostenía? ¿No era fácil que en cualquier momento se hiciera pedazos? Tenía entendido que estas cosas estaban hechas de papel y cañas huecas, y que enseguida se saturaban y perdían su capacidad de flotación. Y yo me sentía incapaz de dar una brazada. Estaba solo, flotando, por lo visto, en medio de aquella primigenia inmensidad gris.

He de confesar que la locura que se apoderó de mí me hizo gritar con toda el alma, como lo habían hecho aquellas mujeres, al tiempo que agitaba en el agua mis manos entumecidas.

No tengo ni idea de cuánto tiempo pudo durar esto, porque mi mente estaba en blanco. Y no tengo más recuerdo del que se tiene de un sueño agitado y doloroso. Cuando desperté, me pareció que habían pasado siglos, y pude ver cómo surgía de la niebla, casi encima de mí, la proa de un barco y tres velas triangulares, hábilmente imbricadas una con otra e hinchadas por el viento.

Allí donde la proa cortaba el agua se alzaba la espuma a borbotones, y yo parecía estar justo en su camino. Intenté lanzar un grito, pero estaba demasiado agotado. La proa se hundió, sin que por un milagro no me alcanzara, mientras lanzaba sobre mi cabeza un chorro de agua clara. Después comenzó a deslizarse ante mí el costado, largo y negro, de la embarcación, y tan de cerca que podía haberlo tocado con la mano. Lo traté de alcanzar en un desesperado intento de clavar mis uñas en la madera, pero mis brazos estaban pesados y sin vida. De nuevo intenté gritar, pero no salió ningún sonido. Pasó la popa del barco, sumergiéndose en el surco abierto por las olas, y distinguí a un hombre de pie ante el timón, y a otro que parecía no hacer sino fumar un puro. Vi cómo salía el humo de sus labios, mientras giraba la cabeza lentamente, y dirigía su vista al agua en dirección adonde yo estaba. Fue una mirada despreocupada y sin ninguna intención. Una de esas acciones fortuitas, propias de los hombres cuando no tienen nada concreto que hacer de inmediato, y que llevan a cabo porque están vivos y tienen que hacer algo.

Pero en esa mirada estaba la vida y la muerte. Vi cómo la niebla se iba tragando el barco, y también pude ver la espalda del hombre que estaba al timón, y al que giraba la cabeza lentamente, al tiempo que proyectaba su mirada sobre el agua, donde, en su deambular, se topó conmigo por pura casualidad. Tenía su rostro una expresión ausente, como si estuviera totalmente absorto en su pensamiento, y temí que, aunque sus ojos fueran a dar con mi persona, no me viera. Pero sus ojos dieron con mi persona; se clavaron en los míos, y me vio, porque dio un salto hacia el timón, y lo giró una y otra vez, mano sobre mano, empujando hacia un lado al hombre que estaba allí, mientras gritaba unas órdenes. El barco pareció trazar una tangente a su ruta anterior, y en un golpe desapareció al instante de la vista, niebla adentro.

Yo sentía que estaba perdiendo el conocimiento, y traté con toda la fuerza de mi voluntad de luchar contra la asfixiante sensación de vacío y oscuridad que se iba apoderando de mí.

Un poco más tarde oí unos golpes de remo, cada vez más cercanos, y las voces de un hombre. Muy cerca ya de donde yo estaba, gritó enfadado:

—¿Por qué demonios no grita usted?

Se refería a mí, pensé, pero ya el vacío y la oscuridad se habían apoderado de mí.

# Dos

Me sentía balancear a través de un inmenso orbe y al compás de un ritmo vigoroso. Brillantes puntos de luz pasaban veloces ante mí, lanzando sus destellos. Eran, sin duda, estrellas y cometas fulgurantes que poblaban mi vuelo entre los soles. Cuando en mi balanceo llegaba a uno de los extremos y me disponía a lanzarme de regreso al otro, tronaba el golpe de un gran gong.

Durante un espacio de tiempo inconmensurable, arropado en el plácido transcurrir de los siglos, disfruté de aquel vuelo que se me hacía tan fabuloso. Pero un cambio sobrevino a mi sueño; porque para mí, eso es lo que fue: un sueño. El ritmo se fue acelerando cada vez más, y yo me veía sacudido desde un extremo al otro con una rapidez irritante. Era tal la violencia con la que se me lanzaba a través de los cielos, que apenas si podía cobrar aliento. El tronar del gong era más fuerte y frecuente. Empecé a sentir un miedo indescriptible, a la espera de que se produjera. Después noté como si me arrastrara por una superficie de arena áspera, blanca y ardiente por el sol. Y esto dio lugar a que una angustia insoportable se apoderara de mí. Mi piel se chamuscaba bajo el tormento del fuego. Continuaba el estruendo metálico y lúgubre del gong. Los brillantes puntos de luz pasaban ante mí en una corriente vertiginosa y sin fin, como si todo el sistema sideral cayera en el vacío. Tras jadear y tomar aire dolorosamente, abrí los ojos. Dos hombres estaban de rodillas a mi lado atendiéndome. El ritmo vigoroso de mi sueño era el vaivén de un barco en el mar. El terrible gong, una sartén que, colgada en la pared, la golpeaba con estruendo a cada movimiento del barco; la arena áspera y ardiente, las toscas manos de un hombre que me frotaba el pecho desnudo. Me retorcí de dolor, y medio levanté la cabeza. Tenía el pecho al rojo vivo y pude ver unas diminutas gotas de sangre que comenzaban a salir a través de mi piel, lacerada y tumefacta.

—¡Ya está bien, Yonson! —dijo uno de los hombres—. ¿Es que no ves que de tanto frotar te estás llevando la piel de este caballero?

El hombre llamado Yonson, un típico escandinavo muy corpulento, dejó de frotarme, y se puso en pie con torpes movimientos. El hombre que había hablado era sin duda un *cockney*[2] de rasgos finos y rostro más bien agraciado, por no decir afeminado, de los que han mamado el sonido de las campanas de St. Mary-le-Bow[3].

La pringosa gorra de muselina en su cabeza y el sucio delantal alrededor de sus suaves caderas le acreditaban como la máxima autoridad de la cocina del barco, sucia a rabiar, en la que me hallaba.

—¿Cómo se encuentra el señor ahora? —me preguntó con esa sonrisa afectada y servil, resultado de generaciones y generaciones de antepasados dedicados a la caza y captura de propinas. Por toda respues-

---

2. Una forma peculiar del habla del londinense castizo. *(N. de la T.)*
3. Iglesia de la City londinense. El *cockney* más genuino es el que se ha criado oyendo de niño estas campanas. *(N. de la T.)*

ta me incorporé como pude, hasta sentarme, y Yonson me ayudó a ponerme de pie. El repiqueteo del golpear de la sartén me estaba poniendo los nervios de punta. Era incapaz de ordenar mis ideas. Agarrándome a las maderas de la cocina (confieso que sentí auténtica grima al contacto con la grasa que rezumaban) y después a un fogón encendido, logré alcanzar el irritante utensilio, y descolgándolo lo introduje con fuerza en la carbonera.

El cocinero sonrió con sorna ante mi estado de nervios y, con un «tome, esto le hará bien», me largó una taza humeante a la mano. Estaba nauseabundo, era el típico café de barco, pero su calor resultaba reconfortante. Mientras tragaba el brebaje, eché una ojeada a mi pecho, descarnado y con sangre, y volviéndome hacia el escandinavo le dije:

—Muchas gracias, señor Yonson, pero ¿no le parece demasiado heroica su actuación?

Y al comprender mi reproche más por mi gesto que por mis palabras, levantó la palma de la mano para que la viera. Estaba muy encallecida, y al pasar mi mano sobre las duras protuberancias, de nuevo sentí que se me ponían los nervios de punta ante la horrible sensación de aspereza.

—Me llamo Johnson, no Yonson —dijo lentamente, en un inglés muy correcto y con un ligero acento.

Sus ojos de un azul claro encerraban una suave protesta, pero su nobleza y hombría de bien me ganaron por completo.

—Gracias, señor Johnson —corregí yo al tiempo que le extendía la mano.

Él dudó, incómodo y tímido; apoyó el peso del cuerpo sobre una pierna y luego sobre la otra, y finalmente, sonrojándose, me cogió la mano y me la estrechó con fuerza.

—¿Tienen ropa seca que pueda ponerme? —pregunté al cocinero.

—Sí, señor —contestó con alegre diligencia—. Voy a ir abajo y echaré una mirada en mi baúl, si es que usted no tiene reparos en usar mis cosas.

Salió por la puerta de la cocina, o más bien se deslizó, con un andar tan rápido y suave que me pareció no tanto felino como aceitoso. De hecho, esta oleaginosidad o viscosidad, como tuve ocasión de conocer más tarde, era probablemente la nota más característica de su personalidad.

—¿Dónde estoy? —pregunté a Johnson, a quien, con toda razón, tomé por uno de los marineros—. ¿Qué clase de barco es este y qué rumbo lleva?

—A la altura de las Farallones, proa al sudoeste —respondió, lenta y metódicamente, como si seleccionara bien su más correcto inglés, observando escrupulosamente el orden de mis preguntas—. La goleta se llama *Fantasma,* rumbo a Japón para cazar focas.

—¿Y quién es el capitán? Necesito verlo tan pronto me encuentre vestido.

Johnson pareció aturdido y desconcertado. Titubeó mientras buscaba entre su vocabulario la construcción de una respuesta completa.

—El capitán es Lobo Larsen, así lo llaman. Nunca he oído que tenga otro nombre. Pero será mejor para usted que le hable con cuidado. Está loco esta mañana. El segundo...

No concluyó la frase. El cocinero había regresado con gran sigilo.

—Será mejor que te vayas, Yonson —dijo—. El viejo te estará buscando por cubierta, y más conviene no indisponerse con él.

Johnson, obediente, se volvió hacia la puerta, y al mismo tiempo, por encima del hombro del cocinero, me dedicó un guiño extraordinariamente solemne y enfático, como queriendo resaltar su inconclusa advertencia de que era necesario hablar con cuidado al capitán.

Del brazo del cocinero colgaba un destartalado amasijo de prendas de vestir, de aspecto nefasto y maloliente.

—Están como algo húmedas, señor —dijo a guisa de justificación—. Pero tendrá que apañarse con ellas mientras pongo a secar las suyas al fuego.

Asiéndome al maderamen, dando tumbos con el vaivén del barco, y ayudado por el cocinero, conseguí enfundarme en una burda camiseta de lana. Al advertir mi involuntario estremecimiento y convulsión, sonrió afectadamente.

—Solo espero que nunca vuelva a tener que usar algo como esto en su vida, porque tiene usted una piel de aspecto tan fino que más parece la de una dama que yo bien me sé. En cuanto le eché la vista encima, supe que era usted un caballero.

Desde el principio me había causado cierta aversión, pero mientras me ayudaba a vestirme esa aversión fue a más. Había algo repulsivo en su contacto. Me apartaba de su mano; mi carne se rebelaba. Y entre esto y los olores que ascendían de varios pucheros que hervían a borbotones al fuego de la cocina, ansiaba salir fuera a tomar aire puro. Además, estaba la necesidad de ver al capitán para llegar a un acuerdo sobre la manera de llevarme a tierra.

En medio de una avalancha de comentarios exculpatorios me puse una camisa de algodón, barata, con el cuello raído, y la pechera manchada con lo que me parecieron antiguas manchas de sangre. Un par de botas de las que usan los obreros encajonaron mis pies, y como pantalones me equipé con unos calzones de color azul claro, desteñidos, con uno de los perniles veinticinco centímetros más corto que el otro. El pernil más corto hacía pensar en que el diablo había querido agarrar por ahí el alma del *cockney* y se había llevado la materia en vez del espíritu.

—¿A quién debo agradecer tanta amabilidad? —pregunté una vez que estuve completamente equipado, con una ajustada gorra de grumete a mi cabeza, y una sucia chaqueta de algodón a rayas por abrigo, que no me llegaba más que a las caderas y cuyas mangas me cubrían poco más abajo de los codos.

El cocinero se irguió con un ademán de fingida humildad, y una sonrisa de desaprobación en su rostro. Si mi experiencia con los camareros de los transatlánticos al final de la travesía no me engañaba, hubiera jurado que aguardaba una propina. A partir del conocimiento más en profundidad que me formé posteriormente de esta criatura, estoy convencido, sin embargo, de que fue un gesto inconsciente. Un servilismo hereditario, sin lugar a dudas, era el culpable.

—Mugridge, señor —dijo en tono de adulación, mientras sus afeminados rasgos configuraban una sonrisa resbalosa—. Thomas Mugridge, señor, servidor de usted.

—Perfectamente, Thomas —dije—. Me acordaré de ti, cuando esté seca mi ropa.

Una tenue luz iluminó su rostro, y sus ojos brillaron como si en algún lugar de las profundidades de su ser sus antepasados se hubieran estremecido y excitado ante el borroso recuerdo de las propinas recibidas en su antigua existencia.

—Gracias, señor —dijo, muy agradecido y con toda humildad, realmente.

Se hizo a un lado, justamente en el espacio que queda cuando la puerta se abre, y salí fuera a cubierta. Aún me encontraba algo débil a causa de mi prolongada permanencia en el agua. Un soplo de viento me alcanzó, y me tambaleé por la movediza cubierta hasta un rincón del camarote, al que me así buscando apoyo. La goleta, muy escorada respecto a la perpendicular, cabeceaba y se hundía en el inmenso oleaje del Pacífico. Si se movía rumbo sudoeste, como había dicho Johnson, el viento, según mis estimaciones, estaría soplando aproximadamente del sur. La niebla había desaparecido, y en su lugar el sol irradiaba sus rayos rutilantes sobre la superficie del agua. Me volví cara al este, donde sabía que debía de hallarse California, pero no pude ver otra cosa que unas masas de niebla a baja altura, la misma niebla, sin lugar a dudas, que había ocasionado el desastre del *Martínez* y que me había colocado en mi presente situación. Por el norte, a no mucha distancia, surgían del mar unas rocas desnudas, y en una de ellas pude distinguir un faro. Al sudoeste, casi en nuestro mismo rumbo, vi el paño piramidal de algún barco de vela.

Tras haber echado un vistazo completo por el horizonte, me volví a mi más inmediato alrededor. Mi pensamiento fue que un hombre que había llegado a este barco como resultado de una colisión y que había visto tan de cerca la cara de la muerte merecía mayores atenciones que las que a mí se me habían dispensado. Aparte del marinero que iba al timón, y que me miraba con aire de curiosidad por encima del camarote, no atraje la atención de nadie.

Todos parecían interesados por lo que ocurría en el centro del barco. Allí, sobre una escoria, un hombre corpulento yacía sobre sus espaldas. Estaba completamente vestido, aunque tenía la camisa rasgada por delante. No se le veía el pecho, sin embargo, porque estaba cubierto por una mata de pelo negro, similar a la piel de un perro. La cara y el cuello se ocultaban detrás de una barba negra, con unas mechas de gris, que debía de ser tiesa y tupida, de no haber estado chorreando y lacia a causa del agua. Sus ojos permanecían cerrados, y se hallaba aparentemente inconsciente; pero la boca estaba completamente abierta y el pecho, convulso, jadeaba en sus ruidosos esfuerzos por respirar.

De cuando en cuando un marinero, casi metódicamente, como si fuera una rutina, hundía en el océano un cubo de lona atado al extremo de una cuerda, lo subía a brazas y vertía su contenido sobre el hombre que yacía postrado.

Paseando atrás y adelante el trayecto de escotilla a escotilla, masticando salvajemente la colilla de un puro, se encontraba el hombre cuya casual mirada me había rescatado del mar. Medía probablemente uno setenta y cinco o uno ochenta, pero lo que primeramente me impresionó o llamó la atención de ese hombre no fue su estatura sino su fuerza. A pesar de su sólida constitución, de hombros anchos y pecho amplio, no podría caracterizar su fuerza como maciza.

Era más bien lo que podríamos llamar nervio, fuerza nudosa, del tipo que solemos atribuir a los hombres flacos y enjutos, pero que en él, a causa de su pesada corpulencia, recordaba más bien la de un gorila. No quiero decir en modo alguno que en su aspecto pareciera simiesco. Lo que estoy intentando describir es su fuerza en sí misma, como algo aparte de su aspecto físico. Era como la fuerza que solemos asociar con las cosas primarias, con las fieras y las criaturas que imaginamos que han sido nuestros arquetipos trepadores; una fuerza salvaje, feroz, que vive por sí misma, la esencia de la vida en cuanto potencia de movimiento, la materia elemental en sí misma, a partir de la cual se han modelado las distintas formas vivientes; en una palabra, lo que se contorsiona en el cuerpo de una serpiente después que le han cortado la cabeza y como tal serpiente ya está muerta, o lo que persiste en un montón informe de carne de tortuga cuando retrocede y se estremece ante la punta del dedo.

Tal fue la impresión que me produjo la fuerza de aquel hombre que caminaba arriba y abajo. Se sustentaba enérgicamente sobre sus piernas; sus pies golpeaban la cubierta con precisión y seguridad. Cada movimiento de sus músculos, desde la manera de levantar los hombros hasta la de apretar con los labios el puro, era definitivo, y parecía provenir de un vigor excesivo y abrumador. De hecho, aunque esta fuerza permeaba cada una de sus acciones, no parecía sino el anuncio de una fuerza aún mayor que acechara en su interior, como dormitando, y que no se agitaba sino de vez en cuando, pero que podía resucitar en cualquier instante, terrible y violenta, como la furia de un león o la cólera de una tempestad.

El cocinero asomó su cabeza por la puerta de la cocina y sonrió para darme ánimos, mientras señalaba con el pulgar en dirección al hombre que paseaba arriba y abajo de una a otra escotilla. Me daba así a entender que se trataba del capitán, del «viejo», en la jerga del cocinero, el individuo con quien debía entrevistarme y a quien debía plantearle la molestia de cómo conducirme a la costa.

Yo casi me había puesto ya en marcha para afrontar lo que sin lugar a dudas iban a ser cinco tormentosos minutos cuando el desdichado que yacía de espaldas en el suelo sufrió otro paroxismo más violento y asfixiante aún. Se retorcía y contorsionaba en medio de convulsiones. La barbilla, con la negra barba mojada, se distendió hacia arriba mientras los músculos de la espalda se envaraban y el pecho se hinchaba en un esfuerzo inconsciente e instintivo para obtener más aire. Bajo las patillas, y a pesar de que no lo veía, adiviné que la piel se le estaba acardenalando.

El capitán, o Lobo Larsen, como le llamaban, cesó de pasear y clavó la mirada en el moribundo. Tan brutal fue esta postrera lucha, que el marinero dejó de rociarle con agua, se quedó mirándolo con curiosidad, con el cubo de lona levantado a medias por los aires y derramando el contenido por la cubierta. El moribundo hizo un redoble con los talones sobre la escotilla, estiró las piernas y se puso rígido con un violento esfuerzo de tensión, y agitó la cabeza a uno y otro lado. Luego, los músculos se relajaron, la cabeza dejó de agitarse, y un suspiro, como de profundo alivio, salió de sus labios. Dejó caer la mandíbula, el labio superior se levantó, y asomaron dos hileras de dientes manchados por el tabaco. Parecía como si sus facciones se hubieran congelado en una mueca diabólica y de sarcasmo al mundo que acababa de dejar.

Entonces sucedió algo sorprendente. El capitán se desató como el fragor de un trueno sobre el hombre que acababa de morir. Un torrente continuo de juramentos fluyeron de sus labios. Y no eran juramentos ñoños o meras expresiones indecentes. Cada palabra, y hubo muchas, era una blasfemia. Crujían y restallaban como chispas eléctricas. Nunca había oído nada semejante en toda mi vida, ni se me hubiera ocurrido que fuera posible. Por mi afición a las posibilidades de expresión literaria, y mi gusto por las imágenes y frases enérgicas, me atrevo a decir que apreciaba mejor que nadie la vivacidad peculiar, la fuerza y la absoluta blasfemia de sus metáforas. La causa de todo ello, según pude entender, era que el hombre, que era el segundo de a bordo, se había corrido una juerga antes de abandonar San Francisco y había tenido el mal gusto de morirse al comienzo del viaje, dejando a Lobo Larsen incompleta su tripulación.

Ni que decir tendría, a menos a quienes me conocen, cuán escandalizado estaba. Los juramentos y el lenguaje soez siempre me han repugnado. Experimenté una sensación de abatimiento, de profundo desmayo, y casi podría decir de vértigo. Para mí, la muerte siempre había estado investida de solemnidad y respeto. Se había presentado siempre en un ambiente de paz, y en un ceremonial sagrado. Pero la muerte en sus aspectos más sórdidos y terribles era algo desconocido para mí hasta entonces. Como digo, a la vez que apreciaba la fuerza de la terrible arenga que salió de la boca de Lobo Larsen, me encontraba impresionado de un modo indecible.

Aquel torrente abrasador era suficiente para fulminar el rostro del cadáver. No me hubiera sorprendido ver encresparse, arrollarse y prenderse en llamas su negra barba. Pero el muerto no se dio por aludido; continuó sonriendo sarcásticamente, con un humor sardónico, con una burla cínica e insolente. Era el dueño de la situación.

# Tres

Lobo Larsen dejó de jurar tan inesperadamente como había comenzado. Volvió a encender el puro, y echó una mirada a su alrededor. Sus ojos tropezaron casualmente con el cocinero.

—¿Bien, Cooky? —comenzó a decir con una afabilidad fría y tensa como la del acero.

—Sí, señor —contestó presuroso el cocinero, en un tono servil que intentaba contestarle y disculparse.

—¿No te parece que ya has estirado bastante el cuello? Es insano, ¿sabes? El segundo ha muerto, de modo que no puedo permitirme el lujo de perderte también a ti. Tienes que cuidar muy mucho de tu salud, Cooky. ¿Entendido?

La última palabra, en brusco contraste con la suavidad de sus frases anteriores, chasqueó como la tralla de un látigo. El cocinero se amedrentó ante esto.

—Sí, señor —fue su débil respuesta, al tiempo que la cabeza del culpable desaparecía en el interior de la cocina.

Como esta severa reprimenda iba dirigida solo al cocinero, el resto de la tripulación se mostró indiferente, y cada cual se dedicó a sus quehaceres. No obstante, unos cuantos hombres, que andaban haraganeando junto a una escalera entre la cocina y la escotilla, y que no tenían aspecto de ser marineros, prosiguieron hablando entre sí en voz baja. Más tarde supe que eran los cazadores, los que mataban las focas, y que eran una casta muy superior a la de los vulgares marineros.

—¡Johansen! —gritó Lobo Larsen. Un marinero, obedientemente, se adelantó—. Coge tu aguja y el rempujo y cose a este desdichado. En el pañol de las velas encontrarás algo de lona vieja. ¡Aprovéchala!

—¿Qué le pongo en los pies, señor? —preguntó el marinero tras el consabido «sí, señor».

—Ya veremos eso —contestó Lobo Larsen, y alzó el tono de su voz para gritar—: ¡Cooky!

Thomas Mugridge surgió de la cocina al igual que un títere de su caja.

—Vete abajo y llena un saco de carbón... ¿Tiene alguno de vosotros una Biblia o un libro de oraciones? —fue la siguiente pregunta del capitán, esta vez a los cazadores que andaban haraganeando junto a la escalera.

Dijeron no con un movimiento de sus cabezas, y uno de ellos hizo un comentario jocoso que no pude captar pero que despertó una risotada general. Lobo Larsen hizo la misma pregunta a los marineros. Daba la impresión de que las Biblias y los libros de oraciones eran objetos que escaseaban. Y aunque uno de los marineros se brindó a proseguir la búsqueda entre la cuadrilla de abajo, regresó al cabo de un minuto para informar de que no había ninguna.

El capitán se encogió de hombros.

—Entonces, lo echaremos al agua sin más ceremonias, a menos que nuestro náufrago de aspecto de frailuco se sepa de memoria el servicio de difuntos de a bordo.

Para entonces había dado un giro completo sobre sus talones y se hallaba frente por frente a mí.

—Tú eres predicador, ¿verdad? —preguntó.

Los cazadores —eran seis en total— se volvieron como un solo hombre y me miraron. Dolorosamente me percaté de que parecía un espantapájaros. Ante mi aspecto estalló una carcajada; una carcajada que no fue capaz de reprimir ni moderar la presencia del muerto, tendido ante nosotros sobre cubierta, con los dientes apretados; una carcajada tan áspera, tan dura y tan amplia como el mismo mar; nacida de unos sentimientos groseros y de una sensibilidad embotada, de unas naturalezas que ignoraban tanto la cortesía como la educación.

Lobo Larsen no se rio, aunque en sus ojos grises brilló una ligera chispa de júbilo. Y en este momento, en que avancé hasta quedar muy cerca de él, me forjé mi primera impresión del hombre en sí, con independencia de su cuerpo y del torrente de blasfemias que le había oído vomitar. El rostro, de rasgos grandes y líneas muy marcadas, de forma cuadrada aunque bien proporcionada, parecía a primera vista macizo; pero luego, al igual que ocurría con su cuerpo, esa impresión de macizo desaparecía, y nacía la convicción de que en las profundidades de su ser, oculta, dormitaba una descomunal y excesiva fuerza mental o espiritual.

La mandíbula, el mentón, la frente considerablemente despejada y notoriamente abultada por encima de los ojos, aunque fuertes en sí mismos, excepcionalmente fuertes, parecían revelar un inmenso vigor o virilidad de espíritu, escondido y fuera del alcance de la vista.

No había manera de sondear un espíritu semejante, ni de medirlo, ni de determinar sus fronteras ni límites, ni de clasificarlo con exactitud en ningún comportamiento con otros de su mismo tipo.

Los ojos —y mi destino iba a querer que llegara a conocerlos muy bien— eran grandes y hermosos, muy separados como lo son los de los verdaderos artistas, protegidos por espesas pestañas y coronados por unas cejas tupidas y negras. El iris, de ese misterioso y proteico gris que nunca es dos veces igual; que recorre distintos matices e irisaciones como el tornasol de la seda a los rayos del sol: que es oscuro y claro, gris-verdoso, y a veces celeste, como el mar profundo. Eran unos ojos que enmascaraban el alma con mil disfraces, y que a veces, en muy raras ocasiones, se abrían y le permitían salir como si fuera a lanzarse desnuda por el mundo en pos de alguna aventura maravillosa. Eran unos ojos que podían albergar el pesimismo desesperado de un cielo plomizo; que podían hacer saltar y producir chispas de fuego como las que estallan del choque de las espadas en el combate; que podrían volverse fríos como el paisaje ártico, y que de nuevo podrían caldearse y dulcificarse, y ser danzarines que irradian reflejos de amor, intensos y masculinos, seductores y persuasivos, que a la vez fascinan y dominan a las mujeres hasta hacerlas rendirse en una plenitud de alegría, de alivio y de sacrificio.

Pero, volvamos. Le dije que, lamentándolo mucho por el servicio de difuntos, yo no era predicador, ante lo cual me preguntó rudamente:

—¿Qué haces para ganarte la vida?

Confieso que nunca antes me había hecho esa pregunta, ni me la había inquirido jamás. Me quedé casi consternado, y antes de recobrar la serenidad tartamudeé como un necio:

—Yo soy, soy... un caballero.

Sus labios se torcieron con un gesto de mofa.

—He trabajado, trabajo —exclamé impetuosamente, como si fuera él mi juez y tuviera yo que defenderme, mientras me daba cuenta de mi completa estupidez al hablar de este asunto.

—¿Para ganarte la vida?

Había en él algo tan dominador y autoritario que me encontraba como fuera de mí, «desconcertado», hubiese dicho Furuseth, como un chiquillo temblando ante un maestro severo.

—¿Quién te da de comer? —fue su siguiente pregunta.

—Tengo una renta —contesté todo resuelto, y ojalá me hubiera mordido la lengua a continuación—. Pero todo esto, y le ruego disculpe mi observación, no tiene nada que ver con lo que yo deseo tratar con usted.

Hizo caso omiso de mi objeción.

—¿Quién la ganó, eh? Lo que me figuraba: tu padre. Te sostienes sobre las piernas de un muerto. Nunca has tenido unas propias, tuyas. No podrías caminar solo el transcurso de dos amaneceres, ni apañarte el sustento de tu estómago para tres comidas. Enséñame las manos.

Su formidable fuerza adormecida despertó con rapidez y precisión (o es que debí de descuidarme yo por un instante), pues antes de que me hubiera dado cuenta había avanzado él dos pasos, había tomado mi mano derecha en la suya y la había levantado para examinarla. Intenté retirarla, pero sus dedos se cerraron sin esfuerzo, hasta el extremo de que pensé que me trituraba los míos. Resulta difícil conservar la propia dignidad en tales circunstancias. No podía intentar zafarme ni pelear como un chiquillo. Ni mucho menos hacer frente a semejante criatura, que no tenía más que retorcerme el brazo para rompérmelo. No me quedaba otra alternativa que aguantar y aceptar la humillación. Tuve ocasión de advertir que habían vaciado sobre cubierta los bolsillos del muerto, y que habían envuelto su cuerpo y su mueca en una lona cuyos extremos cosía con un burdo bramante blanco el marinero Johansen, empujando la aguja con ayuda de un trozo de cuero ajustado a la palma de la mano. Lobo Larsen soltó mi mano con un gesto de desdén:

—Las manos de los muertos te la han conservado fina. Solo vale para poco más que para fregar platos y para tareas de marmitón.

—Deseo que me desembarquen —dije en tono de firmeza, tras sentirme con cierto aplomo—. Le pagaré lo que considere que vale el retraso y las molestias.

Me miró con curiosidad. La burla brilló en sus ojos.

—Tengo una propuesta que hacerte a cambio; para bien de tu alma. Mi segundo ha muerto, así que habrá muchos ascensos. Un marinero vendrá a popa a ocupar el puesto del segundo; el grumete irá a proa a la plaza del marinero, y tú cogerás la plaza del grumete. Firma el contrato de enrolamiento; veinte dólares al mes, y listo. ¿Qué me dices a esto? Y piensa que es por el bien de tu alma. Será tu formación. Podrás aprender en poco tiempo a sostenerte sobre tus propias piernas, y tal vez a dar pequeños saltitos.

Pero yo no le prestaba atención. Las velas del barco que había visto por el sudoeste se hacían cada vez mayores y más visibles. Eran de una goleta de aparejo similar al *Fantasma,* aunque su casco, a lo que podía divisar, más pequeño.

Era un lindo espectáculo verlo saltar y volar hacia nosotros; y evidentemente pasaría a muy corta distancia. El viento había arreciado en un momento, y el sol, tras unos pocos e irritados esfuerzos, había desaparecido. El mar se había tornado de un gris plomizo y mate, y comenzaba a encresparse, lanzando ya ahora a lo alto montañas de espuma. Navegábamos más deprisa y mucho más escorado. De pronto, en una ráfaga, la barandilla se hundió en el mar, y el agua barrió por un instante la cubierta de ese lado, obligando a un par de cazadores a levantar rápidamente los pies.

—Ese barco nos adelantará enseguida —dije tras una pausa—. Como lleva dirección contraria, es muy probable que se dirija a San Francisco.

—Muy probable —fue la respuesta de Lobo Larsen, al tiempo que se apartaba un poco de mí y gritaba—: ¡Cooky! ¡Eh, Cooky!

El cocinero sacó la cabeza de la cocina.

—¿Dónde está ese chico? Dile que lo estoy buscando.

—Sí, señor —y Thomas Mugridge corrió a popa y desapareció bajando por otra escalera cercana al timón.

Un instante después reapareció, acompañado de un chico de unos dieciocho o diecinueve años, corpulento, de semblante ceñudo y bribón.

—Aquí está —dijo el cocinero.

Pero Lobo Larsen, haciendo caso omiso de este personaje, se dirigió al grumete.

—¿Cómo te llamas, muchacho?

—George Leach, señor —fue su hosca respuesta, mientras su porte mostraba bien a las claras que adivinaba la razón por la que se le había llamado.

—No es un nombre irlandés —repuso secamente el capitán—. O'Toole o McCarthy cuadrarían mejor al aspecto de tu rufianesca ralea. Aunque, con toda probabilidad, ya habrá algún irlandés entre los amiguitos de tu madre.

Vi cómo se crispaban los puños del muchacho ante el insulto y se le enrojecía de sangre el cuello.

—Pero, dejemos eso —continuó Lobo Larsen—. Debes de tener buenas razones para olvidar tu nombre, y me gustaría que ello no te ocasionara nada malo mientras permanezcas a bordo. Te enrolaste en el puerto de Telegraph Hill, por supuesto. Se nota por tu facha. Aunque suele haberlos aún más pestilentes. Conozco la especie. Bueno; mientras estés en este barco, ya te puedes ir olvidando de todo eso. ¿Entendido? Veamos, ¿quién te enroló?

—McCready y Swanson.

—¡Señor! —tronó Lobo Larsen.

—McCready y Swanson, señor —corrigió el muchacho, con una llamarada de odio en sus ojos.

—¿Quién tiene el anticipo de la paga?

—Ellos, señor.

—Ya me lo imaginaba. Y bien contento que te quedaste al dárselo. No pudiste esfumarte más deprisa, al enterarte de que te buscaban varios caballeros.

El muchacho se transformó instantáneamente en una fiera. Su cuerpo se contrajo como si fuera a saltar, y su rostro adquirió el aspecto furioso de una bestia salvaje, mientras gritaba:

—¡Esto es una...!

—¿Una qué? —preguntó Lobo Larsen, con una especial suavidad en el tono de su voz, como si sintiera una insuperable curiosidad por oír la palabra que no había sido pronunciada.

El muchacho dudó, pero al instante logró dominarse.

—Nada, señor. Lo retiro.

—Me has demostrado que tenía yo razón —dijo con una sonrisa de satisfacción—. ¿Qué edad tienes?

—Dieciséis, recién cumplidos, señor.

—Mentira. Tú ya no catarás los dieciocho. Con todo, estás alto para tu edad, con unos músculos de caballo. Coge tu maleta y vete al castillo de proa. Ahora eres remero; has ascendido, ¿ves?

Sin aguardar a que el muchacho aceptara, el capitán se volvió hacia el marinero que acababa de terminar la lúgubre tarea de envolver el cadáver.

—Johansen, ¿sabes algo de navegación?

—No, señor.

—Bueno, no importa. Eres segundo, en todo caso. Lleva tus trastos a popa, al camarote del segundo.

—Sí, sí, señor —fue la jubilosa respuesta de Johansen mientras emprendía la marcha a proa.

Entretanto, el hasta entonces grumete no se había movido.

—¿Qué esperas? —preguntó Lobo Larsen.

—Yo no he firmado como remero, señor —replicó—. Me enrolé como grumete. Y no quiero ser remero.

—Acaba, y vete a proa.

Esta vez la orden de Lobo Larsen era extraordinariamente imperativa. El muchacho se puso encendido, permaneciendo obstinadamente en su sitio.

Entonces hubo un nuevo despertar de la descomunal fuerza de Lobo Larsen. Fue algo por completo inesperado, y sucedió en el intervalo de un abrir y cerrar de ojos. Dio un salto de casi dos metros sobre la cubierta y hundió su puño en el estómago del muchacho.

En ese momento, como si el golpeado hubiese sido yo mismo, sentí un violento golpe en la boca de mi estómago. Dejo constancia de esto para demostrar la sensibilidad de mi sistema nervioso en aquella época, y lo poco acostumbrado que estaba a espectáculos brutales. El grumete, que debía de pesar por lo menos unos setenta y cinco kilos, se desplomó sobre sí mismo. Su cuerpo se plegó flojo sobre el puño, como un trapo mojado en la punta de un palo. Se levantó en el aire, describiendo una breve curva, y con la cabeza y los hombros golpeó la cubierta, junto al cadáver, donde permaneció retorciéndose de dolor.

—¿Bien? —me preguntó Larsen—. ¿Te has decidido?

Yo había estado mirando de hurtadillas a la goleta que se aproximaba, y que ahora se hallaba frente a nosotros a una distancia de casi doscientos metros. Se trataba de una embarcación elegante, pequeña y muy marinera. En una de sus velas pude ver un gran número negro. Yo había visto buques-piloto solo en dibujos.

—¿Qué clase de barco es este? —pregunté.

—El barco de prácticos *Lady Mine* —contestó secamente Lobo Larsen—. Viene de dejar a sus prácticos y regresa a San Francisco. Con este viento, estará allí en cinco o seis horas.

—Por favor, hágale una señal para que me lleven a tierra.

—Lo siento, pero he perdido el libro de señales de a bordo —observó, y el grupo de cazadores se rio sardónicamente.

Por un momento vacilé, mirándole directamente a los ojos. Había presenciado el horrible trato dado al grumete, y sabía que probablemente recibiría uno idéntico, si no otro peor. Como digo, vacilé, y entonces realicé el que considero el acto más valeroso de mi vida. Eché a correr hacia la borda, agitando los brazos mientras gritaba:

—¡Ah del *Lady Mine!* ¡Llévenme a tierra! ¡Mil dólares si me desembarcan!

Esperé, observando a dos hombres que estaban junto al timón: uno gobernaba el barco, mientras el otro se llevaba un megáfono a los labios. Yo no giraba la cabeza, aunque a cada momento esperaba un golpe mortal de la bestia humana que estaba detrás de mí. Finalmente, después de unos instantes que me parecieron siglos, incapaz de permanecer así más tiempo, me di la vuelta. Él no se había movido, seguía en idéntica postura, balanceándose suavemente, con el vaivén del barco, mientras encendía un nuevo puro.

—¿Qué ocurre? ¿Algo va mal? —palabras que procedían del *Lady Mine.*

—¡Sí! —grité con toda la potencia de mis pulmones—. Cuestión de vida o muerte. Mil dólares si me llevan a tierra.

—Demasiado whisky en Frisco para la salud de mi tripulación —gritó a continuación Lobo Larsen—. Este —y me señaló con el pulgar— cree ver ahora serpientes de mar y monos.

El hombre que iba en el *Lady Mine* contestó con una carcajada a través del megáfono. El buque-piloto pasó de largo.

—Mándalo al infierno de mi parte —fue el último grito que llegó, y los dos hombres agitaron los brazos en señal de despedida.

Me apoyé, desesperado, sobre la barandilla, mirando cómo la elegante goleta incrementaba poco a poco la desolada extensión de océano que nos separaba. ¡Pensar que estaría en San Francisco probablemente en cinco o seis horas! Parecía que me iba a estallar la cabeza. Sentía un dolor en la garganta como si el corazón se me hubiera subido hasta ella. Una ola rizada rompió en el costado y me salpicó los labios de sal. El viento soplaba con fuerza, y el *Fantasma* navegaba a toda prisa, amurando la barandilla de sotavento. Podía oír cómo el agua resbalaba sobre la cubierta. Cuando, un momento más tarde, me di la vuelta, vi al grumete incorporarse sobre sus pies. Su cara estaba horriblemente pálida y se encogía para mitigar su dolor. Parecía muy enfermo.

—Bien, Leach, ¿te vas a popa? —preguntó Lobo Larsen.

—Sí, señor —fue la respuesta de su acobardado espíritu.

—¿Y tú? —me preguntó.

—Le daré mil... —empecé, pero me interrumpió.

—¡Déjate de eso! ¿Estás dispuesto a cumplir bien con tus obligaciones de grumete? ¿O tendré que enseñarte por mi mano?

¿Qué podía hacer? Ser brutalmente apaleado, o quizá muerto, no me iba a suponer gran ayuda. Miré fijamente aquellos ojos grises, crueles. De granito parecerían, de no haber sido por toda la luz y el calor del alma humana que contenían. En los ojos de algunos hombres puede uno ver la agitación de sus almas, pero los suyos eran inhóspitos, fríos y grises, como el mismo mar.

—¿Bien?

—Sí —dije.

—Contesta: sí, señor.

—Sí, señor —corregí.

—¿Cómo te llamas?

—Van Weyden, señor.

—¿Tu nombre?

—Humphrey, señor; Humphrey van Weyden.

—¿Edad?

—Treinta y cinco años, señor.

—Está bien. Vete a la cocina, y aprende tu obligación.

Y fue así como entré al servicio, involuntariamente, de Lobo Larsen. Era más fuerte que yo, eso era todo. La situación entonces me resultó completamente irreal; aunque no lo es menos ahora, cuando vuelvo la vista atrás y lo recuerdo. Para mí siempre será algo monstruoso, una cosa inconcebible, una horrible pesadilla.

—Aguarda, no te vayas todavía.

Me detuve obedientemente en mi camino hacia la cocina.

—Johansen, convoca a la tripulación. Ahora que está todo aclarado, celebraremos el funeral y limpiaremos ambas cubiertas de trastos inútiles. —Mientras Johansen salía a avisar a la cuadrilla de abajo, un par de marineros, siguiendo las órdenes del capitán, colocaron el cadáver amortajado en su lona sobre la tapa de una escotilla. A uno y otro lado de cubierta, apoyados en la barandilla y panza arriba, había amarrados un cierto número de botes pequeños. Varios hombres levantaron la tapadera de la escotilla con su fúnebre carga, la condujeron a sotavento y la colocaron encima de los botes, con los pies apuntando hacia fuera. Atado a sus pies iba el saco de carbón que había llenado el cocinero.

Yo siempre había imaginado que un sepelio en alta mar era una ceremonia muy solemne, que infundía respeto, pero me vi rápidamente desilusionado, al menos al ver este. Uno de los cazadores, un hombre pequeño de ojos negros, a quien sus compañeros llamaban Smoke, se hallaba contando historias generosamente sazonadas de juramentos y obscenidades, y a cada minuto más o menos el grupo de cazadores soltaba una carcajada semejante a una manada de lobos o al ladrido de unos perros infernales.

Los marineros se congregaron ruidosamente en la popa, algunos de los del grupo de abajo restregándose los ojos de sueño, y hablaban en voz baja entre sí. En sus rostros se advertía una expresión luminosa y preocupada. Era evidente que no les gustaba la perspectiva de un viaje a las órdenes de semejante capitán y comenzado bajo tan malos auspicios. De vez en cuando dirigían miradas recelosas a Lobo Larsen, y me pude percatar de que sentían cierta prevención ante este hombre.

Avanzó este hacia la tapa de la escotilla, y todas las cabezas se destocaron. Dirigí mi mirada a ellos: veinte hombres en total, veintidós exactamente incluyendo al piloto y a mí mismo. Era disculpable este atento examen por mi parte, en vista de que mi destino iba a ser estar encerrado con ellos en este minimundo flotante por ni se sabe cuántas semanas o meses. Los marineros eran en su mayor parte ingleses y escandinavos, y sus rostros, de aspecto torpe y necio. Los cazadores, por su parte, tenían caras más enérgicas y más nítidamente diferenciadas, de líneas profundas y con las huellas del libre juego de las pasiones. Aunque parezca extraño decirlo, enseguida noté que las facciones de Lobo Larsen no representaban tanta perversidad. No delataban ninguna ruindad. Ciertamente, tenía arrugas, pero eran arrugas de decisión y de firmeza de carácter. Más bien parecía un carácter franco y abierto; franqueza y apertura de mente que se veían acentuadas por el hecho de estar finamente rasurado. A duras penas podía creer (hasta que ocurrió el mencionado incidente) que fuera la cara de un hombre que pudiera comportarse como lo había hecho con el grumete.

En este momento, cuando ya abría la boca para hablar, sucesivas ráfagas de viento embistieron la goleta hundiendo uno de sus costados. El viento entonaba una salvaje canción entre los aparejos. Algunos cazadores miraron hacia arriba algo inquietos. La borda de sotavento, que era donde yacía el cadáver, se hallaba sumergida bajo el agua, y cuando la goleta se erigió y se enderezó, el agua resbaló a través de la cubierta, empapándonos por encima de los zapatos. Sobre nosotros cayó un aguacero, cuyas gotas nos herían como piedras de granizo. Cuando amainó, Lobo Larsen comenzó a hablar, y los hombres, con la cabeza destocada, se balancearon al unísono con el movimiento de vaivén de la cubierta.

—Solo recuerdo una parte del servicio religioso —dijo—, que es: «Y el cuerpo se arrojará al mar». Así pues, ya podéis arrojarlo.

Dejó de hablar. Los hombres que sostenían la tapa de la escotilla parecían perplejos, extrañados, sin duda, por la concisión de la ceremonia. Se lanzó como una furia sobre ellos.

—¡Levantad ese extremo, condenados! ¡Qué demonios os pasa!

Levantaron la tapa de la escotilla con lastimera precipitación, y como un perro arrojado por la borda, el muerto se hundió en el mar con los pies por delante. El saco de carbón lo arrastró hacia el fondo y desapareció.

—Johansen —dijo enérgicamente Lobo Larsen al nuevo segundo—, que todo el mundo permanezca sobre cubierta, ahora que están aquí. Que suban a las gavias y los foques, y que las aferren bien. Se nos echa encima el sudeste. Será mejor que ricen el foque y también la mayor, mientras estáis por ahí. —Un momento después la cubierta estaba en ebullición. Johansen bramaba órdenes, y los hombres apretaban y soltaban cabos de diversas clases, en medio de la mayor confusión para un hombre de tierra adentro como era yo. Pero lo que más me impresionó fue la total ausencia de sentimientos. El muerto era ya un episodio pasado, un incidente que se había hundido envuelto en una lona con un saco de carbón mientras el barco proseguía su rumbo y la faena continuaba.

Nadie estaba afectado. Los cazadores volvían con una nueva historieta de Smoke; los hombres halaban y tiraban, y dos de ellos trepaban a lo alto. Lobo Larsen estudiaba el cielo cubierto de barlovento, y el

muerto, indecentemente muerto, sórdidamente sepultado, se hundía más y más... Fue entonces cuando
la crueldad del mar, su implacabilidad y su respeto se
apoderaron de mí. La vida había perdido valor, era
una cosa indigna, bestial e incapaz de expresarse; un
lúgubre turbión de cieno y limo. Me agarré a la barandilla de sotavento, junto a los obenques, mirando
por encima de las tristes olas de espuma hacia los ra-
sos bancos de niebla que ocultaban San Francisco y
las costas de California. Caían algunos chaparrones
que casi ocultaban la niebla. Y este extraño buque,
con sus hombres terribles, impelido por el viento y el
mar, saltando alternativamente arriba y abajo, se dirigía hacia el sudoeste, rumbo a la enorme y solitaria
extensión del Pacífico.

# Cuatro

Cuanto me sucedió después, durante la travesía a bordo de la goleta *Fantasma,* dedicada a la caza de focas, y mientras intentaba adaptarme a mi nuevo ambiente, no fue sino un cúmulo de humillaciones y penalidades. El cocinero, a quien la tripulación llamaba «el doctor», los cazadores «Tommy» y Lobo Larsen «Cooky», se convirtió en otro hombre. El cambio operado en mi situación trajo una transformación pareja de su forma de tratarme. Todo lo que antes había tenido de servil y adulador lo tenía ahora de dominante y belicoso. En realidad yo ya no era el caballero refinado de piel delicada como la de una dama, sino un grumete vulgar y sin importancia.

Insistía absurdamente en que me dirigiera a él llamándole «señor Mugridge», y su comportamiento y talante al enseñarme mis obligaciones eran insoportables. Además de mis faenas en el camarote, con sus cuatro minúsculos compartimentos, se suponía que debía ser su pinche en la cocina, donde mi colosal ignorancia en todo lo relativo a pelar patatas o fregar grasientos cacharros era una fuente de inagotable y sarcástica admiración por su parte. Se negaba a tomar en consideración lo que yo era, o mejor dicho, cuál era mi vida y cuáles las cosas que estaba habituado a hacer. Esta era parte de la actitud que había decidido adoptar para conmigo; y confieso que antes de la puesta de sol le odiaba con una intensidad como nunca antes había odiado a nadie.

El primer día resultó más duro para mí debido a que el *Fantasma,* con los rizos tomados (estas expresiones no llegué a conocerlas sino más tarde), cabeceaba bajo los efectos de lo que el señor Mugridge llamaba «un sudeste aullador». A las cinco y media, siguiendo sus instrucciones, puse la mesa en el camarote con las bandejas de temporal, y a continuación bajé de la cocina el té y la carne guisada. A este propósito no me resisto a relatar mi primera experiencia en un mar picado.

—Vete con cuidado o te pondrás chorreando —fue la prevención que me hizo el señor Mugridge cuando salí de la cocina con una gran tetera en la mano y varias rebanadas de pan tierno debajo del otro brazo. En ese momento, uno de los cazadores, un muchacho alto y desgarbado, llamado Henderson, se dirigía a popa desde el entrepuente (nombre con que en broma denominan los cazadores a la parte central del barco en la que ellos duermen) hacia el camarote. Lobo Larsen se hallaba en la popa, fumando su eterno puro.

—¡Mírala! ¡Ahí viene! ¡Agárrate fuerte! —gritó el cocinero. Me detuve, pues no sabía qué es lo que venía, y vi cómo la puerta de la cocina se cerraba de un portazo. A continuación vi a Henderson saltar como un loco a la jarcia principal, trepando por la parte superior hasta situarse a una altura varios pies por encima de mi cabeza. También vi una descomunal ola, rizada y espumeante, suspendida a gran altura por encima de la barandilla. Me hallaba exactamente debajo de ella. Mi mente no fue capaz de trabajar con rapidez, al ser todo tan novedoso y extraño. Comprendí que me encontraba en peligro, pero nada más. Me quedé inmóvil, atemorizado. Entonces, Lobo Larsen gritó desde la popa:

—¡Agárrate a algún asidero, tú! ¡Tú, Hump!

Pero fue demasiado tarde. Di un salto hacia el aparejo, al que podría haberme asido, pero un muro de agua se abatió sobre mí. Lo que sucedió después es todo muy confuso. Me encontraba debajo del agua, ahogándome sin poder respirar. Patas arriba, di vueltas y más vueltas, arrastrado sin saber adónde. Repetidas veces colisioné contra objetos duros, y en una ocasión recibí en la rodilla derecha un impacto terrible. Entonces, la avalancha de agua pareció desaparecer súbitamente, y volví a respirar de nuevo aire puro. Había sido barrido contra la cocina y alrededor de la escalera del entrepuente, desde barlovento hasta los imbornales de sotavento. El dolor que sentía en mi rodilla derecha era de muerte. No podía apoyarme sobre ella, o al menos eso pensé, y estaba seguro de que me había roto la pierna. Pero el cocinero estaba detrás de mí, gritándome desde la puerta de la cocina que da a sotavento:

—¡Eh, tú! ¡No vas a estarte así toda la noche! ¿Dónde está la tetera? ¿Se te ha caído al mar? ¡Ojalá te hayas roto el cuello, condenado!

Conseguí erguirme con gran dificultad. La enorme tetera aún permanecía en mi mano. Cojeando, llegué a la cocina y se la di. Pero su indignación era enorme, no sé si real o fingida.

—Que me condene si no eres una completa calamidad. ¡Me gustaría saber si vales para algo! ¡Me encantaría saberlo! ¿Es que no eres capaz de llevar un poco de té a proa sin derramarlo? Ahora tendré que poner más a hervir. ¿Y por qué estás ahora resoplando? —dijo dirigiéndose a mí en un estallido de rabia—. ¿Porque te has hecho pupa en la piernecita, pequeño cachorrito de tu mamá?

Yo no resoplaba, aunque mi rostro probablemente estaría con ojeras y crispado por el dolor. Mas apelé a toda mi capacidad de resolución, apreté los dientes e hice y deshice renqueando el camino que va de la cocina al camarote, y del camarote a la cocina, sin más contratiempos. Con este accidente me había ganado dos cosas: una herida en carne viva en la rótula de la rodilla, que me hizo sufrir durante varios meses, y el nombre de «Hump» con el que Lobo Larsen me había llamado desde popa. A partir de este momento, de proa a popa, se me conoció con ese nombre, hasta el extremo de que la palabra entró a formar parte de mi proceso mental y terminé identificándola conmigo mismo; pensaba que yo era Hump y que toda la vida no había sido otra cosa que Hump.

No era empresa fácil servir la mesa en el camarote, a la que se sentaban Lobo Larsen, Johansen y los seis cazadores. Para empezar, el camarote era pequeño, y los violentos movimientos y cabeceos de la goleta dificultaban aún mucho más mi deambular alrededor de la mesa, como me veía obligado a hacer. Aunque lo que más me fastidiaba era la absoluta falta de comprensión por parte de los hombres a quienes servía. Debajo de la ropa sentía que una rodilla se hinchaba más y más, y me encontraba débil y extenuado por efecto del dolor. En el espejo del camarote podía verme el semblante demacrado y cadavérico, descompuesto por el dolor. Todos podían darse cuenta de mi situación, mas ninguno me dirigió una palabra ni me prestó la menor atención; hasta el extremo de que algo después me sentí agradecido a Lobo Larsen (estaba yo lavando unos platos) cuando me dijo:

—No te preocupes por tan poca cosa. Te habituarás a ello con el tiempo. Puede que cojees unos días, pero aprenderás a caminar en cualquier caso. Esto es lo que tú llamarías una paradoja, ¿verdad? —añadió.

Pareció quedar complacido cuando con un movimiento de la cabeza asentí, con el acostumbrado: «Sí, señor».

—Supongo que sabrás algo sobre temas de literatura. ¿Eh? Bien. Hablaremos alguna vez sobre ello.

A continuación, sin volver a hacerme caso, se dio la vuelta y subió a cubierta.

Aquella noche, después de haber concluido mi jornada de interminable trabajo, me enviaron a dormir al entrepuente, donde me instalé en una litera vacía. Me sentía feliz de verme libre de la detestable presencia del cocinero y de no tener que estar de pie. Me sorprendió ver que mis ropas se me habían secado puestas, sin que advirtiera síntomas de resfriado, a pesar del último remojón y de las largas horas de permanencia en el agua tras el hundimiento del *Martínez*. En circunstancias normales, después de todo lo que me había ocurrido, habría tenido que guardar cama a los cuidados de una experta enfermera.

La rodilla me molestaba horriblemente. Por lo que pude conjeturar, la rótula parecía sobresalir como una protuberancia en el centro de la hinchazón. Mientras estaba sentado en mi litera inspeccionándomela (los seis cazadores se hallaban en el entrepuente, fumando y hablando en voz baja), Henderson le echó un vistazo mientras pasaba.

—No tiene buena pinta —comentó—. Átale un trapo alrededor y todo irá bien.

Eso fue todo. En tierra, hubiera estado postrado tendido de espaldas, con un cirujano asistiéndome, y con estrictas instrucciones de observar reposo absoluto. He de hacerles, sin embargo, justicia a aquellos hombres. Tan insensibles como se mostraban ante mi sufrimiento, lo eran consigo mismos cuando les ocurría algo. Y se debía ello, creo, en primer lugar a la costumbre, y después al hecho de que su constitución era menos sensible. Ciertamente, creo que una persona de constitución delicada y sensibilidad exquisita sufriría dos o tres veces más que ellos con una herida similar.

Aun cansado como estaba —agotado, más bien—, el dolor de la rodilla me impedía conciliar el sueño. Y era cuanto podía hacer para evitar quejarme a gritos. En casa hubiese, sin duda alguna, desahogado mi angustia, pero este ambiente nuevo y primitivo parecía exigir una represión algo salvaje. Como ocurre con los salvajes, la actitud de aquellos hombres era estoica en los asuntos importantes, e infantil en los pequeños. Recuerdo que, más adelantada la travesía, uno de los cazadores, Kerfoot, se hizo un dedo papilla y llegó a perderlo, pero no exhaló una queja ni cambió la expresión de su semblante. En cambio, he visto a ese mismo hombre una y otra vez entregarse a los más exagerados arrebatos por una insignificancia.

Eso es lo que hacía ahora: vociferaba, rugía, agitaba los brazos, maljurando como un demonio, todo ello por estar en desacuerdo con otro cazador acerca de si un cachorro de foca sabía nadar instintivamente o no. Él sostenía que sí, que sabía nadar desde el momento de nacer. El otro cazador, Latimer, un individuo delgado, de aspecto yanqui, de ojos pequeños y astutos, sostenía lo contrario: que el cachorro de foca nacía en tierra precisamente porque no sabía nadar, y que su madre se veía obligada a enseñarle a nadar, al igual que los pájaros tienen que enseñar a volar a sus pequeñuelos.

La mayor parte del tiempo, los otros cuatro cazadores, apoyados en las mesas o tumbados en sus literas, dejaban discutir a los dos contendientes. Pero estaban vivamente interesados, pues a cada momento participaban ardientemente a favor de uno de ellos, y en ocasiones lo hacían todos a la vez, hasta que sus voces subían y bajaban en ondas de sonido que parecían un simulado rodar de truenos en el angosto recinto. Por infantil e insignificante que fuese el asunto, el carácter de sus razonamientos era aún más infantil e insignificante. En realidad, había muy escaso grado de razonamiento, o absolutamente ninguno. Su método era el de asertos, suposiciones y amenazas. Demostraban que un cachorro de foca puede o no nadar al nacer estableciendo la proposición con gran agresividad, y acompañando sus afirmaciones con un ataque a la opinión del contrario, a su sentido común, nacionalidad o su pasado histórico. La réplica era exactamente idéntica.

He hecho este relato con vistas a mostrar el calibre mental de los hombres en cuya compañía me vi obligado a permanecer. Intelectualmente eran unos niños encerrados en cuerpos de hombres.

Fumaban y fumaban incesantemente, un tabaco corriente, barato y maloliente. La atmósfera era espesa y turbia con aquel humo; y esto, unido al violento cabeceo del barco luchando con la tormenta, me habría producido mareos de haber sido yo propenso a ello. Con todo, sentí mareos, aunque tal vez estas náuseas se debieran a mi dolor de pierna y a mi agotamiento.

Mientras estaba allí tumbado, pensativo, reflexionaba sobre mí mismo y mi situación. Era algo sin precedentes, nunca soñado por mí, que yo, Humphrey van Weyden, un intelectual y —con permiso de ustedes— un diletante en cuestiones de arte y literatura, me encontrara allí, en el mar de Bering, en una goleta de cazar focas. ¡Un grumete! Yo, que nunca había hecho ningún trabajo manual pesado, ni mucho menos de marmitón, en toda mi vida. Había llevado una existencia plácida, tranquila y sedentaria desde siempre: la vida de un intelectual dedicado al estudio, con una renta segura y suficiente. Nunca había sentido la llamada de la vida violenta ni de los juegos deportivos. Siempre había sido un ratón de biblioteca, que era como durante toda mi infancia me habían llamado mi padre y mis hermanas. Una sola vez en mi vida fui de camping, y en esa ocasión abandoné la expedición nada más empezar y regresé al confort y las comodidades bajo techo. Y ahora me hallaba aquí, con las tristes perspectivas de tener incesantemente que poner la mesa, pelar patatas y fregar los platos. No era una persona robusta. Los médicos siempre habían dicho que poseía una excelente constitución física, pero nunca la había desarrollado mediante ejercicios. Mis músculos eran pequeños y blandos, como los de una mujer, o al menos eso era lo que me repetían los doctores intentando convencerme de que me aficionara a la cultura física. Pero yo había preferido usar la cabeza más que el cuerpo, y ahora no estaba en las mejores condiciones para hacer frente a la dura vida que me aguardaba.

Estas son tan solo algunas de las reflexiones que me vinieron a la mente, y las he contado con el único propósito de justificar de antemano el papel de hombre débil y desamparado que estaba destinado a representar. Pensé también en mi madre y mis hermanas, y me imaginé su dolor. Estaría en la lista de muertos y desaparecidos de la catástrofe del *Martínez*. Podía ver las cabeceras de los periódicos, a mis compañeros del Club Universitario y del Bibelot meneando su cabeza mientras decían: ¡Pobre muchacho! Y podía ver a Charles Furuseth, cuando me despedí de él aquella mañana, recostado en bata sobre su almohadillado diván junto a la ventana, recitando para sí mismo epigramas de un pesimismo sentencioso.

Y mientras tanto, rodando, zambulléndose y trepando por las oscilantes crestas y hondonadas, hundiéndose en valles de espuma, la goleta *Fantasma* proseguía su rumbo, adentrándose cada vez más en el corazón del Pacífico... y a bordo iba yo. Podía oír el viento en el aparejo. Llegaba a mis oídos como un trueno sordo. De vez en cuando se oían unos pasos sobre cubierta. Un crujido sin fin surgía de cuanto me rodeaba. El maderamen y las juntas se quejaban, gritaban y se lamentaban en mil tonos distintos. Los cazadores seguían discutiendo y dando gritos como una raza de homínidos anfibios. El aire estaba saturado de juramentos y expresiones soeces. Pude ver sus caras, rojas y coléricas, y su brutalidad descompuesta y acentuada por la enfermiza y amarillenta luz de los faroles que penduleaban con el movimiento del barco. A través de la niebla del humo las literas parecían los cubiles donde duermen los animales en una casa de fieras. Impermeables y botas de marineros pendían de las paredes, y aquí y allá, asegurados en sus soportes, había rifles y escopetas. Era el escenario de bucaneros y piratas de épocas pretéritas. Mi imaginación saltaba alocadamente, y seguía sin poder dormir. Fue una larguísima noche, agotadora, horrible e interminable.

# Cinco

Pero mi primera noche en el entrepuente de los cazadores fue también la última. Al día siguiente, Johansen, el nuevo segundo, fue desalojado del camarote por Lobo Larsen, quien lo mandó a dormir a partir de entonces al entrepuente, mientras yo me aposentaba en el diminuto camarote que el primer día de travesía ya había tenido dos ocupantes.

Los cazadores se enteraron enseguida de la razón de este cambio, lo cual fue causa de airadas protestas por su parte. Al parecer, todas las noches, Johansen revivía en sueños, mientras dormía, los acontecimientos del día. Su conversación incesante, sus gritos y rugidos dando órdenes eran demasiado para Lobo Larsen, quien, en consecuencia, encasquetó aquel suplicio a los cazadores.

Tras una noche de insomnio, me levanté débil y dolorido, y así anduve cojeando a lo largo de mi segundo día en el *Fantasma*. Thomas Mugridge me sacó de la cama a las cinco y media, con los mismos modales con que Bill Sykes debía de despertar a su perro; pero la brutalidad del señor Mugridge para conmigo recibió en pago la misma moneda, más los intereses. El ruido que innecesariamente había armado (de hecho, yo había estado toda la noche con los ojos abiertos) debió de despertar a uno de los cazadores, porque un pesado zapatón cruzó la penumbra y el señor Mugridge, tras un intenso aullido de dolor, solicitó disculpas humildemente a todo el mundo. Más tarde, en la cocina, advertí que tenía una oreja contusionada e hinchada. Nunca más recuperó por completo su aspecto primitivo; los marineros le llamaban «oreja de coliflor».

El día transcurrió en medio de otras desgraciadas vicisitudes. La noche anterior había recogido mis ropas secas de la cocina, y lo primero que hice fue cambiármelas por las del cocinero. Busqué mi monedero. Además de alguna calderilla (y para estas cosas tengo una excelente memoria), contenía 180 dólares en oro y billetes. Encontré el monedero. Pero su contenido, excepto la calderilla, lo habían sustraído. Hablé de ello con el cocinero cuando subí a cubierta para proseguir mis faenas en la cocina, y aunque ya preveía una respuesta algo brusca, no esperaba la furibunda arenga que me dirigió.

—Mira, Hump —comenzó, con un malévolo destello en su mirada y un gruñido en su garganta—, ¿quieres que te rompa la nariz? Si piensas que soy un ladrón, guárdatelo para ti, o vas a ver, desgraciado, qué equivocado estás. ¡Que me dejen ciego si esto es gratitud! Llegas aquí, miserable piltrafa humana, te traigo a mi cocina y te trato de maravilla, y es así como me pagas. Por mí, la próxima vez ya podrás irte al infierno, y te aseguro que te daré algo para el camino.

Mientras decía esto, alzó los puños y se lanzó sobre mí. Para vergüenza mía, retrocedí ante el golpe y eché a correr por la puerta de la cocina. ¿Qué otra cosa podía hacer? La fuerza, no otra cosa que la fuerza imperaba en este barco de brutos. La persuasión moral era una cosa desconocida. Figúreselo usted mismo: un hombre de estatura corriente, de tipo delgado, de músculos débiles y poco desarrollados, que había llevado una vida plácida y pacífica, sin estar acostumbrado a ninguna clase de violencias, ¿qué podía hacer un hombre así? Tanta razón había en que yo hiciera frente a estas bestias humanas como si aguantara para hacer frente a un toro enfurecido.

Así pensaba entonces, sintiendo la necesidad de justificarme y de quedar en paz con mi conciencia. Pero esta justificación no conseguía satisfacerme. Ni siquiera en el día de hoy puede mi hombría recordar aquellos acontecimientos y sentirse completamente libre de culpa. La situación era tal que desbordaba las fórmulas racionales de conducta y exigía algo más que las frías conclusiones de la razón. Cuando se los considera a la luz de la estricta lógica, no hay nada de que tenga que avergonzarme; sin embargo, un sentimiento de vergüenza se alza en mi interior al recordarlo, y en el orgullo de mi hombría siento que esta ha sido de mil maneras mancillada y deshonrada.

Nada de esto viene ahora al caso. La celeridad con que hui de la cocina me produjo un dolor horrible en la rodilla, y me desplomé sin fuerza en la sección de popa. Pero el *cockney* no me había perseguido.

—¡Miradle correr! ¡Miradle correr! —le oí gritar—. ¡Y eso que tiene una pata coja! ¡Vamos, vuelve con tu mamá, cachorrito! ¡No te voy a pegar, de verdad!

Regresé y continué con mi trabajo. Por esta vez concluyó ahí el episodio, aunque más adelante iban a producirse nuevos acontecimientos. Puse la mesa para el desayuno en el camarote, y a las siete en punto serví a los cazadores y a los oficiales. La tormenta había estallado sin duda durante la noche, aunque todavía había mar gruesa y el viento soplaba con fuerza. Habían largado las velas durante las primeras guardias a excepción de las dos gavias y del petifoque, de modo que el *Fantasma* corría a todo trapo. Deduje de la conversación que izarían estas tres velas inmediatamente después del desayuno. Supe también que Lobo Larsen estaba ansioso por aprovechar al máximo la tormenta, que le estaba conduciendo en dirección sudoeste hacia aquella parte del océano donde esperaba encontrarse con los alisios del nordeste. Tenía esperanzas de hacer la mayor parte de la travesía hasta Japón empujado por este viento constante, girar luego en dirección sur hacia los trópicos, y después hacia el norte, a medida que se aproximara a la costa de Asia.

Acabado el desayuno, sufrí otra experiencia poco envidiable. Cuando terminé de fregar los platos, limpié el fogón del camarote y subí las cenizas a cubierta para aventarlas. Lobo Larsen y Henderson estaban junto al timón, en una profunda conversación. El marinero Johnson estaba al mando del gobernalle. Mientras me dirigía hacia barlovento, le vi hacerme un rápido gesto con su cabeza, que yo interpreté, equivocadamente, como señal de reconocimiento y de saludo matinal. En verdad estaba tratando de advertirme de que echara las cenizas por sotavento. Sin percatarme de mi desatino, pasé al lado de Lobo Larsen y del cazador y aventé las cenizas por barlovento. El viento las devolvió, y no solo encima de mí, sino también encima de Henderson y de Lobo Larsen. Al instante, este último me dio un puntapié con toda violencia, como a un perro. Nunca había experimentado que el golpe de un puntapié pudiera ser tan doloroso. Retrocedí tambaleándome, y me apoyé medio desvanecido contra el camarote. Todo flotaba ante mis ojos, y me mareé. Sentí náuseas, y me las apañé para arrastrarme hasta el costado del barco. Pero Lobo Larsen no me siguió. Se sacudió las cenizas de la ropa y reanudó la conversación con Henderson. Johansen, que había presenciado el incidente desde el saltillo de popa, mandó a dos marineros para que limpiaran la suciedad.

Más tarde, aquella misma mañana, recibí una sorpresa totalmente distinta. Siguiendo las instrucciones del cocinero, había entrado al camarote de Lobo Larsen para ordenarlo y hacer la cama. Contra el muro, cerca del cabecero de la litera, había una estantería llena de libros. Les eché una ojeada y leí, no sin asombro, los nombres de Shakespeare, Tennyson, Poe y De Quincey. También había libros científicos, representados por hombres como Tyndall, Proctor y Darwin. También estaban presentes la astronomía y la física. Reparé en *La edad de la fábula* de Bulfinch; la *Historia de la Literatura inglesa y americana* de Shaw, y la *Historia natural* en dos gruesos volúmenes de Johnson. Había además una serie de gramáticas, como la de Metcalf, y la de Reed y Kellog. Me eché a reír al ver un ejemplar de *El inglés del decano*.

No podía ver la relación entre aquellos libros y lo que conocía de este hombre, y me sorprendía que pudiera leerlos. Pero cuando fui a hacerle la cama encontré, entre las mantas, como si se les hubieran escurrido al quedarse dormido, las obras completas de Browning en la edición de Cambridge. Estaba abierto por «En un balcón», y advertí que aquí y allá había unos pasajes subrayados a lápiz. Luego, ante una sacudida del barco, el libro se me cayó, y una hoja de papel se deslizó de sus páginas. Estaba garrapateada de diagramas geométricos y ciertos cálculos aritméticos.

Era evidente que aquel hombre terrible no era el ignorante patán que hubiera podido suponerse a la vista de sus alardes de brutalidad. De pronto se me convirtió en un enigma. Cualquiera de estos dos aspectos de su naturaleza eran perfectamente comprensibles, pero ambos aspectos simultáneamente resultaban desconcertantes. Yo ya había notado que su lenguaje era excelente, estropeado por ligeros descuidos ocasionales. Por supuesto que al hablar corrientemente con los marineros y los cazadores lo plagaba con frecuencia de corruptelas, debidas al propio coloquialismo del lenguaje, pero en las pocas frases que había cruzado conmigo había sido claro y correcto.

El vislumbrar este otro aspecto suyo me debió de infundir nuevos ánimos, pues me decidí a hablarle acerca del dinero que me había desaparecido.

—Me han robado —le dije un poco más tarde al encontrármelo paseando arriba y abajo, solo, por la popa.

—Señor —corrigió él, sin aspereza, pero sí terminantemente.

—Me han robado, señor —corregí.

—¿Cómo ha ocurrido? —preguntó.

Le conté entonces todas las circunstancias, cómo había dejado mi ropa a secar en la cocina, y cómo más tarde por poco me pega el cocinero cuando le mencioné el asunto. Se sonrió ante el relato.

—Raterías —dictaminó—, raterías de Cooky. ¿Y no crees que tu maldita vida bien vale ese precio?

Además, considéralo una lección. Ya aprenderás con el tiempo a tener cuidado de tu dinero por ti mismo. Supongo que hasta la fecha tu abogado lo ha hecho por ti, o tu agente de negocios.

Noté el sarcasmo de sus pausadas palabras, pero le pregunté:

—¿Cómo puedo recuperarlo?

—Eso es asunto tuyo. Ahora no tienes abogados ni agentes de negocios, de modo que tendrás que valerte por ti mismo. Cuando se consigue un dólar, hay que agarrarlo fuerte. Un hombre que deja su dinero en cualquier lado merece perderlo. Además, has pecado. No tienes derecho a tentar a tus compañeros. Tentaste a Cooky, y él cayó en la tentación. Has puesto en peligro su alma inmortal. A propósito, ¿crees en la inmortalidad del alma?

Sus párpados se alzaron perezosamente mientras hacía la pregunta, y pareció como si las profundidades se abrieran ante mí para que buceara dentro de su alma. Pero fue una ilusión. Por mucho que pudiera parecer otra cosa, nadie ha podido nunca penetrar muy hondo en el alma de Lobo Larsen, ni tan siquiera verla. De esto estoy totalmente convencido. Era un alma solitaria por completo —según iba a tener ocasión de comprender—, que nunca se quitaba la máscara, aunque en algunas raras ocasiones jugara a ello.

—Leo la inmortalidad en sus ojos —respondí, suprimiendo el «señor», ensayo al que creí estaba autorizado por el tono íntimo de la conversación.

No se percató.

—Con eso entiendo que quieres decir que ves algo que está vivo, pero que no necesariamente habrá de vivir por siempre.

—Leo algo más que eso —continué audazmente.

—Entonces, lo que lees es la conciencia. Lees la conciencia de la existencia de la vida, pero nada más, no una vida infinita.

¡Con qué lucidez discurría, y qué bien expresaba sus pensamientos! Tras mirarme con un aire de curiosidad, apartó su cabeza y dirigió una mirada a barlovento, sobre el plomizo mar. Sus ojos se ensombrecieron y las comisuras de la boca se hicieron más severas y duras. Evidentemente, se sentía abatido.

—Entonces, ¿para qué? —preguntó abruptamente, volviéndose hacia mí—. Si soy inmortal... ¿por qué?

Yo dudé. ¿Cómo explicarle mi idealismo a este hombre? ¿Cómo expresarle con palabras algo que es un sentimiento, algo que se asemeja a los compases de una música oída durante el sueño, algo que convence a pesar de que trasciende todo lenguaje?

—Bien, ¿en qué cree usted? —contraargumenté.

—Creo que la vida es una masa confusa —respondió de inmediato—. Es como la levadura, un fermento, una realidad que se mueve y puede moverse durante un minuto, o una hora, un año, o cien, pero que al final dejará de moverse. El grande se come al pequeño para poderse seguir moviendo; el fuerte al débil para poder mantener su fuerza. El afortunado es el que come más y se mueve durante más tiempo. Eso es todo. ¿Qué te parece esto?

Extendió su brazo con un gesto de impaciencia hacia un grupo de marineros que andaban faenando con unas maromas en cubierta.

—Se mueven. Y lo hacen al igual que las medusas. Se mueven para comer y para poder seguir moviéndose. ¡Ahí lo tienes! Viven para su estómago, y su estómago es el motivo de su existencia. Es un círculo; no se llega a ningún sitio. Tampoco ellos llegan a ninguna parte. Al final llegan a hacer un alto. Ya no se mueven más. Han muerto.

—Pero sueñan —interrumpí— sueños radiantes y luminosos...

—De hartarse —concluyó en tono sentencioso.

—Y de algo más...

—¡Comida! Sueñan con tener más apetito, y más suerte para satisfacerlo.

Su voz sonaba con aspereza. No había frivolidad en sus palabras.

—Porque, observa: sueñan con hacer felices viajes que les proporcionen más dinero, o con llegar a ser segundos de algún barco, o con encontrar tesoros; en una palabra, con llegar a mejor situación para hacer presa en sus compañeros; con tener un buen techo donde cobijarse cada noche, una buena comida, y con que otros hagan el trabajo indeseable. Y tú y yo somos como ellos. No existe diferencia, excepto en que nosotros hemos comido más y mejor. De hecho, yo me los estoy comiendo ahora, y tú también. En cambio, tiempo atrás tú has comido más que yo. Has dormido en blandos lechos, has vestido elegantes ropas, y comido buenos alimentos. ¿Quién hizo aquellas camas? ¿Y aquellos vestidos? ¿Y aquellas comidas? Tú no. Tú nunca has hecho nada con el sudor de tu frente. Vives de una renta que ganó tu padre. Eres como el rabihorcado que se lanza desde lo alto sobre las bubias para robarles su pesca. Tú eres uno de esa caterva de hombres que han creado lo que ellos llaman un gobierno, que son los dueños de los demás hombres, y que comen los alimentos que otros han producido y también querrían comer. Llevas ropas que abrigan. Ellos las hicieron, pero tiritan bajo sus harapos; y te piden, a ti mismo, a tu abogado o a tu agente de negocios, un trabajo.

—Pero eso no tiene nada que ver con nuestro asunto —grité.

—Por supuesto que sí.

Hablaba ahora aprisa, mientras sus ojos relampagueaban.

—Es una porquería. Pero es la vida. ¿Qué utilidad o qué sentido puede tener la inmortalidad de la porquería? ¿Para qué? ¿Qué hay sobre todo ello? Tú no has preparado nunca una comida. En cambio, la comida que tomaste o que desperdiciaste podría haber salvado las vidas de una veintena de infelices que la prepararon pero no la probaron. ¿Al servicio de qué fin inmortal estás? ¿Y ellos? Piensa en nosotros dos. ¿Qué valor tendrá tu cacareada inmortalidad cuando tu vida colisione con la mía? Te gustaría regresar a tierra, que es un sitio muy idóneo para tu clase de porquería. Y mi deseo es retenerte. De mí depende el salvarte o el aniquilarte. Puedes morir hoy, esta semana, o el mes que viene. Podría matarte ahora mismo con un puñetazo, porque eres un miserable escuchimizado. Ahora bien, si somos inmortales, ¿qué razón habría para ello? Ser porquería como tú y yo lo hemos sido durante toda nuestra vida no parece que sea lo más propio para unos supuestos inmortales. Otra vez te pregunto: ¿qué hay de todo esto?, ¿por qué te he retenido aquí?

—Porque es más fuerte —se me ocurrió decir.

—Pero ¿por qué más fuerte? —continuó con sus eternas preguntas—. ¿Por qué hay un gramo más de fermento en mí que en ti? ¿Lo ves? ¿No lo ves?

—Pero eso conduce a la desesperación —contraargumenté.

—Estoy de acuerdo —contestó—. Entonces, ¿por qué moverse si el movimiento es vida? Si no hubiera movimiento ni formáramos parte de la levadura no habría desesperación. Sin embargo, y aquí está la clave, deseamos vivir y movernos, aunque no tengamos razón para ello, porque ocurre que lo esencial de la vida es vivir y moverse, querer vivir y querer moverse. Y si no fuera por eso, la vida estaría muerta. A causa de la vida que hay en ti es por lo que sueñas con la inmortalidad. La vida que hay en ti está viva y quiere seguir estando viva eternamente. ¡Bah! ¡Una eternidad de porquería!

Bruscamente giró sobre sus talones y se echó a andar. Se detuvo en el saltillo de popa y me llamó.

—A propósito, ¿con cuánto se ha quedado Cooky? —preguntó.

—Con ciento ochenta y cinco dólares, señor —contesté.

Asintió con su cabeza. Un momento más tarde, cuando me disponía a bajar la escalera para preparar la mesa para cenar, le oí lanzar gritos de maldición a unos hombres en mitad del barco.

# Seis

A la mañana siguiente, el temporal había amainado casi por completo y el *Fantasma* avanzaba sosegadamente sobre un mar en calma sin un soplo de viento. De vez en cuando se sentía una ligera brisa, sin embargo, y Lobo Larsen montaba constante guardia por la popa, escudriñando con sus ojos el mar en dirección nordeste, de donde debía soplar el gran alisio.

Los hombres estaban todos en cubierta, preparando los diversos botes para la época de caza. Hay un total de siete botes a bordo: uno más pequeño, del capitán, y los otros seis que usan los cazadores. Tres hombres: un cazador, un remero y un timonel forman la tripulación de cada bote. Los remeros y timoneles son los que también tripulan la goleta; a los cazadores se les suponía ser los encargados de las guardias, siempre sujetos a las órdenes de Lobo Larsen.

Ya había aprendido todo esto y otras cosas más. El *Fantasma* pasa por ser la goleta más rápida de las flotillas de San Francisco y de Victoria. De hecho, había sido antaño un yate privado, y había sido construido para que alcanzara buena velocidad. Su cordaje y sus pertrechos —aunque yo no entendía nada de estas cosas— hablaban por sí mismos. Johnson me estuvo informando sobre ella durante una charla que mantuve con él durante la segunda guardia, de seis a ocho de la tarde. Hablaba entusiasmado, con el mismo amor por el barco que el que algunos hombres sienten por los caballos. Está muy disgustado con las perspectivas de a bordo, y me dio a entender que Lobo Larsen goza de muy mala reputación entre los capitanes de los barcos de focas. Fue el propio *Fantasma* el que atrajo a Johnson a enrolarse para el viaje, pero está empezando a arrepentirse de verdad.

Según me dijo, el *Fantasma* es una goleta de ochenta toneladas, de diseño muy elegante. Su manga o anchura es de unos ocho metros, y su eslora, de algo más de veintisiete metros. Una quilla de plomo de fabuloso pero desconocido peso la dota de extraordinaria estabilidad, al tiempo que puede llevar un velamen de gran envergadura. De la cubierta a la galleta del mastelero mayor hay unos treinta metros, mientras que el trinquete con su mastelero es tan solo dos metros y medio o tres más corto. Estoy dando estos detalles a fin de que puedan apreciarse las dimensiones de este pequeño universo flotante con sus veintidós hombres a bordo. Es un mundo en miniatura, una mota, una nimiedad, y me maravilla que existan hombres que se arriesguen a aventurarse por el mar en un artilugio tan pequeño y frágil.

Lobo Larsen tiene fama de ser muy temerario en el manejo del velamen. Casualmente sorprendí a Henderson y a uno de los cazadores, Standish, un californiano, hablando de esto. Hace dos años, durante una galerna en el mar de Bering, desarboló al *Fantasma,* después de lo cual le plantaron los mástiles actuales, que en cualquier caso son más fuertes y pesados. Se cuenta que mientras los plantaba había comentado que prefería volcar a perder la arboladura.

Todos los hombres de a bordo, excepto Johansen, que se encuentra abrumado por su ascenso, parecen tener un pretexto para haberse enrolado en el *Fantasma*. La mitad de los hombres de proa son marinos de alta mar, y se excusan diciendo que no sabían nada acerca del barco ni de su capitán. Y quienes saben algo rumorean que los cazadores, aunque tiradores excelentes, son tan famosos por sus pendencias y son tan proclives a las canalladas que no habrían podido enrolarse en ninguna goleta decente.

He trabado conocimiento con otro miembro de la tripulación, un irlandés de Nueva Escocia, llamado Louis, gordote y de aspecto jovial, un tipo muy sociable y dado a la charla con tal de que le escuchen. A media tarde, mientras el cocinero está abajo, durmiendo, y yo pelo las sempiternas patatas, Louis se deja caer por la cocina para «un rato de cháchara». Su excusa para haberse embarcado es que estaba borracho cuando firmó. Me ha asegurado un montón de veces que habría sido lo último que hubiera hecho de haber estado sobrio. Parece que ha sido cazador de focas durante doce años, regularmente, cuando llegaba la temporada. Se le tiene por uno de los mejores timoneles de ambas flotas.

—Ay, hijo mío —meneaba la cabeza ominosamente, mientras me hablaba—, esta es la peor goleta que pudiste jamás elegir. Y eso que no estabas borracho como yo en ese momento. Cazar focas es un auténtico paraíso para los marineros, pero no en este barco. El segundo ha sido la primera baja, pero (acuérdate de mis palabras) habrá más muertos antes de que concluya el viaje. Y ahora, silencio; entre tú y yo y este candelero: este Lobo Larsen es un verdadero demonio, y el *Fantasma* será un barco maldito, como lo ha sido siempre desde que puso su planta encima. ¡Si lo sabré yo! ¡Si lo sabré! ¡Qué bien me acuerdo de cuando hace dos años, en Hakodate, tuvo una trifulca y disparó sobre cuatro de sus hombres! Yo estaba en la cubierta del *Emma*. A menos de trescientos metros de distancia. Y ese mismo año mató a otro hombre, de un puñetazo. Sí, señor, que lo mató bien muerto. Le aplastó la cabeza como si fuese la cáscara de un huevo. ¿Y no fue el propio gobernador de la isla de Kura y el jefe de la policía, unos auténticos caballeros japoneses, quienes fueron invitados a subir a bordo del *Fantasma* como huéspedes suyos, acompañados de sus esposas, unas señoras preciosas y pequeñitas, como las que vemos pintadas en los abanicos? ¿Y no fue él, mientras zarpaban, quien, simulando un accidente, dejó abandonados a aquellos enamorados maridos en sus sampanes? ¿Y no desembarcó después, al cabo de una semana, a aquellas pobres mujeres en el otro lado de la isla, calzadas con no otra cosa que sus diminutas alpargatas de paja que no resistirían más de un kilómetro, teniendo que volver a pie atravesando montañas? ¡Si lo sabré yo! Este Lobo Larsen es como la bestia que le da nombre, la bestia monstruosa que menciona el Apocalipsis. Ningún fin bueno puede alcanzar nada que venga de él. Pero yo no he dicho nada. No he susurrado ni una sola palabra, porque el viejo Louis sobrevivirá a esta travesía, aunque el último hijo de perra de este barco vaya a alimentar a los peces. ¡Lobo Larsen! —gruñó un momento después—. ¡Escucha esa palabra: Lobo, eso es lo que es! No es que tenga un corazón negro como otros hombres; es que no tiene corazón. Un lobo, exactamente un lobo, eso es lo que es. ¿No te parece que es un nombre muy bien puesto?

—Pero si todo el mundo le conoce —pregunté—, ¿cómo es que puede encontrar hombres que quieran enrolarse con él?

—¿Y cómo es que hay hombres que quieren hacer cualquier cosa, sea en el mar o en esta divina tierra? —replicó Louis, enfurecido como un celta—. ¿Y cómo iba yo a encontrarme a bordo si no fuera porque estaba tan borracho como una cuba cuando inscribí mi nombre en la lista? Hay algunos que no pueden enrolarse en un barco mejor, como son los cazadores; y hay otros que no tienen ni idea, como esos pobres diablos de marineros de vela que están ahí en proa. Pero ya se enterarán, ya se enterarán. Maldecirán el día que nacieron. Yo mismo me echaría a llorar por esas pobres criaturas si con eso lograra olvidarme de este viejo y gordo de Louis y de los problemas que ante sí tiene. Pero ¡ni una palabra!, ¡recuérdalo!, ¡no he musitado ni una palabra!

»Los cazadores sí que son unos canallas —prosiguió, pues padecía de una incontinencia verbal congénita—. Pero aguarda a que acabe el jolgorio y remen de aquí para allá. Él les parará los pies. Él les hará sentir el temor de Dios en sus negros y corrompidos corazones. Mira a ese cazador que va conmigo, tan prudente y bien hablado como una doncella, Horner, «Jock» Horner le llaman. Parece una mosquita muerta, pero el año pasado mató al timonel de su bote. Dijeron que había sido un fatal accidente, pero yo encontré a su remero en Yokohama y me contó toda la verdad. Y ahí está Smoke, ese pequeño diablo negro. ¿No lo tuvieron los rusos tres años en las minas de sal de Siberia por cazar furtivamente en Copper Island, una reserva rusa? Lo esposaron de pies y manos con otro compañero. Y debieron de tener alguna que otra palabra y alguna reyerta. Smoke sacó a su compañero de la mina descuartizado, en los cubos de mineral. Hoy una pierna, al día siguiente un brazo, al otro la cabeza, y así el resto.

—Pero ¡no puedes estar hablando en serio! —grité, horrorizado de espanto.

—¿Que si hablo en serio? —replicó raudo como una centella—. ¡No he dicho nada! Sordo y mudo soy. Como lo debes ser tú, por tu madre. ¡Yo nunca he abierto mi boca si no es para decir cosas buenas de estos y de aquel, cuya alma maldiga Dios, y se pudra en el purgatorio durante diez mil años, y luego descienda al más lejano y profundo de los infiernos!

Johnson, el hombre que me había dejado en carne viva frotándome el día que llegué a bordo, parecía el menos retorcido de toda la tripulación del barco. En realidad no había nada retorcido en él. Uno se sorprendía por su rectitud y su virilidad, que a su vez se veían atemperadas por una modestia que podía fácilmente confundirse con timidez. Pero no era un hombre tímido. Más bien parecía tener el valor de sus convicciones y la certeza de su virilidad. Y fue esto lo que le hizo quejarse al llamarle yo Yonson durante nuestra primera entrevista. Sobre esta circunstancia, así como sobre él, también emitió Louis algún juicio y una premonición.

—Es un buen muchacho ese cabeza cuadrada de Johnson que tenemos a proa —dijo—. El mejor marinero del castillo de proa. Es mi remero; pero tendrá problemas con Lobo Larsen; tan cierto como que las chispas saltan. Bien que me lo sé. Lo veo gestarse y acercarse como una tormenta del cielo. Le he hablado como a un hermano, pero echa poca cuenta de avisos y advertencias. Refunfuña cuando las cosas no le van bien, y ya habrá algún soplón que vaya a contárselo al Lobo. Lobo es fuerte, y como los lobos odia la fuerza, y fuerza es lo que descubrirá en Johnson (no una reverencia y un «sí, señor», «muy agradecido, señor», cuando le insulte o le dé un golpe). ¡Lo veo venir! ¡Lo veo venir! Y Dios sabe dónde encontraré otro remero. ¿Sabes qué hace el loco de él cuando el viejo le llama Yonson? «Mi nombre es Johnson, señor», le dice, deletreándole a continuación el apellido. ¡Tenías que haber visto la cara del viejo! Creí que le iba a dejar en el sitio. Pero no lo hizo, aunque lo hará. Le romperá el corazón a esta cabeza cuadrada; o sé muy poco yo de la gente de mar.

Thomas Mugridge se está haciendo insoportable. Me obliga a llamarle de «usted», y a rematar todas mis frases con un «señor». Una de las razones de ello es que Lobo Larsen parece que le ha cobrado afecto. No hay precedentes de que un capitán llegue a tales familiaridades con un cocinero, pero es lo que le está ocurriendo a Lobo Larsen. Por dos o tres veces ha asomado su cabeza a la cocina y ha bromeado con Mugridge con toda naturalidad; y aun esta tarde ha estado charlando con él durante más de quince minutos en el saltillo de popa. Después de que acabaran, Mugridge regresó a la cocina radiante de felicidad, y se dedicó a su tarea tarareando canciones de vendedor ambulante con una destemplada y exasperante voz de falsete.

—Yo siempre me he llevado bien con los oficiales —me contestó en tono confidencial—. Sé perfectamente la manera de hacerme indispensable. Ahí tienes el caso de mi último patrón: cuando me apetecía me dejaba caer por su camarote para charlar un rato y tomar una copa amigablemente. «Mugridge», me decía, «Mugridge, has errado tu vocación». ¿Cómo es eso?, le preguntaba yo. «Debiste haber nacido aristócrata, y no tener que ganarte la vida trabajando.» Que Dios me castigue si no era eso lo que decía, Hump, mientras yo estaba sentado feliz y cómodamente en su camarote, fumando sus puros y bebiendo ron.

Su cháchara me iba a volver loco. Nunca he odiado tanto una voz. Su tono pegajoso e insinuante, su sonrisa cobista y su monstruosa vanidad me atacaban los nervios hasta el extremo de que a veces me ponía a temblar. Sin lugar a dudas, era la criatura más odiosa y repulsiva con que me he tropezado jamás en mi vida. La bazofia de sus guisos era inefable, y como cocinaba todo lo que se comía a bordo, me veía obligado a seleccionar cuidadosamente mi rancho, eligiendo entre lo menos repugnante de sus preparados.

Mis manos, poco acostumbradas al trabajo, me dolían una barbaridad. Las uñas estaban descoloridas y mugrientas, mientras que la piel tenía tal costra de mugre que ni con un estropajo se me hubiera podido eliminar. Las ampollas se sucedían en una dolorosa e interminable procesión, y al perder el equilibrio con un bandazo del barco me produje una enorme quemadura en el antebrazo, al precipitarme sobre el fogón de la cocina. La rodilla no iba mucho mejor. La hinchazón no había disminuido, y la rótula continuaba prominente y de canto. Lo que necesitaba, si pretendía que se curase, era darle un buen descanso. ¡Reposo! Nunca antes había comprendido el significado de esa palabra. Toda mi vida había estado reposando sin enterarme. Pero ahora, si pudiera estar solo media hora sentado, sin hacer nada, ni siquiera pensar, me parecería la cosa más placentera del mundo. Por otra parte, esto era al menos un descubrimiento. A partir de ahora sabré apreciar la vida de la gente que trabaja. No podía imaginar que el trabajo fuera una cosa tan horrible. Desde las cinco y media de la mañana hasta las diez de la noche soy el esclavo de todo el mundo, sin un momento para mí, como no sea el que pueda robarle a mi trabajo al final casi de mi turno de guardia de seis a ocho de la tarde. Si me detengo un instante a contemplar el mar que centellea bajo el sol, o echar una mirada a un marinero que trepa por lo alto de la vela cangreja o que sube por el bauprés, tengo la seguridad de que escucharé el odioso grito:

—¡Eh, Hump, deja de mirar a las musarañas, que te estoy viendo!

Hay síntomas de que los ánimos están embroncados en el entrepuente, y se dice que Smoke y Henderson han reñido. Henderson parece el mejor de los cazadores; es un muchacho calmoso y difícil de soliviantar, pero esta vez han debido de irritarlo, porque Smoke llevaba un ojo contuso y parecía especialmente furioso cuando entró en el camarote a cenar.

Justo unos minutos antes de la cena ocurrió un incidente cuya crueldad es indicio de la dureza y brutalidad de estos hombres. En la tripulación hay un novato, llamado Harrison, un chico de campo, tosco, el cual dominado por el espíritu de aventura —supongo— hacía su primer viaje. A causa de las ligeras e inestables brisas la goleta había estado cambiando de bordada constantemente. Cuando esto ocurre, las velas se pasan de un lado a otro, por lo que se manda a un hombre a lo alto para volver la gavia de sobremesana. El caso es que, cuando Harrison estaba en lo alto, la escota se atascó en la garrucha por la que corre al final del botalón. Según entendí, había dos maneras de desengancharla; en primer lugar, arriando el trinquete, maniobra relativamente fácil y sin riesgo, o, de otra manera, trepando por las drizas de pico hasta el final del botalón, acción sumamente arriesgada.

Johansen gritó a Harrison que subiera por las drizas. Todo el mundo veía que el muchacho tenía miedo. Y motivos no le faltaban, teniendo que agarrarse a aquellas delgadas y movedizas cuerdas a veinticinco metros sobre la cubierta. De haber soplado una brisa regular, no habría sido tan difícil, pero es que el *Fantasma* se deslizaba por el amplio mar con las velas lacias, y a cada cabeceo el paño tremolaba y aleteaba y las drizas se aflojaban y tensaban alternativamente. Podían quebrar a un hombre como una tralla de látigo a una mosca.

Harrison oyó la orden y comprendió lo que se le pedía, pero vaciló. Probablemente era la primera vez que subía tan alto en su vida. Johansen, que emulaba los modales despóticos de Lobo Larsen, le lanzó una andanada de insultos y maldiciones.

—Basta, Johansen —dijo Lobo Larsen bruscamente—. Te participo que soy yo el único que insulta en este barco. Si necesito tu ayuda, te llamaré.

—Sí, señor —admitió el segundo sumisamente.

Mientras tanto Harrison había comenzado a subir por las drizas. Yo le observaba desde la puerta de la cocina y podía verlo temblar, como si tuviera escalofríos de pies a cabeza. Avanzaba despacio y con precaución, centímetro a centímetro. Recortado sobre el azul claro del cielo, parecía una gigantesca araña arrastrándose por la tracería de su telaraña.

Era un ascenso en vertical, ligeramente inclinado, pues aunque el trinquete estaba muy alto, las drizas, que corrían por las distintas garruchas del botalón y el mástil, le proporcionaban apoyos para pies y manos. Pero la dificultad estribaba en que el viento no era suficientemente fuerte ni constante para mantener las velas hinchadas. Cuando estaba a medio camino, el *Fantasma* hizo una guiñada a barlovento para luego recuperarse en el seno entre dos olas. Harrison detuvo su marcha y se agarró con todas sus fuerzas. Veinticinco metros más abajo podía yo percatarme del agónico esfuerzo de sus músculos, mientras él se aferraba por puro instinto de conservación.

La vela se vació y el botalón se desplomó en medio del barco. Las drizas se aflojaron, y aunque todo sucedió muy deprisa, pude ver cómo cedían bajo el peso del cuerpo del muchacho. Entonces el botalón se desplazó hacia un lado con extraordinaria celeridad, la mayor retumbó como un cañonazo y las tres hileras de rizos restallaron en la lona como una descarga de fusilería.

Harrison, que continuaba fuertemente agarrado, se vio lanzado a un vertiginoso recorrido por el aire. Bruscamente su carrera se detuvo, al haberse tensado en un instante las drizas. Fue como el chasquido de una tralla. Perdió su punto de apoyo. Una de sus manos se desprendió de su asidero. La otra resistió durante un momento desesperadamente, y luego siguió idéntico camino. Su cuerpo salió despedido al vacío, pero logró salvarse con ayuda de sus piernas, quedando suspendido de ellas, cabeza abajo. Con un rápido impulso volvió a asirse con las manos a las drizas, aunque tardó mucho tiempo en recuperar la posición anterior, mientras seguía colgado de una forma patética.

—Apostaría a que no tiene apetito a la hora de la cena —oí decir a Lobo Larsen, cuya voz llegó hasta mí por la esquina de la cocina—. Apártate de ahí abajo, Johansen. ¡Cuidado! ¡Ola viene!

Verdaderamente Harrison estaba mareado, como quien se ha mareado en un barco. Y durante un buen rato, quedó suspendido en esa precaria postura, sin intentar moverse. No obstante, Johansen continuaba increpándole y le instaba vivamente a que culminara su tarea.

—¡Esto es una vergüenza! —oí rugir a Johnson en correcto inglés, pronunciado con dolorosa parsimonia. Se hallaba junto al aparejo principal, muy próximo a mí—. El chico tiene madera. Aprenderá si le dan una oportunidad. Pero esto es un... —se detuvo un momento porque la palabra «asesinato» era su veredicto final.

—¡Chist! ¡Cállate! —le susurró Louis—. ¡Por tu madre, mantén la boca cerrada!

Pero Johnson, mirando a lo alto, continuó refunfuñando.

—Mire —dijo el cazador Standish a Lobo Larsen—, es mi remero, y no quiero perderlo.

—Correcto, Standish —replicó—. Es tu remero cuando lo tengas en tu bote, pero es mi marinero mientras está a bordo, y haré con él lo que me dé la real gana.

—Pero eso no es razón —comenzó a decir Standish atolondradamente.

—Será mejor dejarlo como está —aconsejó Lobo Larsen—. Ya te he dicho lo que hay, de modo que déjalo así. Ese hombre es mío, y puedo hacer con él una sopa y comérmelo si ese es mi deseo.

En los ojos del cazador afloró una mirada de amargura, pero se dio la vuelta y entró en la escalera de entrepuente, donde se quedó mirando hacia arriba. Todo el mundo estaba ahora en cubierta con los ojos en lo alto, donde la vida de un hombre luchaba a brazo partido con la muerte. Era horrible la dureza de estos hombres, a quienes la organización industrial daba autoridad sobre la vida de sus semejantes. Yo, que siempre había vivido fuera del torbellino del mundo, nunca había imaginado que se desenvolviera de esta manera. La vida siempre me pareció una cosa especialmente sagrada, pero aquí no contaba para nada, era un mero guarismo en la aritmética del comercio.

Debo decir, sin embargo, que los marineros eran entre sí solidarios como, por ejemplo, en el caso de Johnson. En cambio los patronos (los cazadores y el capitán) se mostraban con una indiferencia atroz. Aun la protesta de Standish nacía del hecho de no querer perder a su remero. Pero si hubiera sido el remero de otro cazador, él, lo mismo que los demás, no habría hecho más que divertirse.

Pero volvamos a Harrison. Más de diez minutos estuvo Johansen insultándole y llenándole de ultrajes antes de dejarle continuar. Un poco después alcanzó el extremo del botalón, donde, a horcajadas sobre la verga, tuvo mejor oportunidad para terminar su tarea. Desenredó la escota y quedó listo para emprender el regreso, ligeramente inclinado, a lo largo de las drizas hasta el mástil.

Pero había perdido los nervios. Insegura y todo como era su actual posición, no estaba dispuesto a abandonarla por la otra menos segura de las drizas. Echó una mirada al trayecto que debía recorrer por el aire, y luego miró abajo, a cubierta. Tenía los ojos totalmente abiertos y fuera de sus órbitas, y temblaba intensamente. Nunca había visto el miedo tan fuertemente impreso en un rostro humano. Johansen le gritaba en vano que bajara. En cualquier momento podía salir despedido del botalón, pero estaba paralizado por el pánico.

Lobo Larsen, que paseaba charlando con Smoke, no se volvió a interesar por él; en cambio, gritó al hombre que gobernaba el timón:

—¡Te estás desviando del rumbo, amigo mío! ¡Ve con cuidado si no quieres tener problemas!

—Sí, sí, señor —respondió el timonel, rebajando un par de cabillas.

Había sido el causante de que el *Fantasma* se apartara algunos grados en su derrota, con el propósito de que el escaso viento reinante hinchara el trinquete y se mantuviera tenso. Trataba de ayudar así al desdichado Harrison, aun a costa de incurrir en la cólera de Lobo Larsen.

El tiempo transcurría, y esa incertidumbre me resultaba insoportable. Thomas Mugridge, por el contrario, lo consideraba un asunto muy divertido, y de continuo asomaba la cabeza por la puerta de la cocina para hacer algún comentario jocoso. ¡Cómo le odié! Mi odio hacia él fue aumentando más y más, mientras duraron aquellos angustiosos minutos, hasta unas proporciones ciclópeas. Por primera vez en mi vida experimenté el deseo de matar, «rojo de ira», según expresión de algunos de nuestros pintorescos escritores.

La vida en general podía seguir siendo sagrada, pero la vida en el caso particular de Thomas Mugridge se había convertido en algo verdaderamente profano.

Me asusté al tomar conciencia de que «lo veía todo con el color rojo de la ira», y por mi mente cruzó una idea: ¿estaba también yo contagiándome de la brutalidad de aquel ambiente? Yo, una persona que aun para los más flagrantes delitos negaba el derecho y la justificación de la pena de muerte.

Hora y media larga había pasado cuando vi a Johnson y a Louis disputando. Finalmente Johnson se libró del brazo con que Louis lo retenía y avanzó hacia proa. Atravesó la cubierta, saltó al aparejo delantero y empezó a escalar. Pero la mirada rápida de Lobo Larsen lo sorprendió:

—¡Eh, tú! ¿Qué haces ahí arriba? —le gritó.

Johnson detuvo su ascenso. Miró a los ojos del capitán y le replicó parsimoniosamente:

—Voy a bajar a ese chico.

—¡Bájate de esos aparejos! ¡Y aprisa! ¿Oyes? ¡Abajo!

Johnson dudó, pero los muchos años de obediencia a los patrones de barcos pudieron más que él. Se deslizó malhumorado sobre cubierta y siguió hacia proa.

A las cinco y media bajé al camarote a poner la mesa, pero apenas sabía lo que hacía, pues mis ojos y mi cerebro estaban ocupados con el espectáculo de aquel hombre, pálido y tembloroso, grotesco como un bichejo, aferrado al azotado botalón. A las seis en punto, cuando servía la cena, pasé por la cubierta a buscar la comida a la cocina; vi a Harrison todavía en la misma postura. En la mesa la conversación giraba en torno a otros temas. Nadie parecía interesado por aquella vida humana puesta en peligro gratuitamente.

Pero un poco más tarde, al hacer un viaje extra a la cocina, me llenó de alegría ver que Harrison se arrastraba lentamente por el aparejo hacia la escotilla de proa. Al fin había conseguido reunir todo el valor necesario para bajar.

Antes de dar por terminado este incidente, debo referir un fragmento de la conversación que mantuve en el camarote con Lobo Larsen mientras estaba fregando los platos.

—Parecía que te encontrabas mal esta tarde —comenzó—, ¿qué ocurría?

Yo sabía que él conocía el motivo que me había puesto tan enfermo como el propio Harrison, y que estaba intentando sonsacarme, así que le respondí:

—Fue debido al brutal trato dado a ese chico.

Soltó una breve carcajada.

—Una especie de mareo, supongo. Hay personas que son propensas, y otras que no.

—No exactamente —objeté.

—Precisamente es así —continuó—. La tierra está tan repleta de brutalidad como lo está de movimiento el mar. Algunas personas enferman de lo uno, y otras de lo otro. ¡Esa es la única explicación!

—Pero usted que juega con la vida humana ¿no le confiere el menor valor? —pregunté.

—¿Valor? ¿Qué valor? —me miró, y aunque sus ojos estaban fijos e inmóviles, había una sonrisa de cinismo—. ¿Qué clase de valor? ¿Cómo lo mides? ¿Quién lo valora?

—Yo —respondí.

—Entonces, ¿qué valor tiene según tú? Me refiero a la vida de otra persona. Vamos, ¿qué valor tiene?

—¿El valor de la vida? ¿Cómo podría asignarle un valor tangible? —No sé cómo, yo, que siempre he tenido facilidad de expresión, carecía de ella cuando estaba con Lobo Larsen. He llegado a la conclusión de que ello se debía en parte a la personalidad de este hombre, aunque en mayor medida se debía a que nuestros puntos de vista eran totalmente distintos.

A diferencia de lo que ocurría con los materialistas con los que me había topado, y con los que siempre tenía algo en común de donde partir, con este hombre no tenía nada en común. Tal vez también fuera la simplicidad fundamental de su mente lo que me desconcertaba. Iba directamente al meollo de la cuestión, despojando el asunto de sus detalles superfluos, y con tal decisión que parecía que me encontraba debatiéndome en aguas profundas sin poder hacer pie. ¿El valor de la vida? ¿Cómo podría responder a esa pregunta sobre la marcha? El carácter sagrado de la vida era algo que yo había aceptado como un axioma. Y que se trata de algo intrínsecamente valioso era una verdad que jamás me había cuestionado. Así que cuando él me cuestionó su veracidad, me quedé mudo.

—Ya estuvimos hablando ayer de eso —dijo—. Yo sostenía que la vida es un fermento, algo como una levadura que devoraba la vida para seguir viviendo; y que la vida no es sino la porquería triunfante. De las cosas sujetas a oferta y demanda, la vida es la mercancía más barata del mundo. Hay una cantidad limitada de agua, de tierra, de aire; pero la vida que está pidiendo llegar a nacer es ilimitada. La naturaleza es pródiga. Fíjate en un pez y sus millones de huevos. O sin ir más lejos, fíjate en ti y en mí. En nuestra entrepierna se encierra la posibilidad de millones de vidas. Si consiguiéramos encontrar el tiempo y la oportunidad de emplear todas las partículas de vida futura que hay en nosotros, nos veríamos convertidos en padres de naciones y repobladores de continentes. ¿La vida? ¡Bah! No tiene ningún valor. De entre las cosas baratas, es la más barata. Está en todas partes como un mendigo. La naturaleza la desparrama por doquier con mano pródiga. Donde hay espacio para una vida, ella siembra mil; la vida devora a la vida, hasta que prevalece la más fuerte, la porquería mayor.

—Usted ha leído a Darwin —dije—, pero lo ha malentendido al leerlo, si llega a la conclusión de que la lucha por la existencia sanciona la vana destrucción de la vida.

Se encogió de hombros.

—Supongo que te estás refiriendo solo a la vida humana, porque tú mismo destruyes tantos mamíferos, aves y peces como cualquier otra persona. Y la vida del hombre no es en modo alguno diferente, aunque tú lo sientas así y creas que razonas el porqué. ¿Por qué habría yo de escatimar esta vida que es tan barata y carece de valor? Hay más marineros que barcos en el mar para ellos; más obreros que fábricas o máquinas para ellos. Porque tú que vives en tierra sabes perfectamente que los pobres viven en los suburbios de las ciudades, donde sufren hambre y la peste, y que los que aún son más pobres mueren por no tener un mendrugo de pan o un trozo de carne (que es vida destruida); y no sabéis qué hacer con ellos. ¿Has visto alguna vez a los estibadores de Londres pelearse como bestias salvajes por una oportunidad para trabajar?

Se dirigió hacia la escalera, pero volvió la cabeza para decir su última palabra:

—¿No sabes que el único valor que tiene la vida es el que ella misma se atribuye? Y se sobrestima, por cierto, pues necesariamente se inclina en favor de sí misma. Tomemos como ejemplo el caso de ese hombre que estaba ahí en lo alto. Se agarraba como si fuera un objeto precioso, un tesoro de más valor que los diamantes y rubíes. ¿Para ti? No. ¿Para mí? En absoluto. ¿Para sí mismo? Sí. Pero yo no comparto su valoración. Se sobrestima de un modo lamentablemente erróneo. Hay muchísima más vida que está esperando llegar a nacer. Si se hubiera caído y desparramado sus sesos sobre cubierta como la miel de un panal, no hubiese sido ninguna pérdida para el mundo. No tenía ningún valor para el mundo. La oferta es demasiado abundante. Solo tenía valor para sí mismo; y para mostrar cuán ficticia era su valoración basta considerar que de haber muerto ni siquiera habría podido saber que todo había acabado para él. Tan solo él se autoestimaba más que los diamantes y los rubíes. Los diamantes y los rubíes desaparecen esparcidos por la cubierta y arrastrados por un cubo de agua del mar y él ni siquiera se entera de que los diamantes y los rubíes se han perdido. No pierde nada, porque con la propia desaparición uno pierde la conciencia de la pérdida. ¿Lo entiendes? ¿Qué tienes que decir?

—Que al menos es usted coherente —es todo lo que pude decir, y continué lavando los platos.

# Siete

Al fin, después de tres días de vientos variables, hemos alcanzado los alisios del nordeste. Fui a cubierta, después de una noche de reparador reposo a pesar de mi dolor de rodilla, y encontré que el *Fantasma* avanzaba entre la espuma como un pájaro con todas las velas desplegadas, excepto los foques, y con una fresca brisa a popa. ¡Qué maravilla la del gran alisio! Navegamos todo el día y toda la noche, y el siguiente, y el otro, día tras día, con el viento siempre en popa, regular y fuerte. La goleta navegaba por sí misma. No había que tirar de escotas y jarcias, ni que orientar las gavias; los marineros no tenían más trabajo que atender el timón. Al atardecer, al ponerse el sol, amollaban las escotas; y por la mañana, al haber cedido y haberse aflojado a causa de la humedad del rocío, se las tensaba de nuevo... y eso era todo.

Diez, once, doce nudos es la velocidad a la que navegamos, oscilando a ratos. Y constantemente sopla un salvaje viento del nordeste, impulsando nuestra carrera cada jornada unos cuarenta kilómetros. Al mismo tiempo me alegro y me entristezco por la rapidez con que nos alejamos de San Francisco y nos adentramos en los trópicos. Cada día aumentaba el calor sensiblemente. En la guardia de seis a ocho los marineros suben a cubierta sin la camisa y se echan unos a otros cubos de agua. Comienzan a verse peces voladores, y durante la noche los hombres que están de guardia corretean por cubierta en busca de los que han caído a bordo. Por la mañana, tras el oportuno soborno a Thomas Mugridge, la cocina está agradablemente perfumada por el olor de la fritanga. En ocasiones Johnson captura desde la punta del bauprés hermosos delfines, cuya carne se saborea luego de proa a popa.

Johnson parece pasar todo su tiempo libre allí o en lo alto de la cruceta, contemplando cómo el *Fantasma* hiende las aguas bajo el empuje de sus velas. Es pasión, adoración, lo que hay en sus ojos; va de un lado para otro como un sonámbulo, mirando extasiado las velas hinchadas, la estela de espuma, las palpitaciones del barco y su carrera sobre las líquidas montañas que avanzan con nosotros en una procesión majestuosa.

Los días y las noches son «toda una maravilla y una delicia salvaje», y aunque mi aborrecible trabajo me deja poco tiempo libre, le robo algunos momentos para contemplar la inacabable maravilla que nunca imaginé que el mundo poseyera. Arriba, el cielo es de un azul inmaculado, como el azul del mismo mar, que bajo nuestra quilla tiene el color y el lustre del azul raso. En la circunferencia del horizonte hay unas nubes pálidas, a flecos, inmutables y quietas siempre, como un estuche de plata para la turquesa impecable del firmamento.

Nunca olvidaré la noche en que, mientras debía estar durmiendo, me había recostado en el castillo de proa mirando los fantasmagóricos rizos de espuma que abría la quilla del *Fantasma*. Su sonido era como el de un torrente que ríe entre piedras musgosas en algún silencioso valle; y su cantarino rumor me embelesó y me hizo olvidarme de mí mismo, hasta el extremo de que ya no era el grumete Hump, ni tampoco Van Weyden, el hombre que había estado soñando entre libros treinta y cinco años. Pero una voz detrás de mí, la inconfundible voz de Lobo Larsen, fuerte, con su invencible aplomo varonil, y cálida por el alto valor de los versos que recitaba, me devolvió a la realidad:

*Oh ardiente noche del trópico, cuando la estela es un festón de luz*
*que mantiene al ardiente cielo domeñado*
*y la firme proa ronca por entre los predios plagados de planetas*
*que la medrosa ballena flamea con su brillante aleta.*
*El sol restaña sus láminas, querida amiga,*
*y el rocío tensa las jarcias,*
*pues vamos haciendo camino por el viejo sendero, nuestro viejo sendero, el sendero lejano,*
*derivamos hacia el sur, por el Largo Sendero... el sendero siempre nuevo.*

—¡Eh, Hump! ¿De qué te sorprendes? —preguntó, tras la pausa que las palabras y la situación exigían.

Le miré a la cara, que resplandecía como el mismo mar, con sus ojos irradiando la luz de las estrellas.

—Me choca extraordinariamente, por no decir otra cosa, que pueda entusiasmarse por algo —contesté fríamente.

—¿Por qué, hombre? ¡Esto es vivir! ¡Esto es la vida! —gritó.

—Que es una cosa barata y sin valor —repliqué con sus mismas palabras.

Se rio, y fue aquella la primera vez que oí una alegría sincera en su voz.

—¡Bah! No puedo hacerte comprender, no puedo meterte en la cabeza qué es la vida. Por supuesto que la vida carece de valor, excepto para sí misma. Y puedo decirte que mi vida es sumamente valiosa precisamente ahora... para mí mismo. Va más allá de cualquier valoración, cosa que reconocerás que es una exagerada sobrestimación; pero no puedo evitarlo, porque es la propia vida que hay en mí la que la valora.

Parecía buscar las palabras con que expresar su pensamiento, y después prosiguió:

—¿Sabes? Me siento elevado por un extraño arrebato. Me siento como si estuviera resonando permanentemente en mí, como si fueran míos todos los poderes. Conozco la verdad, lo bueno y lo malo, lo justo y lo injusto. Mi visión es clara y alcanza lejos. Casi podría creer en Dios. Pero —el tono de su voz se alteró y desapareció la luz de su rostro— ¿en qué extraño estado me encuentro?, ¿qué significa esta alegría de vivir?, ¿esta exultación vital?, ¿puedo llamarla inspiración? Esto es lo que ocurre cuando se tiene una perfecta digestión, cuando el estómago se halla satisfecho, el apetito tiene un límite y todo marcha bien. Es la seducción de la vida, el champán de la sangre, la efervescencia del fermento... lo que hace que algunos hombres conciban pensamientos de santidad y que otros vean a Dios o crean en Él cuando no pueden verlo. Eso es todo, la embriaguez de la vida, la agitación y la inquietud de la levadura, el insano balbuceo de la vida al ser consciente de que está viva. ¡Y, bah...! Mañana tendré que pagar por todo esto, como lo paga el borracho. Y sabré que debo morir, casi con toda seguridad en el mar, que dejaré de agitarme para quedarme por completo inmóvil con la corrupción del mar; para servir de alimento, para ser carroña, para que toda la fuerza de movimiento de mis músculos se transforme en fuerza y movimiento en las aletas y escamas y agallas de los peces. ¡Bah! ¡Bah! El champán ha perdido su gas. Las chispas y las burbujas han desaparecido, y es una bebida insípida.

Se apartó de mí tan inesperadamente como había aparecido, saltando a la cubierta con la ligereza y la elasticidad de un tigre. El *Fantasma* araba surcos en el agua. Advertí que el murmullo de la quilla se parecía mucho a un ronquido, y mientras lo escuchaba se fue esfumando el efecto de la rápida transición de Lobo Larsen, desde la más sublime euforia hasta la desesperación.

Entonces, algún marinero de aguas profundas, desde una amura del barco, alzó con su timbrada voz de tenor la «Canción del viento alisio»:

*Soy el viento que los hombres de mar aman...*
*Soy firme, y fuerte, y auténtico;*
*rastrean mis huellas con ayuda de las nubes del cielo,*
*sobre el insondable azul del trópico.*

*De día y de noche sigo su ladrido,*
*me mantengo como un sabueso tras su rastro;*
*mi fuerza es mayor a mediodía, pero también bajo la luna*
*tenso los senos de su velamen.*

# Ocho

A veces pienso que Lobo Larsen está loco, o medio loco al menos, tales son sus cambios de humor y sus extravagancias. En otras ocasiones le tengo por un hombre de mucho mérito, por un genio que no ha llegado a cuajar. Al final, me he convencido de que es el prototipo perfecto del hombre primitivo, nacido con cientos de años o varias generaciones de retraso, un anacronismo en este siglo cumbre de la civilización. Verdaderamente es un individualista de la más clara especie. Pero no solo eso, sino que es también un gran solitario. No congenia en nada con ninguno de los hombres de su barco. Su extraordinaria virilidad y fuerza mental le tienen encastillado... Para él son como niños, incluso los cazadores; y como a niños los trata, rebajándose porque no tiene más remedio a su nivel. Juega con ellos como cualquier persona juega con unos cachorritos. Y si no, los sondea con la misma mano despiadada de quien practica la vivisección de un bicho. Entra a tientas en sus procesos mentales y examina sus almas como si quisiera saber de qué materia están compuestos.

Le he visto repetidas veces regañar en la mesa ahora a este ahora a aquel otro cazador, con una mirada fría e inalterable, y calibrar sus acciones, respuestas y estúpidos enojos con un cierto aire de interés y curiosidad que a mí, simple espectador consciente de ello, me resulta casi ridículo.

En cuanto a sus propios arrebatos, estoy convencido de que no son auténticos, sino tan solo experimentos que en su mayor parte obedecen a una postura o actitud que ha creído conveniente adoptar con sus semejantes. Sé que, con la posible excepción del incidente de la muerte del segundo, nunca le he visto de verdad enojado. Aunque tampoco es que desee presenciar uno de sus auténticos momentos de rabia, cuando entran en funcionamiento todas sus energías.

A propósito del asunto de sus extravagancias, voy a relatar lo que le aconteció a Thomas Mugridge en el camarote, al tiempo que completo un incidente al que ya me he referido en una o dos ocasiones.

Un día, después de la comida de las doce, y cuando acababa de poner en orden el camarote, Lobo Larsen y Thomas Mugridge bajaron las escaleras. Aunque el cocinero tiene su cubil en un compartimento contiguo al camarote, lo que se dice propiamente en el camarote nunca había osado demorarse ni que le vieran allí, sino que se limitaba a merodear por los alrededores, un par de veces al día, como un tímido espectro.

—¿De modo que sabes jugar al Nap? —iba diciendo Lobo Larsen en un tono de voz complacido—. Debí haberlo supuesto, siendo tú inglés. Yo también lo aprendí en unos barcos ingleses.

Thomas Mugridge no cabía en sí, ¡estúpido imbécil!, de contento por estar tan a buenas con el capitán. Los aires que se daba y los esfuerzos que hacía por fingir que se movía con desenvoltura propia de la gente destinada a ocupar importantes puestos por su cuna habrían resultado repulsivos de no haber sido sencillamente grotescos. Ignoró mi presencia, aunque admito que tal vez se hallaba por completo imposibilitado de verme. Sus ojos, pálidos y sin expresión, estaban anegados como indolentes olas de verano, aunque las beatíficas visiones que pudiese contemplar estaban fuera del alcance de mi imaginación.

—Trae la baraja, Hump —me ordenó Lobo Larsen mientras se sentaba a la mesa—. Y saca los puros y el whisky que encontrarás en el camarote.

Regresé con el encargo, a tiempo de escuchar cómo el *cockney* insinuaba, burdamente, que en torno a su vida había un misterio: que debía de ser el fruto pecaminoso de un noble o algo por el estilo; y que era un hombre que vivía de los giros que se le enviaban por mantenerse alejado de Inglaterra —«una buena paga, señor», decía, «una buena paga por irme con la música a otra parte».

Yo había traído las copas de licor usuales, pero Lobo Larsen frunció el ceño, meneó la cabeza y me indicó con la mano que trajera vasos grandes. Los llenó en más de sus dos terceras partes con whisky puro, «una bebida de caballeros» —dijo Thomas Mugridge, entrechocaron los vasos por el excelente juego del Nap, encendieron los puros y se pusieron a barajar y a repartir las cartas.

Se jugaban dinero. El importe de las apuestas fue ascendiendo. Bebían whisky puro, y tuve que ir a buscar más. No sé si Lobo Larsen hacía trampas —algo de lo que le creo absolutamente capaz—, pero el caso es que ganaba siempre. El cocinero hizo repetidos viajes a su litera a por dinero. Cada vez lo hacía fanfarroneando más, aunque nunca volvía con más que unos pocos dólares. Aumentaban su sensiblería y confianza en el trato, y apenas podía ver las cartas o mantenerse erguido. Como preámbulo a un nuevo viaje a su litera, ensartó su grasiento dedo índice en un ojal de Lobo Larsen y anunció y repitió estúpidamente varias veces:

—Tengo dinero. Tengo dinero; le digo que soy hijo de un caballero.

Lobo Larsen no acusaba los efectos de la bebida, y eso que bebió otros tantos vasos; los suyos tal vez incluso más colmados. No experimentó cambio alguno. No parecían divertirle siquiera las payasadas del otro.

Al final, arguyendo en voz alta que él sabía perder como un caballero, el cocinero puso en juego su último dinero y lo perdió. Luego, metió la cabeza entre sus manos y se echó a llorar. Lobo Larsen le miraba con curiosidad como si quisiera escudriñar su interior y viviseccionarle, pero después cambió de parecer, convencido quizá de que allí no había nada que escudriñar.

—Hump —me dijo con una cortesía muy estudiada—, haz el favor de tomar al señor Mugridge del brazo y ayúdale a ir a cubierta. No se encuentra muy bien. Y di a Johnson que lo refresquen con unos pocos cubos de agua salada —añadió bajando la voz para que me enterara yo solo.

Dejé al señor Mugridge sobre cubierta, en las manos de un par de sonrientes marineros a quienes se les había dado el anterior encargo. El señor Mugridge mascullaba entre sueños que era el hijo de un noble. Pero cuando bajaba yo las escaleras para limpiar la mesa, le oí chillar bajo la impresión del primer cubo de agua que le habían arrojado.

Lobo Larsen contaba lo que había ganado.

—Ciento ochenta y cinco dólares exactamente —dijo en voz alta—. Justo lo que me figuré. Este canalla llegó a bordo sin un céntimo.

—Y lo que usted ha ganado es mío, señor —afirmé con decisión.

Me obsequió con una burlona sonrisa.

—Hump, en mis tiempos estudié algo de gramática, y me parece que empleas mal los tiempos: «era mío» debías haber dicho, no «es mío».

—Esto es una cuestión no de gramática, sino de ética —repliqué.

Aproximadamente un minuto transcurrió antes de que volviera a hablar.

—¿Sabes, Hump? —dijo con una pausada seriedad que encerraba un dejo indefinible de tristeza—, es la primera vez que he oído la palabra «ética» en boca de alguien. Tú y yo somos los únicos hombres a bordo de este barco que conocemos su significado... Hubo una época en mi vida —continuó después de otra pausa— en que soñé que algún día hablaría con hombres que emplearan ese lenguaje, que podría elevarme por encima del ambiente en que había nacido, y mantener conversaciones y codearme con hombres que hablaran precisamente de cosas tales como la ética. Esta es la primera vez que he oído pronunciar esa palabra; cosa que, por lo demás, carece por completo de importancia, porque estás en un error. No es una cuestión ni de gramática ni de ética, sino de realidades.

—Le entiendo —dije—. La realidad es que usted tiene el dinero.

Su rostro se le iluminó, y pareció satisfecho de mi perspicacia.

—Pero eso equivale a esquivar la verdadera cuestión —continué—, que es de justicia.

—¡Ah! —advirtió, haciendo un gesto de desdén con su boca—, veo que aún sigues creyendo en cosas como la justicia y la injusticia.

—¿Usted no? ¿En absoluto? —le pregunté.

—Ni lo más mínimo. La fuerza es un bien, y eso es todo. La debilidad un mal. Lo cual es un pobre recurso para decir que ser fuerte es bueno para uno mismo, y ser débil, malo; o aún mejor: ser fuerte es agradable porque es provechoso, y ser débil es doloroso, porque acarrea castigos. Ahora, precisamente, poseer ese dinero es una cosa agradable. Es bueno para uno poseerlo. Por tanto, si pudiendo poseerlo te lo diera, renunciando al placer de poseerlo, cometería una injusticia conmigo mismo y con la vida que hay en mí.

—Pero comete una injusticia contra mí al retenerlo —fue mi objeción.

—En absoluto. Un hombre no puede cometer injusticias contra nadie. Solo las puede cometer consigo mismo. Según yo entiendo, actúo mal siempre que tengo en cuenta los intereses de los demás. ¿Lo entiendes? ¿Cómo van a poder ser injustas dos partículas de levadura al luchar por devorarse mutuamente? Su innato código genético es luchar para devorar y no ser devoradas. Y si se apartan de él, pecan.

—¿Entonces, usted no cree en el altruismo? —pregunté.

Escuchó la palabra como si tuviera para él una resonancia familiar, pero la sopesó en su mente.

—Déjame ver; eso significa algo así como colaboración, ¿verdad?

—Bueno, en cierto modo, vienen a tener alguna conexión —contesté, sin sorprenderme esta vez ante las deficiencias de su vocabulario, el cual, como sus propios conocimientos, era el resultado del esfuerzo autodidacta de un hombre solitario, que se ha formado a sí mismo, a quien nadie ha encauzado en sus estudios, que ha reflexionado mucho y conservado poco o nada—. Un acto de altruismo es el que se lleva a cabo en beneficio de los demás. Es algo desinteresado, por oposición al realizado en beneficio de uno mismo, lo cual es egoísmo.

Asintió con la cabeza.

—¡Ah, sí! Ahora recuerdo, eso lo he leído en Spencer.

—¡Spencer! —exclamé—. ¿Lo ha leído usted?

—No mucho —declaró—. Entendí bastante de sus *Primeros principios,* pero su *Biología* me bajó los humos, y su *Psicología* me dejó varios días con dolor de cabeza. Sinceramente, no pude comprender adónde quería llegar. Pensé en aquella época que se debía a deficiencia de mi mente, pero ahora he llegado a la conclusión de que era falta de preparación. Carecía de una base apropiada. Solo Spencer y yo sabemos cuán duramente me rompí la cabeza. Algo extraje de las *Notas de Ética.* Fue en ellas donde di con la palabra «altruismo», y ahora recuerdo en qué sentido la empleaba.

Me maravillaba de que este hombre hubiera podido extraer algún provecho de una obra semejante. Yo recordaba lo bastante de Spencer para saber que el altruismo es un imperativo para su ideal de conducta elevada. Lobo Larsen evidentemente había cribado las enseñanzas del gran filósofo, desechando y escogiendo de acuerdo con sus necesidades y deseos.

—¿Qué más encontró usted? —pregunté.

Frunció un poco las cejas, en un esfuerzo mental por expresar con exactitud unos pensamientos que nunca antes había verbalizado. Sentí que mi espíritu se exaltaba.

Me hallaba yo ahora sondeando en su alma, lo mismo que hacía él con el alma de los demás. Estaba explorando un territorio virgen. Una región extraña, terriblemente extraña, descorría sus velos ante mi vista.

—Para decirlo con las mínimas palabras posibles —comenzó—, Spencer lo expone de este modo: primero, un hombre debe actuar en beneficio propio, y obrar así es ser moral y bueno. En segundo lugar, debe actuar en beneficio de sus hijos; y en tercer lugar, debe actuar en beneficio de su especie.

—Y la conducta más elevada, más exquisita y más justa —le interrumpí— es la de quien actúa en beneficio al mismo tiempo del hombre, de sus hijos y de su especie.

—Yo no sostendría eso —replicó—. No veo la necesidad de ello, ni que sea de sentido común. Yo excluyo la especie y los hijos. Por ellos yo no sacrificaría nada. Es o no es más que pura sensiblería y sentimentalismo. Y tú mismo puedes comprender que sea así, al menos para un hombre que no cree en la vida eterna. Si ante mí tuviera el poder ser inmortal, el altruismo sería una oferta de pago mercantil. Elevaría mi alma a los más altos grados de excelencia. Pero sin tener ante mí otra cosa eterna que la muerte, y dada la efímera duración en que este fermento al que llamamos vida se mueve y se arrastra, sería inmoral ejecutar ninguna acción que supusiera un sacrificio. Cualquier sacrificio que me hiciera perder un solo movimiento o retorcimiento es una locura; y no solo una locura, sino una injusticia para conmigo mismo, además de una cosa inicua. No debo dejar de arrastrarme ni de retorcerme si quiero sacar el mayor provecho del fermento. Ni la inmovilidad eterna que me aguarda será más cómoda ni más penosa por los sacrificios o los egoísmos hechos durante el tiempo en que era fermento y me arrastraba.

—¿Entonces, usted es un individualista, un materialista y, en consecuencia, un hedonista?

—¡Gruesas palabras! —sonrió—. ¿Qué es un hedonista?

Movió la cabeza en señal de asentimiento cuando le di la definición.

—¿Y es usted también —continué— un hombre a quien no se podría confiar el asunto más nimio, si hubiera posibilidad de que interviniera un interés egoísta?

—Ahora empiezas a comprender —dijo con viveza.

—¿Es usted un hombre carente por completo de lo que el mundo llama moral?

—Eso es.

—¿Un hombre a quien siempre se tendrá miedo?

—Esa es la expresión.

—¿... Como se teme a una serpiente, a un tigre o a un tiburón?

—Ahora es cuando me conoces —dijo—. Y me conoces como generalmente se me conoce. Otros me llaman «Lobo».

—Usted es una especie de monstruo —añadí con osadía—, un Calibán a quien Setebos ha valorado en lo que se merece, y que, como usted, actúa en los momentos ociosos arrastrado por el capricho y la fantasía.

Su frente se nubló ante esta referencia. No la comprendía, y pronto me di cuenta de que no conocía el poema.

—Precisamente ahora estoy leyendo a Browning —confesó—; me resulta bastante difícil. Aún no he avanzado mucho, y en lo que llevo, casi me he desorientado.

Para no resultar tediosos, diré que fui a buscar el libro a su habitación, y leí «Calibán»[4] en voz alta. Se quedó encantado. Comprendía a la perfección esa primitiva manera de razonar y ver las cosas. Me interrumpió repetidas veces con comentarios y observaciones críticas. Y cuando terminé, me lo hizo leer una segunda y una tercera vez. Pasamos a discutir sobre filosofía, ciencia, evolución y religión. Le traicionaban las incorrecciones de la persona autodidacta, pero debe reconocérsele la seguridad y la franqueza de la inteligencia primitiva. La fuerza de su razonamiento residía en su completa sencillez, y su materialismo era más convincente que las sutiles complicaciones del materialismo de Charly Furuseth. Y no es que fuera a convencerme a mí, «un idealista acérrimo y temperamental» —en expresión de Furuseth—; pero este Lobo Larsen atacó los últimos baluartes de mis convencimientos con un vigor que imponía respeto, a pesar de que no consiguiera mi adhesión.

El tiempo transcurría. Se acercaba el momento de la cena y la mesa no estaba preparada. Empecé a impacientarme e inquietarme; y cuando Thomas Mug-

---

4. Shakespeare, en su obra *La Tempestad,* hace a Calibán el símbolo de la fuerza bruta o monstruosa. Robert Browning escribió en 1864 el poema «Caliban upon Setebos». *(N. de la T.)*

ridge apareció con aspecto de enfado e indignación, echándome unas miradas fulminantes desde el pie de la escalera, me dispuse para ir a atender mis obligaciones. Pero Lobo Larsen le gritó:

—Cooky. Esta noche vas a tener que apretarte. Estoy ocupado con Hump, así que tendrás que arreglarte lo mejor que puedas sin él.

Y de nuevo quedó asentado algo hasta entonces sin precedente. Aquella noche compartí la mesa con el capitán y los cazadores, mientras Thomas Mugridge nos servía y lavaba luego los platos. ¡Un capricho de Lobo Larsen, al estilo Calibán!, y que según preveía iba a causarme disgustos. Durante ese tiempo conversamos largo y tendido, con gran pesar de los cazadores, que no entendieron una palabra.

# Nueve

Tres días de descanso, tres benditos días de descanso fueron los que pasé con Lobo Larsen comiendo a la mesa del camarote, sin hacer otra cosa que conversar sobre la vida, literatura y el universo, mientras que Thomas Mugridge echaba pestes y rabiaba y hacía mi trabajo y el suyo.

—Ten cuidado con la tormenta, es todo lo que puedo decirte —me advirtió Louis durante un descanso de una media hora en cubierta, mientras Lobo Larsen se hallaba ocupado en zanjar una pendencia entre los cazadores—. No se pueden prever los acontecimientos —continuó Louis, en respuesta a mi solicitud de que fuera más explícito—. Ese hombre es tan imprevisible como las ráfagas de aire o las corrientes del mar. Nunca puedes sospechar el camino que va a tomar. Justo cuando empiezas a pensar que lo conoces y que estás navegando a su lado con una inclinación favorable, se te vuelve, se para en seco delante, se te echa encima aullando y te hace harapos todas tus finas velas de barlovento.

Así que no me encontraba totalmente desprevenido cuando estalló sobre mí la tormenta que Louis me había vaticinado. Habíamos tenido una violenta discusión —por supuesto, sobre la vida—, y en un exceso de osadía emití severos juicios sobre Lobo Larsen y su vida. De hecho, lo vivisecioné y le volví del revés su alma, de la misma manera implacable y despiadada que solía hacer él con los demás. Puede que uno de mis defectos sea mi incisiva manera de hablar, pero lo cierto es que eché por la borda toda moderación, sajé y desmenucé, hasta que todo su ser quedó en la mayor confusión.

El oscuro bronceado de su tez se tornó negro de ira, y sus ojos se convirtieron en ascuas. No había en ellos la más mínima nitidez o serenidad, nada que no fuera la terrible cólera de un loco. Lo que vi fue el Lobo que en él vivía, un lobo que además estaba enloquecido.

Saltó sobre mí con un rugido y me agarró del brazo. Yo me había revestido de valor para hacerle frente, a pesar de que en mis adentros estaba temblando: pero la descomunal fuerza de este hombre pudo mucho más que toda mi entereza. Me había agarrado el bíceps con una sola mano, y cuando apretó, desfallecí y lancé un grito. Mis pies dejaron de apoyarse en el suelo. Sencillamente, no pude continuar de pie soportando el dolor. Los músculos se negaban a obedecerme. El dolor era demasiado intenso. Mi bíceps estaba machacado como una pulpa.

Pareció serenarse, pues un destello de lucidez asomó a sus ojos, y aflojó la presión con una risa fugaz que más pareció un gruñido. Caí al suelo sintiéndome por completo desfallecido; se sentó, encendió un puro y se quedó vigilándome como el gato que vigila a un ratón. Mientras me retorcía de dolor, pude ver en su mirada aquella curiosidad que tan a menudo había observado, aquella extrañeza y expresión de perplejidad, de inquirir, de interrogar constantemente sobre qué era todo el mundo que le rodeaba.

Finalmente, me arrastré sobre mis pies y subí las escaleras. Había acabado la buena racha, y ya no me quedaba otro remedio que volver a la cocina. Tenía el brazo izquierdo insensible, como paralizado; debieron pasar varios días antes de poderlo usar, y semanas antes de que desaparecieran la rigidez y el dolor. Y eso que no había hecho más que ponerme la mano sobre mi brazo y apretar. No había habido torsión ni tirón. Tan solo había cerrado su mano con un firme apretón. No me percaté en verdad de lo que me habría podido hacer hasta el día siguiente, cuando asomándose por la cocina, y en señal de querer renovar mi amistad, me preguntó cómo iba mejorando mi brazo.

—Pudo haber sido peor —sonrió.

Yo estaba pelando patatas. Cogió una de la perola, una de buen tamaño, dura, sin pelar. Cerró la mano sobre ella, apretó y la patata se escurrió entre sus dedos como un chorro de papilla. Volvió a dejar en la perola los restos de pulpa y se fue. Tuve una visión certera de lo que podía haber ocurrido conmigo si este monstruo hubiera empleado toda su fuerza.

Al menos los tres días de descanso me sentaron muy bien, pues había proporcionado a mi rodilla la oportunidad que necesitaba. Ya se encontraba mucho mejor. La hinchazón había disminuido sensiblemente, y la rótula parecía descender a ocupar su antiguo lugar. También esos tres días de descanso arrastraron consigo los disgustos que había previsto. Thomas Mugridge tenía intención de hacerme pagar bien por ellos. Me trataba de un modo infame, me maldecía continuamente y me cargó con su propio trabajo. Se atrevió incluso una vez a levantarme el puño, pero yo, que también estaba empezando a embrutecerme, le gruñí a la cara de una manera tan terrible que le hice retroceder asustado. No es nada agradable el espectáculo que de mí mismo podía brindar, yo, Humphrey van Weyden, en aquella sórdida cocina de barco, agachado de cuclillas en un rincón con mi faena, cara a cara con aquella criatura que se disponía a golpearme, con los labios entreabiertos y gruñendo como un perro, los ojos encendidos de miedo, y de impotencia, y con el coraje que el mismo miedo e impotencia infunde. No me gusta la escena. Me recuerda demasiado de cerca la de la rata cogida en una trampa. No me seduce pensar en ello; pero fue eficaz, pues evité que el inminente golpe descargara sobre mí.

Thomas Mugridge retrocedió, con una mirada de odio y de rencor similar a la mía. Un par de bestias enjauladas juntas que nos enseñábamos los dientes. Era un cobarde, que temía golpearme porque yo no había retrocedido suficientemente antes; de manera que prefirió una nueva forma de intimidarme. Había solo un cuchillo de cocina que propiamente mereciera ese nombre. Al cabo de muchos años de uso y empleo presentaba una hoja larga y afilada. Su aspecto era terrorífico, y al principio temblaba cada vez que tenía que usarlo. El cocinero pidió prestada a Johansen una piedra de amolar y se dedicó a afilarlo. Lo hacía con grandes alardes, dirigiéndome mientras tanto unas miraditas muy expresivas. Lo afilaba en un sentido y en otro, de la mañana a la noche. En cuanto encontraba un momento libre, se sacaba el cuchillo y la piedra y se ponía de nuevo a afilarlo. La hoja adquirió el filo de una navaja de afeitar. Lo probaba en la yema de su dedo gordo o en la uña. Afeitaba el vello del dorso de la mano, examinaba el filo con una precisión microscópica, y siempre encontraba

—o fingía haber encontrado— alguna ligera mella en alguna parte del filo. Entonces, lo volvía a poner contra la piedra, y proseguía afilando, afilando, afilando; resultaba ello tan cómico que de buena gana me hubiera carcajeado, pero era un asunto muy serio, pues sabía que era capaz de usarlo, ya que debajo de toda aquella cobardía suya se ocultaba el valor de los cobardes, como el mío propio, que le podría impulsar a hacer aquello que a su naturaleza repugnaba y tenía miedo de hacer.

—Cooky está sacando punta al cuchillo para Hump —era el rumor que circulaba entre los marineros, y algunos le tomaban el pelo por ello. Él lo encajaba bien y se mostraba muy halagado; movía la cabeza haciendo gestos premonitorios, misteriosos y terribles, hasta que George Leach, el antiguo grumete, se atrevió a gastarle algunas bromas pesadas a este propósito.

Ocurría que Leach había sido uno de los marineros a los que se les había encargado que refrescaran a Mugridge después de la partida de cartas con el capitán. Obviamente Leach había ejecutado la orden a conciencia, con una escrupulosidad que Mugridge no había olvidado. Hubo un intercambio de palabras luego, seguido de insultos que salpicaban de lodo a sus antepasados. Mugridge le amenazó con el cuchillo que estaba afilando para mí. Leach se rio y le siguió insultando con los soeces epítetos de Telegraph Hill. Y antes de que cualquiera de nosotros dos se hubiera dado cuenta, su brazo derecho recibió un tajo de cuchillo desde el codo hasta la muñeca. El cocinero retrocedió, con una expresión diabólica en su rostro, sosteniendo el cuchillo en actitud defensiva. Leach en cambio reaccionó con serenidad, a pesar de que la sangre manaba de la herida sobre cubierta con la misma generosidad que el agua de una fuente.

—Ya te cogeré, Cooky —dijo—, y te enterarás cuando te coja. No tengo prisa. Cuando venga a por ti, no vas a tener ese cuchillo.

Dicho esto, se dio la vuelta y se marchó tranquilamente a proa. El rostro de Mugridge estaba lívido de miedo por lo que había hecho, y por lo que podía esperar que le hiciera, más tarde o más temprano, el hombre al que había apuñalado. En cambio, su conducta conmigo era cada vez más brutal. A pesar de su miedo y de tener conciencia de que algún día habría de pagar lo que había hecho, vio que aquello había sido una lección práctica para mí, de modo que se volvió más dominante e insolente. Además, al ver la sangre que había derramado, se suscitó en él una pasión muy parecida a la locura. Empezó a verlo todo de color rojo, mirase donde mirase. La explicación psicológica de este proceso es, desgraciadamente, muy compleja, y, sin embargo, yo podía leer cómo funcionaba su mente. Al igual que si lo estuviera leyendo en un libro.

Transcurrieron varios días, durante los cuales el *Fantasma* siguió avanzando impulsado por el alisio, y podría jurar que vi crecer la locura en los ojos de Thomas Mugridge. Confieso que llegué a tener miedo, mucho miedo. Afila, afila y requeteafila durante todo el día. Cuando sentía el penetrante filo de la hoja, la mirada de odio que me dirigía era verdaderamente la de un carnívoro. Tenía miedo de volverle la espalda, y cada vez que salía de la cocina lo hacía marchando hacia atrás —para regocijo de los marineros y de los cazadores, que se agolpaban a fin de presenciar en grupo mis salidas—. La tensión era descomunal. A ratos pensaba que iba a perder el juicio bajo sus efectos, algo absolutamente nimio en este barco de locos y bestias. Cada hora, cada minuto era un peligro para mi existencia. Yo era un alma angustiada, y sin embargo ninguna otra alma de popa a proa se reveló con la suficiente comprensión para venir en mi ayuda. A veces pensé en entregarme a merced de Lobo Larsen, pero la visión del diablo burlón que en sus ojos había y que cuestionaba la vida y la despreciaba ejercía sobre mí tan intensa influencia que me obligaba a refrenarme. Otras veces consideraba el suicidio como una posibilidad en serio y necesitaba de todo el poder optimista de mi filosofía para evitar lanzarme por la borda en la oscuridad de la noche.

En varias ocasiones Lobo Larsen intentó engatusarme para que hablara con él, pero yo le contestaba con el mayor laconismo y lo eludía. Finalmente, me ordenó que volviera a ocupar mi sitio en la mesa del camarote durante algún tiempo y que dejara que el cocinero hiciese mi trabajo. Entonces le hablé francamente, y le dije que Thomas Mugridge me las estaba haciendo pasar mal a causa de los tres días de favoritismo que me había demostrado. Lobo Larsen me miró con una sonrisa en sus ojos:

—¿De manera que tienes miedo, eh? —dijo con sorna.

—Sí —dije en tono desafiante y con toda sinceridad—, tengo miedo.

—Ese es vuestro estilo —exclamó algo enojado—, habláis con afectación sobre la inmortalidad del alma y tenéis pánico de la muerte. A la vista de un cuchillo afilado en la mano de un cobarde *cockney*, el apego que sentís por la vida se sobrepone a toda vuestra sensiblería. ¿Por qué, amigo mío? Vas a vivir eternamente. Eres un dios, y los dioses no mueren. Cooky no puede hacerte daño. Estás seguro de tu resurrección. ¿Qué tienes que temer? Tienes ante ti una vida eterna. Eres millonario en inmortalidad, y un millonario cuya fortuna no puede perderse, cuya fortuna es menos perecedera que las estrellas, y tan duradera como el espacio o el tiempo. Es imposible que puedas reducir tu capital. La inmortalidad es una cosa sin principio ni fin. La eternidad es eterna, y aunque mueras aquí y ahora, continuarás viviendo en algún otro lugar en el futuro. Es algo completamente hermoso el sacudirse de encima la carne para que el espíritu que en ella está prisionero eleve el vuelo. Cooky no puede causarte ningún daño. Tan solo puede empujarte hacia el camino que eternamente debes recorrer. O si no quieres ser empujado todavía, ¿por qué no empujas tú a Cooky? De acuerdo con tus ideas, también él debe de ser un millonario en inmortalidad. No puedes arruinarlo en la bancarrota. Sus acciones siempre circularán a la par. No puedes acortarle la vida porque lo mates, porque no tiene principio ni fin. Está constreñido a continuar viviendo, en algún lugar, de algún modo. Por tanto, empújalo. Clávale un cuchillo y libera su espíritu. Ahora se halla en una sórdida prisión, y no le harás otra cosa que un gran favor derribándole la puerta. Y ¿quién sabe? Puede ocurrir que de ese horrible pellejo alzara su vuelo al cielo un espíritu muy hermoso. Dale el empujón, y te ascenderé a su puesto. Está ganando cuarenta y cinco dólares al mes.

Era evidente que no podía buscar ayuda ni piedad en Lobo Larsen. Sea lo que fuera, lo que hubiese de hacer debía hacerlo yo solo. Y con el valor que infunde el miedo concebí el plan de combatir a Thomas Mugridge con sus mismas armas. Pedí a Johansen una piedra de amolar. Louis, el timonel, me había requerido en otras ocasiones leche condensada y azúcar. El almacén donde se guardaban estas golosinas se hallaba debajo del suelo del camarote. Espiando la ocasión propicia, robé cinco latas de leche, y aquella noche, durante el turno de guardia de Louis, se las cambié en la cubierta por un puñal escocés, tan afilado y de aspecto tan terrorífico como el cuchillo de cortar verduras de Thomas Mugridge. Estaba embotado y mohoso, pero Louis le sacó filo mientras yo hacía girar la piedra de amolar. Aquella noche dormí más tranquilo que de costumbre.

A la mañana siguiente, después del desayuno, empezó de nuevo con su repetido afilar del cuchillo. Yo le miraba con cautela, pues estaba de rodillas sacando cenizas del fogón. Al regresar de aventarlas por la borda, hablaba con Harrison, cuyo semblante de hombre simple daba muestras de fascinación y asombro.

—Sí —estaba diciéndole Mugridge—, y aquello me costó dos años de condena en Reading. Pero ¡qué leche me importa!, el otro estaba completamente clavado. Deberías haberlo visto. Un cuchillo exacto a este. Se lo clavé, y se hundió en su cuerpo como si fuera mantequilla. Gritaba más de lo que gritan en un teatrillo barato.

Me echó una mirada, para comprobar si me estaba enterando, y continuó:

—«¡No quería hacerlo, Tommy!», gimoteaba. «¡Dios me auxilie! ¡No quería hacerlo!» «¡Te voy a liquidar!», le dije, y me fui a por él. ¡Le corté a cachos!, eso es lo que le hice, mientras él seguía chillando. Una vez puso la mano sobre el cuchillo y cerró los dedos, pero yo tiré de él y se lo hundí hasta el hueso. ¡Vaya espectáculo!, te aseguro.

Una voz del segundo interrumpió el sangriento relato, y Harrison se ausentó. Mugridge se sentó sobre el alto umbral de la cocina y reemprendió su tarea de afilar el cuchillo. Yo aparté la pala y me senté tranquilamente en la carbonera frente por frente a él. Me obsequió con una prolongada mirada de odio.

Todavía tranquilo, aunque mi corazón me daba sobresaltos, saqué el puñal de Louis y empecé a afilarlo sobre la piedra. Yo esperaba que el *cokney* estallara de alguna manera, pero me sorprendió el que no pareciera inmutarse ante lo que yo hacía. Continuó afilando el cuchillo. Yo también. Y así durante dos horas estuvimos allí sentados, cara a cara, afila que te afila, hasta que la noticia corrió por el barco, y la mitad de la tripulación se arremolinó ante las puertas de la cocina para presenciar el espectáculo.

Generosamente, nos dieron ánimo y consejos. Jock Horner, ese cazador tranquilo y callado que tenía aspecto de no hacer daño a un ratón, me aconsejó que evitara las costillas y le acometiera un poco más abajo y hacia arriba, en el abdomen, dándole a la hoja lo que él llamaba «el giro español». Leach, con el brazo visiblemente vendado hacia delante, me suplicó que le dejara algunos restos del cocinero; y Lobo Larsen se detuvo un par de veces en el saltillo de popa para observar con curiosidad lo que para él no debía de ser sino el agitarse y arrastrarse de ese fermento al que llamaba vida.

Puedo decir que por aquel tiempo la vida tenía para mí ese mismo sórdido valor. No había en ella

nada hermoso, nada divino —tan solo eran dos cobardes cosas móviles, que afilaban sentadas sus cuchillos, y otro grupo de cosas móviles, cobardes o
como fueran, que miraban—. Estoy seguro de que la
mitad de ellos estaban deseosos de ver nuestra sangre
derramada. Habría sido divertido. Y pienso que ni
uno solo de ellos habría mediado si nos hubiéramos
enzarzado en una lucha a muerte.

Por otra parte, todo aquello era ridículo e infantil.
Afila que te afila. ¡Humphrey van Weyden afilando
un cuchillo en la cocina de un barco y probando el
filo de la hoja con el dedo gordo! Era la más inconcebible de todas las situaciones. Estoy seguro de que mis
propios amigos no lo hubieran creído posible. No sin
razón me habían llamado desde siempre «Sissy van
Weyden», y que «Sissy van Weyden» fuera capaz de
hacer aquello era una revelación para el mismo Humphrey van Weyden, de la que no sabía yo mismo si
alegrarme o avergonzarme.

Mas no ocurrió nada. Al cabo de dos horas Thomas Mugridge tiró el cuchillo y la piedra y me tendió
su mano.

—¿Por qué les vamos a dar gusto a estos rufianes
brindándoles un espectáculo? No nos tienen ningún
aprecio. Y se van a alegrar mucho si nos ven cómo
nos cortamos el gañote. No eres mal tipo, Hump. Tienes agallas, como decís los yanquis. Y en cierta forma
nos parecemos. Aquí tienes mi mano.

Por cobarde que yo fuera, lo era menos que él. Era
importante la victoria que había ganado, y me negué
a renunciar a ella estrechando aquella odiosa mano.

—Está bien —dijo sin afectar orgullo—, tómala o
déjala. No me vas a gustar menos por eso.

Y para salvar su honrilla se encaró ferozmente con los mirones:

—¡Fuera de la puerta de mi cocina, puñeteros estropajos!

Esta orden fue apoyada por un caldero de agua hirviendo, y los marineros al verla escaparon a todo correr. Esto fue una especie de victoria para Thomas Mugridge, que le permitía aceptar con más honra la derrota que yo le había infligido; por supuesto, que fue más discreto para atreverse a desalojar a los cazadores con el mismo procedimiento.

—Veo que este es el fin de Cooky —oí que decía Smoke a Horner.

—¡Ya lo creo! —fue la contestación—. Desde ahora será Hump el que mande en la cocina, y le bajará los humos a Cooky.

Mugridge lo oyó, y me dirigió rápidamente una mirada, pero yo fingí no haberme enterado. No pensé que mi victoria les pudiera parecer tan duradera y completa, aunque adopté la resolución de no ceder un palmo del terreno ganado. Con el paso de los días, se cumplió la profecía de Leach. El *cockney* se hizo conmigo más humilde y sumiso que con el propio Lobo Larsen. No le volví a llamar «señor» ni a tratar de «usted», ni a lavar más grasientas cacerolas ni a pelar más patatas. Hacía mi trabajo, solo el mío, cuando y como creía conveniente. Además, llevaba el puñal en un tahalí a mi cadera, al modo de los marineros, y mantuve hacia Thomas Mugridge una constante postura, compuesta, a partes iguales, de despotismo, insulto y desprecio.

# Diez

Mi intimidad con Lobo Larsen va en aumento, si puede llamarse intimidad a la relación que existe entre patrón y marinero, o mejor aún, entre rey y bufón. Soy para él solo un juguete, y me valora como un niño a un juguete. Mi cometido es divertirle, y mientras le divierta, todo va bien. Pero tan pronto empieza a aburrirse o le sobreviene uno de esos ratos de melancolía, me relega de la mesa del camarote a la cocina, y aun así, puedo considerarme afortunado de escapar con vida y sin un golpe en mi cuerpo.

Poco a poco voy comprendiendo la soledad de este hombre. No hay un solo hombre a bordo que no le odie o no le tema, ni hay hombre a quien él no desprecie. Da la impresión de consumirse en el descomunal poder que en él radica y no parece haber encontrado una adecuada expresión a su obra. Es cual sería Lucifer, si este espíritu orgulloso hubiera sido confinado en una sociedad de desalmados, de espíritus tomlinsonianos[5].

La soledad es considerablemente mala en sí misma, pero la empeora en su caso aún más la melancolía ancestral de su raza. Conociéndole analizo ahora los mitos escandinavos con una comprensión más nítida. Aquellos salvajes de piel blanca y rubios cabe-

---

5. Alusión al poema de R. Kipling «Tomlinson» en el que este está condenado a vagar como un fantasma entre el cielo y el infierno. *(N. de la T.)*

llos, que crearon aquel terrible panteón, eran de su misma fibra. La frivolidad de los eufóricos latinos no forma parte de su carácter. Cuando se ríe lo hace como producto de un humor feroz. Además, se ríe en contadas ocasiones, y está triste con demasiada frecuencia. Su tristeza viene de tan lejos como las raíces de su raza poco imaginativa, puritana y moral hasta el fanatismo, y que en sus últimas derivaciones ha culminado, en Inglaterra, en la Iglesia Reformada y la Sra. Grundy. De hecho, la principal válvula de esta melancolía ancestral ha sido la religión en sus formas más atormentadas. Mas las compensaciones de una religión como esa es algo que le ha sido negado a Lobo Larsen. Su materialismo brutal no se lo permite. De modo que cuando le asalta esa melancolía, no le queda otra salida que ser diabólico. Si no fuera un hombre tan odioso, le tendría lástima algunas veces. Por ejemplo, hace tres mañanas, cuando entré en su camarote para llenarle la botella de agua y me encontré con él sin esperármelo. No me vio. Tenía la cabeza sepultada entre sus manos, y los hombros se agitaban entre convulsiones, mientras sollozaba. Parecía atormentado por alguna intensa pena. Al salir yo cuidadosamente, pude oír un quejido:

—¡Dios, Dios, Dios!

No es que invocara a Dios, era solo una exclamación, aunque le salía del alma. A la hora de la cena pidió a los cazadores un remedio para el dolor de cabeza, y por la tarde, a pesar de que era un hombre de fortaleza singular, andaba medio ciego, dando tumbos por el camarote.

—Nunca en mi vida he estado enfermo, Hump —dijo, mientras le acompañaba a la cama—. Ni he conocido nunca un dolor de cabeza, menos una vez que convalecía con una herida de seis centímetros que me abrió en la cabeza la barra de un cabrestante.

Tres días duró aquel cegador dolor de cabeza, y sufrió como lo hacen los animales salvajes, como parecía ser costumbre sufrir en aquel barco, sin una queja, sin la solidaridad de nadie, en completa soledad. Esta mañana, sin embargo, al entrar en su camarote para hacer la cama y poner las cosas en orden, le encontré bien y trabajando de firme. La mesa y la litera estaban repletas de dibujos y cálculos. Sobre una extensa hoja de papel transparente, compás y escuadra en la mano, se hallaba copiando lo que parecía ser una especie de escala.

—¡Hola, Hump! —me saludó con buen ánimo—. Justamente en este momento estoy rematando los últimos toques. ¿Quieres verla funcionar?

—¿Qué es? —pregunté.

—Un invento que ahorra trabajo a los marineros y reduce la navegación a un juego infantil —respondió alegremente—. Desde hoy un niño será capaz de patronear un barco. Ya no habrá cálculos interminables. Todo lo que se necesita para saber dónde te encuentras es una estrella en el firmamento durante una noche oscura. Mira, coloco esta escala transparente sobre este mapa sideral y la hago girar sobre el Polo Norte. En la escala he dibujado los círculos de altitud y las líneas de situación. Todo lo que hago se reduce a colocarla sobre una estrella, hacer girar la escala hasta que coincida con los números del mapa de abajo y ¡listo! ¡Ahí tienes la situación exacta del barco!

En su voz había un acento triunfal, y sus ojos, de azul claro esta mañana, como el mar, centelleaban.

—Debe de ser usted un gran matemático —dije—. ¿A qué escuela fue?

—Nunca he visto una por dentro, para mi desgracia —fue la respuesta—. He tenido que ingeniármelas solo. ¿Por qué crees que he fabricado esto? —me preguntó de pronto—. ¿Con la esperanza de dejar mis huellas en las arenas del tiempo? —se rio con una de sus estruendosas carcajadas burlonas—. En modo alguno. Para patentarlo, para hacer dinero con él, para recrearme en la porquería durante las noches mientras otros hombres trabajan. Ese es mi propósito. Además, también he disfrutado al ejecutarlo.

—¡El goce de crear! —susurré.

—Supongo que es así como habría que llamarlo. Es otra forma de expresar el placer de la vida en lo que tiene de ser viviente, el triunfo del movimiento sobre la materia, de lo vivo sobre lo muerto, el orgullo del fermento por el hecho de ser fermento y arrastrarse.

Alcé mis manos en señal de inútil desaprobación a su inveterado materialismo y continué haciendo la cama. Prosiguió él copiando líneas y números sobre la escala transparente. Era una tarea que requería el máximo esmero y precisión, y no pude menos de admirar cómo atemperaba su fuerza a la finura y delicadeza precisas.

Cuando terminé de hacer la cama, me sorprendí a mí mismo de haberme quedado contemplándole fascinado. Sin lugar a dudas, era un hombre atractivo, guapo, según el canon masculino. De nuevo advertí, con la misma extrañeza de siempre, que en su semblante no había la menor huella de vicio, perversidad o pecaminosidad. Era el rostro —estoy convencido—

de un hombre que no hacía nada malo. Y quiero que se me entienda bien. Lo que quiero decir es que era la cara de un hombre que o bien no hacía nada contrario a lo que le dictaba su conciencia o que no tenía conciencia. Más me inclino por esta segunda suposición. Era un magnífico ejemplo de atavismo; un hombre tan esencialmente primitivo que representaba el prototipo de los que vinieron al mundo antes de que se desarrollara la conciencia moral. No era inmoral, sino completamente amoral.

Como he dicho, era un rostro bonito, en la acepción varonil. Bien afeitado, de rasgos muy pronunciados, tallados con la limpieza y precisión de un camafeo. El mar y el sol habían curtido su piel, de por sí blanca, dándole un color bronceado que hablaba de luchas y combates, que venían a añadirse a su aspecto de feroz hermosura. Sus labios eran gruesos, aunque poseían la firmeza, casi hasta la dureza, que caracteriza a los labios finos. La forma de la boca, de la barbilla y de la mandíbula era igualmente firme o dura, con toda la fuerza indómita del macho —al igual que la nariz, que era la nariz de un ser nacido para conquistar y mandar—. Evocaba el pico de un águila. Podía haber sido griega o haber sido romana, solo que era en exceso prominente para lo primero y algo delicada para lo segundo, mientras que el conjunto de su rostro era la encarnación de la ferocidad y la fuerza. La ancestral melancolía que le aquejaba parecía agrandar las líneas de la boca, de los ojos y de las cejas, comunicándole una grandeza y amplitud que de otro modo le hubiera hecho falta.

De modo que así me sorprendí a mí mismo, ocioso, observándole. No soy capaz de decir cuándo había empezado aquel hombre a interesarme. ¿Quién era? ¿Qué era? ¿Cómo había llegado a ser lo que era? Suyas parecían ser todas las capacidades, todas las facultades: ¿por qué, pues, no era más que el desconocido patrón de una goleta dedicada a cazar focas, con una reputación de horrible brutalidad entre los cazadores de focas?

Mi curiosidad estalló en un torrente de palabras.

—¿Cómo es que no ha hecho usted cosas grandes en este mundo? Con su energía podía haber llegado muy alto. Al carecer de conciencia o de instinto moral, habría dominado el mundo, lo habría hecho añicos entre sus manos. Y, sin embargo, está usted aquí, en la plenitud de su vida, cuando se empieza ya a menguar y a fallecer, mostrando una oscura y sórdida existencia, cazando focas para satisfacer la vanidad y frivolidad de las mujeres, «recreándose en la porquería», según sus propias palabras, que es cualquier cosa que se quiera excepto algo espléndido. ¿Por qué, con toda esa descomunal energía, no ha hecho usted algo? Nada había que le detuviera, nada que pudiera detenerlo. ¿Qué fue lo que falló? ¿Le faltó ambición? ¿Cedió a alguna tentación? ¿Qué ocurrió? ¿Qué ocurrió?

Había levantado sus ojos hacia mí, cuando comencé mi perorata, y me siguió contemplando hasta que hube terminado, quedándome ante él sin aliento y consternado. Aguardó un momento, como si buscara por donde empezar, y dijo luego:

—Hump, ¿conoces la parábola del sembrador que salió a sembrar? Recordarás que parte de la semilla cayó sobre unos pedregales, donde no había mucha tierra; brotó enseguida porque no era tierra profunda, pero cuando el sol apretó, se secó y se marchitó porque no tenía raíces. Otra parte cayó entre espinas, y las espinas crecieron y las ahogaron.

—¿Y bien? —dije yo.

—¿Y bien? —replicó en tono petulante—. ¡Nada de bien! ¡Yo fui una de esas semillas!

Agachó la cabeza sobre la escala y continuó copiando. Terminé yo mis faenas y tenía abierta la puerta para marcharme cuando me dijo:

—Hump, si echas una mirada sobre la costa oeste en el mapa de Noruega verás un entrante que se llama fiordo de Romsdal. He nacido a unos ciento cincuenta kilómetros de esa ría de agua. Aunque no soy noruego, soy danés. Mis padres eran daneses, y no sé cómo llegaron a esa desierta cala de la costa occidental. Nunca oí nada. Aparte de esto, no hay ningún misterio. Eran gente pobre e ignorante, y descendían de gentes pobres e ignorantes, labradores de mar, que siembran a sus propios hijos sobre las olas, según acostumbraban desde el principio de los tiempos. No hay más que decir.

—Pero ¡sí que hay! —objeté—. Esto es todavía oscuro para mí.

—¿Qué puedo contarte? —me preguntó recrudeciendo su furia—. ¿La penuria de mi infancia? ¿La dieta de pescado y mi brutal existencia? ¿Que salía en los barcos desde que aprendí a gatear? ¿Te hablo de mis hermanos, que uno a uno salieron a la granja del mar de aguas profundas y nunca jamás regresaron? ¿De mí mismo, que no sabía leer ni escribir, que fui grumete a la adulta edad de diez años en los barcos de cabotaje de mi antiguo país? ¿De la áspera vida y más que ásperas costumbres en las que los puntapiés y puñetazos eran nuestro lecho, nuestro desayuno y el sustituto de las palabras; en donde el miedo, el odio y el dolor eran mis únicas experiencias espirituales? No me agrada recordarlo. La locura se apodera de mi mente, incluso hoy día, cuando pienso en ello. Cuando me hice un hombre, me hubiera gustado volverme a encontrar con algunos de aquellos patrones de barco para matarlos, solo que entonces mi vida ya había tomado otros derroteros. Regresé, no hace mucho tiempo, pero desdichadamente todos los patrones habían muerto, excepto uno, que había sido segundo en los viejos tiempos, patrón cuando lo conocí, y un lisiado que nunca volverá a caminar cuando lo dejé.

—Pero, usted que lee a Spencer y Darwin sin haber puesto los pies en la escuela, ¿cómo aprendió a leer y a escribir? —pregunté.

—Sirviendo en la marina mercante inglesa. Grumete a los doce, a los catorce aprendiz, marinero a los dieciséis, marinero de primera y gallito de pelea en el castillo de proa a los diecisiete, con una ambición y una soledad infinitas. Nunca recibí la ayuda ni la solidaridad de nadie. Aprendí todo esto por mí mismo: navegación, matemáticas, ciencias, literatura, y qué sé yo. ¿De qué me ha servido? Capitán y dueño de un barco en el cénit de mi vida (como dices tú), «cuando empiezo a menguar y a fallecer». ¡Una insignificancia! ¿Verdad? Cuando el sol apretó me sequé y me marchité porque no tenía raíces.

—Pero la historia nos habla de esclavos que ascendieron hasta vestir de púrpura —le reprendí.

—Y también nos cuenta la historia las oportunidades que esos esclavos que vistieron la púrpura tuvieron —respondió inexorable—. Nadie crea sus oportunidades. Todo lo que hicieron los grandes hombres fue saber cuándo había llegado su oportunidad. Lo hizo el Corso. Yo he tenido sueños tan ambiciosos como los del Corso. Yo habría sabido reconocer mi oportunidad, pero nunca se me presentó. Las espinas crecieron sobre mí y me ahogaron. Te aseguro, Hump, que sabes más acerca de mí que ningún otro ser viviente, excepto mi propio hermano.

—¿Qué es él? ¿Dónde está?

—Capitán del vapor *Macedonia,* cazador de focas —fue su respuesta—. Le encontraremos probablemente por las costas de Japón. Le llaman «Muerte Larsen».

—¡Muerte Larsen! —fue mi involuntario grito—. ¿Se parece a usted?

—Poco. Es un cacho de animal, sin nada en la cabeza. Tiene toda mi... mi...

—¿Brutalidad? —sugerí.

—Sí —gracias por la palabra—, toda mi brutalidad, pero a duras penas sabe leer o escribir.

—Y nunca ha filosofado sobre su vida —añadí.

—No —respondió Lobo Larsen con un indescriptible tono de tristeza—. Y es completamente feliz por dedicarse solo a vivir la vida. Está demasiado ocupado viviéndola para pensar sobre ella. Mi error fue abrir un día un libro.

# Once

El *Fantasma* ha alcanzado el punto más meridional del arco que describe a través del Pacífico y comienza ya a derivar hacia el oeste y el norte, en dirección a alguna isla solitaria, donde, según se rumorea, llenará las cubas de agua antes de emprender la temporada de caza a lo largo de la costa de Japón. Los cazadores se han entrenado y han hecho prácticas de tiro con los rifles y escopetas hasta quedar satisfechos. Los remeros y timoneles han aviado las cebaderas, han forrado de cuero y de estopa los remos y escálamos para no hacer ruido cuando se aproximen a las focas y han dispuesto los botes en «orden de pastel de manzana», por utilizar la expresión familiar de Leach.

Su brazo a estas alturas ha mejorado considerablemente, aunque la cicatriz le durará toda la vida. Thomas Mugridge vive con un miedo mortal a él, y teme aventurarse sobre cubierta después de que anochece. En el castillo de proa hay dos o tres riñas constantemente. Louis me cuenta que las murmuraciones de los marineros trascienden hasta popa, y que dos de los chivatos ya han recibido una paliza por parte de sus compañeros. Menea la cabeza con aire de pesimismo por el futuro que aguarda al marinero Johnson, que es remero de su mismo bote. Johnson se ha atrevido a decir lo que piensa con excesiva franqueza, y ha chocado dos o tres veces con Lobo Larsen a propósito de la pronunciación de su nombre.

La otra noche zurró a Johansen en el combés, y desde entonces el segundo le llama por su nombre de pila. Pero, por supuesto, está fuera de lugar el que Johnson pueda zurrar a Lobo Larsen.

Louis me ha dado información complementaria sobre Muerte Larsen, que coincide con la breve descripción del capitán. Esperamos encontrar a Muerte Larsen por la costa de Japón.

—¡Y ojo con las borrascas! —profetizó Louis—, ¡porque se odian el uno al otro como cachorros de lobo que son! Muerte Larsen va al mando del único barco de vapor que hay en la flota, el *Macedonia*, que lleva catorce botes, mientras que el resto de las goletas solo llevan seis. Hay extraños rumores de que han montado un cañón a bordo, sobre misteriosas correrías y expediciones que dicen que hace, y que van desde contrabando de opio a los Estados Unidos y de armas a China hasta practicar la rapiña y la piratería sin tapujos.

No puedo por menos de creerle, porque nunca le he sorprendido en un renuncio, y posee unos conocimientos enciclopédicos sobre la caza de las focas y sobre los hombres de la flota de caza. Lo mismo que ocurre a proa y en la cocina, sucede en el entrepuente y a popa, en este barco verdaderamente infernal. Los hombres pelean y riñen ferozmente por quitarse la vida unos a otros. Los cazadores están esperando que de un momento a otro salte la chispa entre Smoke y Henderson, cuya antigua contienda no ha amainado, mientras Lobo Larsen afirma expresamente que matará al que sobreviva de este asunto, si tal asunto llega a ventilarse. Con total franqueza afirma que sostiene dicha postura no porque se base en consideraciones morales, ya que por lo que a él respecta los cazadores se podrían matar todos si no los necesitara para la caza.

Si se contienen hasta que concluya la época de caza, les promete un carnaval regio, en el que podrán ajustar las cuentas de sus rencores, y los supervivientes podrán echar por la borda a los vencidos, e inventarse alguna historia sobre cómo desaparecieron en alta mar los hombres que falten. Pienso que incluso los cazadores están aterrados por su sangre fría. A pesar de que son unos canallas, es indudable que le tienen pánico.

Thomas Mugridge se comporta de modo muy sumiso conmigo; no obstante, yo albergo hacia él un secreto temor. Posee el valor que da el miedo (algo extraño que también conozco yo a la perfección) y en cualquier momento puede sobreponerse a ese miedo y verse empujado a matarme.

Mi rodilla está mucho mejor, aunque a veces siento dolores durante largos períodos, y la rigidez del brazo que Lobo Larsen me estrujó va poco a poco cediendo. Por lo demás, me encuentro en perfectas condiciones; noto que me encuentro en perfectas condiciones. Mis músculos se están desarrollando, y crecen en fuerza y tamaño. Sin embargo, mis manos tienen un aspecto lastimero. Parecen sancochadas, están llenas de padrastros, las uñas rotas y descoloridas, y los extremos de los dedos en carne viva semejan excrecencias fungiformes. Además, sufro de forúnculos, a causa de la dieta, casi con total seguridad, pues nunca antes los había padecido de esta forma.

Hace dos tardes me divirtió ver a Lobo Larsen leyendo la Biblia. Tras la infructuosa búsqueda a comienzos del viaje, había aparecido un ejemplar en el arcón del segundo, que había muerto por entonces. Me maravillaba que Lobo Larsen pudiera extraer de ella algún provecho, y me recitó en voz alta algunos pasajes del Eclesiastés. Me parecía que estaba exponiendo sus propios pensamientos mientras leía, y su voz, que reverberaba triste y profunda en el diminuto camarote, me embelesó y me mantuvo en suspenso.

Puede que sea un hombre que no ha recibido educación, pero lo cierto es que sabe expresar perfectamente el sentido de un texto escrito. Puedo oírle todavía ahora mismo, como le oiré siempre, con la ancestral melancolía del primitivismo de su voz al leer:

Amontoné también plata y oro, y los tesoros propios de reyes y provincias; me hice de hombres y mujeres cantores y de con cuanto se deleitan los hijos de los hombres, como son los instrumentos musicales de todo tipo.

Fui grande, y crecí más que cuantos antes me habían precedido en Jerusalén, conservando mi sabiduría.

Entonces miré todo cuanto había hecho mi mano, y todos los afanes que al hacerlo me tomé; y vi que todo era vanidad y aflicción de espíritu, y que no había provecho alguno bajo el sol.

Todo acontece a todos de la misma manera. Un mismo suceso ocurre al justo y al impío, al bueno y limpio y al malo, al que sacrifica y al que no sacrifica, al hombre de bien y al pecador, al que jura como al que teme el juramento.

Hay un mal entre todas las cosas creadas bajo el sol: que exista una idéntica suerte para todos; también que el corazón de los hijos de los hombres está lleno de maldad, y que la locura anida en sus corazones mientras viven y después que han ido al mundo de los muertos.

Pues para quien está entre los vivos aún hay esperanza, pues es mejor perro vivo que león muerto. Porque los vivos saben que van a morir, pero los muertos nada saben, ni tienen otra recompensa, pues su memoria ha caído en el olvido.

También el amor, sus odios y sus envidias han acabado ahora y no tienen ya más parte alguna en lo que suceda bajo el sol.

—¡Ahí lo tienes, Hump! —dijo cerrando el libro sobre el dedo y alzando hacia mí su mirada—. El Predicador que reinaba sobre Israel en Jerusalén pensaba como yo. Me llamas pesimista. Pero, ¿no es el suyo un pesimismo más sombrío?: «Todo es vanidad y aflicción de espíritu», «no hay provecho alguno bajo el sol», «un mismo suceso ocurre a todos de la misma manera», al loco y al cuerdo, al puro y al impuro, al pecador y al santo, y este suceso es la muerte; un mal, según dice. Pues el Predicador amaba la vida, y no deseaba morir, cuando dijo: «Es mejor perro vivo que león muerto». Prefería la vanidad y la aflicción al silencio y la quietud de la tumba. Yo también. Arrastrarse es una porquería; pero no arrastrarse, ser como un terrón y una piedra, es un espectáculo repugnante. Es repugnante para la vida que en mí hay, cuya verdadera esencia es el movimiento, el poder del movimiento y la conciencia de ese poder moverse. En sí misma la vida es insatisfacción, pero mirar de frente a la muerte es una insatisfacción aún mayor.

—Usted es peor que Omar —dije—. Él, al menos, tras las habituales dificultades de la juventud, encontró la alegría e hizo de su materialismo algo gozoso.

—¿Quién fue Omar? —preguntó Lobo Larsen, y aquel día ya no trabajé más, ni el siguiente, ni el otro.

En sus aleatorias lecturas nunca se había topado con los *Rubaiyat*, y para él fue esto como descubrir un gran tesoro. Yo recordaba su mayor parte, casi dos tercios de las cuartetas, y logré recomponer las restantes sin gran dificultad. Conversamos durante horas sobre algunas estrofas, y descubrí que él encontraba en ellas un quejido de dolor y rebelión que yo no había sido capaz de descubrir en toda mi vida. Es posible que mi recitado estuviese marcado por un ritmo alegre que me es muy característico, porque él recitaba esas mismas líneas —su memoria era prodigiosa, y a la segunda recitación, y en ocasiones después de la primera, se hacía con una cuarteta— infundiéndoles un tono de inquietud y de apasionada protesta que las hacía mucho más convincentes.

Me interesaba saber qué cuarteta prefería, y no me sorprendió que se fijara en una que había brotado de un momento de irritación, y que contrastaba con la complacencia de la filosofía y de aquel genial código de la vida persa:

*¿Qué, sin preguntarnos «de dónde», se precipitó hasta aquí;*
*y, sin preguntarnos «adónde», se precipitó hacia allá?*
*¡Oh, cuántas copas de este vino prohibido*
*habrán de ahogar el recuerdo de aquella insolencia!*

—¡Grandioso! —exclamó Lobo Larsen—, ¡grandioso! ¡Esa es la expresión! ¡Insolencia! ¡No podía haber empleado una palabra mejor!

En vano hice alguna objeción y le contradije. Me inundó, me abrumó con sus argumentos.

—No está en la naturaleza de la vida ser de otra manera. La vida, cuando comprende que debe dejar de vivir, siempre se rebelará. Es inevitable. El Predicador halló que la vida y las obras de la vida son por completo pura vanidad y aflicción; pero la muerte, que es dejar de ser capaz de ser vanidad y aflicción, le pareció aún peor. Capítulo tras capítulo se le ve preocupado por el único suceso que acaece a todos por igual.

»Omar, también yo, también tú, incluso tú, porque te rebelaste contra la muerte cuando Cooky afilaba un cuchillo que iba destinado a ti. Te asustaba morir. La vida que en ti había, que es tu componente vital, que es más grande que tú, no quería morir. Hablaste del instinto de inmortalidad. Yo hablo del instinto de vida, que es el vivir, y que, cuando la muerte se asoma más cerca en toda su extensión, domina al así llamado instinto de mortalidad. Lo dominó en tu caso (no puedes negarlo) cuando un *cockney* loco afilaba un cuchillo.

»Incluso ahora le sigues temiendo. Me temes a mí. No puedes negarlo. Si te cogiera por la garganta, así —me puso la mano en la garganta cortándome la respiración—, y comenzara a apretar hasta arrancarte la vida, así... así, tu instinto de inmortalidad se desvanecería, y tu instinto de vida ansioso por vivir palpitaría y tú lucharías por salvarte. ¡Eh! Veo en tus ojos el pánico a la muerte. Agitas el aire con los brazos. Ejercitas todas tus escasas fuerzas en luchar por la vida. Tu mano se aferra a mi brazo, la siento como si una mariposa se hubiera posado suavemente en él. Tu pecho siente una opresión, sacas la lengua, la piel se te torna cárdena, tus ojos se nublan. ¡Vivir! ¡Vivir! ¡Vivir!, estás gritando; y gritas para vivir aquí y ahora, no más adelante. Dudas de tu inmortalidad ¿eh? ¡Ja ja ja...! No estás seguro de ella. No quieres arriesgarte. Solo tienes la certeza de la realidad de esta vida. ¡Ah, se va haciendo oscuro, cada vez más oscuro! Es la oscuridad de la muerte, de dejar de existir, dejar de sentir, dejar de moverse, eso es lo que se agolpa a tu alrededor, desciende sobre ti, envolviéndote. Tus ojos empiezan a quedar fijos. Se están poniendo vidriosos. Mi voz suena débil y lejana. No puedes distinguir mi cara. Y todavía luchas bajo mi presión. Agitas tus piernas. Tu cuerpo se retuerce como se enrosca una serpiente. Tu pecho siente una opresión y se tensa. ¡Vivir! ¡Vivir! ¡Vivir!

No oí nada más. Las tinieblas que de un modo tan gráfico había descrito me hicieron perder la conciencia, y cuando recobré el sentido me hallaba tendido en el suelo, mientras él fumaba un puro, observándome atentamente con aquel destello de curiosidad tan familiar en sus ojos.

—Bien, ¿te he convencido? —preguntó—. Toma, bebe un trago de esto. Quiero hacerte algunas preguntas.

Desde el suelo agité mi cabeza diciendo que no.

—Sus argumentos son demasiado... contundentes —conseguí articular a costa de un gran esfuerzo de mi dolorida garganta.

—En media hora estarás bien —me aseguró—. Y te prometo no recurrir nunca más a ninguna demostración física. Levántate. Puedes sentarte en esa silla.

Y, como juguete que era de aquel monstruo, reemprendimos la conversación sobre Omar y el Predicador. Nos quedamos sentados discutiendo sobre ello hasta la medianoche.

# Doce

Las últimas veinticuatro horas han sido testigos de
una orgía de brutalidad. Desde el camarote hasta el
castillo de proa parece haber estallado como una epi-
demia contagiosa. Apenas sé por donde empezar.
Lobo Larsen fue en realidad el causante de todo. Las
relaciones entre los hombres, difíciles y tirantes debido a las continuas disputas, riñas y rencores, se hallaban en un estado de equilibrio inestable, y las malas
pasiones se inflamaron como prende una chispa en
un prado seco.

Thomas Mugridge es un soplón, un espía, un de-
lator. Ha intentado recuperar el favoritismo y congra-
ciarse con el capitán, llevándole los comentarios de
los hombres de proa. Fue él, sin duda, quien le contó
a Lobo Larsen algunos comentarios airados de Johnson. Al parecer, Johnson adquirió un chubasquero en
la trucha del barco, y advirtió que era de una calidad
ínfima. No tardó un minuto en divulgarlo. La trucha
es una especie de bazar en pequeño que llevan todas
las goletas que se dedican a la caza de focas, yendo
pertrechada de productos especiales, de acuerdo con
las necesidades de los marineros. Lo que los marineros compran se les descuenta de sus correspondientes
ganancias de la caza, porque —como ocurre con los
cazadores— los remeros y los timoneles reciben en
vez de una paga un «tanto», esto es, una cantidad fija
por piel que capture cada uno en su bote.

Yo desconocía por completo los motivos de reclamación de Johnson en la trucha, de modo que lo que presencié me produjo aún mayor sorpresa. Acababa en ese momento de barrer el camarote, y andaba embaucado por Lobo Larsen en una discusión sobre Hamlet, su personaje shakesperiano preferido, cuando Johansen bajó por las escaleras seguido de Johnson. Este se destocó la gorra, según la costumbre de la gente de mar, y se quedó respetuosamente de pie en el centro del camarote, balanceándose por el fuerte y molesto cabeceo de la goleta, y mirando de frente al capitán.

—Cierra la puerta y echa el cerrojo —me dijo Lobo Larsen.

Mientras obedecía, me pareció distinguir un brillo de inquietud en los ojos de Johnson, pero no podía ni imaginar cuál fuera su causa. No imaginé lo que podía suceder hasta que sucedió. En cambio él sabía desde el principio lo que iba a ocurrir, y lo aguardó con valentía. Y en esta actitud suya encontré una completa refutación de todo el materialismo de Lobo Larsen. El marinero Johnson se rige por una idea, por un principio, por la verdad y la sinceridad. Tenía razón, él sabía que la tenía, y no tenía miedo a nada. De ser preciso hubiera muerto por su razón, hubiese sido fiel a sí mismo, sincero con su alma. En esto se representaba la victoria del espíritu sobre la carne, la indomeñable grandeza moral del alma que no conoce restricciones, que se eleva por encima del espacio, del tiempo y de la materia, con una seguridad invencible que nace no de otra cosa que de la eternidad y la inmortalidad.

Pero volvamos. Advertí en los ojos de Johnson un brillo de inquietud, aunque lo interpreté como la timidez y el embarazo natural en este hombre. El segundo de a bordo, Johansen, estaba a su lado a unos pasos, y frente a él, a unos tres metros, se hallaba Lobo Larsen, sentado en una silla giratoria del camarote. Después que hube cerrado la puerta y echado el cerrojo, se produjo una pausa, claramente perceptible, de algo más de un minuto. Lobo Larsen la rompió.

—Yonson —comenzó.

—Me llamo Johnson, señor —corrigió audazmente el marinero.

—Bien, pues Johnson, ¡maldita sea! ¿Puedes sospechar por qué te he hecho venir?

—Sí y no, señor —fue su sosegada respuesta—. Hago bien mi trabajo. Eso lo sabe el segundo, y lo sabe usted, señor. De modo que no puede haber queja.

—¿Y es eso todo? —preguntó Lobo Larsen, con voz suave, pausada, y con un cierto ronroneo.

—Sé que la ha tomado conmigo —continuó Johnson con su inalterable y pesada lentitud—. No le gusto. Usted... Usted...

—Prosigue —le instó Lobo Larsen—. No tengas miedo de mis sentimientos.

—No tengo miedo —replicó el marinero, con un ligero asomo de cólera en su atenazado rostro—. Si no hablo más deprisa es porque no llevo fuera de mi patria tanto tiempo como usted. No le gusto porque tengo mucho de hombre; ese es el motivo, señor.

—Eres demasiado hombre para la disciplina de este barco, si es eso lo que quieres decir, y si entiendes lo que quiero decir yo —repuso Lobo Larsen.

—Sé inglés, y sé lo que usted quiere decir —contestó Johnson, mientras su rubor se hacía más intenso por la insinuación a propósito de sus conocimientos de inglés.

—Johnson —dijo Lobo Larsen, como queriendo separar todo lo que había dicho ahora a guisa de introducción del asunto principal que se traía entre manos—, he oído que no estás contento con ese chubasquero.

—No, no lo estoy. No es bueno, señor.

—¡Y tú te lo has guardado bien calladito en tu boca!

—Digo lo que pienso, señor —contestó con osadía el marinero, sin faltar por ello al mismo tiempo a la cortesía del barco, que exige tras cada frase la coletilla «señor».

En este momento dirigí mi mirada por casualidad a Johansen. Cerraba y abría sus enormes puños, y su rostro era verdaderamente diabólico, tal era la maldad con que miraba a Johnson. Advertí una sombra oscura en la mejilla de Johansen, aunque apenas era perceptible, señal de la paliza que había recibido unas noches antes por parte de un marinero. Por primera vez entonces, comencé a vislumbrar que algo terrible estaba a punto de ocurrir, aunque no podía imaginar qué sería.

—¿Sabes qué les ocurre a los que dicen de mi trucha y de mí lo que tú has dicho? —preguntó Lobo Larsen.

—Lo sé, señor —fue la respuesta.

—¿Qué? —preguntó Lobo Larsen, brusca e imperativamente.

—Lo que usted y el segundo aquí presente van a hacerme, señor.

—Mírale, Hump —me dijo Lobo Larsen—, mira esa mota de polvo viviente, este conglomerado de materia que se mueve, respira y me desafía, y cree firmemente que está compuesto de algo bueno; a quien le han inculcado esas humanas ficciones de justicia y honradez, y que desea vivir a su altura a despecho de todo tipo de molestias y amenazas para su persona. ¿Qué piensas de él, Hump? ¿Qué piensas de él?

—Pienso que es mejor persona que usted —contesté, impulsado, no sé cómo, por un deseo de atraer sobre mí parte de la cólera que estaba a punto de estallar sobre la cabeza del cocinero—. Esas ficciones humanas, como pretende usted llamarlas, constituyen su nobleza y su humanidad. Usted no tiene ficciones, ni sueños, ni ideales. Usted es un pobre hombre.

Movió la cabeza con la complacencia propia de un salvaje.

—Totalmente cierto, Hump, totalmente cierto. No tengo ficciones que contribuyan a aumentar los sentimientos de nobleza ni de humanidad. Un perro vivo es mejor que un león muerto, digo yo de acuerdo con el Predicador. Mi única doctrina es la doctrina de la conveniencia, que es la que contribuye a la vida. Este grano de fermento que llamamos Johnson, cuando deje de ser un grano de fermento y sea solo polvo y ceniza, no poseerá más nobleza que la del polvo y la ceniza, mientras que yo aún seguiré viviendo y rugiendo. ¿Sabes lo que voy a hacer? —preguntó.

Negué con una señal de mi cabeza.

—Bien, voy a utilizar mi derecho a rugir y demostrarte qué tal le va a la nobleza. Observa.

Estaba a unos tres metros de Johnson, sentado. ¡Tres metros! Abandonó la silla de un violento salto, sin ponerse previamente de pie. Abandonó la silla perpendicularmente, sentado como estaba en ella, saltando desde el asiento como una fiera salvaje, como un tigre, y como un tigre cubrió el espacio que le separaba de él. Era una avalancha de furor lo que en vano trataba Johnson de quitarse de encima. Bajó uno de sus brazos para protegerse el estómago, y protegerse con el otro la cabeza. Pero el puño de Lobo Larsen se dirigió directamente por medio de ambos al pecho, con un impacto violento y atronador. El aliento de Johnson, bruscamente expelido, salió de su boca como un disparo y lo retuvo súbitamente al igual que las boqueadas forzadas y claramente perceptibles de un hombre que blande un hacha. Casi cayó de espaldas, balanceándose de un lado a otro en un esfuerzo por recuperar el equilibrio.

Me resulta imposible ofrecer detalles de la espantosa escena que vino a continuación. Fue demasiado repugnante. Me produce náuseas el recordarla todavía hoy. Johnson peleó bravamente, pero no era contrincante para Lobo Larsen, y mucho menos para Lobo Larsen y el segundo. Fue horrible. Nunca imaginé que un ser humano pudiera resistir tanto, seguir vivo y peleando. Y Johnson continuó la pelea. Por supuesto que no había esperanza para él, ni la más mínima, cosa que él sabía tan bien como yo; pero por la hombría que en él palpitaba no podía dejar de luchar, precisamente por su hombría.

Aquello era demasiado para poderlo presenciar yo. Sentí que iba a perder el conocimiento y eché a correr hacia la escalera para abrir la puerta y salir a cubierta. Pero Lobo Larsen, abandonando momentáneamente a su víctima, con uno de esos saltos descomunales, me alcanzó y me dio un empujón al rincón más lejano del camarote.

—Una manifestación de lo que es la vida, Hump —dijo acorralándome—. Permanece aquí y observa. Podrás recoger datos sobre la inmortalidad del alma. Además, tú sabes que no podemos causar daño alguno al alma de Johnson. Solo podemos demoler su fugaz forma.

Me parecieron siglos, aunque es posible que la paliza no durara más de diez minutos. Lobo Larsen y Johansen se lanzaron sobre aquel pobre infeliz. Le golpearon con los puños, le dieron patadas con sus pesados zapatones, le derribaban al suelo y lo volvían a poner de pie tan solo para derribarlo de nuevo. Tenía los ojos cerrados y no podía ver; la sangre que manaba de sus orejas, nariz y boca convirtieron el camarote en un matadero. Y cuando ya no pudo levantarse más, continuaron pegándole y dándole patadas donde estaba caído.

—¡Basta, Johansen! ¡Ya está bien! —dijo por fin Lobo Larsen.

Pero la bestia que en su interior llevaba el segundo había despertado y estaba en plena agresividad, por lo que Lobo Larsen se vio obligado a darle un empujón con el revés del brazo, aparentemente suave, pero que le tumbó de espaldas como un corcho, yendo a dar estrepitosamente de cabeza contra la pared. Cayó al suelo, por un momento medio aturdido, respirando con dificultad y parpadeando de una manera estúpida.

—¡Vamos, abre la puerta, Hump! —me ordenó.

Obedecí, y aquellos dos brutos recogieron el cuerpo inconsciente de aquel hombre como si fuera un saco de basura, y lo subieron por la escalera y el estrecho pasillo y lo arrojaron sobre cubierta. La sangre le fluía de la nariz a borbotones, formando un torrente escarlata a los pies del timonel, que no era otro que Louis, su compañero de bote. Pero Louis apretó y rebajó una cabilla y fijó su imperturbable mirada en la bitácora.

No fue esa, en cambio, la actitud de George Leach, el antiguo grumete. De proa a popa no hubo nada que pudiera sorprendernos más que su conducta a partir de ese momento. Fue él quien subió a popa sin recibir órdenes de nadie, arrastró a Johnson a la parte delantera, donde se dedicó a vendarle lo mejor que podía y a ponerlo cómodo. Johnson, como tal Johnson, estaba irreconocible. Y no solo esto, sino que sus rasgos eran irreconocibles como rasgos de persona; hasta tal punto se había puesto amoratado e hinchado en los pocos minutos transcurridos entre que comenzó la paliza y el momento en que el cuerpo fue acarreado a proa.

¡Vaya conducta la de Leach! Mientras yo concluía la limpieza del camarote, él había estado cuidando a Johnson. Subí a cubierta para respirar un poco de aire puro y tratar de calmar mis extenuados nervios. Lobo Larsen se hallaba fumando un puro y examinaba la corredera, que, aunque habitualmente el *Fantasma* la arrastraba por popa, había sido subida a bordo con algún propósito. De repente la voz de Leach llegó a mis oídos. Era tensa y áspera por la ira que la dominaba. Me volví y le vi de pie justo debajo del saltillo de popa, al lado de babor de la cocina. Su cara estaba convulsa y pálida, sus ojos fulgurantes, los puños cerrados y levantados por encima de la cabeza.

—¡Que Dios mande tu canallesca alma al infierno, Lobo Larsen! ¡Lástima que el infierno sea demasiado bueno para ti, cobarde, asesino, cerdo! —este fue el comienzo de su salutación.

Yo me quedé como fulminado por un rayo, esperando su inmediata aniquilación. Pero no fue el capricho de Lobo Larsen aniquilarle. Se acercó lentamente al saltillo de popa y, con el codo apoyado en la esquina del camarote, miró hacia abajo, entre pensativo y curioso, al muchacho que tan excitado estaba.

El muchacho insultó a Lobo Larsen como nunca le había insultado nadie. Los marineros, reunidos en un grupo atemorizado justo fuera de la escotilla del castillo de proa, observaban y escuchaban. Los cazadores salieron en tromba del entrepuente, pero a medida que Leach proseguía su retahíla, vi que desaparecía de sus rostros toda expresión de tomarse el asunto a la ligera. Estaban incluso asustados, no de las terribles palabras del muchacho, sino por su terrible audacia. Parecía imposible que criatura viva alguna pudiera insultar a Lobo Larsen en sus propias narices. De mí puedo decir que sentí una impresionante admiración por el muchacho; vi en él la espléndida insumisión de la inmortalidad que se alzaba por encima de la carne y de los temores de la carne, al igual que en los profetas de antaño, para condenar la injusticia.

¡Vaya manera de condenar! Expuso en toda su desnudez el alma de Lobo Larsen al escarnio de la tripulación. Hizo que sobre ella llovieran todas las maldiciones de Dios y del Supremo Cielo, y la fustigó con tan acaloradas invectivas que recordaban las excomuniones de la Iglesia católica durante la Edad Media. Recorrió toda la gama de los insultos, elevándose a unas cimas de ira sublimes y casi divinas, y de puro agotamiento descendió a los más indecentes y obscenos insultos.

Su irritación fue un arrebato de locura. Sus labios estaban salpicados de una espuma de aspecto jabonoso, a veces se asfixiaba, hablaba a borbotones y emitía sonidos inarticulados. Mientras tanto, tranquilo e imperturbable, apoyado en su codo y mirando hacia abajo, Lobo Larsen parecía absorto en una gran curiosidad. Esta agitación feroz del fermento vivo, esta sublevación terrorífica y este desafío de la materia dotada de movimiento, le tenían perplejo y le interesaban.

A cada momento me pareció verle, y se lo pareció a todo el mundo, saltar sobre el muchacho y aniquilarlo. Pero no fue ese su capricho. Se le apagó el puro, mientras que él continuaba en silencio y con curiosidad mirando.

Leach había llegado al paroxismo en su impotente rabia.

—¡Cerdo! ¡Cerdo! ¡Cerdo! —repetía con toda la fuerza de sus pulmones—. ¿Por qué no bajas de ahí y me matas, asesino? Puedes hacerlo. No tengo miedo. No hay nadie que te vaya a detener. Mejor sería morir y estar fuera de tu alcance que vivo y entre tus garras. ¡Vamos, cobarde! ¡Mátame, mátame! ¡Mátame!

Fue en este preciso momento cuando el alma extravagante de Thomas Mugridge le hizo reaparecer en escena. Había estado escuchando en la puerta de la cocina, y ahora decidió salir fuera, aparentemente con el propósito de echar por la borda algunos desperdicios, pero en realidad su intención era presenciar la matanza que estaba seguro se iba a producir. Dirigió una sonrisa cobista a la cara de Lobo Larsen, quien pareció no fijarse en él. Pero el *cockney* no se cortó por ello, estaba totalmente loco, rematadamente loco. Se volvió hacia Leach, diciendo:

—¡Vaya lengua! ¡Qué escándalo!

La rabia de Leach ya no iba a quedar sin descargar sobre alguien. Por fin había alguien a mano sobre quien hacerla descargar. Desde el apuñalamiento era la primera vez que el *cockney* salía de la cocina sin el cuchillo. Apenas había este dejado escapar de su boca las últimas palabras cuando fue derribado a tierra por Leach. Tres veces intentó incorporarse, tratando de llegar a la cocina, pero otras tantas fue derribado.

—¡Señor! —gritaba—. ¡Socorro, socorro! ¿Queréis quitármelo de encima? ¡Quitádmelo de encima!

Los cazadores rieron, experimentando un enorme alivio. La tragedia había concluido; comenzaba la comedia. Ahora los marineros corrieron apiñados a popa, riendo burlonamente y empujándose unos a otros para asistir a la paliza del odioso *cockney*. También yo sentí que nacía en mí un placer enorme. Confieso que disfruté con la paliza que Leach estaba propinando a Thomas Mugridge, a pesar de que fue tan brutal, casi, como la que por causa de Mugridge había recibido Johnson. La expresión del rostro de Lobo Larsen no se alteró para nada. Ni siquiera abandonó su posición, sino que continuó mirando hacia abajo con gran curiosidad. A pesar de su pragmática seguridad, parecía como si observara el juego y el movimiento de la vida con la esperanza de descubrir algo nuevo acerca de ella, de discernir en sus más locas contorsiones algo que hasta entonces se le hubiera escapado a su observación —la clave del misterio, por así decir, que lo aclarara y explicara todo.

¡Pero qué paliza! Fue muy parecida a la que había presenciado yo en el camarote. El *cockney* trataba en vano de protegerse de la furia del muchacho. Y también en vano intentaba alcanzar el refugio del camarote. Se arrastraba dando tumbos hacia él, y al ser abatido al suelo caía en esa dirección. Pero los golpes se sucedían con una celeridad desconcertante. Recibió más golpes en todo su cuerpo que un tambor, hasta que al fin, como Johnson, después de tantos golpes y patadas, quedó semiinconsciente sobre cubierta. Nadie medió en la paliza. Leach pudo haberlo matado, pero, una vez que hubo satisfecho su sed de venganza, se apartó de su enemigo, que lloraba y gemía como un cachorrito, postrado en cubierta, y se dirigió a proa.

Con todo, estos dos incidentes no fueron sino los acontecimientos que abrían el programa del día. Por la tarde Smoke y Henderson tuvieron entre sí un roce, y una descarga de fusilería salió del entrepuente, seguida de una estampida de los otros cuatro cazadores en dirección a cubierta. Una columna de humo, espeso y acre —el que produce siempre la pólvora negra—, ascendía por el hueco de la escalera, y por ella bajó Lobo Larsen de un salto. El ruido de los golpes y la pelea llegaba hasta nuestros oídos. Los dos hombres estaban heridos, y él los golpeaba a ambos por haber desobedecido sus órdenes y haberse lisiado antes de la temporada de caza. En efecto, estaban malheridos, así que tras haberlos vapuleado se dispuso a operarlos con un procedimiento quirúrgico un tanto tosco, y a vendarles las heridas. Yo le auxiliaba de practicante,

146

mientras él sondaba y lavaba los orificios de las balas. Vi cómo aquellos dos hombres soportaban esta cruenta cirugía sin anestesia y sin más apoyo que un colmado vaso de whisky.

Luego, durante la primera guardia, los disturbios estallaron en el castillo de proa. Tuvieron su origen en los chismorreos y el chivatazo que habían sido la causa de la paliza de Johnson. Y a juzgar por el ruido que oímos y por los hombres contusos que vimos al día siguiente, estaba claro que la mitad de los del castillo de proa habían zurrado bien a la otra mitad.

La segunda guardia y el resto del día concluyeron con una pelea entre Johansen y Latimer, un escuálido cazador de aspecto de yanqui. Tuvo su origen en los comentarios que hizo Latimer acerca de los ruidos que hacía el segundo mientras dormía, y aunque Johansen recibió una paliza, mantuvo despiertos durante toda la noche a los del entrepuente, mientras él dormía como un bendito, reproduciendo la pelea una y otra vez.

En cuanto a mí, tuve pesadillas. El día había sido como un sueño horrible. Las brutalidades se habían seguido una tras otra, las pasiones inflamadas y la crueldad a sangre fría habían impulsado a los hombres a atentar contra sus vidas, intentar hacerse daño, mutilar y destruir. Mis nervios estaban alterados. Y también lo estaba mi mente. Yo había pasado la mayor parte de los días de mi vida en una relativa ignorancia de la animalidad del hombre. De hecho, solo había conocido la vida en su aspecto intelectual. Había tenido alguna experiencia de la brutalidad, pero era de la brutalidad del intelecto: el sarcasmo incisivo de Charley Furuseth, los crueles epigramas y las en ocasiones crudas sutilezas de los miembros del Bibelot y las desagradables observaciones de algunos profesores durante mis días de estudiante.

Eso había sido todo. En cambio, que los hombres descarguen su cólera sobre otros, magullándose las carnes y derramando sangre, era algo extraño y terriblemente nuevo para mí. No sin motivo me habían llamado «Sissy van Weyden», pensaba yo, mientras daba vueltas sin cesar en mi litera durante sucesivas pesadillas. Me pareció que había vivido en una completa inocencia de las realidades de la vida. Me reí amargamente de mí mismo, y me pareció hallar en la siniestra filosofía de Lobo Larsen una explicación de la vida que era más apropiada que la mía.

Me asusté al tomar conciencia del cariz de mis pensamientos. La brutalidad constante de mi entorno producía efectos perniciosos. Pujaba por destruir en mí lo mejor y más brillante que en mi vida había. Mi razón me dictaba que la paliza que Thomas Mugridge había recibido era una cosa mala; sin embargo, desde una perspectiva más vitalista, no podía evitar que mi alma se regocijara con ella. E incluso bajo la influencia de la enormidad de este pecado —porque un pecado era sin duda—, me regodeaba con una malsana alegría. Yo no era ya Humphrey van Weyden. Era Hump, el grumete de la goleta *Fantasma*. Lobo Larsen era mi capitán. Thomas Mugridge y los demás, mis compañeros, y yo estaba recibiendo progresivamente la impronta del troquel que todos ellos habían acuñado.

# Trece

Durante tres días hice mi propio trabajo y también el de Thomas Mugridge; y puedo jactarme de haberlo hecho bien. Sé que mereció la felicitación de Lobo Larsen, mientras que los marineros rebosaban satisfacción durante el breve tiempo que mi «régimen» duró.

—El primer bocado sabroso desde que estoy a bordo —me dijo Harrison en la puerta de la cocina cuando volvía del castillo de proa de recoger las cacerolas y las sartenes de la cena—. La jamancia de Tommy siempre sabe a grasa, a grasa rancia, y calculo que no se ha cambiado la camisa desde que salió de Frisco.

—Te aseguro que no lo ha hecho —le contesté.

—Apostaría a que duerme con ella —añadió Harrison.

—Y no perderías —coincidí con él—. La misma camisa, y no se la ha quitado una sola vez en todo este tiempo.

Pero Lobo Larsen no le concedió más de tres días para recuperarse de los efectos de la paliza. Al cuarto día, cojo y dolorido, y casi por completo incapaz de ver, de hinchados que tenía los ojos, fue arrancado de la litera de un cogotazo en el cuello y reintegrado a sus faenas. Él gimoteó y lloró, pero Lobo Larsen fue implacable.

—Y procura no volver a servir más inmundicia —fue su recomendación al marcharse—. No más grasa ni más suciedad, ¡cuidado!, y una camisa limpia de vez en cuando, o te vas a ganar un remojón por la borda, ¿entendido?

Thomas Mugridge entró renqueando por la puerta de la cocina, y un repentino bandazo del *Fantasma* le hizo dar unos tumbos. Al intentar recuperar el equilibrio, hizo por agarrarse a la barandilla de hierro que rodeaba el fogón y que evitaba que las ollas cayeran; pero no acertó a agarrarse, y su mano con todo su peso detrás aterrizó de lleno sobre la ardiente superficie. Se produjo un chisporroteo y un olor a carne quemada, así como un agudo grito de dolor.

—¡Oh, Dios mío, Dios mío! ¿qué he hecho? —se quejaba, sentado en la carbonera, mientras se mecía adelante y atrás intentando aliviar este nuevo daño—. ¿Por qué tiene que pasarme todo esto a mí? Esto me pone malo; me pone malo. Y eso que yo trato con todas mis fuerzas de pasar la vida sin hacer daño a nadie.

Las lágrimas rodaban por sus hinchadas y descoloridas mejillas, mientras su rostro era una imagen del dolor. Una expresión salvaje cruzó su cara.

—¡Ah, cómo le odio, cómo le odio! —farfulló entre dientes.

—¿A quién? —le pregunté; pero el pobre infeliz lloraba de nuevo sus infortunios.

Más fácil era suponer a quién no odiaba que a quién sí. Yo había llegado a ver en él un espíritu maligno que le impelía a odiar a todo el mundo. A veces llegué a pensar que se odiaba incluso a sí mismo, tan grotesco y monstruoso había sido el trato que le había deparado la vida. En esos momentos brotaba en mí una enorme compasión por él y me sentía avergonzado de haberme podido alguna vez alegrar por sus desdichas y su dolor. La vida había sido ingrata con él. Le había jugado una mala pasada al haberlo conformado en esa especie de cosa que era, y le había seguido jugando malas pasadas. ¿Qué posibilidades podía tener de ser algo diferente a lo que era? Y como si contestara a mi no expresado pensamiento, gimoteó:

—¡Nunca he tenido una oportunidad, ni siquiera media oportunidad! ¿Quién hubo que me enviara a la escuela, me llenara mi hambriento estómago o me limpiara mis ensangrentadas narices cuando era un niño? ¿Quién hizo algo alguna vez por mí? ¿Quién? —preguntó.

—No te preocupes, Tommy —dije poniéndole una mano en el hombro—. ¡Ánimo, todo se arreglará! Tienes muchos años por delante, y podrás hacer de ti lo que quieras.

—Eso es mentira. Una maldita mentira —me espetó a la cara, apartando bruscamente mi mano—. Es una mentira, y tú lo sabes. Mi vida ya está hecha, y hecha de desperdicios y de basuras. Eso está bien para ti, Hump. Tú has nacido un caballero. Tú nunca supiste lo que es estar hambriento, y llorar entre sueños con tu estómago roe que te roe como si tuvieras dentro una rata. Eso no puede ser nada bueno. Aunque mañana me nombraran presidente de los Estados Unidos, ¿quién me habría llenado una sola vez la barriga cuando era niño y la tenía vacía? ¿Cómo sería posible? —preguntó—. Yo he nacido para sufrir y penar. Y he sufrido más cruelmente que diez hombres juntos. He pasado la mitad de mi maldita vida en hospitales. He tenido fiebres en Aspinwall, en La Habana, en Nueva Orleans. A punto estuve de morir de escorbuto, teniendo que pudrirme en cama seis meses en

Barbados. La viruela en Honolulú, ambas piernas rotas en Shangái, neumonía en Alaska, tres costillas rotas y los intestinos retorcidos en Frisco. Y aquí me tienes. ¡Mírame, mírame! Mis costillas otra vez rotas a patadas. Antes de que den las ocho estaré vomitando sangre. ¿Cómo va a tener arreglo esto mío? ¿Quién va a arreglarlo? ¿Dios? ¡Cómo debe de odiarme Dios por haber dejado que me enrolara para la travesía de este maldito mundo suyo!

Prosiguió con esta invectiva contra el destino una hora o más, y luego se incorporó al trabajo, cojeando, gruñendo, y con una inmensa mirada de odio en sus ojos contra toda criatura viviente. Su diagnóstico había sido correcto, sin embargo, pues a veces sufría náuseas, durante las cuales vomitaba sangre y padecía grandes dolores. Y según él mismo había dicho, parecía como si Dios le odiara demasiado para dejarlo morir, ya que poco a poco fue mejorando y se hizo más canalla que nunca.

Transcurrieron varios días más antes de que Johnson se arrastrara por cubierta y se incorporara a su trabajo con gran desánimo. Era un hombre que aún estaba enfermo, y más de una vez le vi subir penosamente a lo alto de las gavias o tambalearse sin fuerzas cuando estaba al timón. Pero, lo que aún era peor, parecía que su ánimo estaba quebrado. Se humillaba ante Lobo Larsen, y casi se mostraba rastrero ante Johansen. Muy distinta, en cambio, era la conducta de Leach. Recorría la cubierta como un cachorro de tigre, mirando airadamente y con descaro a Lobo Larsen y a Johansen.

—Todavía me faltas tú, sueco patoso —oí decirle a Johansen una noche sobre la cubierta.

El segundo le lanzó una maldición en la oscuridad, y un momento después un misil golpeó la pared de la cocina con un seco impacto. Hubo más maldiciones, una sonrisa burlona, y una vez que todo estuvo en calma salí furtivamente afuera y encontré un pesado cuchillo empotrado un par de centímetros en la sólida madera. Unos minutos después llegó el segundo, tanteando en busca del cuchillo, pero yo se lo devolví secretamente a Leach al día siguiente. Hizo una mueca cuando se lo tendí, pero era una mueca que contenía más sincero agradecimiento que esos raudales de verborrea que suele prodigar la gente de mi condición.

A diferencia de todos mis compañeros del barco, me encontraba ahora sin cuentas pendientes con nadie y en buenas relaciones con todos. Tal vez los cazadores a lo más que llegaban era a tolerarme, aunque ninguno me mostraba aversión. Por el contrario, Smoke y Henderson, que aún convalecían balanceándose día y noche en sus hamacas sobre cubierta, me aseguraron que yo era mejor que una enfermera, y que no se olvidarían de mí al final del viaje, cuando cobraran. ¡Como si yo tuviera necesidad de su dinero! ¡Yo, que podía haber comprado unas pocas goletas como el *Fantasma* con su tripulación y sus pertrechos! Pero mi tarea era ahora cuidarles sus heridas y atenderles, y lo hice lo mejor que pude.

Lobo Larsen sufrió otro ataque de terrible jaqueca que le duró dos días. Debía de sufrir tremendamente, porque me mandó llamar y obedeció mis instrucciones como un niño enfermo. Pero nada de lo que podía hacer parecía aliviarle. A sugerencia mía, sin embargo, dejó de fumar y de beber, pero lo que me tenía por completo confundido era que semejante ejemplar sufriera dolores de cabeza.

—Es la mano de Dios, te estoy diciendo —era la manera como Louis lo veía—. Es un castigo por todas las malas acciones de su perverso corazón, y aún vendrán más después, a no ser que...

—A no ser qué —apunté.

—A no ser que Dios esté dando cabezadas y no cumpla con su obligación, aunque esto no me corresponde a mí decirlo.

Estaba equivocado al afirmar que contaba con las simpatías de todos. No solo continuaba odiándome Thomas Mugridge, sino que había encontrado una nueva razón para odiarme. Me llevó no poco tiempo averiguarlo, pero finalmente descubrí que era porque he tenido mejor suerte que él «al nacer un caballero», según dice él.

—Todavía no ha habido más muertos —reproché a Louis, cuando Smoke y Henderson, en amistosa conversación, hacían un poco de ejercicio juntos por primera vez sobre cubierta.

Louis me miró con sus ojos grises, astutos, y movió la cabeza con un gesto de mal agüero:

—Se acerca la borrasca, te digo, y habrá escotas y drizas y trabajo para todo el mundo cuando empiece a aullar. Hace tiempo que tengo un presentimiento, y ahora puedo sentirla tan claramente como oigo el roce del aparejo en una noche oscura. Está cerca, está cerca.

—¿Quién será el primero? —le pregunté.

—Desde luego que el gordo y viejo Louis no, te lo prometo —dijo sonriendo—, porque mis huesos me dicen que el año que viene por este tiempo estaré mirándome en los ojos de mi vieja, que están cansados de tanto escrutar el mar por los cinco hijos que le ha dado.

—¿Qué te ha estado diciendo? —me preguntó Thomas Mugridge un momento después.

—Que algún día se irá a su casa a ver a su madre —contesté en tono diplomático.

—Yo nunca conocí a la mía —comentó el *cockney,* mientras clavaba sus ojos, sin brillo y sin esperanza, en los míos.

# Catorce

Se despertó en mí la idea de que nunca había concedido a las mujeres el valor que realmente tienen. A este respecto, y a pesar de que no soy una persona especialmente afectiva según he ido descubriendo, nunca hasta ahora había estado fuera de un ambiente de mujeres. Mi madre y mis hermanas siempre estaban a mi alrededor, mientras que yo trataba continuamente de eludirlas; me fastidiaban hasta el aturdimiento con su solícita preocupación por mi salud y con sus periódicas incursiones a mi estudio, donde mi ordenada confusión —de la que tan orgulloso me sentía— se veía convertida en una confusión mucho mayor y más desordenada, aunque a primera vista diera mejor impresión. Después que ellas abandonaban la habitación, nunca podía encontrar nada. Pero ahora; ¡ay, cuán bien recibido habría sido sentir su presencia, el frufrú y el ruido de faldas que tan cordialmente había detestado! Aseguro que si alguna vez vuelvo a casa, nunca me enfadaré de nuevo con ellas. Por mucho que me receten y administren medicinas mañana, tarde y noche, limpien el polvo, barran y pongan mi estudio en orden a cada minuto del día; me echaré de espaldas sobre mi cama, contemplándolas y dando gracias por tener una madre y unas hermanas.

Todo esto me ha llevado a preguntarme con interés: ¿dónde están las madres de estos veinte hombres tan extraños que van en el *Fantasma?* Me sorprende como cosa antinatural y perniciosa el que los hombres estén totalmente separados de las mujeres, recorriendo el mundo ellos solos como un rebaño. La grosería y la brutalidad son las consecuencias inevitables. Si estos hombres que me rodean tuvieran esposas, hermanas e hijas, serían capaces de ser delicados, tiernos y compasivos. En cambio, ni uno solo de ellos está casado. Llevan años y años sin tener contacto ninguno de ellos con una mujer buena, y sin la influencia saludable que irremediablemente ejerce una criatura semejante. En sus vidas no existe equilibrio. Su masculinidad, que en sí misma es brutal, se ha desarrollado en exceso. El otro aspecto —el espiritual— de sus naturalezas se ha empequeñecido, atrofiado, en realidad.

Forman una camarilla de célibes que día a día tiene violentos roces entre sí, y de este roce diario ha nacido una callosidad mayor. En ocasiones me parece imposible que hayan tenido madre. Se diría que son mitad brutos, mitad hombres, una raza aparte, en la que no existe una cosa llamada el sexo; que han sido incubados al sol como los huevos de tortuga, o que han llegado a la existencia de alguna otra forma igualmente sórdida, y que durante todos los días de su vida no alimentan sino brutalidades y odios, para morir al final tan faltos de amor como han vivido.

Curiosamente intrigado por el nuevo rumbo de estas ideas, hablé la noche pasada con Johansen —las primeras palabras fuera de las estrictamente necesarias con que me ha favorecido desde que comenzara el viaje—. Abandonó Suecia cuando tenía dieciocho años, ahora tiene treinta y ocho, y en todo este tiempo no ha vuelto a casa. Hace un par de años, en una posada de marineros en Chile, se encontró con un paisano, por el que supo que su madre aún vivía.

—Ahora debe de ser ya una linda vieja —dijo, fijando la mirada meditabundo en la bitácora, mientras dirigía una fulminante ojeada a Harrison, que gobernaba el timón un grado menos del rumbo.

—¿Cuándo fue la última vez que le escribiste?

Hizo sus cálculos mentales en voz alta.

—¿Ochenta y uno? No. ¿Ochenta y dos? ¿Eh?, no ¿ochenta y tres? Sí, ochenta y tres. Hace diez años. Desde un pequeño puerto de Madagascar, en el que comerciaba. Ves —prosiguió, como si se estuviera dirigiendo a su madre, olvidada en la otra mitad del globo—, cada año pensaba volver a casa. De manera que ¿para qué escribirte? Era solo un año. Pero cada año ocurría alguna cosa, y no iba. Pero ahora tengo el puesto de segundo, y cuando cobre en Frisco, tal vez quinientos dólares, me embarcaré en un velero que vaya a Liverpool por el cabo de Hornos, con lo que obtendré más dinero, y luego me pagaré mi pasaje desde allí a casa. Entonces ya no tendrá ella que trabajar más.

—¿Pero es que trabaja ella todavía? ¿Qué edad tiene?

—Unos setenta —contestó. Y luego, con arrogancia—: Allá en mi país trabajamos desde que nacemos hasta que morimos. Por eso somos tan longevos. Yo viviré hasta los cien.

Nunca olvidaré esta conversación. Fueron las últimas palabras que le oí pronunciar. Tal vez fueran también las últimas que él pronunció. Al bajar al camarote para acostarse, me pareció que hacía demasiado bochorno para dormir abajo. Era una noche de calma. Nos habíamos apartado de los alisios, y el *Fantasma* apenas hacía un nudo por hora. Así es que me eché debajo del brazo una manta y una almohada y me subí a cubierta.

Al pasar entre Harrison y la bitácora, construida encima del camarote, advertí que se había desviado esta vez tres grados del rumbo. Pensé que estaba dormido, y deseando evitarle alguna reprimenda o algo peor, le hablé. Pero no estaba dormido. Tenía los ojos fijos y bien abiertos. Parecía tremendamente perturbado, como incapaz de contestarme.

—¿Qué ocurre? —le pregunté—. ¿Estás enfermo?

Sacudió la cabeza, y con un profundo suspiro, como si despertara, recuperó el aliento.

—Entonces será mejor que te mantengas en el rumbo —le reprendí.

Rebajó algunas cabillas, y observé cómo la rosa náutica giraba lentamente hacia el norte-noroeste, y se mantenía en esa posición con ligeras oscilaciones.

Encontré un lugar fresco para mi atavío de cama y me disponía a echarme cuando cierto movimiento atrajo la atención de mis ojos, y miré hacia la barandilla de popa. Una mano vigorosa, chorreando agua, se agarraba a la barandilla. Una segunda mano surgió de la oscuridad al lado de la primera. Yo miraba, fascinado. ¿Qué visitante de las profundidades del abismo estaba a punto de contemplar? Fuera quien fuera, me di cuenta de que trepaba a bordo por la cuerda de la corredera. Vi una cabeza, unos cabellos mojados y lacios, una mera silueta, y a continuación los ojos y la inconfundible cara de Lobo Larsen. Tenía la mejilla derecha cubierta de sangre que manaba de alguna herida en la cabeza.

Se encaramó a bordo con un violento impulso y se puso de pie, mirando rápidamente —como solía hacer— al hombre que iba al timón, para asegurarse de quién era y de que nada había de temer por su parte. El agua corría a chorros por su cuerpo, haciendo pequeños sonoros gorgoteos que me aturdían. Al dirigirse hacia mí, retrocedí de una manera instintiva, porque en sus ojos vi una expresión de muerte.

—Bien, Hump —dijo en voz baja—. ¿Dónde está el segundo?

Yo negué con la cabeza.

—¡Johansen! —llamó suavemente—. ¡Johansen! ¿Dónde está? —preguntó a Harrison.

El muchacho parecía haber recobrado la serenidad, pues le contestó con bastante aplomo.

—No lo sé, señor. Hace un ratito le he visto dirigirse a proa.

—También yo he ido a proa. Pero verás que no regreso por donde fui. ¿Puedes explicar esto?

—Ha debido usted de caer al agua, señor.

—¿Voy a buscarlo al entrepuente, señor? —pregunté.

Lobo Larsen sacudió la cabeza.

—No lo encontrarías, Hump. Pero tú me servirás, vamos. No te preocupes de tus atavíos de cama. Déjalos donde están.

Yo le seguí pegado a sus talones. Nada se movía en el centro del barco.

—¡Estos malditos cazadores! —comentó—. ¡Demasiado canallas, gordos y perezosos para resistir una guardia de cuatro horas!

Pero en el extremo del castillo de proa encontramos a tres marineros dormidos. Los zarandeó para verles la cara. Formaban la guardia de cubierta, y era costumbre en el barco que mientras hiciera buen tiempo pudieran dormir los que estuvieran de guardia, con excepción del oficial, el timonel y el vigía.

—¿Quién está de vigía? —preguntó.

—Yo, señor —contestó Holyoak, uno de los marineros de alta mar, con un ligero temblor en su voz—. Justo estaba dando una cabezadita en este momento, señor. Lo siento, señor. No volverá a suceder.

—¿Has oído o has visto algo sobre cubierta?

—No señor, yo...

Pero Lobo Larsen ya se había apartado, con un bufido de rabia, dejando al marinero, que se restregaba los ojos sorprendido de haber salido tan bien librado.

—Sin hacer ruido ahora —me advirtió Lobo Larsen en un susurro, mientras doblaba su cuerpo para introducirse por la escotilla del castillo de proa y se disponía a bajar.

Yo iba detrás de él, con el corazón dándome saltos. Lo que iba a ocurrir me era tan desconocido como lo que había pasado. Lo cierto es que había habido derramamiento de sangre, y no había sido capricho de Lobo Larsen tirarse por la borda con una brecha abierta. Además, faltaba Johansen.

Era la primera vez que bajaba yo al castillo de proa, y tardaré en olvidar la impresión que recibí, según me encontraba de pie en el arranque de la escalera. Construido en los mismos ojos de la goleta, tenía forma de triángulo, en cuyos tres lados se encontraban las literas en una hilera doble, hasta un total de doce. No era mayor que un salón dormitorio de Grub

Street, y sin embargo doce hombres se hacinaban en él para comer, dormir y efectuar todas las demás funciones vitales. El dormitorio de mi casa no era muy espacioso, pero aun así hubiese podido contener una docena de castillos como este, y si tomamos en consideración la altura hasta el techo, por lo menos veinte.

Olía a rancio y a humedad, y a la tímida luz de la bamboleante lámpara vi que cada espacio libre en la pared estaba cubierto de botas de mar, chubasqueros, y otras prendas, limpias y sucias, de varias clases. Se balanceaban adelante y atrás, con los bandazos del barco, provocando un ruido similar al cepillado que producen los árboles al rozar en un tejado o en un muro. En algún lugar una bota golpeaba ruidosamente y a intervalos irregulares contra la pared; y aunque era una noche de mar tranquilo, había un continuo coro de crujidos de maderas, mamparos y ruidos abismales por debajo del piso.

Pero a los que dormían no les importunaba. Eran un grupo de ocho (las dos cuadrillas de abajo); el aire estaba denso a causa del calor y del olor del aliento; los oídos se llenaron de ruido de sus ronquidos. Pero ¿estaban durmiendo? ¿Todos? ¿Habían estado durmiendo? Esta era, sin duda, la intención de Lobo Larsen: descubrir qué hombres fingían dormir sin estar dormidos y quiénes dormían desde hacía rato. Y actuó al respecto de una manera que me recordó uno de los cuentos de Boccaccio.

Descolgó la lámpara de su oscilante soporte y me la entregó. Comenzó por las primeras literas de proa, por el lado de estribor. En la de arriba estaba echado Oofty-Oofty, un marinero canaco, excepcional marinero, al decir de sus compañeros. Dormía boca arriba y respiraba con la misma placidez que una mujer. Tenía un brazo bajo la cabeza y el otro encima de las mantas. Lobo Larsen le cogió la muñeca entre su índice y el pulgar para contarle las pulsaciones. En esto despertó el canaco, con la misma placidez con la que dormía. No hizo movimiento alguno con su cuerpo, tan solo sus ojos se movieron. Se abrieron de golpe completamente, eran grandes y negros, y se clavaron, sin parpadear, en nuestros rostros. Lobo Larsen puso un dedo sobre los labios de aquel para indicarle que guardara silencio, y los ojos volvieron a cerrarse.

En la litera de abajo yacía Louis, con su grasienta gordura, acalorado y sudoroso, dormido de verdad y con un sueño fangoso. Mientras Lobo Larsen le tenía asido por la muñeca, se giró incómodamente, arqueando el cuerpo de tal forma que por un momento quedó apoyado sobre los hombros y los talones. Movió los labios y pronunció esta enigmática frase:

—Un chelín vale un cuarto, pero ándate con tiento con las monedas de tres peniques, o de lo contrario los taberneros te la darán como si fueran de seis.

Luego volvió a girar sobre el costado con un suspiro profundo, casi un quejido:

—Seis peniques son un *tanner,* y un chelín un *bob,* pero cuánto es un *pony,* eso no lo sé yo.

Satisfecho con la sinceridad del sueño de este y del canaco, Lobo Larsen pasó a las dos literas siguientes del mismo lado de estribor, ocupadas arriba y abajo, respectivamente, según pudimos ver a la luz de la lámpara, por Leach y Johnson.

Mientras Lobo Larsen se agachaba hacia la litera de abajo para tomar el pulso a Johnson, yo, que estaba de pie sosteniendo la lámpara, vi cómo se levantaba furtivamente la cabeza de Leach y se asomaba por el borde de la litera para ver qué pasaba. Debió de percatarse de que la estratagema de Lobo Larsen le iba a descubrir, pues al punto me arrebataron la lámpara de mi mano, quedando a oscuras el castillo de proa. Debió de saltar también al mismo tiempo sobre Lobo Larsen.

Los primeros ruidos fueron los de una lucha entre un toro y un lobo. Oí un descomunal bramido de cólera lanzado por Lobo Larsen, y un aullido desesperado y espeluznante de Leach. Johnson debió de unírsele acto seguido, ya que su comportamiento servil y abyecto en cubierta los últimos días no había sido más que una ficción bien planeada.

Yo estaba tan dominado por el terror ante esta lucha en la oscuridad que me apoyé contra la escalera, temblando e incapaz de subir. Volvía a invadirme aquel malestar en la boca del estómago causado siempre por el espectáculo de la violencia física. En esta ocasión no podía ver, pero sí oír el impacto de los golpes, el blando crujido que provocaba el choque violento de la carne contra la carne. Después vinieron el choque de los cuerpos entrelazados, la respiración entrecortada y el jadear breve y precipitado del dolor repentino.

Debieron de participar más hombres en la conjura para asesinar al capitán y al segundo, pues por los ruidos advertí que algunos otros camaradas se habían unido como refuerzos a Leach y Johnson.

—¡Que alguien me dé un cuchillo! —gritaba Leach.

—¡Golpeadle en la cabeza! ¡Machacadle los sesos! —gritaba Johnson.

Pero Lobo Larsen no hizo ruido alguno después de su primer bramido. Luchaba por su vida de un modo encarnizado y en silencio. Estaba acosado por todas partes. Derribado desde un primer momento, no había podido ponerse de pie, y a pesar de su descomunal fuerza, vi que no había esperanzas para él.

La violencia con que luchaban quedó vivamente impresa en mí, pues fui derribado por aquellos cuerpos embravecidos y quedé malamente magullado. Pero en medio de aquella confusión logré arrastrarme hasta una litera de las de abajo que estaba vacía.

—¡Aquí todos! ¡Ya lo tenemos! ¡Ya lo tenemos! —oí gritar a Leach.

—¿A quién? —preguntaban los que habían estado durmiendo de verdad y acababan de despertarse sin saber qué ocurría.

—Al maldito segundo —fue la hábil respuesta de Leach, que surgió de él con voz sofocada. La noticia fue recibida con gritos de júbilo, y desde ese instante Lobo Larsen tuvo encima de sí a siete hombres fornidos, pues creo que Louis no participó. El castillo de proa era como un enjambre de abejas soliviantadas por algún merodeador.

—¿Qué pasa ahí abajo, eh? —oí gritar a Latimer desde la escotilla, demasiado prudente para bajar a ese infierno de pasiones, cuyos ruidos furiosos podía él oír debajo de sí en la oscuridad.

—¿Es que nadie va a darme un cuchillo? ¿Es que nadie va a darme un cuchillo? —imploraba Leach en el primer intervalo de relativo silencio.

El número de asaltantes era motivo de confusión. Se estorbaban los unos a los otros, mientras Lobo Larsen, con un solo propósito, conseguía ejecutarlo. Se trataba de abrirse camino por el suelo hasta la escalera. Y aunque la oscuridad era total, pude seguir su avance por el ruido. Ningún hombre que no fuera un gigante hubiera podido hacer lo que hizo una vez que hubo alcanzado el pie de la escalera. Paso a paso, gracias a la fuerza de sus brazos, y con toda la jauría de hombres que intentaban tirar de él hacia adentro y hacia abajo, irguió su cuerpo hasta conseguir ponerse en pie. Y entonces, paso a paso, con manos y pies, fue subiendo lenta y penosamente la escalera.

El final de todo aquello lo pude ver gracias a que Latimer, que había ido finalmente por una linterna, la mantenía de forma que su luz iluminaba la escotilla.

Lobo Larsen se hallaba cerca de los últimos tramos, aunque no pude verlo. Lo único que resultaba visible era el racimo de hombres sujetos a él. Se contorsionaban como una enorme araña de muchas patas, balanceándose atrás y adelante con el cabeceo regular del barco. Y paso a paso, con grandes intervalos, la masa ascendía. Una vez vaciló y estuvo a punto de caer hacia atrás, pero volvió a aferrarse a su presa momentáneamente perdida y continuó el ascenso.

—¿Quién es? —preguntó Latimer.

A los destellos de la linterna, pude ver su rostro perplejo, que miraba hacia abajo.

—Larsen —fue la voz que oí, ahogada, procedente del grupo.

Latimer extendió una mano libre, y vi cómo salía otra mano para agarrarse a ella. Latimer dio un tirón, y el siguiente par de escalones fueron superados de un salto. La otra mano de Lobo Larsen se aferró al borde de la escotilla. La masa se desprendió de la escalera, agarrados todavía los hombres al enemigo que se les escapaba. Pero empezaron a caer, a ser golpeados en el afilado borde de la escotilla, al ser pateados por unas piernas que daban fuertes patadones. Leach fue el último en abandonar, y cayó de espaldas desde lo alto de la escotilla, golpeando las cabezas y los hombros de sus compañeros que abajo se retorcían. Lobo Larsen y la linterna desaparecieron, y nos quedamos entre tinieblas.

# Quince

Hubo una gran cantidad de insultos y maldiciones mientras los hombres que estaban al comienzo de la escalera se arrastraban para ponerse de pie.

—Que alguien encienda una luz, tengo el pulgar descoyuntado —dijo un tal Parsons, un hombre moreno, de temperamento perezoso, timonel del bote de Standish, en el que Harrison iba de remero.

—Encontrarás fuego tanteando entre las bitas —dijo Leach, al tiempo que se sentaba sobre el borde de la litera en la que me encontraba escondido.

Se oyó a alguien caminar a tientas y un frotar de fósforos, hasta que la lámpara, mortecina y humeante, volvió a alumbrar; a su misteriosa luz se veía deambular a unos hombres con las piernas desnudas curándose las contusiones y cuidándose las heridas. Oofty-Oofty había cogido el pulgar de Parsons, y tirando de él con fuerza lo había reintegrado a su sitio. Observé al mismo tiempo que los nudillos del canaco estaban desollados hasta el mismo hueso. Los mostraba, enseñando su hermosa dentadura blanca con una sonrisa y explicando que se había hecho una herida al golpear a Lobo Larsen en la boca.

—¿Así es que fuiste tú, miserable negro? —preguntó en tono agresivo Kelly, un estibador irlandésamericano, remero de Kerfoot, que hacía por primera vez un viaje en barco.

Tras haber hecho la pregunta, escupió de su boca algunos dientes y una bocanada de sangre, mientras acercaba su rostro en tono pendenciero a Oofty-Oofty. El canaco retrocedió de un salto a su litera, de donde regresó mediante un nuevo salto, esgrimiendo un largo cuchillo.

—Ea, dejadlo, me cansáis —terció Leach. Era, efectivamente, a pesar de su juventud y escasa experiencia, el gallito del castillo de proa—. Tú, Kelly, deja a Oofty en paz, ¿cómo demonios iba a saber en medio de la oscuridad que eras tú?

Kelly se apaciguó, aunque siguió refunfuñando, y el canaco enseñó sus blancos dientes en una sonrisa de agradecimiento. Era una hermosa criatura, casi femenino en sus agraciados rasgos, y en sus grandes ojos había una expresión de dulzura y ensoñación que parecía contradecir su bien merecida fama de hombre enérgico y pendenciero.

—¿Cómo ha podido escapar? —preguntó Johnson.

Estaba sentado al borde de su litera, y todos sus detalles denotaban un profundo desánimo y absoluto abatimiento. Aún respiraba con dificultad a causa del esfuerzo que había realizado. Durante la pelea le habían desgarrado completamente la camisa, y de una cuchillada en la mejilla le brotaba un chorro de sangre que resbalaba sobre el desnudo pecho, marcando un rojo sendero sobre el blanco del muslo, hasta caer al suelo.

—Porque es el demonio; como os lo había ya dicho —fue la respuesta de Leach; a continuación se puso de pie, desahogando su decepción con lágrimas en los ojos—. ¡Y que ninguno de vosotros me diera un cuchillo...! —era su incesante queja.

Pero el resto de la camarilla, que tenía serios temores de las consecuencias que cabía esperar, no le hacían caso.

—¿Cómo va a saber él quién ha sido? —preguntó Kelly, dirigiendo una mirada asesina a su alrededor mientras continuaba—; ¡a menos que entre nosotros haya un chivato!

—Lo sabrá tan pronto nos eche un vistazo por encima —contestó Parsons.

—Con que te mirase una vez sería suficiente.

—Dile que la cubierta se levantó y te arrancó los dientes de la mandíbula —bromeó Louis. Era el único que no se había movido de la litera, y estaba lleno de júbilo en tanto que no tenía lesión alguna, con lo cual demostraba que no había tomado parte en la faena de aquella noche—. Esperad solo a mañana, hasta que eche una ojeada a vuestras jetas, ¡pandilla! —añadió riendo.

—Diremos que creímos que era el segundo —dijo uno.

Y otro:

—Ya sé lo que voy a decir... que al oír un escándalo salté de mi litera, me dieron un fuerte y doloroso golpe en mi mandíbula y que me embarqué en la refriega; y que en la oscuridad no pude saber qué pasaba ni quién era, y justo empecé a dar golpes.

—Y fue a mí a quien diste los golpes, por supuesto —prosiguió Kelly, con su semblante momentáneamente iluminado por una sonrisa.

Leach y Johnson no participaban en la conversación, y era evidente constatar que sus camaradas los tenían ya por hombres perdidos, y ya sin esperanza y muertos. Leach dominó sus temores y aguantó los reproches durante algún tiempo, pero luego estalló:

—Me estáis cansando. ¡Menudo hatajo de niñatos sois! Si hablarais menos con vuestras bocas e hicierais algo con vuestras manos, ya habríamos acabado con él. ¿Por qué uno de vosotros, uno solo de vosotros, no me dio un cuchillo cuando se lo pedí? ¡Me ponéis enfermo! ¡Todo son quejas y lamentos, como si fuera a mataros cuando os eche la mano encima! ¡Malditos, sabéis que no lo hará! No puede permitírselo. No hay patrones ni marineros por aquí en cien kilómetros, y él os necesita para su negocio, os necesita. ¿Quién va a remar, a llevar el timón o atender las velas si os pierde a vosotros? Somos Johnson y yo los que tenemos que dar la cara al escenario. Idos a vuestras literas ahora, y cerrad el pico. Quiero dormir un poco.

—Está muy bien, está muy bien —repuso Parsons—. Es posible que no nos haga nada a nosotros, pero acordaos de mis palabras: el infierno será una nevera comparado con este barco a partir de estos momentos.

Durante todo este rato yo había estado temiendo por mi situación. ¿Qué me ocurriría cuando estos hombres se dieran cuenta de mi presencia? No podría abrirme camino luchando como lo había hecho Lobo Larsen. En ese mismo momento gritó Latimer a través de la escotilla:

—Hump, el viejo te reclama.

—No está aquí abajo —respondió Parsons.

—Sí que está —dije yo deslizándome de la litera, y tratando con todas mis fuerzas de comunicar a mi voz firmeza y decisión.

171

Los marineros me miraron consternados. El miedo estaba grabado en sus rostros, y también la maldad que el miedo inspira.

—¡Ya voy! —grité a Latimer.

—¡No, no vas! —exclamó Kelly, interponiéndose entre la escalera y yo, con su mano derecha engarfiada como si fuera a estrangularme—. ¡Maldita viborilla! ¡Te voy a cerrar la boca!

—Déjale ir —ordenó Leach.

—¡No, por tu vida! —fue su colérica respuesta.

Leach no se movió del borde de la litera.

—¡Déjale ir, te digo! —pero esta vez su voz era estridente y metálica.

El irlandés vaciló. Me puse a andar en dirección a él, y se apartó. Una vez hube alcanzado el pie de la escalera, me volví hacia aquel círculo de rostros brutales y malvados que me miraban a través de la penumbra. De pronto me sobrecogió un sentimiento de profunda compasión. Recordé la expresión que había empleado el *cockney*. ¡Cómo debía de odiarles Dios para permitir que sufrieran así!

—No he visto ni he oído nada, creedme —dije con aplomo.

—Os digo que es un tipo de fiar —pude oír que les decía Leach mientras yo subía por la escalera—. Quiere al viejo lo mismo que podéis quererle vosotros o yo.

Encontré a Lobo Larsen en el camarote, desnudo y sangrando, aguardándome. Me saludó con una de sus extrañas sonrisas.

—¡Vamos, doctor, a la faena! Por los indicios que hay vas a practicar mucho durante este viaje. No sé qué habría sido del *Fantasma* sin ti; y si fuera capaz siquiera de acariciar tales sentimientos, te diría que su patrón te está profundamente agradecido.

Yo conocía el manejo del elemental botiquín que el *Fantasma* llevaba a bordo, y mientras calentaba agua en el fogón del camarote y preparaba todo lo necesario para curar las heridas, él paseaba por allí, riendo y charlando, y examinaba las lesiones calculando su importancia. Nunca antes lo había visto desnudo, y la contemplación de su cuerpo me dejó sin respiración. Jamás he tenido la debilidad de exaltar la carne —nada más lejos de mí—; pero tengo la suficiente sensibilidad artística para poder apreciar sus maravillas.

Debo decir que me quedé fascinado por la perfección de líneas de la figura de Lobo Larsen, y por lo que podría llamarse su terrible belleza.

Yo había tenido ocasión de observar a los hombres en el castillo de proa. Y aunque algunos de ellos poseían una poderosa musculatura, en todos había alguna imperfección: falta de desarrollo aquí, desarrollo excesivo allá, alguna torsión o alguna curvatura que rompía la simetría, las piernas demasiado cortas o demasiado largas, demasiado nervudos o huesudos, o demasiado poco. Oofty-Oofty era el único cuyas líneas resultaban completamente satisfactorias, pero todo lo que tenían de agradables lo tenían de lo que yo llamaría femenino.

En cambio, Lobo Larsen era el prototipo de hombre, masculino, casi un dios por su perfección. Al pasear o levantar sus brazos, su gran musculatura saltaba y se desplazaba bajo su satinada piel. Se me había olvidado decir que el bronceado se limitaba a la cara. Su cuerpo, debido a su componente escandinavo, era blanco como el más blanco cuerpo de mujer. Recuerdo que cuando se llevó la mano a la cabeza para palparse la herida, observé el bíceps moverse como una cosa viva bajo su blanca funda. Era el mismo bíceps que había estado a punto una vez de quitarme la vida, el mismo que yo había visto asestar infinitos golpes mortales. No podía apartar de él mis ojos. Permanecí inmóvil, con un rollo de algodón antiséptico en la mano, que se desenrolló y quedó desparramado por el suelo.

Advirtió mi presencia, y yo tomé conciencia de que estaba mirándole.

—Dios se lució con usted —dije.

—¿Crees? —contestó—. Eso mismo he pensado yo de mí, y me pregunto el porqué.

—El designio... —comencé.

—Utilidad —me interrumpió—. Este cuerpo ha sido hecho para ser usado. Estos músculos fueron creados para agarrar, desgarrar y destruir cualquier cosa viva que se interponga entre la vida y yo. Pero ¿te has fijado en las demás cosas vivas? También ellas tienen músculos, de una u otra clase, para agarrar, desgarrar y destruir. Y cuando se interponen entre la vida y yo, las dejo inservibles para agarrar, desgarrar y destruir. El designio no puede explicar esto. La utilidad sí.

—Eso no es hermoso —repliqué.

—Lo que estás diciendo es que la vida no lo es —dijo sonriendo—. Pero has dicho que estaba bien hecho. ¿Ves esto?

Tensó las piernas y los pies, oprimiendo el suelo del camarote con sus dedos, como si hiciera presa en él. Nudos, crestas y montículos de músculos se retorcieron y se arracimaron bajo la piel.

—Tócalos —ordenó.

Eran duros como el hierro. También advertí que todo su cuerpo se había contraído involuntariamente, tenso y alerta. Que los músculos se deslizaban suavemente y se traslucían por las caderas, por la espalda y por los hombros. Tenía los brazos ligeramente levantados, con los músculos contraídos, los dedos engarfiados dando a las manos un aspecto de garras; e incluso los ojos habían cambiado su expresión, y en ellos asomaba la alerta, la capacidad de tomar distancias y un destello que no era otra cosa que el fulgor del combate.

—Estabilidad, equilibrio —dijo, relajándose en un momento y devolviendo a su cuerpo el reposo—. Pies con los que afianzarme en el suelo, piernas para sostenerme y contribuir a resistir mientras lucho con brazos y manos, con los dientes y con las uñas, para dar muerte y no ser muerto. ¡Designio! Utilidad es una palabra más apropiada.

No discutí. Había presenciado el mecanismo de esta primitiva bestia luchadora, y estaba tan impresionado como si hubiera visto la maquinaria de un gran barco de guerra o de un transatlántico.

Estaba sorprendido, teniendo en cuenta la ferocidad de la pelea en el castillo de proa, ante la superficialidad de sus heridas, y puedo jactarme de haberlas curado con gran destreza. Excepto algunas heridas profundas, el resto no eran sino contusiones y rasguños. El golpe que había recibido antes de caer por la borda le había producido una brecha de varios centímetros. Siguiendo sus indicaciones, lavé la herida y la cosí, después de haber afeitado los bordes. Tenía también la pantorrilla profundamente lacerada, y parecía como si la hubiera mordido un bulldog. Me dijo que un marinero había clavado los dientes en ella, cuando comenzó la pelea, y que lo llevó colgado arrastrando hasta el final de la escalera del castillo de proa, donde se deshizo de él de una patada.

—Por cierto, Hump, según ya te he dicho, eres un hombre habilidoso —comenzó a decir Lobo Larsen cuando hube terminado mi trabajo—. Como sabes, estamos sin segundo. De ahora en adelante harás guardias, recibirás setenta y cinco dólares mensuales, y se dirigirán a ti de proa a popa llamándote «señor Van Weyden».

—Yo..., yo no sé nada de navegación, ya sabe —dije con voz entrecortada.

—No es necesario.

—En realidad no me importa alcanzar altos puestos —objeté—. Ya encuentro la vida suficientemente precaria en mi actual humilde situación. No tengo experiencia. La mediocridad, como usted ve, tiene sus compensaciones.

Sonrió como si todo estuviera decidido.

—No deseo ser segundo de este barco del infierno —grité en tono de desafío.

Vi cómo su rostro se enfurecía, y un destello de crueldad apareció en sus ojos. Paseó hasta la puerta del dormitorio, diciendo:

—Y ahora, señor Van Weyden, buenas noches.

—Buenas noches, señor Larsen —contesté con una voz débil.

# Dieciséis

No puedo decir que el empleo de segundo llevara consigo otras alegrías que la de no tener que volver a fregar platos. Ignoraba las más elementales obligaciones de segundo, y lo habría pasado ciertamente muy mal de no haber contado con la solidaridad de los marineros. Yo no sabía nada de esas minucias de cuerdas y aparejos, ni de orientar y disponer las velas; pero los marineros se tomaron la molestia de ponerme al corriente (en esto Louis demostró ser un excelente maestro) y apenas tuve problemas con mis subordinados.

Con los cazadores ya fue otra cosa. Familiarizados con el mar cada uno a su manera, me tomaban a broma. En realidad, también a mí me parecía una broma el hecho de que yo, el típico hombre de secano, desempeñara el empleo de segundo; en cambio, que me tomaran a broma, eso ya era otra cosa bien distinta. No expuse ninguna queja, pero Lobo Larsen exigió para con mi persona la más exquisita etiqueta marinera, mucho mayor que la que había recibido nunca el pobre Johansen. A costa de varias riñas, amenazas y bastantes protestas, consiguió meter en cintura a los cazadores. De proa a popa yo era «el señor Van Weyden», y únicamente Lobo Larsen, en privado, me llamaba Hump.

Era divertido. Si casualmente el viento nos desviaba algunos grados durante la cena, al abandonar yo la mesa me decía Lobo Larsen:

—Señor Van Weyden, ¿tendría usted la bondad de virar a babor?

Entonces, yo iba a cubierta, hacía señas a Louis y este me enseñaba lo que había que hacer. Luego, unos minutos más tarde, cuando yo había ya asimilado sus instrucciones y me había hecho cargo de cada detalle de la maniobra, procedía a poner en práctica mis órdenes. Recuerdo uno de los primeros casos, en que apareció en escena Lobo Larsen en el preciso momento en que empezaba yo a dar las órdenes. Se fumó su puro, observando tranquilamente hasta que la maniobra estuvo ejecutada, y luego se llegó hasta mí a popa, por la parte del barlovento.

—Hump —dijo—, perdón, señor Van Weyden, le felicito. Pienso que ya puede usted devolver las piernas de su padre a su tumba. Ha descubierto usted las suyas y ha aprendido a sostenerse sobre ellas. Un poco de práctica con los aparejos, con las velas, y algo de experiencia con alguna tormenta y cosas así, y al final de la travesía podrá patronear cualquier goleta de cabotaje.

Fue durante el período de tiempo que medió entre la muerte de Johansen y la llegada a la zona de las focas cuando más agradable resultó mi estancia a bordo del *Fantasma*. Lobo Larsen me tenía una cierta consideración, los marineros me ayudaban, y ya no estaba en ese fastidioso contacto con Thomas Mugridge. Estoy en condiciones de afirmar que, a medida que pasaban los días, iba sintiéndome secretamente orgulloso de mí mismo. Por fantástica que pareciera la situación —un hombre de secano como segundo de a bordo—, yo la desempeñaba bastante bien. Durante este breve período de tiempo me sentía orgulloso de mí mismo, y crecía en mí la afición por el cabeceo y el vaivén del *Fantasma* bajo mis pies, según navegaba rumbo norte y oeste a través del mar tropical, en dirección al islote donde debíamos llenar de agua nuestras cubas.

Pero mi felicidad no era completa. Era relativa, un paréntesis de menos sufrimiento, intercalado entre un pasado de grandes miserias y un futuro también de enormes miserias. Porque el *Fantasma,* en cuanto a los marineros se refería, era un barco infernal de la peor especie. Jamás tuvieron un momento de descanso o de paz. Lobo Larsen guardaba como un tesoro el recuerdo del atentado de que había sido objeto y la paliza recibida en el castillo de proa; y mañana, tarde y noche, y a veces desde que anochecía hasta el amanecer, se consagró a hacerles la vida insoportable.

Conocía a la perfección la psicología de los pequeños detalles, que eran las pequeñas cosas con las que mantenía en vilo a toda la tripulación hasta el borde de la locura. Le he visto levantar a Harrison de su litera para que reintegrara a su sitio una brocha de pintar que había dejado fuera de su lugar; y arrancar de su profundo sueño a dos marineros de los que estaban abajo solo con el objeto de que acompañaran a aquel y vieran que cumplía sus órdenes. Una cosa insignificante, ciertamente, pero que multiplicada por las mil ingeniosas truculencias de una mente como la suya puede ayudar a comprender cuál era el estado mental de los hombres del castillo de proa.

Por supuesto que seguía habiendo quejas, y se sucedían de manera constante pequeños altercados, pero entonces se producía un reparto de golpes que originaba que siempre hubiera dos o tres hombres convaleciendo de las heridas recibidas de mano de la bestia humana que tenían por patrón. A la vista del surtido arsenal de armas que llevaba en el entrepuente y en el camarote, resultaba imposible planear una revuelta. Leach y Johnson eran las dos víctimas predilectas del diabólico genio de Lobo Larsen, y la expresión de profunda melancolía que se había asentado en el semblante de Johnson me destrozaba el corazón.

Con Leach era diferente. En él había un componente enorme de bestia de combate. Parecía poseso por un furor insaciable que no dejaba lugar para la tristeza. Sus labios se habían contorsionado en un gruñido permanente, y ante la simple presencia de Lobo Larsen —aunque de manera inconsciente, pienso yo— estallaban en un ruido horrible y amenazador. He visto que seguía con su mirada a Lobo Larsen al igual que un animal sigue a su guardián, en tanto que un gruñido semisalvaje resonaba profundo en su garganta y salía vibrando entre sus dientes.

Recuerdo una vez en que, a plena luz del día y en cubierta, le toqué en el hombro antes de comunicarle una orden; estaba a mi espalda, y ante el primer contacto de mi mano dio un respingo y se alejó de mí, gruñendo y volviendo al mismo tiempo la cabeza. Por un momento me había confundido con el hombre a quien tanto odiaba.

Ambos, él y Johnson, habrían matado a Lobo Larsen a la más mínima oportunidad que se les hubiera presentado, pero esta nunca llegó. Lobo Larsen era enormemente prudente al respecto y, además, ellos tampoco contaban con armas adecuadas. Con solo sus puños no hubieran tenido ninguna oportunidad. En alguna que otra ocasión Lobo Larsen se enfrentó a Leach, quien no hizo siempre más que retroceder como un gato montés, defendiéndose con uñas, dientes y puños, hasta quedar tendido, exhausto o sin sentido sobre cubierta. Pero ya no se volvió a atrever a otro encuentro.

El demonio que habitaba en él desafiaba al demonio de Lobo Larsen. No tenían más que coincidir ambos en cubierta para enzarzarse de nuevo entre maldiciones, gruñidos y golpes. He visto a Leach lanzarse sobre Lobo Larsen sin previo aviso y sin que mediara provocación. Una vez le arrojó su pesado cuchillo, que erró la garganta de Lobo Larsen por un centímetro. En otra ocasión dejó caer desde la cruceta de mesana un pasador de hierro. Era una empresa difícil de ejecutar en un barco en movimiento, pero la afilada punta del pasador, silbando veintitantos metros por el aire, casi dio en la cabeza de Lobo Larsen justo cuando salía de la escalera del camarote, y se embutió más de dos centímetros de su largo en el sólido maderamen de cubierta. Aun en otra ocasión se deslizó furtivamente en el entrepuente, se apoderó de una escopeta cargada, y había emprendido ya una carrera a cubierta cuando fue sorprendido y desarmado por Kerfoot.

Yo me preguntaba a menudo, lleno de extrañeza, por qué Lobo Larsen no lo mataba y ponía fin a todo esto. Pero él se limitaba a reír, y parecía divertirse así. Parecía como si ello fuera la pimienta de su vida; al igual que ocurre a aquellos hombres a quienes agrada convertir a unos animales salvajes en sus animales de compañía.

—Esto le da emoción a la vida —me explicó— cuando consigues metértela en un puño. El hombre es por naturaleza un tahúr, y la vida es la apuesta mayor a la que puedes jugar. Cuanto mayor es el riesgo, mayor es la emoción. ¿Por qué voy a tener que dejar de darme el gusto de irritar el alma de Leach hasta el delirio? Precisamente con eso le estoy haciendo un favor. La grandeza de lo que se siente es recíproca. Él está teniendo una vida mucho más intensa que nadie a proa, aunque él no se esté dando cuenta. Porque él tiene lo que los demás no tienen: un objetivo, algo que hacer y que debe ser ejecutado; un proyecto que le absorbe por completo y que se esfuerza por ejecutar; el deseo de matarme, la esperanza de que pueda matarme. En realidad, Hump, está viviendo profunda e intensamente. Dudo de que haya vivido tan deprisa y con tanta emoción como ahora; y con toda sinceridad, le envidio cuando le veo en la cima de esas pasiones y de esa extrema sensibilidad.

—¡Ah!, pero eso es una cobardía, una cobardía —le grité—. Usted tiene todas las ventajas.

—De entre nosotros dos, tú y yo, ¿quién es el más cobarde? —preguntó todo serio—. Si la situación no te agrada pero tomas partido por ella, pones en un compromiso a tu conciencia. Si verdaderamente fueras noble, de verdad sincero contigo mismo, unirías tus fuerzas a las de Leach y Johnson. Pero tienes miedo, tú tienes miedo. Quieres vivir. La vida que en ti hay proclama a gritos que debe vivir, no importa a qué precio. De modo que vives de manera ignominiosa, desleal al mejor de tus sueños, pecando contra tu absolutamente miserable, aunque pequeño, código; y, si hubiera infierno, estarías hundiendo en él tu alma. ¡Bah! Yo desempeño el papel más valiente. No peco, porque soy fiel a los impulsos de la vida que en mí hay. Al menos soy sincero con mi alma, que es lo que tú no eres.

Sus palabras eran un aguijón. Tal vez, después de todo, estaba yo desempeñando un papel de cobarde. Y cuanto más pensaba en ello, más me parecía que mi obligación era seguir su consejo, unir mis fuerzas con las de Johnson y Leach y buscar su muerte. En este preciso momento, creo yo, entró en funcionamiento la austera conciencia del puritanismo de mis antepasados, que me impulsaba a cometer acciones espeluznantes, sancionando incluso el asesinato como una conducta correcta. Le daba vueltas en mi cabeza a esta idea. Sería la acción más moral del mundo liberarlo de semejante monstruo. La humanidad se encontraría mucho mejor y más feliz así, y la vida, más hermosa y más dulce.

Tumbado sin poder dormir en mi litera, meditaba largamente sobre esto, recordando en interminable procesión los hechos acontecidos. Hablé con Johnson y Leach durante las guardias de noche, cuando Lobo Larsen estaba abajo. Ambos habían perdido toda esperanza; Johnson, a causa de su natural abatimiento, y Leach, porque había empleado toda su energía en combatirle, en vano, y se hallaba exhausto. Una noche, en un momento de emoción me tomó de la mano y me dijo:

—Yo le considero un hombre honrado, señor Van Weyden. Quédese donde está y mantenga la boca cerrada. No diga nada, pero ¡manténgase despierto! Somos hombres muertos, ya lo sé; pero tal vez pueda alguna vez hacernos un favor cuando necesitemos una maldita ayuda.

Al día siguiente, la isla de Wainwright se divisó por barlovento, cruzada de través; Lobo Larsen, que había atacado a Johnson, había sido atacado por Leach y acababa de dar una paliza a ambos dos, abrió su boca y dijo:

—Ya sabes, Leach, que cualquier día de estos te mataré. ¿Lo sabes?

Un gruñido fue toda su respuesta.

—En cuanto a ti, Johnson, estarás tan hastiado de vivir antes de que la emprenda contigo que tú mismo te arrojarás por la borda. Ya veremos si es así o no.

»Es tan solo una sugerencia —añadió, aparte, dirigiéndose a mí—. Te apuesto la paga de un mes a que la cumple.

Yo había acariciado la esperanza de que sus víctimas pudieran encontrar una oportunidad de escapar mientras llenábamos las cubas de agua, pero Lobo Larsen había elegido el lugar muy bien. El *Fantasma* fondeó a unos ochocientos metros de la línea de rompientes de una playa desierta. Terminaba en ella una profunda garganta, de abruptas paredes volcánicas, que nadie podía escalar. Fue aquí donde, bajo su directa supervisión —ya que él mismo también desembarcó—, Leach y Johnson llenaron las pequeñas barricas y las llevaron rodando hasta la playa. No se les brindó una sola oportunidad de intentar huir en alguno de los botes.

Harrison y Kelly, sin embargo, lo intentaron. Formaban la tripulación de uno de los botes, cuya tarea consistía en ir y venir de la goleta a la playa, cargando una sola cuba en cada viaje. Justo un momento antes de la comida salieron hacia la playa con una cuba vacía; desviaron su trayectoria y se apartaron hacia la izquierda para rodear el promontorio que se adentraba en el mar, interponiéndose entre ellos y la libertad. Más allá de su falda de espumas se encontraban las preciosas aldeas de los colonos japoneses, y los risueños valles que se internaban bien adentro en la isla. Una vez hubieran alcanzado la presagiada fortaleza, los dos hombres podrían desafiar a Lobo Larsen.

Yo me había dado cuenta de que Henderson y Smoke llevaban toda la mañana deambulando por cubierta, y ahora comprendí por qué estaban allí. Tomaron sus rifles y abrieron fuego, pausadamente, sobre los desertores. Fue una exhibición a sangre fría de tiro al blanco. En un primer momento los proyectiles silbaban inocentemente a ambos lados del bote sobre la superficie del agua, pero cuando los dos hombres se pusieron a remar frenéticamente, dispararon cada vez más cerca.

—Mirad cómo le quito ahora a Kelly el remo derecho —dijo Smoke apuntando con más interés.

Yo estaba mirando a través de unos gemelos, y vi cómo la pala del remo se hacía pedazos por el disparo. Henderson repitió la hazaña, eligiendo el remo derecho de Harrison. El bote viraba en redondo. Los dos remos restantes quedaron hechos añicos inmediatamente. Los hombres intentaron remar con las astillas, pero también se las arrebataron de las manos a tiros. Kelly arrancó una cuaderna y comenzó a chapotear con ella, pero la arrojó con un grito de dolor cuando sus astillas se le clavaron en las manos. Entonces se entregaron, dejando el bote a la deriva, hasta que un segundo bote, enviado desde la playa por Lobo Larsen, los remolcó y los llevaron a bordo.

Algo después de media tarde levamos ancla y continuamos el viaje.

Ante nosotros teníamos la perspectiva de tres o cuatro meses de cacería en las regiones de las focas. El panorama era negro, ciertamente, y me entregué a mi trabajo con el corazón entristecido. Un pesimismo casi de funeral parecía haberse abatido sobre el *Fantasma*. Lobo Larsen se había refugiado en su litera con uno de sus extraños y desgarrados dolores de cabeza. Harrison se apoyaba indolentemente sobre el timón, dejándose caer sobre él, como si estuviera agobiado por el peso de su cuerpo. El resto de los hombres estaban tristes y taciturnos. Me encontré a Kelly, en cuclillas al abrigo de la escotilla del castillo de proa, con la cabeza entre las rodillas, sus brazos rodeándola en una actitud de indecible desesperación.

A Johnson lo hallé echado cuan largo era sobre la parte alta del castillo de proa, y con los ojos fijos en los remolinos de la quilla; con horror me acordé de la sugerencia que había hecho Lobo Larsen. Parecía que iba a dar su fruto. Traté de interrumpir los mórbidos pensamientos de aquel hombre llamándole a otra parte, pero él me esbozó una sonrisa triste y se negó a hacerme caso.

Cuando regresé a popa, se me acercó Leach.

—Quiero pedirle un favor, señor Van Weyden —dijo—. Si tiene la suerte de volver algún día a Frisco, ¿querrá usted ir a ver a Matt McCarthy? Es mi viejo. Vive en la Colina, detrás de la panadería de Mayfair; es zapatero remendón; todo el mundo lo conoce, y no tendrá usted dificultad. Dígale que he vivido lo bastante para arrepentirme de las molestias que le he

186

causado y las faenas que le he hecho, y... y dígale también de mi parte que Dios le bendiga.

Asentí con un movimiento de mi cabeza, pero le dije:

—Todos nosotros vamos a regresar a San Francisco, Leach, y tú estarás conmigo cuando vaya a ver a Matt McCarthy.

—Me gustaría creerle —contestó, chocándome la mano—, pero no puedo. Lobo Larsen vendrá por mí. Lo sé. Y todo lo que puedo esperar es que lo haga pronto.

Cuando me dejó, sentí en mi corazón ese mismo deseo. Ya que había de ocurrir, que fuera cuanto antes. La tristeza generalizada me había atenazado también a mí entre sus garras. Lo peor parecía inevitable; y según deambulaba por cubierta, hora tras hora, me sentía atormentado por las repulsivas ideas de Lobo Larsen. ¿Qué significaba todo aquello? ¿Dónde estaba la grandeza de una vida que permitía aquella gratuita destrucción de almas humanas? Esta vida era una cosa sórdida y sin valor, así que cuanto antes acabara mejor. ¡Terminado y se acabó! También yo me incliné sobre la barandilla y me puse a mirar, con nostalgia, el mar, con la certeza de que más tarde o más temprano habría de hundirme, profundo, profundo, en las frías y verdes profundidades de su olvido.

# Diecisiete

Por extraño que parezca, y a despecho de los presentimientos de todos, nada de especial mención ocurrió a bordo del *Fantasma*. Continuamos navegando hacia el norte y el oeste, hasta encontrar la costa de Japón y toparnos con el gran rebaño de focas. Procedentes de nadie sabe dónde, en un lugar del infinito Pacífico, viajaban en su anual migración en dirección norte hacia las colonias del mar de Bering. Y hacia el norte navegábamos también nosotros, asolando y destruyendo, arrojando a los tiburones la carnaza de los cadáveres, y salando las pieles, a fin de que más tarde pudieran adornar los hermosos hombros de las señoras de las ciudades.

Fue una matanza desenfrenada, y todo por motivo de las mujeres. Ni la carne ni el aceite de foca son comestibles para el hombre. Después de un buen día de caza he visto la cubierta de nuestro barco repleta de pieles y cuerpos, resbaladiza a causa de la grasa y la sangre, con los imbornales escupiendo de color rojo. Mástiles, cabos y barandillas salpicados del color de la sangre; y los hombres, como carniceros en plena faena, con sus manos y brazos desnudos y ensangrentados, ocupados de lleno en su trabajo con unos cuchillos de despiezar y de desollar, despellejaban las pieles de las hermosas criaturas marinas que habían matado.

Mi cometido consistía en tarjar las pieles según iban llegando a bordo desde los botes, supervisar el desollamiento y la posterior limpieza de las cubiertas, y que todo volviera a estar ordenado en el barco. No era un trabajo muy agradable. Mi alma y mi estómago se rebelaban; aunque, en otro sentido, el tener que tratar y dirigir a tanta gente era bueno para mí. Ello desarrollaba la escasa capacidad de decisión que poseía, y me sentía en un proceso de endurecimiento y de insensibilización que no podía dejar de ser muy saludable para «Sissy van Weyden».

Empezaba a sentir una cosa, y era que nunca más volvería a ser el mismo hombre que hasta ahora había sido. Aunque mi esperanza y mi fe en la vida humana sobrevivían a la crítica demoledora de Lobo Larsen, este había sido el artífice de algunos cambios menores en mí. Había desplegado ante mí el mundo de las realidades, del que prácticamente nada sabía yo, y ante el cual siempre había retrocedido. Había aprendido a mirar más de cerca la vida según se la vive; a reconocer que en el mundo había cosas llamadas hechos; a salir del reino del espíritu y de las ideas, y a atribuir cierto valor a las fases concretas y objetivas de la existencia.

Conocí más cosas que nunca de Lobo Larsen cuando llegamos a las colonias de focas. Porque cuando el tiempo era bueno y nos encontrábamos en medio de la manada, todo el mundo partía en los botes y solo nos quedábamos a bordo él y yo, además de Thomas Mugridge, que no contaba para nada. Pero tampoco era cuestión de bromas. Los seis botes se desperdigaban formando un abanico que partía de la goleta, hasta que el primero por barlovento y el último por sotavento llegaban a alcanzar una distancia de quince mil o treinta mil metros, y entonces cruzaban el mar en línea recta hasta que la caída de la noche o el mal tiempo los obligaba a regresar. Nuestra misión consistía en mantener el *Fantasma* a sotavento del último bote de sotavento, de modo que todos los botes tuviesen viento favorable en caso de borrasca o de tiempo amenazador.

No es tarea liviana para dos hombres, en particular si se ha levantado un viento recio, manejar un barco como el *Fantasma,* controlar el timón, mantener la vigilancia de los botes o largar y recoger las velas, de manera que me vi obligado a aprender, y aprender rápidamente. No tuve dificultades en dirigir el timón, pero escalar hasta lo alto de las crucetas y balancear todo el peso de mi cuerpo colgado de los brazos al abandonar los flechastes para subir más alto era mucho más difícil. Pero también lo aprendí, y muy deprisa, porque sentía un deseo salvaje de rehabilitarme a los ojos de Lobo Larsen; demostrar mi derecho a vivir por otros medios que por los de la inteligencia. Hay más, llegó un momento en que me divirtió subir a lo más alto del mastelero y sostenerme solo con las piernas en aquella insegura altura, mientras barría el mar con los anteojos, localizando los botes.

Recuerdo un hermoso día que los botes partieron muy temprano, y las detonaciones de las escopetas de los cazadores se fueron debilitando y perdiendo más y más en la lejanía, hasta morir según se desperdigaban a lo lejos por el mar.

Soplaba una brisa muy suave del oeste, que dejó de soplar cuando nos disponíamos a situarnos a sotavento del último bote que se hallaba por sotavento. Uno a uno —yo me encontraba en lo alto del mástil y los veía perfectamente— los seis botes desaparecieron tras el pandeo del horizonte, persiguiendo a las focas en dirección oeste. Nos pusimos al pairo, casi inmóviles en la placidez del mar, incapaces de seguirlos. Lobo Larsen estaba receloso. El barómetro estaba bajo, y el cielo por la parte de levante no le gustaba. Lo estudiaba con incesante vigilancia.

—Como el viento sople del este —dijo— fuerte y recio, y nos ponga a barlovento de los botes, es muy posible que vayan a quedar desocupadas las literas del entrepuente y del castillo de proa.

A las once el mar se había puesto como un cristal. A medianoche, y a pesar de que estábamos en una latitud bien al norte, el calor era asfixiante. El aire no refrescaba nada. Era sofocante, de bochorno, y me recordaba lo que los viejos de California llaman «tiempo de terremoto». Había algo ominoso en el ambiente, y de un modo intangible se le hacía a uno presente la sensación de que algo fatídico se cernía sobre nosotros. Poco a poco, por el este, todo el cielo se fue llenando de nubes que se elevaban por encima de nosotros como una cordillera tenebrosa de regiones infernales. Con tal claridad se veían cañones, gargantas y precipicios, con las sombras de su interior, y uno buscaba inconscientemente la blanca línea de rompientes y las rugientes cavernas donde el mar embiste contra la costa. Seguíamos balanceándonos suavemente, y aún no soplaba viento alguno.

—No es una tormentilla —dijo Lobo Larsen—. La Vieja Madre Naturaleza va a levantarse sobre sus patas traseras, bramará con todas sus ganas, y nos va a tener dando saltos, Hump, si queremos salir de este apuro con la mitad de nuestros botes. Será mejor que subas y sueltes las gavias.

—Pero ¿y si empieza a bramar y solo estamos aquí nosotros? —pregunté en tono de protesta.

—Pues tenemos que hacerlo primero lo mejor que podamos, y correr hacia nuestros botes antes de que nos arrebate el trapo. Después, no respondo de lo que ocurra. Los palos aguantarán, y tú y yo tendremos que aguantar aunque nuestra tarea va a ser mucha.

La calma continuaba. Comimos, una comida precipitada y angustiada en mi caso, con dieciocho hombres en alta mar, más allá de la panza del horizonte, y con aquella cordillera de nubes rolando sobre el cielo, moviéndose lentamente sobre nosotros. Lobo Larsen parecía intranquilo. Pero cuando regresamos a cubierta noté en él un ligero estremecimiento en las aletas de su nariz, una rapidez de movimientos muy notable. Su rostro estaba serio, sus rasgos se habían endurecido, e incluso sus ojos —azules, de un azul claro ese día— tenían un extraño brillo, una luz fulgurante que irradiaba chispas.

Me chocó que estuviera contento, contento de un modo feroz; estaba alegre ante la inminencia de la lucha; estaba emocionado y excitado con la conciencia de que gravitaba sobre él uno de esos grandes momentos de la vida, en los que la marca de la vida desborda su pleamar.

Hubo un instante en que, sin darse cuenta de lo que hacía ni de que yo lo observaba, se rio a carcajadas, burlándose y retando a la tormenta, ya próxima. Aún estoy viéndolo, allí de pie, como un pigmeo sacado de *Las mil y una noches,* ante la gigantesca frente de algún genio maligno. Estaba desafiando al Destino, y no tenía miedo. Paseó hasta la cocina.

—Cooky, en el momento en que termines con tus cacerolas y sartenes, te necesito en cubierta. Estate atento a mi llamada. Hump —dijo, advirtiendo la mirada de fascinación que tenía posada sobre él—, esto supera al whisky, y es ahí donde tu Omar falla. Creo que, después de todo, solo vivió a medias.

La parte oeste del cielo también se había tornado para entonces tenebrosa. El sol se había oscurecido y borrado de nuestra vista. Eran las dos de la tarde, y un fantasmagórico crepúsculo, rasgado por varios erráticos rayos de luz púrpura, había descendido sobre nosotros. Ante esta luz purpúrea el rostro de Lobo Larsen se fue encendiendo más y más intensamente, y ante mi excitada fantasía aparecía como nimbado de un halo de luz. Nos encontrábamos en medio de un silencio ultraterreno, mientras que todo a nuestro alrededor eran signos y presagios de ruidos y movimientos inminentes. El bochorno de calor se había hecho insoportable. El sudor me cubría la frente, y sentía cómo se deslizaba hacia la nariz. Me pareció que iba a desvanecerme e intenté alcanzar la barandilla en busca de un apoyo.

Y entonces, justo en ese instante, el más leve susurro de aire sopló. Venía del este, y como un susurro llegó y se fue.

El paño, lacio, no se agitó, aunque mi cara sí había notado el aire que la había refrescado.

—Cooky —llamó Lobo Larsen en voz baja. Thomas Mugridge volvió la cara, lastimera y amedrentada—. Suelta el aparejo del botalón de proa y cázalo a la contra, y cuando lo pida, suelta vela y deja cómodo el aparejo. Si te equivocas, será lo último que hagas en tu vida, ¿entendido? Señor Van Weyden, prepárese a cazar a la contra los foques. Luego suba a las gavias y extiéndalas tan rápido como Dios le deje; cuanto más rápido lo haga, más fácil le será. En cuanto a Cooky, si no anda listo, dele un golpe en el entrecejo.

Me sentí halagado y complacido con que no acompañara sus instrucciones a mí con amenazas. Habíamos puesto proa al noroeste, y su intención era trasluchar aprovechando el primer soplo.

—La brisa la vamos a tener por nuestro cuadrante —me explicó—. Por los últimos disparos, los botes derivaban ligeramente hacia el sur.

Se volvió y se dirigió hacia la popa, al timón. Yo marché a proa, y tomé posiciones ante los foques. Sopló otro hálito de viento, y luego otro. El paño flameó perezosamente.

—Gracias a Dios que la tormenta no viene de golpe, señor Van Weyden —fue la fervorosa exclamación del cocinero.

Yo también estaba de verdad agradecido, pues para aquel entonces ya sabía lo suficiente para suponer qué desastre nos aguardaba en aquellas circunstancias si nos llega a sorprender con todo el paño desplegado. Los hálitos de viento se transformaron en ráfagas, las velas se hincharon y el *Fantasma* se puso en movimiento. Lobo Larsen giró el timón todo a barlovento, a babor, y comenzamos a arrancar. Ahora el viento estaba completamente a popa, bufando y soplando cada vez más fuerte, y mis velas de proa martilleaban vigorosamente. No podía ver lo que ocurría en otros sitios, pero sentí el súbito impulso y el escorarse de la goleta cuando la presión del viento pasó a trasluchar sobre los foques y la vela mayor. Tenía las manos totalmente ocupadas con el petifoque, el foque y el estay; y cuando esta parte de mi tarea estuvo concluida, el *Fantasma* brincaba hacia el sudoeste, con el viento en su cuadrante y todas las velas a estribor.

Sin detenerme a tomar aliento, y a pesar de que el corazón me daba saltos como un martillo pilón a causa del esfuerzo, me fui corriendo a las gavias, y antes de que el viento se hiciera demasiado fuerte las habíamos arriado y plegado abajo. Luego, me fui a popa a esperar órdenes.

Lobo Larsen aprobó con un gesto de su cabeza mi tarea, y me dejó al timón. El viento estaba arreciando con fuerza y el mar comenzó a encresparse. Goberné durante una hora, y a cada momento se fue haciendo más difícil. No tenía la suficiente experiencia para gobernar al paso que íbamos y con el viento al cuadrante.

—Suba a toda prisa ahora con los anteojos, a ver si divisa a alguno de los botes. Hemos hecho al menos diez nudos, y ahora vamos a doce o trece. ¡Esta vieja tía sabe cómo hay que andar!

Me di por satisfecho con subir a la cruceta de proa, a unos veinte metros sobre cubierta. Mientras exploraba la desierta superficie de agua que ante mis ojos se abría, comprendí con toda claridad la necesidad que teníamos de apresurarnos si queríamos rescatar a alguno de nuestros hombres. De hecho, al contemplar la mar picada por la que íbamos, dudé de que quedara un bote a flote. Parecía imposible que unas embarcaciones tan frágiles resistieran tal violencia de agua y de viento.

Yo no podía apreciar toda la violencia del viento porque navegábamos a su favor, pero desde lo alto de mi atalaya miraba hacia abajo, como si estuviera fue-

ra del *Fantasma*, aparte de él, y vi su silueta recortar-
se enérgicamente contra el mar cubierto de espuma,
mientras se abría paso pletórica de vida. A veces se
levantaba y se lanzaba sobre una ola gigantesca, hundiendo la barandilla de estribor, mientras la cubierta
quedaba sumergida hasta la escotilla por el rebullen-
te océano. En tales momentos, desde el comienzo del
balanceo por barlovento, yo volaba por los aires con
una rapidez de vértigo, como si colgara al extremo de
un inmenso péndulo invertido, cuyo arco, durante
los vaivenes mayores, debía de alcanzar veinte metros
o más. Una de las veces se apoderó de mí un gran terror ante este vertiginoso balanceo, y durante un rato
permanecí aferrado de pies y manos, débil y tembloroso, incapaz de otear el mar en busca de los botes
que faltaban ni de ver otra cosa en el mar salvo que
las aguas rugían debajo, esforzándose por abatir al
*Fantasma*.

Pero al pensar en los hombres que se encontraban
en mitad del mar me serené y, buscándolos, me olvidé de mí mismo. Durante una hora no divisé nada
que no fuera el mar, desnudo, desolado. De pronto,
cuando un errático rayo de luz hirió el océano, con-
virtiendo su superficie en plata airada, sorprendí una
pequeña mota negra que era lanzada al cielo por un
momento y engullida después. Aguardé pacientemente. De nuevo la ínfima mancha negra se volvió a
proyectar a través del airado resplandor, a unos dos
grados de nuestra amura de babor. No intenté gritar,
sino que comuniqué a Lobo Larsen la novedad agitando mi brazo. Él cambió el rumbo, y yo se lo confirmé cuando la mancha se vio exactamente enfrente
de nuestra crujía.

Fue haciéndose mayor, y tan rápidamente que por primera vez pude apreciar en su justo valor la velocidad a que volábamos. Lobo Larsen me indicó por señas que bajara, y cuando estuve junto a él, al timón, me dio instrucciones para virar.

—Lo que cabe esperar es que el infierno en masa se desate —me advirtió—, ¡pero no te preocupes! Tú, atento a hacer tu trabajo y a que Cooky no se mueva de las velas del trinquete.

Intenté dirigirme a proa, pero era difícil elegir por qué banda, ya que tanto la barandilla de barlovento como la de sotavento se sumergían alternativamente. Tras haber comunicado a Thomas Mugridge las instrucciones de lo que tenía que hacer, gateé hacia el aparejo de proa unos cuantos metros. El bote se hallaba ahora muy cerca, y me pude percatar fácilmente de que estaba pico al viento y las olas, garrando el palo y la vela, que habían caído por la borda y estaban siendo utilizados como ancla. Los tres hombres achicaban agua. Cada montaña rodante los ocultaba de mi vista, y yo aguardaba con angustiosa ansiedad, temeroso de que no volvieran a reaparecer nunca más. Luego, de improviso, el bote emergía por entre las crestas de espuma, con la proa apuntando al cielo y mostrando toda la longitud de su carena, húmeda y oscura, hasta lo que parecía su final. Entonces, los tres hombres, achicando agua con frenética celeridad, nos dirigieron una fugaz mirada, mientras el bote subía a lo más alto y luego caía en el bostezante seno, con la proa humillada y la popa alzada casi en vertical con ella, mostrando todo su interior a lo largo. Cada vez que el bote reaparecía era un milagro.

Repentinamente el *Fantasma* cambió de rumbo, alejándose, y se me figuró, con verdadero sentimiento, que Lobo Larsen daba por imposible el rescate. A continuación me percaté de que se estaba preparando para virar, por lo que me desplacé a cubierta a fin de estar preparado. Ahora nuestra situación era por completo proa al viento, y el bote estaba lejos, delante de nosotros. De pronto noté que la goleta se aligeraba, como si por un momento perdiera toda su fuerza y su empuje, a la vez que ganaba una rápida aceleración en su velocidad. Estaba virando sobre el costado contra el viento.

Cuando alcanzó a ponerse en ángulo recto con el mar, toda la fuerza del viento (del que hasta ahora habíamos huido) se hizo con nosotros. Por ignorancia y para mi infortunio, yo estaba dándole cara. Se erigió ante mí como una muralla, llenándome los pulmones de un aire que no podía expeler. Y así, mientras me atragantaba y me ahogaba, y el *Fantasma* se sumergía durante un instante, de costado y navegando con el viento completamente en popa, contemplé una gigantesca ola alzarse por encima de mi cabeza. Volví la cara, tomé aliento y miré de nuevo. La ola superaba en altura al *Fantasma* y yo la miré enhiesta frente por frente a mí. Un rayo de luz del sol hirió su cresta, y lo que percibí fue una masa verde, traslúcida, impetuosa, recubierta de una lechosa polvareda de espuma.

Entonces se desplomó, estalló un pandemónium, ocurriendo todo ello a un mismo tiempo. Recibí un golpe demoledor, anonadador, en ningún sitio en concreto, en todo el cuerpo. Me hizo perder el apoyo, me hallaba completamente sumergido en agua, y me vino a la mente la idea de esa cosa terrible de la que había oído hablar, la de ser tragado por el mar. Mi cuerpo fue golpeado y magullado, arrastrado en plena desesperación dando vueltas y más vueltas; y cuando ya no pude contener por más tiempo el aliento, inspiré en mis pulmones la mordaz agua salada. Pero en medio de todo esto, me aferraba a una sola idea: *tengo que cazar el foque a barlovento.* No temía a la muerte. No tenía la menor duda de que saldría de allí fuera como fuera. Y como en mi aturdida mente se mantenía fija la idea de que tenía que ejecutar la orden de Lobo Larsen, me pareció verlo de pie al timón, en mitad de aquella salvaje confusión, oponiendo su voluntad a la de la tormenta, y desafiándola.

Tropecé violentamente contra lo que supuse que era la barandilla, y respiré un par de veces aire puro. Intenté levantarme, pero me golpeé la cabeza y volví a caer sobre las manos y las rodillas. El capricho de las aguas me había arrastrado justo debajo del coronamiento del castillo de proa delante de las lucernas. Gateando a cuatro patas, pasé por encima del cuerpo de Thomas Mugridge, que yacía en el suelo como un bulto quejumbroso. No había tiempo para indagaciones. Tenía que cazar el foque a barlovento.

Cuando asomé sobre cubierta, parecía que todo había llegado a su fin. Por doquier había trozos desgarrados y restos de madera, hierro y lona. El *Fantasma* estaba pasando a ser un montón de pedazos y fragmentos retorcidos. El trinquete y la gavia, lacias y sin viento a causa de la maniobra, y sin una persona que tensara las escotas a tiempo, se estaban haciendo jirones de tanto restallar, y el pesado botalón golpeaba de barandilla a barandilla haciéndose añicos. Por el aire volaban numerosos despojos del naufragio, cabos sueltos, estáis que silbaban y se contorsionaban como serpientes, y por entre medio de todo ello se precipitó con gran estruendo el botalón del trinquete.

La verga no me golpeó por muy escasos centímetros, y ello me espoleó a entrar de nuevo en acción. Tal vez la situación no fuera desesperada. Recordé la advertencia de Lobo Larsen. Él había esperado que todo el infierno se desatara contra nosotros, y aquí estaba. ¿Y él, dónde se encontraba? Pude divisarle halando la escota de la mayor, forzándola a tensarse con sus formidables músculos, mientras la popa de la goleta se alzaba por los aires, y su cuerpo se recortaba sobre la blanca espuma de una ola que pasaba de largo. Todo esto, y más —todo un mundo de caos y de despojos—, vi, y oí y vislumbré en quizá solo quince segundos.

No me detuve a ver qué le había ocurrido al pequeño bote, sino que me abalancé sobre la escota del foque. Su lona ya empezaba a azotarse, medio llenándose y vaciándose de viento con violentas detonaciones, pero, aplicando toda mi fuerza para adujar la escota cada vez que me azotaba, la conseguí recoger poco a poco. Lo único que sé es que hice cuanto pude. Tiraba tan fuerte que me quemé las yemas de todos los dedos; y mientras hacía esto el petifoque y el estay se desgarraron en trozos y desaparecieron con un ruido atronador.

Yo continuaba tirando, recogiendo con una doble vuelta lo que ganaba cada vez, hasta que la siguiente sacudida de la vela me cedía más. Entonces la escota me dio más facilidades. Lobo Larsen estaba junto a mí halando de la escota él solo mientras yo me ocupaba en recobrar lo que ya había cedido.

—¡Más deprisa! —gritó—. ¡Y ven aquí!

Mientras iba tras él, notaba que, a pesar de la destrucción y de la ruina, se mantenía un cierto orden. El *Fantasma* continuaba al pairo; estaba en condiciones de funcionar, y en realidad seguía funcionando. A pesar de que había perdido el resto de sus velas, el foque, pasado a barlovento, y la mayor arbolada en plano continuaban resistiendo, y mantenían la proa frente a la furia del mar.

Busqué el bote, y mientras Lobo Larsen aclaraba los aparejos, lo vi a sotavento encaramado sobre una enorme ola y a no más de siete metros. Y había hecho sus cálculos con tal precisión que derivamos un poco hacia él, de manera que no tuvimos más que enganchar los extremos de las jarcias a popa y proa, e izarlo a bordo. Pero esto es algo que no se hace con la misma facilidad con que se escribe.

A proa iba Kerfoot, Oofty-Oofty a popa y Kelly en el centro. Cuando derivamos para acercarnos un poco más, el bote se levantó a lomos de una ola al tiempo que nosotros nos hundíamos en su seno, hasta el extremo de que casi justo encima de mí pude ver las cabezas de los tres hombres asomándose por encima de la borda para mirar hacia abajo. Luego, al instante siguiente, éramos nosotros los que subíamos y nos elevábamos, y ellos los que se hundían a nuestros pies. Parecía increíble que la ola siguiente no fuera a estrellar contra el *Fantasma* aquel delgado cascarón de huevo.

Pero en el momento preciso eché un cabo al canaco, mientras Lobo Larsen hacía lo mismo con Kerfoot.

Ambos cabos fueron enganchados en un abrir y cerrar de ojos, y los tres hombres, calculando hábilmente el balanceo, saltaron simultáneamente a bordo de la goleta. Cuando el *Fantasma* sacó la borda del agua, el bote quedó cómodamente recostado sobre él, y antes del siguiente movimiento de balanceo ya lo habíamos izado a bordo y colocado sobre cubierta panza arriba. Advertí que la mano izquierda de Kerfoot sangraba. Sin saber cómo, se había machacado el dedo corazón como una pulpa. Pero no dio muestras de dolor, y con solo la derecha nos ayudó a amarrar el bote en su sitio.

—Tú, Oofty, preparado para soltar el foque —ordenó Lobo Larsen un instante después de que hubiéramos terminado con el bote—. Kelly, ven a popa y amolla la escota de la mayor. Tú, Kerfoot, vete a proa y mira a ver qué le pasa a Cooky. Señor Van Weyden, suba otra vez a la arboladura y corte cualquier cabo suelto que encuentre en su camino.

Tras haber dado estas órdenes, marchó a popa, al timón, con sus característicos saltos de tigre. Mientras yo ascendía penosamente por los obenques de proa, el *Fantasma* comenzó lentamente a menearse. Esta vez, cuando caíamos en el seno de una ola y éramos barridos, no teníamos velas para salir de allí. Y cuando me hallaba a mitad de camino de la cruceta, aplastado contra los aparejos por la fuerza del viento de manera que no podía caerme, y el *Fantasma* recostado sobre el extremo del bao y con los mástiles casi paralelos al agua, miré, no hacia abajo, sino casi en ángulo recto con la perpendicular, a la cubierta del *Fantasma*. Pero no vi la cubierta, sino el lugar que esta debiera ocupar, pues se hallaba sepultada bajo una salvaje catarata de agua. Fuera del agua pude ver que sobresalían los dos mástiles, pero nada más. El *Fantasma* estaba, en ese momento, sepultado debajo de las aguas. Fue cuadrándose poco a poco, liberándose de la presión lateral, y se enderezó descubriendo su cubierta por entre la superficie del océano, como el lomo de una ballena.

Luego corrimos velozmente, salvajemente, a través del salvaje mar, mientras yo colgaba de la cruceta como una mosca, tratando de encontrar los demás botes. Al cabo de media hora divisé el segundo, zozobrado y panza arriba, al que se agarraban desesperadamente Jock Horner, el gordo Louis y Johnson. En esta ocasión me quedé arriba, y Lobo Larsen consiguió virar sin ser arrastrado. Como la vez anterior, derivamos hacia el bote: se amarraron las jarcias y se lanzaron unos cabos a los hombres, que treparon a bordo como monos. En cambio el bote chocó y se hizo astillas contra el costado de la goleta mientras era izado, aunque se ataron fuertemente los pecios porque podía ser reparado y reconstruido íntegramente.

Nuevamente cambió el rumbo el *Fantasma* ante la tormenta, y esta vez se sumergió tanto que durante unos segundos pensé que no volvería a aparecer. Incluso el timón, a más altura que el centro del barco, quedó cubierto y fue barrido una y otra vez. En esos momentos me sentí extrañamente a solas con Dios, a solas con Él, contemplando el caos que su ira provocaba. Luego volvió a aparecer el timón y los anchos hombros de Lobo Larsen, con sus manos agarradas a las cabillas, gobernando la goleta según su voluntad; como si fuera él mismo un dios terrenal que dominara la tormenta, sacudiéndose el agua que le caía de encima y sometiéndola a sus propios objetivos.

¡Qué maravilla era aquello! ¡Qué maravilla! ¡Que unos minúsculos seres humanos pudieran vivir, respirar, trabajar y conducir tan frágil embarcación de madera y lienzo a través de tan tremenda lucha de los elementos!

Al igual que antes, el *Fantasma* emergió de entre las aguas, alzando su cubierta de nuevo, y salió impelido delante del ululante huracán. Ahora eran las cinco y media, y media hora más tarde, cuando las últimas luces del día se desvanecían en un crepúsculo mortecino y furioso, divisé el tercer bote. Estaba panza arriba, y no había rastros de su tripulación. Lobo Larsen repitió la maniobra, se apartó y luego, virando a barlovento, derivó sobre él. Pero esta vez se equivocó por unos trece metros y el bote nos pasó por popa.

—Bote número cuatro —gritó Oofty-Oofty, cuyos ojos de lince habían podido leer el número en un segundo que duró su ascensión panza arriba entre la espuma.

Era el bote de Henderson, y con él habían desaparecido Holyoak y Williams, uno de los marineros de alta mar. Estaban perdidos, sin la menor duda; pero quedaba el bote, y Lobo Larsen hizo un nuevo esfuerzo temerario por recuperarlo. Yo había descendido a cubierta y vi a Horner y Kerfoot protestar inútilmente por esta decisión.

—¡Voto a Dios que ninguna tormenta, aunque sople del mismo infierno, me va a robar a mí nunca un bote! —gritó; y aunque los cuatro estábamos con las cabezas bien juntas para poderle oír mejor, su voz sonó débil y lejana, como si se hallara alejado de nosotros a una enorme distancia—. Señor Van Weyden —gritó, aunque yo le oí a través del tumulto como quien oye un susurro—, ¡listo para ese foque con Johnson y Oofty! ¡Los demás a popa, a la escota de la mayor! ¡Aprisa, ya, si no queréis que os embarque a todos para el otro mundo! ¿Entendido?

Y cuando giró el timón bruscamente y cabeceó la proa del *Fantasma*, los cazadores no tuvieron más remedio que obedecer y hacer lo mejor posible aquella arriesgada empresa. Cuán grande era el peligro lo comprobé al ser de nuevo sepultado bajo las imponentes olas, teniendo que agarrarme para salvar mi vida a la barandilla claveteada al pie del palo trinquete. Mis dedos estaban desollados, y fui arrastrado por la superficie de la borda, atravesándola, hasta el mar. Yo no sabía nadar, pero antes de que pudiera hundirme fui arrastrado de nuevo a bordo. Una mano fuerte me agarró, y cuando finalmente el *Fantasma* emergió, supe que debía la vida a Johnson. Le vi mirar ansioso a su alrededor y noté que faltaba Kelly, que había acudido a proa en el último momento.

Esta vez, al no haber podido alcanzar el bote y no encontrarse en la misma situación que en ocasiones anteriores, Lobo Larsen se vio obligado a recurrir a otra maniobra. Corriendo con el viento de popa y con todas las velas a estribor, viró en redondo y volvió ciñendo a babor.

—Magnífico —me gritó Johnson al oído, mientras salíamos indemnes del subsiguiente aguacero, y comprendía que se refería no a la pericia marinera de Lobo Larsen, sino a la proeza del *Fantasma*.

Se había hecho ya tan oscuro que no podíamos ver el bote, pero Lobo Larsen regresó por un instinto infalible. En esta ocasión, aunque nos hallábamos casi constantemente semisumergidos, no se abría ante nosotros ninguna cavidad en que ser engullidos, y así pudimos derivar directamente sobre el volcado bote, que resultó duramente castigado al izarlo a bordo.

Luego siguieron dos horas de trabajo terrible, durante las cuales toda la tripulación —a saber, dos cazadores, tres marineros, Lobo Larsen y yo— rizamos el foque primero, y luego la mayor. Virando con tan reducido velamen, nuestras cubiertas se veían relativamente libres de agua, mientras el *Fantasma* se balanceaba y sumergía entre las olas como un corcho.

Yo me había quemado las yemas de los dedos al comienzo de la faena, así que mientras rizaba las velas estuve trabajando con lágrimas de dolor rodando por mis mejillas. Cuando todo estuvo concluido, me desmayé como una mujer y rodé sobre cubierta exhausto de agotamiento.

Entretanto, habían traído a rastras, como a una rata ahogada, a Thomas Mugridge, desde la parte alta del castillo de proa, donde se había ocultado cobardemente. Vi que le empujaban hacia popa, hasta el camarote, y noté con estupor que la cocina había desaparecido. Un espacio libre en la cubierta indicaba el lugar de su primitivo emplazamiento.

Encontré a toda la tripulación reunida en el camarote, incluidos los marineros, y mientras se calentaba un poco de café en el pequeño fogón bebimos whisky y mordisqueamos unas galletas. Nunca en mi vida fue una comida tan bien recibida. Nunca me había sabido tan bien un café. El *Fantasma* cabeceaba, se agitaba y daba tumbos tan violentos que resultaba imposible, aun para los marineros, moverse por allí sin buscar apoyo, y muchas veces tras el grito de «Ahí viene la ola» quedábamos amontonados sobre la pared de babor del camarote como si hubiera sido la cubierta.

—¡Al infierno la vigilancia! —oí a Lobo Larsen, una vez que habíamos comido y bebido hasta hartarnos—. No se puede hacer nada en cubierta. Si hemos de irnos a pique, nada podemos hacer para evitarlo. Meteos aquí todos, y dormid un poco.

Los marineros se arrastraron hasta la proa, colocando al pasar las luces laterales, mientras que los dos cazadores se quedaron a dormir en el camarote, pues no parecía recomendable abrir la puerta de la escalera que conducía a la bodega del entrepuente. Lobo Larsen y yo amputamos el dedo machacado de Kerfoot y cosimos el muñón. Mugridge, que, durante todo el tiempo que se vio obligado a cocinar, servir el café y mantener vivo el fuego, se había estado quejando de dolores internos, juraba ahora que tenía una o dos costillas rotas. Al examinarlo encontramos que eran tres. Pero pospusimos la operación hasta el día siguiente, fundamentalmente porque yo no sabía nada acerca de las fracturas de costillas, y antes debía leer algo sobre ello.

—Pienso que no merecía la pena —dije a Lobo Larsen— perder a Kelly por un bote astillado.

—Kelly no valía gran cosa —fue la respuesta—. Buenas noches.

Después de todo lo ocurrido, sufriendo un dolor insoportable en las yemas de mis dedos, tras haber perdido tres botes, sin contar las salvajes cabriolas que el *Fantasma* estaba dando, me parecía imposible poder conciliar el sueño, pero mis ojos debieron de cerrarse en el mismo instante en que mi cabeza reposó sobre la almohada, y en estado de completo agotamiento dormí durante toda la noche, mientras el *Fantasma*, abandonado el rumbo y solitario, se abría camino entre la tormenta.

# Dieciocho

Al día siguiente, mientras la tormenta amainaba, Lobo Larsen y yo empollamos anatomía y cirugía y le arreglamos las costillas a Mugridge. Luego, cuando la tormenta se calmó, Lobo Larsen surcó en repetidas direcciones la zona de océano donde nos había sorprendido esta, siempre derivando un poco hacia el oeste, mientras se procedía a reparar los botes y fabricar y envergar nuevas velas. Divisamos y abordamos, una tras otra, buen número de goletas dedicadas a la caza de focas, casi todas ellas andaban también buscando sus botes perdidos, y muchas transportaban botes y hombres de otras goletas recogidos por ellas, pues el resto de la flota se hallaba a nuestro oeste, y los botes, esparcidos en todas direcciones, habían puesto proa a la desesperada hacia el refugio más próximo

Del *Cisco* recuperamos a dos de nuestros botes, con todos los hombres sanos y salvos, y, para gran alegría de Lobo Larsen y disgusto mío, recogimos del *San Diego* a Smoke, Nilson y Leach. Así que al cabo de cinco días solo nos faltaban cuatro hombres —Henderson, Holyoak, Williams, Kelly— y reanudamos la caza en los flancos del rebaño.

Según íbamos siguiendo el rebaño en dirección norte, empezamos a encontrarnos con los temidos bancos de niebla. Día tras día se arriaban los botes, y casi antes de que tocaran el agua desaparecían de nuestra vista; mientras, hacíamos resonar la bocina desde el barco a intervalos regulares, y cada quince minutos efectuábamos una descarga. Encontrábamos y perdíamos botes continuamente, y estos, según la costumbre, cazaban «al tanto» para la goleta que los había recogido, hasta que eran recuperados por la suya. Pero Lobo Larsen, como era de esperar al verse con un bote menos, tomó posesión del primero que encontró extraviado y obligó a sus hombres a cazar con el *Fantasma*, sin permitirles regresar a su goleta cuando la divisamos. Recuerdo que al acercarse su capitán a nosotros al máximo para recabar información, Lobo Larsen forzó al cazador y a los otros dos hombres a permanecer abajo, con un rifle en el pecho.

Thomas Mugridge, aferrado a la vida extraña y pertinazmente, estuvo pronto cojeando por allí, mientras desempeñaba su doble tarea de cocinero y de grumete. Johnson y Leach seguían siendo insultados y golpeados igual que siempre, y estaban seguros de que sus vidas durarían lo que durase la temporada de caza; los del resto de la tripulación llevaban una vida de perros, y eran tratados como perros por aquel despiadado patrón. En cuanto a Lobo Larsen y a mí, nos llevábamos bastante bien, aunque no podía sustraerme a la idea de que lo correcto, en mi caso, era matarlo. Me fascinaba de una manera inconmensurable, y le temía también inconmensurablemente. Por otra parte, no podía imaginármelo abatido por tierra, muerto. Tenía una resistencia, como de perpetua juventud, que emanaba de él e impedía representárselo así. Solo podía suponerlo siempre vivo, y siempre dominando, luchando y destruyendo, sobreviviéndose a sí mismo.

Una de sus diversiones, cuando nos encontrábamos en mitad del rebaño y el mar estaba demasiado bravo para arriar los botes, consistía en bajar con dos remeros y un timonel y salir de caza. Era un excelente tirador, y en unas condiciones que los mismos cazadores juzgaban imposibles, regresaba a bordo con un buen número de pieles. Arriesgar la vida, luchar por ella contra descomunales obstáculos parecía ser para él como el aire que respiraba por sus narices.

Yo iba aprendiendo cada vez más el arte de navegar; y un día despejado —cosa que rara vez encontrábamos por entonces— tuve la satisfacción de dirigir y manejar el *Fantasma* y recoger los botes por mí mismo. Lobo Larsen se hallaba aquejado de una de sus jaquecas, por lo que estuve al timón desde la mañana hasta la noche, navegando a través del océano tras el último bote de sotavento, poniéndolo al pairo, y recogiendo los seis botes sin órdenes ni instrucciones suyas.

Nos sorprendieron repetidas borrascas, pues era aquella una región cruda y tormentosa, y, a mitad de junio, un tifón que resultó el más memorable y el de mayor importancia, a causa de los cambios que operó en mí y en mi futuro. Nos debió de coger muy próximo al centro de su ojo, y Lobo Larsen salió hacia el sur, primero con dos rizos en el foque, y luego yendo a palo seco.

Nunca imaginé que el mar fuera una cosa de tales dimensiones. Las olas que hasta ahora habíamos encontrado eran ondas comparadas con estas, que medían entre cresta y cresta medio kilómetro, y que se alzaban, estoy seguro, por encima de la altura de nuestro mastelero. Tan descomunales eran que ni siquiera el propio Lobo Larsen, y a pesar de que le estaban desviando mucho hacia el sur fuera del rebaño de las focas, se atrevió a ponerse al pairo.

Posiblemente nos hallábamos en la ruta de los vapores que cruzan el Pacífico cuando el tifón amainó; y aquí, con gran sorpresa de los cazadores, nos encontramos en mitad de un montón de focas —un segundo rebaño, a modo de retaguardia, que aquellos consideraron una cosa verdaderamente insólita—. De nuevo el ¡arriad botes!, las descargas de las escopetas, y la despiadada matanza, duraron todo el día.

Fue entonces cuando Leach se me acercó. Acababa yo de tarjar a bordo las pieles del último bote cuando se vino a mi lado, en la oscuridad, y me dijo:

—Señor Van Weyden, ¿puede decirme a cuánta distancia de la costa estamos, y cuál es la situación de Yokohama?

Mi corazón saltó de alegría, porque comprendí lo que tenía planeado hacer, y le di la posición: oeste-noroeste, a unos ochocientos kilómetros de distancia.

—Gracias, señor —fue toda su respuesta, mientras se deslizaba de nuevo por entre la oscuridad.

A la mañana siguiente el bote número tres, Johnson y Leach habían desaparecido. También faltaban las cubas del agua, y las cajas de provisiones de todos los demás botes, así como las camas y los petates de los dos hombres. Lobo Larsen estaba furibundo. Largó velas y se lanzó en dirección oeste-noroeste; dos cazadores barrían constantemente con sus anteojos el mar desde lo alto del palo mayor, mientras él, cual fiero león, daba paseos sobre cubierta. Conocía demasiado bien mis simpatías por los fugitivos como para enviarme a mí a lo alto a otear.

El viento soplaba bien, pero caprichosamente; y localizar aquel minúsculo bote en la azulada inmensidad era como buscar una aguja en un pajar. Pero él puso el *Fantasma* a buen ritmo, hasta situarse entre la tierra y los desertores. Hecho lo cual, recorrió la zona en todas las direcciones, por donde según él debían los otros cruzar.

Al amanecer del tercer día, poco después de que sonaran las ocho campanadas, nos llegó desde el mastelero un grito de Smoke de que el bote estaba a la vista. Todo el mundo se alineó sobre la barandilla. Una rápida brisa soplaba del oeste, prometiendo nuevos vientos tras de sí; y allá a sotavento, a la inquieta luz plateada del amanecer, aparecía y desaparecía un punto negro.

Viramos en su dirección y fuimos por él. El corazón se me quedó de plomo. Sentí que me daban náuseas anticipadamente; y cuando vi el brillo de la mirada de triunfo de Lobo Larsen, y su imagen bailando ante mis ojos, sentí un irresistible deseo de abalanzarme sobre él. Me encontraba tan desconcertado por la idea de la violencia que aguardaba a Leach y Johnson que debí de perder la cabeza. Recuerdo que me deslicé sigilosamente al entrepuente, y que cuando ya me disponía a subir a cubierta con un rifle cargado en mis manos, oí un grito sobresaltado:

—¡Hay cinco hombres en ese bote!

Me apoyé sobre la escalera, débil y tembloroso, mientras los comentarios de los demás hombres confirmaban la noticia. Entonces me flaquearon las rodillas, y me desplomé; y, vuelto en mí mismo, me quedé abrumado por la impresión de lo que había estado a punto de ejecutar. Sentí una sensación de alivio cuando hube dejado la escopeta y me encontré de nuevo sobre cubierta.

Nadie había advertido mi ausencia. El bote estaba lo suficiente cerca de nosotros para advertir que era de mayor tamaño que los botes de caza y de construcción completamente distinta. Al aproximarnos más, amollaron la vela y quitaron el palo. Embarcaron los remos, y sus ocupantes aguardaron a que viráramos para subirlos a bordo.

Smoke, que había bajado a cubierta y se hallaba ahora junto a mí, empezó a reírse entre dientes, de un modo muy expresivo. Le miré de manera inquisitiva.

—¡La que se ha liado! —dijo con risa de sorna.

—¿Qué va mal? —pregunté.

De nuevo rio entre dientes.

—¿No ve allí, en la escota de popa, al fondo? ¡Que no vuelva yo a matar una foca si aquello no es una mujer!

Miré con más atención, pero no estuve seguro hasta que por todas partes estalló una general exclamación. El bote llevaba cuatro hombres, y su quinto ocupante era, efectivamente, una mujer. Estábamos perplejos y ansiosos, excepto Lobo Larsen, que se hallaba muy contrariado en tanto que esto no era su bote con las dos víctimas de su maldad.

Recogimos el petifoque, cazamos las escotas del foque a barlovento, y la mayor de plano, poniéndonos en facha. Los remos golpearon el agua, y con unas cuantas paladas el bote estuvo a nuestro costado. Ahora por primera vez distinguí con claridad a la mujer. Estaba envuelta en un largo abrigo, pues era una mañana muy cruda. No pude ver más que la cara y un mechón de cabello castaño que asomaba por debajo de la gorra de marinero con que iba tocada. Sus ojos eran grandes, marrones y brillantes; la boca, dulce y delgada, y el rostro, un fino óvalo, a pesar de que el sol y la exposición a los salobres vientos habían requemado su cara dejándola de color escarlata.

Me pareció una criatura de otro mundo. Sentí que la deseaba con mayores ansias que las de un hambriento por un mendrugo de pan. Porque hacía muchísimo tiempo que no veía a una mujer. Reconozco que me perdí en medio de una admiración tan grande, casi estupefacto —¿«eso», entonces, era una mujer?—, que me olvidé de mí mismo y de mis obligaciones de segundo, y ni siquiera ayudé a los recién llegados a subir a bordo. Cuando uno de los marineros la levantó hasta los extendidos brazos de Lobo Larsen, ella alzó la mirada hacia nuestros curiosos rostros y sonrió de manera muy divertida y dulce, como solo sabe sonreír una mujer; y como yo no había visto sonreír a nadie desde hacía tanto tiempo, había olvidado que ese tipo de sonrisas existiera.

—¡Señor Van Weyden!

La voz de Lobo Larsen me hizo volver bruscamente a la realidad.

—¿Quiere acompañar a esta dama abajo y disponer todo a su comodidad? Prepare el camarote libre de babor. Ponga a Cooky a arreglarlo. Y mire a ver qué puede hacer usted con esa cara. Está seriamente quemada.

Se apartó bruscamente de nosotros, y empezó a preguntar a los hombres recién llegados. El bote había quedado abandonado a la deriva, lo que uno de ellos llamó «una maldita pena», encontrándose tan cerca de Yokohama.

Me sentí extrañamente intimidado por esta mujer mientras la acompañaba a popa. Además me sentía azorado. Por primera vez creía darme cuenta de lo delicada y frágil criatura que es una mujer; y cuando la tomé del brazo para ayudarla a bajar la escalera, me asombraron su delgadez y su suavidad. Ciertamente, se trataba de una mujer delgada, y delicada como suelen ser las mujeres, pero a mí me pareció tan etéreamente delgada y delicada que pensé que en cualquier momento su brazo se haría migas ante la presión de mi mano. Digo todo esto, con franqueza, para mostrar cuál fue mi primera impresión, después de tan larga carencia de las mujeres en general y de Maud Brewster en particular.

—No es necesario que se tomen tantas molestias por mí —dijo ella en tono de reproche cuando la hice sentar sobre la butaca de Lobo Larsen, que yo había arrastrado a toda prisa desde el camarote—. Los hombres esperaban avistar tierra esta mañana en cualquier momento y el barco llegaría a la costa por la noche; ¿no cree?

Su elemental confianza en el futuro inmediato me devolvió a la realidad. ¿Cómo podría explicarle la situación en que se encontraba; hablarle del extraño hombre que acechaba al mar como al Destino; todo lo que a mí me había costado meses aprender? Pero le contesté con sinceridad:

—Si fuera cualquier otro capitán menos este, le diría que desembarcaría en Yokohama mañana. Pero nuestro capitán es un hombre muy raro, y le ruego que esté preparada para cualquier cosa, ¿entendido? ¡Para cualquier cosa!

—Yo... confieso que difícilmente puedo entenderle —dijo titubeando, y con una expresión de inquietud, aunque no de miedo, en su mirada—. ¿O es acaso un error por mi parte pensar que los náufragos reciben toda clase de consideraciones? Es esto tan poca cosa... Estamos tan cerca de la costa, ¿verdad?

—Con toda sinceridad, no lo sé —dije intentando tranquilizarla—. Quisiera tan solo prevenirla contra lo peor, por si ocurre. Este hombre, este capitán es una bestia, un demonio, y uno nunca puede decir cuál va a ser su próximo capricho.

Mi excitación iba a más, pero me interrumpió ella con un...

—¡Oh, ya comprendo...! —con una voz muy tenue. El hecho de pensar le suponía un esfuerzo manifiesto, estando como estaba ella al borde del colapso físico.

No hizo más preguntas ni yo me permití más observaciones, limitándome a cumplir la orden de Lobo Larsen, que consistía en alojarla confortablemente. Yo andaba con los mismos ajetreos que se toma un ama de casa, preparando lociones calmantes para sus quemaduras; saqueé la despensa privada de Lobo Larsen en busca de una botella de oporto que sabía que tenía allí, y di instrucciones a Thomas Mugridge para que preparara el camarote que estaba libre.

El viento refrescaba rápidamente, mientras el *Fantasma* se escoraba cada vez más, y para cuando estuvo preparado el camarote saltaba sobre las aguas a considerable velocidad. Me había olvidado por completo de la existencia de Leach y Johnson cuando de pronto, como el retumbar de un trueno, «¡Bote a la vista!», fue el grito que nos llegó por la escalera. Era la inconfundible voz de Smoke, que gritaba desde el mastelero. Miré a la mujer, pero se hallaba reclinada sobre la butaca con los ojos cerrados, inmensamente cansada. Dudé que hubiera oído algo, y decidí que era mejor evitarle presenciar las brutalidades que indefectiblemente sabía yo que iban a producirse tras la captura de los desertores. Estaba cansada. Muy bien. Que durmiera.

En cubierta se oían órdenes de inmediata ejecución, carreras y el estallido de los rizos de las velas cuando el *Fantasma*, que corría en la dirección del viento, cambió de bordada. Al llenarse las velas e inclinarse el barco, la butaca empezó a deslizarse por el suelo del camarote, y di un salto en el momento justo de evitar que la mujer que acabábamos de rescatar saliera despedida. Sus ojos le pesaban demasiado para expresar otra cosa que la soñolienta sorpresa que sintió al levantar hacia mí la mirada. Tambaleándose y dando tumbos, la conduje a su camarote. Mugridge me sonrió burlonamente a la cara cuando le empujé hacia el camino de la salida, ordenándole que se reincorporara a su trabajo en la cocina. Él se tomó la revancha haciendo correr entre los cazadores el entusiasta rumor de cuán «excelente doncella» estaba demostrando ser yo.

La mujer dejó caer sobre mí todo su peso, y creo que por el camino entre la butaca y el camarote se volvió a quedar dormida. Me di cuenta de ello cuando, a causa de un bandazo de la goleta, estuvo a punto de caer sobre la litera. Se despertó, sonrió con una expresión de somnolencia y se volvió a dormir. Dormida la dejé bajo dos pesadas mantas marineras, con la cabeza reposando sobre la almohada que había cogido de la litera de Lobo Larsen.

# Diecinueve

Al subir a cubierta, vi que el *Fantasma* estaba amurando a babor, mientras atajaba hacia barlovento, para interceptar una cebadera que me resultaba familiar y que halaba por la misma amura que nosotros. Todo el mundo estaba sobre cubierta, porque sabían que algo iba a ocurrir cuando Leach y Johnson fueran izados a bordo.

Dieron las campanadas de las cuatro. Louis vino a popa para relevar al timonel. Había mucha humedad en la atmósfera, y advertí que se había calado el chubasquero.

—¿Qué vamos a tener? —le pregunté.

—Un saludable amago de tormentilla, por lo que me huelo, señor —contestó—, con un chaparrón que nos calará hasta los huesos, pero nada más.

—En mala hora los avistamos —dije, mientras la proa del *Fantasma* se desviaba un grado a causa de una enorme ola y el bote se encaramaba de un salto a la altura de nuestro foque, ofreciéndose a nuestra vista.

Louis rebajó una cabilla y dijo en tono contemporizador:

—Nunca hubieran llegado a tierra, pienso.

—¿Crees que no? —pregunté.

—No, señor. ¿Sintió usted eso? —Una ráfaga había arrollado a la goleta, y se vio obligado a girar rápidamente el timón para apartarla fuera del viento—. De aquí a una hora no habrá cascarón de huevo que flote en este mar, y es una suerte para ellos el que estuviéramos aquí para recogerlos.

Lobo Larsen vino a popa desde el centro del barco, donde había estado conversando con los hombres recién rescatados. La felina elasticidad de sus pasos era más pronunciada que de costumbre, y sus ojos brillaban de irritación.

—Tres engrasadores y un maquinista —fue su saludo—. Pero los haremos marineros o remeros en todo caso. ¿Qué tal la dama?

Desconozco el porqué, pero sentí una punzada de dolor, como el corte de un cuchillo, cuando la mencionó. Pensé que era una susceptibilidad estúpida por mi parte, pero persistió a mi pesar; por toda respuesta me encogí de hombros.

Lobo Larsen frunció los labios en un silbido, largo y burlón.

—¿Cómo se llama? —preguntó.

—No lo sé —contesté—. Está dormida. Estaba muy cansada. De hecho, estoy esperando que me informe usted. ¿Qué barco era?

—Un vapor correo —fue su breve respuesta—. El *Ciudad de Tokio*, procedente de Frisco, y con destino a Yokohama. El tifón lo desmanteló. Una vieja bañera. Se abrió de arriba abajo como un cedazo. Estuvieron cuatro días a la deriva. ¿Y no sabe quién o qué es ella? ¿Eh? ¿Soltera, casada o viuda? Bien, bien.

Sacudió la cabeza con gesto burlón y me miró con ojos sonrientes.

—¿Va usted...? —comencé a decir. Tenía en la punta de la lengua preguntarle si íbamos a dejar a los náufragos en Yokohama.

—¿Que si voy a qué? —preguntó.

—¿Que qué va usted a hacer con Leach y Johnson? Sacudió la cabeza.

—Realmente, Hump, no lo sé. Ya ves, con los nuevos incorporados ya tengo prácticamente completa la tripulación que necesito.

—Ellos ya han tenido toda la escapatoria que querían —dije—. ¿Por qué no los trata de otro modo? Recójalos a bordo y pórtese con ellos con mayor comprensión. Se han visto obligados a hacer lo que han hecho.

—¿Yo los he obligado?

—Sí, usted —respondí con decisión—. Y le advierto, Lobo Larsen, que soy capaz de olvidar mi apego a mi propia vida y dejarme llevar del deseo de matarle si persiste en maltratar a esos pobres diablos.

—¡Bravo! —exclamó—. ¡Me siento orgulloso de ti, Hump! Has encontrado las piernas que te faltaban vengando a otros. Eres toda una persona. No tuviste suerte en que tu vida se desenvolviera en un ambiente fácil, pero vas aprendiendo, y me gustaría desearte lo mejor.

Su voz y su expresión habían cambiado. Su rostro estaba serio.

—¿Crees en las promesas? —me preguntó—. ¿Son para ti algo sagrado?

—¡Por supuesto! —contesté.

—Entonces, hagamos un pacto —prosiguió, como consumado actor que era—. Si te prometo no poner las manos encima de Leach y Johnson, ¿me prometerás tú, por tu parte, no intentar matarme? ¡Oh, no es que te tenga miedo, no es que te tenga miedo! —se apresuró a añadir.

222

Apenas podía dar crédito a lo que estaba oyendo.
¿Qué le había ocurrido a este hombre?

—¿Hacemos el pacto? —preguntó con impaciencia.

—Hecho —contesté.

Me tendió su mano, y mientras la estrechaba cordialmente, habría jurado que vi por un instante en su mirada el diablo de la burla.

Atravesamos la popa en dirección a la amura de sotavento. El bote estaba muy cerca ahora, y en una situación desesperada. Johnson iba al timón, y Leach achicaba agua. Pasamos por su lado, como a medio metro. Lobo Larsen ordenó a Louis que se apartara ligeramente de ellos, y nos pusimos en parejo con el bote, a unos siete metros por barlovento. El *Fantasma* les quitó el viento. La cebadera flameó semivacía y el bote se enderezó sobre su plana quilla, haciendo a los hombres cambiar rápidamente de posición. El bote perdió velocidad, y mientras nos alzábamos sobre la cresta de una ola, se inclinó y cayó en el seno.

Fue en ese instante cuando Leach y Johnson levantaron los ojos hacia los rostros de sus camaradas, alineados en la barandilla del centro del barco. No hubo intercambio de saludos. A los ojos de sus camaradas eran ya hombres muertos, y entre ellos mediaba el abismo que separa a los vivos de los muertos.

Unos momentos después se encontraban frente a nuestra popa, donde nos hallábamos Lobo Larsen y yo. Caíamos nosotros en el seno de una ola, mientras ellos se elevaban sobre el oleaje. Johnson me dirigió una mirada, y pude ver que su cara estaba ojerosa de puro exhausta. Agité mi mano en señal de saludo, y él me lo devolvió, pero con un ademán de desesperación y de impotencia. Era como si estuviera diciéndome adiós. No vi en los ojos de Leach, porque estaba mirando a Lobo Larsen, la antigua e implacable expresión de su cara, siempre enmarañada de odio.

Fueron quedándose detrás, por popa. De pronto, la cebadera se llenó de viento, escotando de tal manera la frágil embarcación que pareció que iba a zozobrar. Una ola de cresta de blanca espuma se alzó sobre ellos rompiendo en una polvareda de nieve. Luego, el bote volvió a emerger semiinundado. Leach achicando agua y Johnson agarrado a la caña del timón, con su cara pálida por la angustia.

Lobo Larsen ladró a mi oído una breve sonrisa, y se alejó hacia popa, por barlovento. Yo esperaba que diera las órdenes para que el *Fantasma* virara, mas este proseguía avanzando sin que aquel hiciera ninguna señal. Louis se mantenía imperturbable al timón, aunque advertí que los marineros, apiñados en el centro del barco, volvieron hacia nosotros sus rostros disgustados. El *Fantasma* continuó navegando a toda velocidad, hasta que el bote quedó reducido a una mota, entonces, la voz de Lobo Larsen resonó dando órdenes, al tiempo que se dirigía a la borda de estribor.

Nos mantuvimos detrás, a unos tres kilómetros a barlovento del pugnaz cascarón, entonces fue arriado el petifoque y viró la goleta. Los botes de cazar focas no están construidos para navegar a barlovento. Su única esperanza estriba en situarse a barlovento, de modo que puedan correr hacia la goleta con viento a favor cuando este sople. Pero en aquel inmenso y salvaje desierto Leach y Johnson no tenían más refugio que el *Fantasma*, y con toda decisión comenzaron a barloventear. Era una tarea lenta con aquel mar tan embravecido. En cualquier momento las silbantes masas de agua podían sumergirles. Una y otra vez, en mil ocasiones, vimos cómo el bote orzaba entre aquellas enormes crestas de espuma, perdía empuje y retrocedía como un corcho.

Johnson era un excelente marinero que sabía tanto de botes pequeños como de barcos. Al cabo de hora y media se encontraba casi a nuestro costado, preparado para pasarnos por popa a la anterior bordada, y deseando arribar con la siguiente.

—¿Así que habéis cambiado de opinión? —oí murmurar a Lobo Larsen, hablando entre dientes, mitad como si aquellos pudieran oírle—. ¿De modo que queréis subir a bordo, eh? Bien, entonces, seguid intentándolo. ¡Duro con el timón! —ordenó a Oofty-Oofty, el canaco, que había relevado en este intervalo a Louis en el timón.

Las órdenes se sucedían una tras otra. Mientras tanto la goleta comenzaba a moverse, y el trinquete y la mayor se izaron para aprovechar el viento favorable. Y con este viento estábamos, saltando sobre las olas, cuando Johnson, amollando su trapo ante lo inminente del peligro, cortó nuestra estela a unos treinta metros. De nuevo Lobo Larsen se rio, y al propio tiempo les hacía señales con su brazo para que nos siguieran. Estaba claro que su intención era jugar con ellos, darles una lección —supuse— en lugar de una paliza, aunque peligrosa, porque la frágil embarcación estuvo en peligro y a punto de zozobrar.

Johnson hizo un reajuste con toda rapidez y corrió hacia nosotros. No podía hacer otra cosa. La muerte acechaba por todas partes, y era solo cuestión de momentos el que alguna de aquellas gigantescas y numerosas masas de agua cayera sobre el bote, rodara sobre él, dejándolo atrás.

—Es el miedo a la muerte lo que siente en su corazón —murmuró Louis a mi oído, según me dirigía a proa para hacer que se recogieran el petifoque y el estay.

—Dentro de poco virará y los recogerá —contesté en tono despreocupado—. Se ha propuesto darles una lección, eso es todo.

Louis me miró astutamente.

—¿Eso cree? —preguntó.

—Naturalmente —respondí—, ¿tú no?

—Yo no pienso durante estos días más que en mi propio pellejo —fue su contestación—. Y me pregunto extrañado cómo va a acabar todo esto. El asqueroso whisky de Frisco me ha traído a mí aquí, pero esa mujer les ha metido a ustedes en un lío mucho mayor ahí en popa. Yo sé muy bien que será una mayúscula estupidez.

—¿Qué quieres decir? —le pregunté, porque después de lanzar el pullazo, se me quería marchar.

—¿Que qué quiero decir? —gritó—. ¡Y es usted quien me lo pregunta! No es lo que yo piense, sino lo que piensa Lobo Larsen. ¡El Lobo estoy diciendo, el Lobo!

—Si hay problemas, ¿estarás preparado para ayudar? —dije impulsivamente, porque aquel hombre había expresado con palabras mis propios temores.

—¿Preparado para ayudar? Yo solo ayudaré a este viejo y gordo Louis, y bastantes disgustos tendré ya con eso. Esto no es más que el principio, le digo; el principio nada más.

—Nunca te hubiera creído tan cobarde —repliqué burlonamente.

Él me devolvió el favor con una mirada displicente.

—Si nunca he levantado un dedo por esos pobres locos —señalaba hacia la pequeña vela de popa—, ¿cree que me arriesgaría a que me rompiesen la cabeza por una mujer a quien no he visto hasta ahora?

Le volví la espalda despectivamente y me dirigí a popa.

—Será mejor que se recojan esas gavias, señor Van Weyden —dijo Lobo Larsen, según llegué a popa.

Sentí cierto alivio, al menos por lo que se refería a los dos hombres. Era evidente que no quería alejarse de ellos en exceso. Recuperé la esperanza ante este pensamiento y mandé ejecutar la orden con toda celeridad. Tan pronto abrí la boca para hacer las indicaciones necesarias cuando ya los hombres, impacientes, habían saltado a las drizas y candalizas, mientras otros trepaban a lo alto a todo correr. Esta celeridad, a su vez, no pasó desapercibida a Lobo Larsen, que esbozó una torva sonrisa.

Agrandamos nuestra ventaja, y cuando el bote se hallaba varios kilómetros a popa, nos pusimos al pairo y esperamos. Los ojos de todo el mundo, incluido Lobo Larsen, estaban fijos en el bote, que se dirigía hacia nosotros. El capitán era el único, sin embargo, que no daba muestras de inquietud a bordo. La mirada de Louis, fija en el bote, delataba la preocupación que afloraba en su rostro y que era incapaz de ocultar.

El bote se acercaba cada vez más, surcando aquel hervidero de aguas verdosas como un ser vivo, elevándose, hundiéndose y saltando sobre las anchas crestas, o desapareciendo tras ellas para volver a salir y lanzarse apuntando al cielo. Parecía imposible que pudiera seguir vivo, y sin embargo, con cada uno de aquellos saltos de vértigo repetía lo imposible. Cayó un chubasco, y el bote surgió de entre la lluvia casi encima de nosotros.

—¡Duro ahí! —gritó Lobo Larsen, saltando él mismo al timón y haciéndolo girar.

El *Fantasma* de nuevo partió delante del viento, y durante dos horas Johnson y Leach nos persiguieron. Nos pusimos al pairo y arrancamos, y constantemente aquel pedazo de vela tan azotada se mantenía a nuestra popa, lanzándose hacia el cielo y cayendo en los turbulentos valles. Cuando ya estaba a unos trescientos metros, un espeso aguacero la ocultó de nuestra vista. Nunca más volvió a aparecer. El viento limpió de nuevo la atmósfera, pero ya ningún pedazo de vela rompía la agitada superficie. Por un momento creí ver la negra carena del bote sobre la cresta de una ola. En el mejor de los casos, eso fue todo lo que vi. Para Johnson y Leach las fatigas de la existencia habían concluido.

Los hombres permanecían agrupados en medio del barco. Nadie había bajado; nadie hablaba. Ni intercambiaron una mirada. Todos parecían asombrados —en una profunda meditación, por así decir—; y como si no dieran crédito a lo que había ocurrido, tratándolo de comprender. Pero Lobo Larsen les dejó poco tiempo para pensar. Enseguida marcó el rumbo al *Fantasma,* rumbo que era el rebaño de focas y no el puerto de Yokohama. Los hombres ya no mostraban entusiasmo al tirar y halar, y les oí lanzar maldiciones, salidas de unos labios tan cansados y desanimados como ellos mismos. Con los cazadores ocurría otra cosa bien distinta. El incorregible Smoke contó una nueva historia, y todos bajaron al entrepuente riendo a carcajadas.

Al pasar a sotavento de la cocina, en mi camino hacia popa, se me acercó el maquinista que habíamos rescatado. Estaba pálido y sus labios le temblaban.

—¡Dios mío, Dios mío! ¿Qué clase de barco es este, señor? —gritó.

—Si tiene usted ojos, ya ha podido verlo —contesté, casi brutalmente, a causa del dolor y del espanto que en mi corazón yo sentía.

—¿Y su promesa? —dije a Lobo Larsen.

—Cuando hice la promesa, no tenía la más mínima intención de traerlos a bordo —contestó—. En cualquier caso, estarás de acuerdo conmigo en que no les he puesto una mano encima. Ni bastante menos, ni bastante menos... —sonrió un instante después.

No repliqué. Me sentía incapaz de hablar, dada mi confusión mental. Necesitaba tiempo para pensar; lo sabía. Aquella mujer que dormía en el camarote libre era para mí una responsabilidad que debía considerar, y el único pensamiento racional que cruzó mi mente fue que no podía actuar de modo precipitado si quería servirle de alguna utilidad.

# Veinte

El resto del día transcurrió sin incidentes. Este amago de galerna, tras habernos empapado hasta la médula, fue perdiendo fuerza. El maquinista y los tres engrasadores, tras una acalorada discusión con Lobo Larsen, fueron convenientemente equipados en la trucha, se les asignó puesto bajo las órdenes de los cazadores en los diversos botes, y guardias en cubierta, y fueron despachados al castillo de proa. Empezaron a protestar, pero sin alzar mucho la voz. Estaban atemorizados por lo que ya llevaban visto del carácter de Lobo Larsen, mientras que la sarta de desventuras que no tardaron en oír en el castillo de proa les quitó el último brote de rebelión que pudieran tener.

La señorita Brewster —supimos su nombre por el maquinista— continuaba durmiendo. Durante la cena rogué a los cazadores que bajaran el tono de sus voces, de modo que no la molestaran. No hizo acto de presencia hasta la mañana siguiente. Fue mi intención que comiera aparte, pero Lobo Larsen dejó sentada su autoridad: ¿quién era ella para no poder compartir la mesa del camarote y la compañía de sus comensales?, fue su pregunta.

Su llegada a la mesa tuvo algo de cómico. Los cazadores se callaron como almejas. Jock Horner y Smoke fueron los únicos que no se sintieron intimidados, sino que, dirigiéndole a hurtadillas algunas miradas de vez en cuando, participaban incluso en la conversación. Los otros cuatro hombres, con los ojos pegados a sus platos, masticaban fuertemente y con meditada precisión, mientras movían y bamboleaban las orejas al mismo tiempo que las mandíbulas, como hacen tantos animales.

Lobo Larsen al principio hablaba poco, limitándose a contestar cuando le dirigían la palabra. Pero no es que estuviera cohibido. Nada más lejos de ello. Esta mujer era un tipo nuevo para él, una especie distinta de cualquier otra que hubiera conocido hasta entonces; atraía su curiosidad.

La estudiaba; sus ojos raramente abandonaban su cara, si no era para seguir los movimientos de sus manos o de sus hombros. También yo la estudiaba, y aunque era yo quien sostenía el peso de la conversación, me sentía algo tímido, no completamente dueño de mí mismo. Él en cambio poseía el equilibrio perfecto, una confianza máxima en sí mismo que nada podía hacer vacilar. Y era tan poco intimidable por una mujer como lo podía ser por una tormenta o una batalla.

—¿Y cuándo llegaremos a Yokohama? —preguntó ella, volviéndose hacia él y mirándole directamente a los ojos.

Ahí estaba la pregunta; sin rodeos. Las mandíbulas dejaron de masticar, las orejas dejaron de bambolearse, y aunque los ojos permanecieron pegados a los platos, todos y cada uno de los hombres esperaban ávidamente oír la respuesta.

—Dentro de cuatro meses, o tal vez tres, si cerramos pronto la temporada —dijo Lobo Larsen.

Ella contuvo la respiración y tartamudeó:

—Yo... Yo pensaba... creí entender que Yokohama se encuentra solo a un día de navegación. Eso... —en este momento hizo una pausa para echar una mirada alrededor, en torno a los insolidarios rostros que mantenían la vista fija en sus platos—: Eso es injusto —concluyó.

—Ese es un asunto que deberá tratar usted con el señor Van Weyden, ahí presente —repuso, señalando hacia mí con un guiño malicioso—. El señor Van Weyden es lo que usted llamaría una autoridad en cuestiones relativas a la justicia. En cambio, un simple marinero como yo tal vez viera la situación de un modo algo diferente. Es posible que para usted sea una desgracia tener que permanecer con nosotros, pero es sin duda una gran suerte para nosotros.

La miró sonriendo, y ella bajó los ojos ante su mirada, pero los volvió a levantar para clavarlos, desafiantes, en los míos. Leí en ellos la no formulada pregunta, ¿era esto justo? Pero yo había decidido mantenerme neutral, de modo que no contesté.

—¿A usted qué le parece? —preguntó ella.

—Que es una lástima, especialmente si tiene usted algún compromiso concertado para los próximos meses. Ahora bien, si como nos ha dicho, viajaba usted a Japón por motivos de salud, puedo asegurarle que en ningún otro sitio se recuperará mejor que a bordo del *Fantasma*.

Distinguí en sus ojos un fulgor de indignación, y esta vez fui yo quien bajó los míos, mientras sentí mi rostro enrojecerse ante su mirada. Era una cobardía, pero, ¿qué otra cosa podía yo hacer?

—El señor Van Weyden habla con la voz de la autoridad —dijo Lobo Larsen sonriendo.

Asentí con un movimiento de mi cabeza, y ella, recuperándose, se quedó a la expectativa.

—No se puede decir que sea una gran cosa —continuó Lobo Larsen—, pero ha mejorado de un modo admirable. Tenía que haberle visto cuando llegó a bordo. Difícilmente podría uno imaginar un espécimen humano más escuálido y lastimoso, ¿verdad, Kerfoot?

Kerfoot, al serle dirigida la pregunta tan directamente, se sobresaltó y dejó caer su cuchillo al suelo, aunque acertó a gruñir una afirmación.

—Se ha desarrollado mucho pelando patatas y fregando platos, ¿verdad, Kerfoot?

De nuevo gruñó nuestro héroe.

—Y ahora, mírele. En realidad, no es lo que uno llamaría un hombre musculoso, pero tiene sus músculos, lo cual ya es algo más de lo que traía cuando llegó a bordo. Además tiene piernas sobre las que sostenerse. No lo hubiese usted creído a primera vista, pero al principio casi era incapaz de sostenerse solo.

Los cazadores se mofaban, pero ella me miró con una mirada compasiva, que me compensó con creces del escarnio de las palabras de Lobo Larsen. En realidad, hacía tanto tiempo que no recibía muestras de simpatía, que me enternecí, y desde aquel momento quedé convertido en su agradecido y humilde esclavo. En cambio, estaba enojado con Lobo Larsen. Estaba poniendo en entredicho mi hombría con sus difamaciones; y ponía en entredicho hasta mis mismas piernas, que él pretendía haberme procurado.

—He podido aprender a sostenerme sobre mis piernas —repliqué—, pero me parece que todavía voy a patear a alguien con ellas.

Me dirigió una mirada de insolencia.

—Eso significa que tu educación está aún a medio completar —dijo secamente, volviéndose hacia ella.

—Somos muy hospitalarios en el *Fantasma;* el señor Van Weyden lo ha descubierto. Hacemos cuanto podemos para que nuestros huéspedes se sientan como en casa, ¿verdad, señor Van Weyden?

—Hasta el extremo de hacerles pelar patatas y fregar platos —respondí—, por no hablar de que les retuerce el cuello en nombre del compañerismo.

—Le ruego que no se forme una falsa impresión de nosotros por lo que diga el señor Van Weyden —interrumpió con fingida inquietud—. Habrá podido observar, señorita Brewster, que lleva un puñal al cinto, un... ejem... una costumbre muy poco frecuente en un oficial de marina. Aunque ciertamente, es un hombre muy estimable, en ocasiones el señor Van Weyden es... ¿cómo diría yo...?, pendenciero, y se hace necesario tomar ciertas precauciones. En sus momentos de calma es un hombre bastante razonable y encantador; y, puesto que ahora está en calma, no me negará que ayer mismo atentó contra mi vida.

Sentí que me faltaba el aire, y sin lugar a dudas mis ojos me ardían. Fijó aún más su atención en mí:

—Obsérvele ahora. Apenas puede dominarse delante de usted. No está acostumbrado a la presencia de damas, en modo alguno. No voy a tener más remedio que armarme antes de salir a cubierta con él.

Agitó la cabeza con expresión triste, murmurando:

—Feo asunto, feo asunto —mientras los cazadores estallaron en una salva de carcajadas.

Las voces de aquellos hombres, salidas de las profundidades del mar, resonando como rugidos en el estrecho espacio, producían un efecto salvaje. Toda la escena tenía ese carácter salvaje, y por primera vez, al observar a esta extraña mujer y darme cuenta de lo insólito que resultaba su presencia allí, tomé conciencia de hasta qué punto formaba parte yo también de todo aquello. Conocía a estos hombres y sus procesos mentales, yo mismo era uno más entre ellos, viviendo la vida de los cazadores de focas, comiendo el rancho de los cazadores de focas y pensando lo que piensan los cazadores de focas. Nada me resulta extraño: las ropas burdas, las caras toscas, la risa salvaje, los bandazos de las paredes del camarote y las oscilantes lámparas.

Mientras untaba mantequilla a un trozo de pan, mis ojos se posaron casualmente sobre mi mano. Tenía los nudillos desollados e inflamados, los dedos hinchados y las uñas ribeteadas de negro. Sentí la barba como una almohadilla que me hubiera crecido en el cuello; sabía que la manga de mi chaqueta estaba rasgada, y que se me había caído un botón del cuello de la camisa azul que llevaba. El puñal mencionado por Lobo Larsen descansaba en un tahalí sobre mi cadera.

Era natural que estuviera allí; hasta qué punto era natural no me lo había cuestionado antes, pero ahora, mirándolo a través de sus ojos, comprendía cuán extraño debía de parecerle el puñal y todo lo que le acompañaba.

Pero ella, que había adivinado la burla de las palabras de Lobo Larsen, volvió a favorecerme con una mirada de simpatía. Había en sus ojos además un poco de turbación. Que aquello fuera una burla le ponía en una situación aún más embarazosa.

—Tal vez me recoja algún barco que pase por aquí —sugirió.

—Por aquí no pasan barcos, como no sean las goletas que cazan focas —le contestó Lobo Larsen.

—No tengo ropa, nada —objetó ella—. Usted apenas se da cuenta, señor, de que no soy un hombre, o de que no estoy acostumbrada a la vida errante, de abandono, que usted y sus hombres parecen llevar.

—Cuanto antes se acostumbre a ella, tanto mejor —dijo. Le proporcionaré tela, agujas e hilos —añadió—. Espero que no sea tarea tan terrible confeccionarse usted misma uno o dos vestidos.

Ella torció el gesto de la boca, como si diera a entender su ignorancia en asuntos de costura. Para mí era muy claro que estaba asustada y perpleja, a pesar de que ella trataba valientemente de ocultarlo.

—Supongo que estará usted, como el señor Van Weyden, acostumbrada a encontrarse todo hecho. Bueno, pienso que por hacerse usted misma unas pocas cosas no se va a descoyuntar los huesos. Por cierto, ¿qué hace para ganarse la vida?

Ella le miró con asombro no disimulado.

—No pretendo ofenderla, créame. La gente come, y por tanto tiene que procurarse los medios necesarios. Estos hombres que vienen conmigo cazan focas para vivir; por la misma razón mando yo esta goleta, y el señor Van Weyden, al menos en la actualidad, se gana el sustento ayudándome. ¿Usted qué hace?

Ella se encogió de hombros.

—¿Se procura usted su sustento o la mantiene alguien?

—Me temo que alguien me ha mantenido durante la mayor parte de mi vida —dijo con una sonrisa, intentando participar animosamente de este espíritu bromista, aunque yo pude advertir cómo afloraba y aumentaba el terror en sus ojos mientras miraba a Lobo Larsen.

—Y supongo que alguna otra persona le hará la cama.

—Yo también me *he hecho* algunas veces la cama —replicó.

—¿Muy a menudo?

Agitó la cabeza con fingida compunción.

—¿Sabe qué hacen en los Estados Unidos con los mendigos que, como usted, no trabajan para vivir?

—Soy muy ignorante —se excusó—. ¿Qué les hacen a los mendigos que son como yo?

—Los mandan a la cárcel. El delito de no ganarse la vida en su caso se llama vagancia. Si yo fuera el señor Van Weyden, que continuamente está con la cantilena de la justicia y la injusticia, le preguntaría con qué derecho vive cuando no hace nada para merecer vivir.

—Pero como usted no es el señor Van Weyden, no tengo por qué contestarle, ¿verdad?

Lanzó sobre él el destello de sus aterrorizados ojos, y el sentimiento que en ellos había me llegó al corazón. De alguna manera tuve que intervenir en la conversación y reconducirla por otros derroteros.

—¿Ha ganado usted alguna vez un dólar con su trabajo personal? —preguntó, seguro de la respuesta, con un tono de triunfalismo en su voz.

—Sí, lo he ganado —respondió ella pausadamente; y de buena gana hubiera reído ante la expresión de abatimiento de aquel—. Recuerdo que mi padre me dio una vez un dólar, cuando yo era niña, por haber estado totalmente callada durante cinco minutos.

Esbozó una indulgente sonrisa.

—Pero de eso hace mucho tiempo —continuó ella—, y sería raro que usted exigiera a una niña de nueve años que se ganara la vida. En la actualidad, sin embargo —dijo, tras otra breve pausa—, gano aproximadamente unos mil ochocientos dólares al año.

Como si se hubieran puesto de acuerdo, todos los ojos abandonaron los platos y se posaron en ella. Una mujer que ganaba mil ochocientos dólares al año era algo que merecía mirarse. Lobo Larsen no ocultaba su admiración.

—¿A sueldo o a destajo? —preguntó.

—A destajo —respondió rápidamente.

—Mil ochocientos dólares —calculó— hacen ciento cincuenta al mes. Bien, señorita Brewster, ninguna ayuda es pequeña en el *Fantasma*. Considérese a sueldo durante el tiempo que esté con nosotros.

No dio muestras de agradecimiento. Todavía estaba poco acostumbrada a los caprichos de aquel hombre para aceptarlos con ecuanimidad.

—Se me olvidó preguntarle —prosiguió él en tono suave— ¿en qué consiste su trabajo? ¿Qué productos fabrica? ¿Qué herramientas y materiales utiliza?

—Papel y tinta —sonrió—. ¡Ah, y también una máquina de escribir!

—Usted es Maud Brewster —dije todo despacio y con seguridad, casi como si estuviera culpándola de un crimen.

Reconoció su identidad con un movimiento de la cabeza. Ahora le tocó a Lobo Larsen el turno de quedarse perplejo. Este nombre y toda su magia no significaban nada para él. Yo estaba orgulloso de que significaran algo para mí, y por primera vez durante todo aquel enojoso rato tuve conciencia cierta de que era superior a él.

—Recuerdo haber escrito una reseña de un pequeño volumen... —empecé a decir con aire de despreocupación, cuando me interrumpió ella.

—Usted —exclamó—. Usted es...

Tenía ahora sus ojos fijos en mí, abiertos como platos por el asombro. Con un gesto de mi cabeza le confirmé a mi vez mi identidad.

—Humphrey van Weyden —concluyó. Luego prosiguió, con una mirada de alivio, sin darse cuenta de que al hacerlo había dirigido la mirada a Lobo Larsen—. ¡Cuánto me alegro! Recuerdo su reseña —continuó inmediatamente, dándose cuenta de la inoportunidad de su observación—, aquella reseña, demasiado, demasiado halagadora.

—¡En modo alguno! —repliqué vehementemente—. Menosprecia la imparcialidad de mi juicio y resta valor a mis normas. Además, todos mis colegas de la crítica estuvieron de acuerdo conmigo. ¿No incluyó Lang su «Beso tolerado» entre los cuatro mejores sonetos escritos por mujeres en lengua inglesa?

—Pero usted me llamó la señorita Meynell americana.

—¿Y no es verdad? —pregunté.

—No, eso no —contestó—. Eso me molestó.

—Solo podemos comparar lo desconocido con lo conocido —repliqué, en mi mejor tono profesoral—. En cuanto crítico, yo tenía que situarla. Pero ahora usted se ha convertido en la pauta. En mis estantes tengo siete pequeños volúmenes de poesías suyas. Luego hay dos volúmenes más gruesos, los ensayos (y le ruego que excuse mis palabras, no sé cuál de los dos elogiar más), que rayan a la misma altura que su poesía. No estamos lejos del día en que surja algún novel en Inglaterra a quien los críticos llamarán la «Maud Brewster inglesa».

—Es usted muy amable, le aseguro —murmuró. El tono convencional de estas palabras, con el montón de evocaciones que suscitó en mí de mi antigua época al otro lado del mundo, me causó una emoción repentina, rica en recuerdos, pero también de punzante nostalgia.

—Así que usted es Maud Brewster —dije con aire de solemnidad, mirándola fijamente.

—Y usted Humphrey van Weyden —dijo ella devolviéndome la mirada con la misma fijeza y con idéntica solemnidad y respeto—. ¡Qué extraño! ¡No lo entiendo! ¿Supongo que no hemos de esperar de su reflexiva pluma un relato salvaje y romántico sobre el mar?

—No, no estoy reuniendo material, se lo aseguro —fue mi respuesta—. No tengo aptitudes ni inclinación de novelista.

—Dígame, ¿por qué ha vivido permanentemente enterrado en California? —fue su siguiente pregunta—. No es muy amable de su parte. Nosotros los del este conocemos muy poco (demasiado poco, ciertamente) al segundo Decano de las letras americanas.

Hice una reverencia rechazando el cumplido.

—Una vez estuve a punto de conocerla, en Filadelfia, a propósito de algo relacionado con Browning. Iba usted a dar una conferencia, ¿sabe? Mi tren llegó con cuatro horas de retraso.

A partir de ese momento nos olvidamos por completo de donde estábamos, dejando a Lobo Larsen abandonado y mudo en medio de un torrente de cotilleos nuestros. Los cazadores se levantaron de la mesa y marcharon a cubierta, y nosotros aún seguíamos de charla. Solo quedó Lobo Larsen. De pronto tomé conciencia de que continuaba allí, algo retirado de la mesa y con el oído atento a nuestra extraña conversación sobre un mundo que él no conocía.

En mitad de una frase me detuve un instante. El presente, con todos sus peligros y angustias, me acometió con asombrosa violencia. También alcanzó de igual modo a la señorita Brewster y un terror difuso e inefable apareció en sus ojos al mirar a Lobo Larsen.

Se puso este en pie riendo afectadamente y con un timbre metálico.

—¡Oh, no se preocupen por mí! —dijo, haciendo con su mano un gesto para quitarse importancia—. Yo no cuento. Continúen, continúen, se lo ruego.

Pero las puertas de la conversación se habían cerrado, y también nosotros nos levantamos de la mesa riendo con afectación.

# Veintiuno

Lobo Larsen tenía que desahogarse de alguna manera del mal humor que le habíamos provocado Maud
Brewster y yo al ignorarle durante la conversación
que sostuvimos estando a la mesa. Le tocó a Thomas
Mugridge ser la víctima. Este no había cambiado sus
hábitos, ni por supuesto su camisa, aunque él pretendía que esta última sí que se la había cambiado. La
prenda en sí no apoyaba su protesta, y la acumula-
ción de grasa sobre el fogón, pucheros y sartenes tampoco era testigo de una limpieza general.

—Ya te había avisado, Cooky —dijo Lobo Larsen—, y ahora te voy a dar la medicina.

El rostro de Mugridge palideció bajo la sucia costra
de su epidermis, y cuando Lobo Larsen pidió una
cuerda y que se presentaran dos hombres, el maldito
*cockney* salió despavorido de la cocina, haciendo fintas
y regates por la cubierta, con el resto de la tripulación
persiguiéndole entre risas. Pocas cosas hubieran podido ser de mayor agrado para estos hombres que
arrastrar por la borda al responsable de los rancios
guisotes de la peor especie que llegaban al castillo de
proa. Las circunstancias favorecían a la empresa. El
*Fantasma* se deslizaba por el agua a no más de cinco
kilómetros por hora, y el mar estaba en calma absoluta. Pero a Mugridge no le seducía la idea de zam-
bullirse en él. Es posible que ya antes hubiera presenciado las zambullidas de otros marineros. Además, el

agua estaba horriblemente helada, y su complexión no era precisamente la de un hombre robusto.

Como de costumbre, las cuadrillas de abajo y los cazadores subieron a cubierta a presenciar el espectáculo. Mugridge parecía sufrir una hidrofobia extrema, e hizo alarde de una agilidad y rapidez que nadie podía imaginar que poseyera. Al verse arrinconado en el ángulo que forma la popa con la cocina, saltó como un gato al techo del camarote y corrió hacia popa. Pero como sus perseguidores le cortaron el paso, cruzó de nuevo el camarote, pasó sobre la cocina y alcanzó la cubierta a través de la escotilla del entrepuente. Corrió hacia adelante en línea recta, con Harrison, el remero, a sus talones dándole alcance. Pero Mugridge, de un repentino brinco, se encaramó al botalón del foque. Sucedió en un instante. Sosteniéndose de sus brazos y doblando el cuerpo por la cintura, batía ambos pies. Harrison, que venía persiguiéndole, recibió una patada brutal en la boca del estómago, emitió un gruñido involuntario, se encogió y cayó de espaldas sobre cubierta.

Los cazadores acogieron la hazaña con aplausos y una salva de carcajadas, mientras que Mugridge, burlando a la mitad de sus perseguidores junto al trinquete, corrió hacia la popa entre la otra mitad, como un jugador en medio de un campo de rugby. Corrió derecho hacia la parte de atrás, a popa, y a través de la popa hasta el extremo final. Era tanta su velocidad, que al tomar la curva de la esquina del camarote resbaló y cayó. Nilson se hallaba de pie al timón, y el cuerpo del *cockney*, convertido en un bólido, le golpeó en las piernas. Ambos cayeron juntos por el suelo, pero solo Mugridge se levantó. Por un extraño juego de fuerzas, su frágil cuerpo quebró las piernas del robusto marinero como si hubieran sido el tallo de una caña.

Parsons se hizo cargo del timón, y la persecución continuó. Dieron vueltas y más vueltas por cubierta, Mugridge muerto de miedo, los marineros gritando y dándose indicaciones unos a otros, y los cazadores profiriendo gritos de apoyo y carcajeándose. Mugridge cayó al suelo en la escotilla de proa, con tres hombres encima; pero se escabulló del montón como una anguila y saltó al aparejo de la vela mayor, sangrando por la boca, y con la aborrecida camisa hecha jirones. Subió bien arriba, más allá de los flechastes, hasta lo más alto del mástil. Media docena de marineros ascendieron en pos de él, hacia la cruceta, donde se arracimaron aguardándolo, mientras que otros dos, Oofty-Oofty y Black (que era el proel de Latimer), continuaron trepando por los finos estáis, haciendo subir sus cuerpos cada vez más y más alto a puro pulso.

Era una empresa peligrosa, porque, a una altura de más de treinta metros sobre cubierta, suspendidos solo de sus manos, no estaban en la mejor posición para protegerse de las patadas de Mugridge. Y Mugridge coceaba como un salvaje, hasta que el canaco, colgándose de una sola mano, agarró con la otra un pie del *cockney*. Black repitió un momento más tarde la misma hazaña con el otro pie. Entonces los tres hombres, luchando en una confusa maraña, se resbalaron hasta caer en los brazos de sus compañeros que estaban en la cruceta.

El combate aéreo había terminado, y Thomas Mugridge, quejándose y farfullando, con la boca salpicada de espuma sanguinolenta, fue bajado a cubierta. Lobo Larsen enhebró un cabo en una bolina y lo deslizó por debajo de los hombros. Luego lo llevaron a popa y lo lanzaron al agua. Doce, quince, dieciocho metros de cuerda corrieron, hasta que Lobo Larsen gritó:

—¡Amarra! —Oofty-Oofty cogió una vuelta en una bita, la cuerda se tensó, y el *Fantasma,* al lanzarse adelante, sacó de un tirón al cocinero del agua.

Era un espectáculo que daba pena. Porque aunque no iba a ahogarse, además de que tenía siete vidas, estaba sufriendo todas las agonías de uno que medio se ahoga. El *Fantasma* avanzaba muy lentamente, y cuando su popa se levantaba sobre una ola y se deslizaba hacia adelante, alzaba a aquel desgraciado hacia la superficie y le dejaba respirar un momento; pero cuando después de cada ascenso la popa bajaba y la proa trabajaba perezosamente sobre la cresta siguiente, la cuerda se aflojaba y él se hundía en lo profundo.

Yo me había olvidado por completo de la existencia de Maud Brewster, y volví a acordarme de ella dando un respingo cuando se acercó sigilosamente a mi lado. Era la primera vez que venía a cubierta desde que llegó. Un silencio mortal saludó su aparición.

—¿Cuál es la causa de que se estén riendo tanto?

—Pregunte al capitán Larsen —contesté reposada y fríamente, a pesar de que en mi interior me hervía la sangre de solo pensar que iba a ser testigo de tamaña brutalidad.

Tomó nota de mi consejo, y se había dado la vuelta para ponerlo en práctica cuando de pronto sus ojos tropezaron con Oofty-Oofty, que se encontraba justamente delante de ella, sosteniendo el extremo de la cuerda, pletórico de viveza y gracia.

—¿Está pescando? —le preguntó.

Él no contestó. Sus ojos, intensamente fijos en el mar por la parte de popa, se iluminaron de pronto.

—¡Un tiburón, señor! —gritó.

—¡Arriba con él! ¡Aprisa! ¡Todos los hombres a popa! —ordenó Lobo Larsen, saltando él mismo a la cuerda antes de que lo hiciera el más rápido.

Mugridge había oído el grito de alerta del canaco y gritaba desesperadamente. Pude ver la negra aleta hendiendo el agua, acercándose a él a una velocidad mayor que la empleada para izarla a bordo. Era cuestión de segundos que el tiburón o nosotros le cogiéramos. Cuando Mugridge se encontraba exactamente debajo de nosotros, la popa se hundió en la hondonada después de pasar una ola, dando así ventaja al tiburón. La aleta desapareció. La panza mostró su blancura en una veloz acometida. Casi igual de rápido, aunque no del todo, fue Lobo Larsen. Concentró toda su fuerza en un tremendo tirón. El cuerpo del *cockney* salió del agua, al igual que hizo parte del tiburón. El hombre encogió las piernas hacia arriba, y el comedor de hombres pareció apenas tocar uno de los pies, y se volvió a sumergir en el agua con un chapoteo. Pero en el momento del contacto, Thomas Mugridge había dado un alarido. Al punto fue izado a bordo como un pez recién cogido en un sedal, saltando limpiamente por encima de la barandilla y haciendo resonar la cubierta al caer de golpe sobre las manos y las rodillas y rodar sobre ellas.

Era una fuente de sangre lo que manaba. Había perdido el pie derecho, amputado limpiamente por el tobillo. Instantáneamente miré a Maud Brewster. Su cara estaba pálida, con los ojos desorbitados por el horror. Miraba ella no a Thomas Mugridge, sino a Lobo Larsen. Él se dio cuenta, porque le dijo con una seca sonrisa:

—Juegos de hombres, señorita Brewster. Tal vez algo más rudo, lo admito, de lo que usted esté habituada a presenciar, pero juegos de hombres, al fin y al cabo. Lo del tiburón no estaba previsto. Eso...

En este instante, Mugridge, que había levantado la cabeza para asegurarse de la magnitud de su pérdida, se arrastró por la cubierta y hundió sus dientes en la pierna de Lobo Larsen. Lobo Larsen se detuvo, tranquilamente, ante el cocinero, y con el pulgar y el índice le apretó detrás de las mandíbulas por debajo de las orejas. Las quijadas se abrieron algo remisas, y Lobo Larsen quedó libre.

—Como le iba diciendo —continuó como si nada extraordinario hubiera sucedido—, el tiburón no estaba previsto. Fue... ejem... ¿diríamos la Providencia?

Ella aparentó no haberle oído, aunque la expresión de su mirada cuando se dio la vuelta para alejarse mutó en una de indescriptible repugnancia. No hizo más que echar a andar, pues vaciló a los primeros pasos, dando un traspié, y me extendió una mano débilmente. La agarré a tiempo justo de evitar que se desplomara, y la ayudé a sentarse en el camarote. Pensé que se iba a desmayar, pero consiguió sobreponerse.

—Señor Van Weyden, ¿quiere ponerle un torniquete? —me pidió Lobo Larsen. Yo dudé. Pero los labios de ella hicieron un movimiento, y a pesar de que no musitaron palabra alguna, me estaban transmitiendo con ellos la orden, tan claramente como si hubieran hablado, de que acudiera a auxiliar a aquel desdichado.

—Por favor —acertó a susurrar, y no pude más que obedecerla.

Para entonces, había yo desarrollado tal pericia como cirujano, que Lobo Larsen, tras hacerme solo unas indicaciones, me dejó en mi tarea con dos marineros como ayudantes. Por su parte, se encargó de vengarse del tiburón. Arrojó por la borda un pesado anzuelo, cebado con un trozo de tocino de cerdo en salazón; y cuando yo había concluido de taponar las venas y arterias seccionadas, los marineros subían a bordo, entre cantos, al abominable monstruo. Yo no lo había visto aún, pero mis dos ayudantes, el uno detrás del otro, me abandonaron durante unos momentos para correr al centro del barco a presenciar lo que pasaba. El tiburón, de más de cinco metros de largo, fue izado contra el aparejo de la mayor. Separaron mediante unos garfios las fauces hasta su límite máximo, y le encajaron en ellas una estaca aguzada en ambos extremos, de forma que cuando se le retiraron los garfios, las abiertas fauces quedaron clavadas en ella. Concluido esto, cortaron el cabo del anzuelo. El tiburón volvió a reintegrarse al mar, impotente, a pesar de su enorme poderío, condenado a morir de inanición, una muerte lenta que más que él la merecía el hombre que había inventado el castigo.

# Veintidós

Yo sabía de qué se trataba cuando la vi acercarse a mí. Había estado viéndola conversar con el maquinista durante diez minutos, y ahora, tras hacerle una señal para que guardara silencio, la conduje aparte, donde no pudiera oírnos el piloto. Su rostro estaba lívido y preocupado. Sus enormes ojos, más grandes que de costumbre quizá por el propósito que abrigaba, se clavaron penetrantemente en los míos. Me sentí un tanto tímido y receloso, pues ella había acudido para sondear el alma de Humphrey van Weyden, y Humphrey van Weyden tenía muy poco de que sentirse particularmente ufano desde el momento de su llegada al *Fantasma*.

Paseamos por el saltillo de popa, y entonces se dio la vuelta y se puso enfrente de mí. Eché una mirada a la redonda para ver que no había nadie a distancia de podernos escuchar.

—¿Qué pasa? —pregunté cortésmente; pero la decidida expresión de su rostro no se relajó.

—Puedo entender perfectamente —comenzó— el asunto de esta mañana como, a lo sumo, un accidente; pero he estado hablando con el señor Haskins, y me ha dicho que el día de nuestro rescate, mientras yo me encontraba en el camarote, ahogaron a dos hombres, ahogados con total premeditación, asesinados.

En su voz había un tono de duda, y me miraba de un modo acusatorio, como si yo fuera culpable de lo ocurrido, al menos en parte.

—La información es totalmente correcta —respondí—, esos dos hombres fueron asesinados.

—¡Y usted lo permitió! —dijo con un grito.

—No estuvo en mis manos el evitarlo, sería una expresión más correcta —repliqué, todavía cortésmente.

—¿Pero intentó usted evitarlo? —Había un énfasis especial en el «intentó», y una leve nota de súplica en su voz—. ¡Oh, no lo intentó! —se apresuró a decir, como si adivinara mi respuesta—, ¿pero por qué no?

Me encogí de hombros.

—Debe recordar, señorita Brewster, que usted es un habitante recién incorporado a este pequeño mundo, y no comprende todavía las leyes que en él rigen. Usted trae consigo una concepción ciertamente noble acerca de la filantropía, la humanidad, las pautas de conducta y cosas semejantes; pero descubrirá que aquí carecen de validez. A mí me ha ocurrido también —añadí con un suspiro que me salió involuntario.

Ella sacudió la cabeza incrédulamente.

—¿Qué consejo me daría? —pregunté—. ¿Que debería coger un cuchillo, una pistola o un hacha y matar a ese hombre?

Casi dio un salto atrás.

—¡No, eso no!

—Entonces, ¿qué debería hacer? ¿Suicidarme?

—Usted habla en términos de puro materialismo —objetó—. Hay una cosa que es la nobleza moral, y la nobleza moral siempre surte efecto.

—¡Ah! —dije sonriendo—, usted me aconseja que ni lo mate ni me suicide, sino que deje que él me mate. —Alcé mi mano cuando ella se disponía a hablar—. La nobleza moral es un bien que carece de valor en este pequeño mundo flotante. Leach, uno de los hombres asesinados, poseía nobleza moral en grado superlativo. Y también la poseía Johnson, el otro hombre. Y no solo no les valió ello de nada, sino que fue la causa de su destrucción. Y lo mismo me ocurriría a mí si ejercitara la poca nobleza moral que pueda yo poseer. Debe usted comprender, señorita Brewster, y comprender claramente, que este hombre es un monstruo. No tiene conciencia. Nada hay sagrado para él, ninguna acción es demasiado horrible para él. Fue capricho suyo el mantenerme a bordo de este barco con el cargo de segundo. Fue capricho suyo que yo siga vivo. No hago nada, no puedo hacer nada, porque soy un esclavo de este monstruo, al igual que lo es usted ahora; porque deseo vivir, como lo deseará usted; porque no puedo luchar y derrotarle, al igual que también será usted incapaz de luchar con él y derrotarle.

»¿Qué nos queda? Mi papel es el del débil. Permanezco en silencio mientras sufro esta ignominia, al igual que permanecerá en silencio usted sufriendo esta ignominia. Y está bien. Es lo mejor que podemos hacer si deseamos vivir. La victoria no es siempre para el fuerte. No tenemos la fuerza que se necesita para combatir contra este hombre; pero podemos disimular, y ganar, si es que lo podemos hacer, por la astucia. Si quiere seguir mi consejo, haga lo que le digo. Sé que mi posición es peligrosa, y debo decir con total franqueza que la suya lo es más aún. Hemos de aliarnos, sin aparentar que lo hacemos, en una alianza secreta. No podré ponerme de su parte abiertamente, y cualesquiera que sean las indignidades que sobre mí caigan, usted deberá permanecer callada del mismo modo. No debemos provocar escenas con este hombre, ni contravenir su voluntad. Y tendremos que mantenernos sonrientes y amables con él, por repulsivo que sea.

Se pasó la mano por la frente, como si estuviera perpleja, diciendo:

—Aún no lo entiendo.

—Debe hacer lo que le digo —interrumpí en tono autoritario, pues vi que la mirada de Lobo Larsen, mientras paseaba por mitad del barco arriba y abajo junto con Latimer, se dirigía hacia donde nosotros estábamos—. ¡Haga lo que le digo y pronto comprobará que tengo razón!

—¿Qué debo hacer, pues? —preguntó, advirtiendo la mirada de ansiedad que dirigí yo a quien era objeto de nuestra conversación, e impresionada, lo cual me halaga, por la gravedad del tono de mis palabras.

—Prescinda cuanto pueda de toda nobleza moral —le dije enérgicamente—. No despierte la animosidad de ese hombre. Sea muy cordial con él, hable con él, discuta con él sobre literatura y arte: es un enamorado de esos temas. Encontrará en él un interlocutor interesado, y no un loco. Y por su propio bien, trate de evitar en la medida de lo posible las escenas de brutalidad que se dan en este barco. Así le resultará más fácil representar su papel.

—Debo mentir —dijo en tono firme y de rebeldía—, mentir de palabra y de obra.

Lobo Larsen se había separado de Latimer y se encaminaba hacia nosotros. Yo estaba desesperado.

—Por favor, por favor, compréndame —dije a toda prisa, bajando el tono de voz—. Toda su experiencia de lo que son los hombres y las cosas no le sirven de nada aquí. Tiene que volver a empezar. Ya lo sé, lo veo. Usted tiene la costumbre de tratar a las personas, entre otros procedimientos, por medio de sus ojos, expresando su nobleza moral, por así decirlo, a través de ellos. Así me ha manejado usted a mí ya, con sus ojos, y me ha dado órdenes. Pero no lo intente con Lobo Larsen. Sería lo mismo que si tratara de dominar a un león, mientras que él se mofaría de usted. Él haría... Siempre se ha jactado de haberlo descubierto —dije cambiando de conversación cuando Lobo Larsen llegó a la popa y se unió a nosotros—. Los editores le temían y los del consejo de redacción no querían saber nada de él. Pero yo estaba seguro; su genialidad y el valor de mis críticas se vieron desagraviados cuando alcanzó aquel magnífico éxito con su «Fragua».

—¡Y eso que fue un poema publicado en un periódico! —dijo ella con naturalidad.

—Ocurrió que vio la luz en un periódico —repliqué—, pero no porque los editores de revistas lo rehusaran cuando le echaron una ojeada.

—Hablábamos de Harris —dije a Lobo Larsen.

—Ah sí —reconoció—. Recuerdo la «Fragua». Repleta de hermosos sentimientos y de una ilimitada fe en las ilusiones de los hombres. Por cierto, señor Van Weyden, ¿podría ir a ver a Cooky? Está inquieto y no descansa.

Fue así como se me despidió de popa, sin más cumplidos, solo para encontrar profundamente dormido a Mugridge a causa de la morfina que antes le había dado yo. No me di prisas en regresar a cubierta, y cuando lo hice tuve la satisfacción de ver a la señorita Brewster en animada conversación con

Lobo Larsen. Como digo, me alegré al verlo. Ella seguía mi consejo. Aunque también me sentí ligeramente molesto por el hecho de que fuera capaz de hacer lo que le había rogado que hiciera y que tanto le había disgustado.

# Veintitrés

Unos vientos fuertes, que soplaron muy bien, condujeron al *Fantasma* a buen ritmo en dirección norte, hacia el rebaño de focas. Lo encontramos por el paralelo cuarenta y cuatro, en un mar desapacible y tormentoso, a través del cual el viento empujaba el vuelo de los eternos bancos de niebla. Durante días y días no podíamos ver el sol ni tomar notas; luego, el viento barría la superficie del océano, las olas se rizaban y brillaban, y conocíamos nuestro emplazamiento. Podía venir luego un día de buen tiempo, o tres o cuatro, pero finalmente la niebla volvía a envolvernos, más densa al parecer que antes.

Cazar así era peligroso; no obstante, los botes se arriaban día tras día, hasta ser engullidos en la gris oscuridad, y ya no los volvíamos a ver hasta la caída de la noche, o incluso hasta mucho después, y entonces eran izados uno a uno como espectros marinos que surgieran de la sombra. Wainwright —el cazador del que se había adueñado Lobo Larsen junto con su bote— se aprovechó de la ventaja de este brumoso mar y se fugó. Una mañana desapareció en la circundante niebla junto a sus dos compañeros y no los volvimos a ver más; al cabo de muy pocos días nos enteramos de que habían ido pasando de goleta en goleta hasta que al final alcanzaron la suya.

Yo había planeado hacer también eso mismo, pero nunca se me presentó la oportunidad. No entraba en las funciones de segundo salir en los botes, y aunque intrigué astutamente para conseguirlo, Lobo Larsen nunca me concedió este privilegio. De habérmelo permitido, me habría buscado la manera de llevarme a la señorita Brewster conmigo. Tal como estábamos, la situación había llegado a tal punto que me daba miedo pensar. Involuntariamente rehusaba pensar en ello, y sin embargo, este pensamiento aparecía de continuo en mi mente como un fantasma persecutorio.

En mis tiempos, había leído relatos de mar en los que inevitablemente figura una mujer sola en medio de una tripulación de hombres. Pero fue ahora cuando comprendí, y no antes, el verdadero significado de semejante situación, en que tanto insistían los escritores explotándola hasta la saciedad. Aquí lo tenía ahora, y cara a cara conmigo. Y para que fuera lo más vivo posible, solo faltaba que la mujer fuera Maud Breswter, quien me encantaba ahora tanto con su presencia personal como me había encantado con su obra.

No cabía imaginar a ninguna otra mujer más fuera de su sitio. Era una criatura delicada, etérea, cimbreante y esbelta, de movimientos ligeros y gráciles. Nunca me dio la impresión de que caminara, o al menos de que caminara según el común de los mortales. La suya era una ligereza extrema, y se movía con una indecible suavidad, acercándose a uno al igual que flota una pluma o como las silenciosas alas de un pájaro.

Era como una pieza de porcelana de Dresde, y de continuo me tenía sobresaltado lo que yo llamaría su fragilidad. Como ocurrió cuando la tomé del brazo para ayudarla a ir abajo, del mismo modo andaba yo preparado, por si se hacía añicos ante la brusquedad o rudeza de comportamiento por parte de cualquiera. Nunca he visto un cuerpo y un espíritu tan perfectamente compenetrados. Describir sus versos como sublimes y espirituales —que es como los habían calificado los críticos— era describir su cuerpo. Este parecía ser una parte de su alma, poseer atributos análogos, y estar ligado a la vida por la más fina de las cadenas. En realidad, hollaba la tierra blandamente, y en su constitución había muy poco de la robustez de la arcilla.

Formaba con Lobo Larsen un contraste violento. Cada uno de ellos no era lo que era el otro, y era lo que el otro no era. Una mañana los vi paseando juntos por cubierta, y me parecieron los dos extremos finales de la escala en la evolución humana: él, la culminación de toda barbarie; la otra, el más rematado producto de la más refinada civilización. Cierto es que Lobo Larsen poseía una inteligencia poco común, pero estaba orientada tan solo a la puesta en práctica de sus instintos más salvajes, lo que no hacía sino convertirlo en el más formidable salvaje. Era un hombre de espléndidos músculos, un hombre fuerte, y aunque caminaba con la seguridad y derechura de un deportista, su forma de andar no era pesada. Su manera de levantar y apoyar el pie recordaba la jungla y la selva. Era sigiloso como el andar de un gato, y ágil, y fuerte, siempre fuerte. Yo lo comparaba a un gran tigre, a una valiente bestia de rapiña. Lo parecía; y el penetrante brillo que a veces asomaba a sus ojos era el mismo brillo penetrante que yo había observado en los ojos de los leopardos enjaulados y en otras salvajes criaturas de rapiña.

Pero aquel día, al verlos pasear arriba y abajo, noté que fue ella la que daba por terminado el paseo. Se acercaron hacia mí, que estaba junto a la entrada de la escalera. Y a pesar de que ningún signo externo lo delataba, noté, no sé cómo, que estaba profundamente perturbada. Hizo un comentario intrascendente mirándome a mí, y rio ligeramente. Pero vi cómo sus ojos se volvían a los de Lobo Larsen involuntariamente, como fascinados; después los bajó, pero no lo suficientemente deprisa para velar la expresión de terror que los llenaba.

La causa de su perturbación la hallé en los ojos de él. Ordinariamente eran grises, fríos y duros, en cambio ahora estaban cálidos, suaves y dorados, y en ellos bailaban diminutas chispas que centelleaban y se desvanecían, hasta inundar con sus emanaciones toda la órbita con un vivo resplandor. Tal vez se debía a esto el color dorado; pero el caso es que sus ojos eran dorados, seductores y dominantes, y al mismo tiempo atractivos y coercitivos, expresando la solicitud y el clamor de la sangre, algo que ninguna mujer, y mucho menos Maud Brewster, podía dejar de entender.

Su propio terror se apoderó de mí, y en ese momento de miedo —el miedo más terrible que puede sentir un hombre— tomé conciencia de que de una manera inexplicable me había enamorado de ella. Este horror y la conciencia de que la amaba se adueñaron de mí a un mismo tiempo, y mi corazón se vio preso de ambas emociones, haciendo que se me helara la sangre y al mismo tiempo corriera vertiginosa. Me sentí arrastrado por una fuerza ajena y superior a mí mismo, y vi como contra mi voluntad mis ojos se clavaron en los de Lobo Larsen. Él ya se había serenado. El color dorado y las chispas que danzaban habían desaparecido. Cuando se inclinó bruscamente en señal de despedida para marcharse, ya eran otra vez grises, fríos y brillantes.

—Siento miedo —susurró ella, con un escalofrío—. Siento mucho miedo.

Yo también sentía miedo, y ante el descubrimiento de lo mucho que ella significaba para mí, me sentí confundido. Pero acerté a contestar con bastante aplomo.

—Todo se arreglará, señorita Brewster. Confíe en mí, todo se arreglará.

Me respondió con una sonrisa agradecida, que hizo que el corazón me diera saltos, y empezó a descender las escaleras.

Durante un rato permanecí donde ella me había dejado. Era imperiosa la necesidad que sentía de tranquilizarme, de considerar el significado del cambio que había experimentado el aspecto de las cosas. Al fin había llegado, había llegado el amor cuando menos lo esperaba y en las condiciones más desfavorables. Por supuesto, mi filosofía siempre había admitido que, tarde o temprano, la llamada del amor era inevitable; pero los largos años de estudio y silencio me habían hecho distraído y falto de preparación.

¡Y ahora había llegado! ¡Maud Brewster! Mi memoria retrocedió hasta traerme ante mi vista aquel primer delgado volumen que estaba encima de mi escritorio. Vi ante mí, como si se hubieran materializado allí, la hilera de delgados volúmenes de mi biblioteca. ¡Cuán bien recibido había sido cada uno de ellos! Cada año salía uno de la imprenta, y cada uno de ellos era para mí el acontecimiento del año. Expresaban la afinidad intelectual y espiritual, y como a tales los había yo recibido en una camaradería mental; pero ahora su lugar estaba en mi corazón.

¿Mi corazón? Experimenté en mí como un brusco cambio de sentimientos. Parecía como si por un proceso de esquizofrenia una parte de mí mismo observara desde fuera a la otra mitad con incredulidad. ¡Maud Brewster! ¡Humphrey van Weyden!, el «pez de sangre fría», el «monstruo sin emociones», el «demonio analítico», según me llamaba Charley Furuseth, ¡enamorado!

Y entonces, totalmente escéptico, sin ton ni son, mi mente voló hacia atrás, hacia una breve nota biográfica del *Quién es quién* de tapas rojas, y me dije para mí mismo: «Nacida en Cambrigde, tiene veintisiete años», y entonces dije «¿Veintisiete años y aún soltera y sin compromiso?».

Pero ¿cómo podía estar yo seguro de que no estaba comprometida? Y la punzada de unos celos recién nacidos puso en fuga toda mi incredulidad. No había la menor duda a este propósito. Estaba celoso, y por tanto enamorado. Y la mujer a la que amaba era Maud Brewster.

¡Yo, Humphrey van Weyden, enamorado! Y de nuevo volvieron a asaltarme las dudas. No es que tuviera miedo al amor, sin embargo, ni rehuyera su encuentro. Al contrario, como idealista que era hasta el más alto grado, mi filosofía siempre lo había admitido y estimado con el galardón de que era la cosa mayor del mundo, la meta y la cima de la existencia, el tono más exquisito de disfrute y felicidad que puede alcanzarse en esta vida, la cosa más digna de ser alabada, bien recibida y acogida en el corazón. Pero ahora que había llegado no podía creerlo. No podía ser tan afortunado. Era demasiado bueno, demasiado bueno para ser verdad. Acudieron a mi memoria estos versos de Symons:

*Vagando anduve todos estos años, entre*
*un mundo de mujeres, buscándote.*

Yo había abandonado para entonces la búsqueda. Había decidido que la cosa mayor del mundo no era para mí. Furuseth tenía razón: yo era un ser anormal, un «monstruo sin emociones», una extraña criatura de biblioteca, capaz de disfrutar solo con experiencias intelectuales. Y aunque había pasado toda mi vida rodeado de mujeres, no las había considerado como un individuo fuera del seno de la comunidad, como un hermano cura a quien se le hubieran negado las pasiones eternas o pasajeras, que veía y reconocía tan claramente en los demás. ¡Pero ahora había llegado! Sin que se me hubiera anticipado ni anunciado en ningún sueño; había llegado. Abandoné mi puesto junto a la escalera y comencé a pasear por cubierta, envuelto en lo que podía ser una especie de misticismo, recitando para mí mismo aquellos bonitos versos de la señorita Browning:

*Viví entre visiones por toda compañía*
*en vez de entre hombres y mujeres, tiempo ha;*
*encontré en ellas amables compañeras, sin pensar en conocer*
*otra música más dulce que la que ellas tocaban para mí.*

Aquella música dulcísima sonaba en mis oídos, pero yo estaba ciego e insensible para todo cuanto me rodeaba. La ruda voz de Lobo Larsen me despertó:

—¿Qué demonios te pasa? —preguntó.

Yo me había ido paseando hacia proa, donde unos marineros se hallaban pintando, y cuando volví a la realidad vi que estaba a punto de volcar con un pie un bote de pintura.

—¿Es sonambulismo, insolación, o qué? —fue su ladrido.

—No; indigestión —repliqué, y proseguí mi paseo como si nada desagradable hubiera ocurrido.

# Veinticuatro

Entre los recuerdos más intensos de mi vida se encuentran los de los acontecimientos que ocurrieron en el *Fantasma* durante las cuarenta horas siguientes al descubrimiento de mi amor por Maud Brewster. Yo, que había pasado mi vida en lugares plácidos, y que solo cuando alcancé los treinta y cinco me vi metido en medio de la aventura más disparatada que pudiera imaginar, nunca había experimentado situaciones y emociones tan intensas en ningunas otras cuarenta horas de mi vida. Y no puedo cerrar por completo mis oídos a la vocecilla de mi orgullo, que me dice que no lo hice tan mal, considerándolo en conjunto.

Empezaré diciendo que a la hora de la comida del mediodía, Lobo Larsen informó a los cazadores de que de ahora en adelante irían a comer al entrepuente. Esto era algo sin precedentes entre las goletas dedicadas a cazar focas, ya que en ellas es costumbre que los cazadores tengan categoría de oficiales, excepto en los asuntos del servicio. No dio explicación alguna, pero el motivo era suficientemente obvio. Horner y Smoke se habían permitido hacer una galantería a Maud Brewster, algo ridícula en sí misma e inofensiva para ella, pero que a él no le agradó.

La noticia fue acogida en medio de un silencio sepulcral, aunque los otros cuatro cazadores dirigieron expresivas miradas a los dos que habían sido los causantes del destierro. Jock Horner, de modales sosegados como era, no se inmutó; pero la frente de Smoke se ensombreció con una subida de sangre, y abrió a medias su boca para hablar. Lobo Larsen le estaba mirando, como aguardándole, con un brillo metálico en sus ojos. Pero Smoke volvió a cerrar la boca sin haber dicho nada.

—¿Algo que decir? —preguntó el otro en tono agresivo.

Era un desafío, pero Smoke rehusó aceptarlo.

—¿A propósito de qué? —preguntó tan inocentemente que Lobo Larsen quedó desconcertado, mientras los demás se reían.

—¡Oh, nada! —dijo Lobo Larsen malhumorado—. Pensaba ahora que buscabas apuntarte a un puntapié.

—¿A propósito de qué? —preguntó el imperturbable Smoke.

Los compañeros de Smoke rieron ahora groseramente. El capitán hubiera podido matarle, y no me cabe la menor duda de que hubiese corrido la sangre de no haber estado presente Maud Brewster. Precisamente a esta presencia se debió el que Smoke actuara como lo hizo. Era un hombre demasiado circunspecto y cauteloso para incurrir en la ira de Lobo Larsen en momentos en que esta ira pudiera expresarse en términos más enérgicos que las meras palabras. Yo temía que pudiera producirse una refriega, pero un grito del timonel contribuyó a salvar la situación.

—¡Humo a la vista! —el grito nos llegó abajo por la escalera, cuyas puertas estaban abiertas.

—¿En qué dirección? —gritó Lobo Larsen.

—Totalmente a popa, señor.

—Tal vez sea un ruso —sugirió Latimer.

Estas palabras sembraron la angustia en los rostros de los demás cazadores. Un ruso no podía significar más que una cosa: una patrullera. Los cazadores, aunque conocían solo muy vagamente la posición del barco, sabían, sin embargo, que se encontraban muy cerca de los límites de aguas prohibidas, además de que la reputación de Lobo Larsen como cazador furtivo era notoria. Todas las miradas convergieron en él.

—Estamos completamente a salvo —les aseguró con una carcajada—. Esta vez no habrá minas de sal, Smoke. Pero os diré de qué se trata. Apostaría cinco contra uno a que es el *Macedonia*.

Nadie aceptó la oferta, y él continuó:

—En tal caso, apuesto diez contra uno a que vamos a tener complicaciones.

—No, gracias —dijo Latimer—. No me importa perder dinero, pero me gusta probar suerte de vez en cuando. No ha habido una sola vez en que no haya surgido bronca cuando usted y ese hermano suyo se juntan, y a eso sí que apuesto yo veinte contra uno.

A continuación estalló una risa general, de la que participó también Lobo Larsen, y la comida continuó tranquilamente, gracias a mí, pues me trató durante el resto de la comida de una manera abominable, mofándose de mí en plan protector, hasta que logró hacerme temblar de rabia mal contenida. Sin embargo, supe controlarme en consideración a Maud Brewster, y me sentí recompensado cuando sus ojos se cruzaron durante un fugaz segundo con los míos y me dijeron, con la misma claridad que si hubieran hablado: «Sea valiente, sea valiente».

Abandonamos la mesa para subir a cubierta, ya que, en la monotonía de aquel mar por el que navegábamos, un vapor era una grata interrupción; además de que el convencimiento de que se trataba de Muerte Larsen y el *Macedonia* aumentaba la expectación. El recio viento y la mar gruesa que había saltado durante la noche anterior habían ido amainando durante la mañana, de manera que ahora era posible bajar los botes para cazar durante la tarde. La caza prometía ser muy provechosa. Desde que salió el sol habíamos estado cruzando por un mar desierto de focas, pero ahora nos encontrábamos delante del rebaño.

El humo aún estaba a varias millas por popa, aunque se aproximaba a gran velocidad, mientras arriábamos nuestros botes. Estos se desperdigaron por el océano rumbo al norte. Una y otra vez veíamos arriar una vela, oíamos las descargas de las escopetas y veíamos izarse de nuevo la vela. Las focas abundaban, y el viento amainaba: todo favorecía una excelente captura. Cuando echamos a andar para situarnos a sotavento del último bote, encontramos el océano perfectamente tapizado de focas dormidas. Nos rodeaban por todas partes, en número jamás visto por mí anteriormente, en parejas, de tres en tres, en grupos, estiradas cuan largas eran sobre la superficie y durmiendo en toda aquella extensión de mar como si fueran otros tantos perezosos cachorritos de perro.

Bajo el humo cada vez más próximo, iba agrandándose el casco y la obra muerta de un vapor. Era el *Macedonia*. Leí su nombre con los anteojos, según nos pasaba a unos ochocientos metros por estribor. Lobo Larsen dirigió una mirada feroz al navío, mientras Maud Brewster mostraba gran curiosidad.

—¿Dónde está el peligro que, según decía usted con tanta seguridad, nos amenazaba, capitán Larsen? —preguntó ella alegremente.

Él la miró, suavizando sus facciones con un regocijo instantáneo.

—¿Qué esperaba usted, que nos abordaran y nos cortaran el cuello?

—Algo parecido —confesó ella—. Comprenda que los cazadores de focas son algo tan novedoso y extraño para mí, que estoy siempre preparada para cualquier cosa —asintió con un movimiento de la cabeza.

—Exacto, exacto. Su error ha sido no haber esperado lo peor.

—¿Por qué? ¿Qué cosa hay peor que cortarnos el cuello? —preguntó, con una sorpresa deliciosamente ingenua.

—Que nos corten la bolsa —contesté—. Hoy día, la capacidad del hombre para vivir viene determinada por el dinero que tiene.

—«Quien roba mi bolsa roba desechos» —dijo citando la frase.

—«Quien me roba la bolsa roba mi derecho a vivir» —fue la réplica— es un viejo refrán que lo contradice. Porque me roba el pan, la carne y la cama, y con ello pone en peligro mi vida. No hay suficientes comedores gratuitos ni colas de beneficencia a los que acudir, ¿sabe?, y cuando los hombres no tienen nada en su bolsa, lo normal es que mueran, y que mueran miserablemente... a menos que sean capaces de volverla a llenar a toda prisa.

—Se me escapa comprender cómo ese vapor pueda suponer alguna amenaza contra su bolsa.

—Aguarde y verá —contesté secamente.

No tuvimos que esperar mucho. Varios kilómetros por delante de la línea de nuestros botes, el *Macedonia* procedió a arriar los suyos. Sabíamos que llevaba catorce botes, frente a los cinco nuestros (nos faltaba uno a causa de la deserción de Wainwright), y empezó a echarlos mucho más a sotavento de nuestro último bote; continuó arriándolos atravesados en nuestra derrota, y terminó bastante después de nuestro primer bote de barlovento. Nos habían estropeado la caza. Detrás de nosotros no había focas, y al frente, la hilera de catorce botes, como una escoba gigantesca, barría el rebaño de delante.

Nuestros botes cazaron en el espacio de mar de tres a cinco kilómetros que había entre ellos y el punto donde el *Macedonia* había echado el ancla, y después emprendieron el regreso al barco. El viento había amainado hasta hacerse un suspiro, el océano iba quedándose más y más en calma, y esto, unido a la presencia del enorme rebaño, brindaba un día completo de caza —uno de esos dos o tres días que se presentan durante toda una temporada favorable—. Un grupo de malhumorados remeros, timoneles y cazadores pululaban alrededor de nuestro barco. Cada uno de los hombres se sentía robado; y se fueron izando los botes entre maldiciones que, de haber tenido operatividad, habrían dejado a Muerte Larsen para toda una eternidad «muerto y condenado para una docena de eternidades», me comentó Louis, mirándome con ojos chispeantes mientras descansaba después de haber tensado las amarras de su bote.

—Escúcheles, y verá si es difícil descubrir lo que tiene mayor interés vital para sus almas —dijo Lobo

Larsen—. ¿La fe? ¿El amor? ¿Los ideales elevados? ¿La bondad? ¿La belleza? ¿La verdad?

—Han violado su innato sentido de la justicia —dijo Maud Brewster, uniéndose a la conversación.

Se hallaba a unos cuatro metros de distancia, con una mano apoyada en los obenques de la mayor, y su cuerpo se balanceaba suavemente con el leve cabeceo del barco. No había alzado la voz, y sin embargo me sorprendió su tono, claro como el de una campana. ¡Ah, qué dulce resonaba en mis oídos! Apenas me atrevía a mirarla entonces, por temor a delatarme. Sobre su cabeza colgaba una gorra de grumete, y su cabello, castaño claro, ahuecado y suelto, al ser herido por el sol parecía una aureola alrededor del delicado óvalo de su cara. Estaba especialmente encantadora, y además, de una dulzura espiritual, casi angelical. Toda mi antigua fascinación por la vida renacía en mí a la vista de esta espléndida encarnación de la misma, y la fría explicación que de la vida y su significado daba Lobo Larsen me pareció verdaderamente ridícula e irrisoria.

—Una sentimental —dijo con sorna— como el señor Van Weyden. Estos hombres lanzan maldiciones porque han atropellado sus deseos. Eso es todo. ¿Y cuáles son esos deseos? El deseo de una buena pitanza, una cama mullida en tierra, lo que una paga decente les proporciona, mujeres y bebida, la glotonería y la animalidad que tan bien los define, lo mejor que en ellos hay, sus más altas aspiraciones, sus ideales si usted lo quiere. La exhibición que ellos hacen de sus sentimientos no es un espectáculo formativo, pero sí que expresa muy bien lo mucho que les ha afectado, lo mucho que se han resentido sus bolsas; porque meter la mano en sus bolsas es como meterlas en sus almas.

—En cambio, usted se comporta casi como si no le hubieran tocado su bolsa —dijo ella con una sonrisa.

—Entonces lo que ocurre es que mi manera de reaccionar es muy distinta, porque ambas, mi bolsa y mi alma, se han resentido. Al precio medio de las pieles en el mercado de Londres, y basándome en un buen cálculo de lo que la sesión de caza de esta tarde podría haber supuesto para el *Fantasma*, si no nos hubiera hecho el *Macedonia* esta guarrada, una pérdida de aproximadamente mil quinientos dólares en pieles.

—Lo dice usted tan tranquilo... —empezó ella.

—Pues no estoy tan tranquilo. Mataría al hombre que me ha robado —le interrumpió—. Sí, sí, ya sé que ese hombre es hermano mío, ¡más sentimentalismo! ¡Bah!

La expresión de su rostro cambió de repente. Su voz era menos áspera y completamente sincera cuando dijo:

—Ustedes las personas sentimentales deben de ser felices, real y verdaderamente felices, al soñar y hallar que las cosas son buenas, ya que al encontrar buenas algunas de ellas se sienten buenos ustedes mismos. Ahora, díganme ustedes dos, ¿me encuentran un hombre bueno?

—Usted es bueno si se le considera... en cierto aspecto —fue la respuesta de Maud Brewster.

—¡Ya están ustedes! —le gritó medio enfadado—. Sus palabras están huecas para mí. No hay nada claro, preciso ni definido en el pensamiento que ha expuesto. No se puede tomar entre las manos y examinarlo.

En realidad, no es siquiera un pensamiento. Es una impresión, un sentimiento, algo basado en la ilusión, y en absoluto es un producto del intelecto.

A medida que proseguía, su voz se suavizaba más y más, hasta adquirir una nota de intimidad.

—¿Saben?, a veces me sorprendo a mí mismo deseando también ser ciego a las realidades de la vida, conocer únicamente las fantasías e ilusiones. Son falsas, falsas por completo, desde luego, y contrarias a la razón. Pero ante ellas la razón me dice que, por más falsas que sean, soñar y vivir de ilusiones proporcionan el mayor placer. Y después de todo, el placer es el jornal de la vida. Sin placer, vivir es un acto que no merece la pena. Trabajar mientras se vive y no obtener recompensa es peor que estar muerto. Quien goza es quien más vive; y sus sueños y sus fantasías les ocasionan a ustedes menos molestias y les aportan más gratificaciones que a mí mis realidades.

Movió la cabeza lentamente, como si meditara.

—A menudo siento dudas, tengo frecuentes dudas, sobre el valor de la razón. Los sueños deben de ser más sustanciosos y gratificantes. El placer de las emociones es más intenso y duradero que el placer intelectual; y, además, uno paga sus momentos de placer intelectual sufriendo depresiones. En cambio al placer de las emociones no le sigue otra cosa que el hastío de los sentidos, pero de esto se recupera uno enseguida. Les envidio, les envidio.

Se detuvo bruscamente, y en sus labios afloró una de esas extrañas, burlonas, sonrisas, mientras añadía:

—Les envidio con mi cerebro, tomen nota, pero no con mi corazón. Mi razón me lo dicta. La envidia es un producto intelectual. Estoy como un hombre sobrio que mira a unos borrachos y que, totalmente hastiado, quisiera también él estar borracho.

—O como el hombre cuerdo que al mirar a unos locos deseara, él también, volverse loco —dije sonriendo.

—Eso es exactamente —dijo—. Ustedes son una maldita pareja de locos en la bancarrota. No tienen realidades en sus carteras.

—En cambio, gastamos con más generosidad que ustedes —añadió Maud Brewster.

—Con más generosidad porque no les cuesta nada.

—Y porque nos financia la eternidad —replicó ella.

—Da lo mismo que sea así, o que así lo crean. Ustedes gastan lo que no han ganado, y a cambio reciben más gastando lo que no han ganado que lo que obtengo yo por gastar lo que he ganado y logrado con mi sudor.

—Entonces, ¿por qué no cambia usted el patrón de su sistema monetario? —preguntó ella en son de broma.

Él la miró inmediatamente, algo esperanzado, y luego dijo con pesadumbre:

—Demasiado tarde. Me gustaría, quizá, pero no puedo. Tengo mi cartera atiborrada de moneda antigua, y es un asunto muy testarudo. Ya no podré reconocer como válida otra cosa que esta.

Dejó de hablar, y su mirada vagó ausente más allá de donde ella estaba y fue a perderse en la placidez del mar. La antigua y ancestral melancolía había hecho presa en él. Estaba temblando por ello. Su razonamiento le había conducido a una suerte de melancolía, y dentro de pocas horas podría uno esperar que el demonio que en él habitaba levantara la cabeza y se agitara. Me acordé de Charles Furuseth; y comprendí que la tristeza de nuestro hombre era el castigo que los materialistas pagan siempre por su materialismo.

# Veinticinco

—Usted que ha estado en cubierta, señor Van Weyden —me dijo Lobo Larsen a la mañana siguiente, durante el desayuno—, ¿cómo se presenta el día?

—Bastante claro —contesté, mientras miraba el rayo de sol que inundaba la escalera del camarote—. Una suave brisa del oeste, con visos de arreciar, si se confirma la predicción de Louis.

Movió la cabeza complacido.

—¿Hay señales de niebla?

—Al norte y al nordeste hay unos densos bancos.

Movió la cabeza otra vez, en señal de estar aún más complacido que antes.

—¿Qué hay del *Macedonia?*

—No lo hemos divisado —respondí.

Hubiera jurado que al oírlo desapareció la alegría de su cara, aunque no pude imaginar por qué se sentía contrariado. No tardé en saberlo.

—¡Humo a la vista! —gritaron desde cubierta, y su cara se iluminó.

—¡Bien! —exclamó, y abandonó la mesa de inmediato para dirigirse a cubierta y al entrepuente, donde los cazadores estaban tomando su primer desayuno en el destierro.

Maud Brewster y yo apenas probamos la comida que teníamos delante; en cambio, nos miramos el uno al otro en medio de un silencio angustioso, escuchando la voz de Lobo Larsen, que llegaba claramente al camarote a través del mamparo que hacía de mediana. Habló largo y tendido y sus conclusiones fueron saludadas con un salvaje estallido de aplausos. El mamparo era demasiado grueso para que nosotros pudiéramos oír lo que decía, pero fuera lo que fuese impresionó enormemente a los cazadores, porque a los aplausos siguieron ruidosas exclamaciones y gritos de alegría.

A juzgar por los ruidos que en cubierta había deduje que los marineros habían recibido órdenes de prepararse para arriar los botes. Maud Brewster me acompañó a cubierta, aunque la dejé en el saltillo de popa, desde donde podía ver la escena sin mezclarse en ella. Los marineros debían de estar al tanto del proyecto, y la energía y ardor que ponían en su trabajo daban prueba de su entusiasmo. Los cazadores salieron en tropel a cubierta con las escopetas y cajas de municiones, y —lo que era más extraño— con sus rifles. Estos últimos rara vez solían llevarlos en los botes, porque una foca que ha sido herida desde lejos con un rifle se hunde indefectiblemente antes de que un bote llegue a recogerla. Pero este día cada cazador llevaba su rifle y una generosa provisión de cartuchos. Advertí que reían complacidos al mirar hacia el humo del *Macedonia,* que aparecía cada vez más arriba a medida que se acercaba desde el oeste.

Los cinco botes saltaron a toda prisa por la borda, se desparramaron como las varillas de un abanico, emprendiendo al igual que la tarde anterior rumbo norte, y nosotros detrás siguiéndolos. Me quedé mirándolos durante algún tiempo, pero no me pareció advertir nada extraordinario en su comportamiento. Arriaron las velas, dispararon sobre las focas, volvieron a izar velas y prosiguieron haciendo lo mismo que yo ya había visto hacer antes. El *Macedonia* repitió su hazaña del día anterior «rastrilleando» el mar al echar sus botes en una línea delante de los nuestros, y cruzarlos en nuestro rumbo. Catorce botes necesitan una considerable extensión para cazar con comodidad, de modo que cuando estuvo completamente solapada nuestra línea de botes, continuó navegando hacia el nordeste, dejando más botes a medida que avanzaba.

—¿Qué sucede? —pregunté a Lobo Larsen, incapaz de contener por más tiempo mi curiosidad.

—No te preocupes por lo que suceda —contestó ásperamente—. No tardarás mil años en averiguarlo, y mientras tanto reza porque tengamos todo el viento que necesitamos. Bueno, bien, no me importa decírtelo —prosiguió un momento después—. Me dispongo a dar a este hermano mío una dosis de su propia medicina. En pocas palabras, yo también voy a usar el rastrillo, y no un solo día, sino el resto de la temporada... si tenemos suerte.

—¿Y si no la tenemos? —pregunté.

—Es mejor no pensarlo —rio—. Tenemos que tener suerte, sencillamente, o todo habrá acabado para nosotros.

Se hizo cargo entonces del timón, y yo me dirigí a mi hospital del castillo de proa, donde se hallaban mis dos inválidos, Nilson y Thomas Mugdridge. Nilson estaba de lo más alegre que podía uno esperar, porque su pierna rota iba curándose estupendamente; en cambio el *cockney* sufría una desesperada melancolía, y lo admirable era que aún continuara vivo, aferrándose a la vida. Los años de brutalidad habían reducido su cuerpo, flaco de por sí, a un despojo ruinoso, pero la llama de la vida aún ardía en él con el resplandor de siempre.

—Con un pie ortopédico, y los hacen excelentes, seguirás renqueando por cocinas de barcos hasta el fin de los siglos —le dije en plan jovial.

Pero su respuesta fue grave, seria, solemne:

—No sé nada de lo que me está usted hablando, señor Van Weyden, pero lo que sí sé es que no volveré a ser feliz hasta no ver muerto a ese maldito canalla. No va a vivir el tiempo que yo. No tiene derecho a vivir, y según dicen las Escrituras: «Morirá abandonado de todos», y yo digo: «Amén y que sea cuanto antes».

Cuando regresé a cubierta encontré a Lobo Larsen controlando el timón con una mano, mientras con la otra sostenía los gemelos estudiando la situación de los botes, particularmente interesado en la posición del *Macedonia*. El único dato de interés en lo relativo a nuestros botes era que habían cedido algo ante el viento, torciendo varios puntos al noroeste. No pude apreciar la conveniencia de aquella maniobra, porque los cinco botes del *Macedonia* todavía interceptaban el mar libre, al haberse ceñido también ellos al viento. Así pues, se apartaban poco a poco en dirección hacia el oeste, alejándose cada vez más del resto de los botes de su línea. Los nuestros remaban además de llevar las velas al viento. Hasta los cazadores remaban, y así con tres pares de remos en el agua dieron alcance rápidamente a quienes con toda propiedad puedo llamar nuestros enemigos.

El humo del *Macedonia* se había reducido a una mancha borrosa por el horizonte al nordeste. Del vapor propiamente dicho no veíamos nada. Habíamos estado ronceando hasta entonces con las velas lacias la mitad del tiempo y desdeñando el viento; en dos ocasiones, durante breves minutos estuvimos al pairo. Pero ahora se acabó el roncear. Se orientaron las velas, y Lobo Larsen se dispuso a poner a prueba al *Fantasma*. Dejamos atrás nuestra línea de botes y pusimos proa hacia el primer bote de barlovento de la línea contraria.

—Abajo ese petifoque, señor Van Weyden —ordenó Lobo Larsen—, y preparado para acuartelar los foques.

Corrí a proa e hice recoger todas las candalizas del petifoque a toda prisa, mientras nos deslizábamos a unos treinta metros a sotavento del bote. Los tres hombres que en él iban nos miraron con desconfianza. Habían estado rastrillando el mar, y conocían a Lobo Larsen, al menos por referencias. Advertí que el cazador, un gigantesco escandinavo sentado a la proa, tenía el rifle al alcance de la mano, cruzado sobre las rodillas. Debía de haber estado en su lugar, en el soporte. Cuando estuvieron detrás de nuestra popa, Lobo Larsen les saludó agitando la mano y gritó:

—Subid a bordo, y echaremos una «parrafada».

«Echar una parrafada» es una expresión entre los tripulantes de goletas equivalente a «hacer una visita», «cotillear». Hace referencia a la locuacidad de la gente de mar, y supone una agradable ruptura en esta vida monótona.

El *Fantasma* viró en redondo cara al viento, y yo acabé mi tarea justo a tiempo de correr hacia la parte de atrás y echar una mano en la escota mayor.

—Usted tendrá la amabilidad de permanecer sobre cubierta, señorita Brewster —dijo Lobo Larsen cuando se dirigía a proa a recibir a su huésped—. Y usted también, señor Van Weyden.

El bote había arriado su vela y corría a nuestro costado. El cazador, de barba dorada como un rey de los mares, pasó sobre la barandilla y saltó a cubierta. Su descomunal estatura no disipaba sus temores. La duda y la desconfianza se reflejaban nítidamente en su semblante. Era un rostro transparente a pesar de su escudo de pelos, y advertí una sensación instantánea de alivio al pasar los ojos desde Lobo Larsen a mí y percatarse de que no éramos más que dos los que estábamos en cubierta. Entonces dirigió una mirada sobre sus dos hombres, que ya se le habían unido. En realidad tenía pocos motivos para sentir miedo. Descollaba como un Goliat al lado de Lobo Larsen. Debía de medir dos cinco o dos diez, y en proporción le calculé un peso de unos ciento diez kilos. No tenía nada de grasa; todo era hueso y músculo.

De nuevo pareció mostrarse receloso cuando, en el primer peldaño de la escalera, Lobo Larsen le invitó a bajar. Pero se tranquilizó tras echarle un vistazo a su anfitrión —un hombre también de buena talla, aunque empequeñecido ante la presencia del gigante—. De modo que se desvaneció toda duda, y ambos descendieron al camarote. Al propio tiempo, los dos marineros, siguiendo una costumbre de la gente de mar, marcharon al castillo de proa a visitar a sus camaradas.

De pronto, del camarote surgió el descomunal rugido de alguien que se ahoga, seguido de todos los ruidos propios de una furiosa pelea. Eran el leopardo y el león los que formaban todo el escándalo. Lobo Larsen era el leopardo.

—Ya ve usted cuán sagrada es nuestra hospitalidad —dije con amargura a Maud Brewster.

Con un movimiento de su cabeza me indicó que ya oía, y me pareció advertir en su rostro los mismos síntomas que tanto me habían hecho sufrir durante mis primeras semanas de estancia en el *Fantasma* al ver u oír la violencia de una pelea.

—¿No sería mejor que se marchara a proa, por ejemplo junto a la escalera del entrepuente, hasta que esto haya terminado? —sugerí.

Movió la cabeza de un lado para otro y me miró lastimeramente. No sentía miedo, era más bien desaliento ante aquella brutalidad humana.

—Ahora comprenderá —aproveché la oportunidad para decirle— que sea cual sea mi parte en lo que está pasando o pueda pasar, no tengo más remedio que aceptarlo, si tanto usted como yo deseamos salir con vida de este lío. No es nada agradable para mí —añadí.

—Lo comprendo —dijo con voz débil y lejana, mientras sus ojos me demostraban que lo comprendía.

Los ruidos que procedían de abajo cesaron enseguida. Entonces, Lobo Larsen apareció en cubierta solo. Bajo su piel de bronce se advertía un leve rubor, única señal de la pelea.

—Mándeme a popa a esos dos hombres, señor Van Weyden —dijo.

Obedecí, y uno o dos minutos más tarde se hallaban en su presencia.

—Izad vuestro bote —les dijo—. Vuestro cazador ha decidido permanecer a bordo un rato, y no quiere que esté golpeando contra el costado. ¡Qué subáis ese bote, he dicho! —repitió, esta vez en tono más enérgico viendo que los otros titubeaban si obedecer o no—. ¿Quién sabe?, a lo mejor tenéis que navegar conmigo durante algún tiempo —dijo, en tono muy suave, de sedosa amenaza que desmentía aquella suavidad, mientras se disponían a ejecutar la orden perezosamente—, y mejor sería que desde el principio nos entendiéramos como amigos. ¡Vamos, deprisa! ¡Muerte Larsen os hace saltar mejor, y vosotros bien que lo sabéis!

Sus movimientos se aceleraron notablemente ante estas indicaciones, y una vez que el bote estuvo a bordo fui a popa a largar los foques. Lobo Larsen, al timón, embicó el *Fantasma* hacia el segundo bote a barlovento del *Macedonia*.

Durante el trayecto, y al no tener nada que hacer, dirigí mi atención a observar la situación de los botes. El tercer bote a barlovento del *Macedonia* sufría el acoso de dos de los nuestros; el cuarto de ellos, por parte de los otros tres nuestros, mientras que el quinto había dado la vuelta para echar una mano a su compañero más cercano. La lucha se había iniciado a larga distancia, por lo que los rifles disparaban sin cesar. El mar se había encrespado y agitado con el viento, circunstancia que impedía afinar la puntería; de vez en cuando, según nos íbamos aproximando, podíamos ver las balas zumbar de ola en ola.

El bote que perseguíamos había virado en ángulo recto y corría viento en popa buscando escapar, al tiempo que contribuía, en su huida, a repeler el ataque conjunto de nuestros botes.

Tener que atender ahora las escotas y las amarras me dejaba poco tiempo para observar lo que estaba ocurriendo, pero dio la coincidencia de hallarme a popa cuando Lobo Larsen ordenó a los dos marineros ajenos que fueran adelante, al castillo de proa. Caminaron a regañadientes, pero caminaron. A continuación ordenó a la señorita Brewster que bajara al camarote, y sonrió ante la instantánea expresión de horror que asomó a los ojos de ella.

—No va a encontrar nada horripilante ahí abajo —dijo—, solo a un hombre sin un rasguño, bien atado a unas armellas. Es probable que alguna bala llegue a bordo, y no quiero que la maten, ¡eh!

Mientras hablaba, una bala rebotó en una cabilla recubierta de bronce del timón, sujeto entre sus manos, y cruzó el aire silbando hacia barlovento.

—¿Está viendo? —le dijo; y luego, dirigiéndose a mí—: ¿Quiere hacerse cargo del timón, señor Van Weyden?

Maud Brewster bajó unos pasos por la escalera, hasta dejar solo la cabeza fuera. Lobo Larsen se había procurado un rifle y estaba metiendo un cartucho en la recámara. Con la vista rogué a ella que se bajara, pero ella sonrió y me dijo:

—Puede que seamos débiles y mancas criaturas de tierra adentro, pero podemos demostrar al capitán Larsen que somos por lo menos tan valientes como él.

Él le dirigió una rápida mirada, lleno de admiración.

—La estimo un cien por cien más por este gesto —dijo él—. Libros, cerebro y valor. Es usted muy completa; una marisabidilla digna de ser la mujer de un capitán de piratas. Bien, luego trataremos de eso —dijo sonriendo, mientras una bala se incrustaba en la sólida pared del camarote.

Vi en sus ojos un resplandor dorado mientras hablaba, y vi el terror asomarse en los de ella.

—Nosotros somos más valientes —me apresuré a decir—. Al menos, y hablo por mí mismo, sé que soy más valiente que el capitán Larsen.

Ahora fui yo el agraciado con una de sus rápidas miradas. Parecía preguntarse si me estaría burlando de él. Reduje tres o cuatro cabillas para contrapesar una guiñada del *Fantasma* en el sentido del viento, y luego lo mantuve firme. Lobo Larsen estaba aún aguardando una explicación, y yo, señalando hacia mis rodillas, dije:

—Observará usted un ligero temblor en ellas. Eso es porque tengo miedo, mi carne tiene miedo. Y tengo además miedo en mi mente porque no deseo morir. Pero mi espíritu domeña a la temblorosa carne y a los desmayos de la mente. Soy algo más que valiente. Soy valeroso. Su carne no tiene miedo. Usted tampoco tiene miedo. No es solo que a usted no le suponga nada enfrentarse al peligro, es que con ello disfruta. Usted goza con ello. Puede que usted no tenga miedo, señor Larsen, pero ha de reconocerme que la valentía es la mía.

—Tiene razón —reconoció al punto—. Nunca antes lo había pensado desde ese punto de vista. ¿Pero es verdad su contrario? ¿Si eres más valiente que yo, soy más cobarde que tú?

Ambos nos reímos del disparate, y él bajó a cubierta y apoyó el rifle sobre la barandilla. Las balas que nos habían alcanzado venían de unos mil quinientos metros de distancia, pero ahora esa distancia la habíamos reducido a la mitad. Disparó tres tiros cuidadosamente. El primero fue a dar a unos quince metros a barlovento del bote; el segundo, junto a él, y al tercero el proel soltó la caña y cayó rodando en el fondo del bote.

—Espero que con esto tengan bastante —dijo Lobo Larsen, poniéndose de pie—. No podía permitirme dejar al cazador que se saliera con la suya; y es probable que el remero no sepa gobernar el barco. En tal caso, el cazador no podrá gobernar y disparar al mismo tiempo.

El razonamiento era acertado, porque el bote se puso enseguida proa al viento, y el cazador saltó a popa para ocupar el puesto del timonel. Allí ya no hubo más disparos, aunque los rifles de los demás botes proseguían alegremente sus descargas.

El cazador se las amañó para colocar el bote de nuevo con el viento a popa, pero nosotros corríamos hacia ellos por lo menos al doble de su velocidad. A unos cien metros de distancia vi cómo el remero pasaba el rifle al cazador. Lobo Larsen se fue al centro del barco y descolgó de su gancho el rollo de la driza de boca. Luego apuntó por encima de la barandilla con el rifle encarado. Por dos veces vi que el cazador soltaba de una mano la caña del timón para tomar el rifle, y vacilaba. Ahora estábamos a su costado, pasándoles entre espumas.

—¡Eh, tú! —gritó Lobo Larsen súbitamente al remero—. Coge una vuelta.

Al mismo tiempo les lanzó el cabo adujado, que cayó con precisión, golpeando al hombre, que estuvo a punto de caer, pero que no obedeció. En vez de eso, miró al cazador aguardando órdenes. El cazador, a su vez, se mostraba indeciso. El rifle estaba entre sus rodillas, pero si soltaba la caña del timón para disparar, el bote giraría en redondo y chocaría contra la goleta. Además vio que le apuntaba el rifle de Lobo Larsen, y comprendió que le dispararía antes de que él pudiera poner el suyo en juego.

—Coge una vuelta —dijo sosegadamente al marinero.

El remero obedeció, cogiendo una vuelta en derredor de la pequeña bancada de proa y soltando cuerda cuando se puso tensa. El bote hizo una buena arrufadura, y el cazador lo mantuvo en paralelo al costado del *Fantasma* unos seis metros.

—¡Ahora arriad esa vela, y poneos al costado! —ordenó Lobo Larsen.

Él nunca abandonaba el rifle, ni cuando pasaba el motón con una sola mano. Una vez estuvieron sujetos por proa y popa, y los dos hombres ilesos se disponían a subir a bordo, el cazador tomó el rifle como si fuera a situarlo en un sitio más seguro.

—¡Deja eso! —le gritó Lobo Larsen, y el cazador lo arrojó como si estuviera al rojo y le hubiera quemado.

Una vez a bordo, los dos prisioneros izaron el bote y siguiendo órdenes de Lobo Larsen llevaron al timonel herido hasta el castillo de proa.

—Si nuestros cinco botes lo hacen tan bien como lo hemos hecho tú y yo, tendremos una tripulación al completo —me dijo a gritos Lobo Larsen.

—El hombre al que usted ha disparado... está, espero... —dijo con voz trémula Maud Brewster.

—En el hombro —contestó—. Nada serio. El señor Van Weyden lo pondrá tan bien como antes en tres o cuatro semanas. En cambio por estos otros colegas podrá hacer poco, a la vista de esto —añadió, mientras señalaba al tercer bote del *Macedonia*—. Eso es obra de Horner y de Smoke. Les dije que necesitábamos hombres vivos, no cadáveres. Pero el placer de disparar a matar es algo irresistible, una vez que has aprendido a disparar. ¿Lo ha probado alguna vez, señor Van Weyden?

Negué con la cabeza, y contemplé la obra de aquellos. Realmente era una carnicería, pues después de alejarse de nosotros se habían unido a otros tres botes nuestros para atacar a los otros dos botes enemigos que quedaban. El bote abandonado fluctuaba entre las olas, meciéndose como ebrio a cada embate, y su cebadera, floja y atravesada en ángulo recto con el barco, aleteaba y trepidaba al viento. El cazador y el remero yacían sobre el fondo, ambos en una postura extraña, y el timonel estaba tumbado sobre la regala, medio cuerpo dentro y el otro medio fuera, arrastrando los brazos por el agua y con su cabeza penduleando de un lado a otro.

—No mire, señorita Brewster, por favor, no mire —le rogué, y me alegré al comprobar que me había hecho caso y había apartado la mirada.

—Proa derecha a los botes, señor Van Weyden —fue la orden de Lobo Larsen.

A medida que nos aproximábamos, los disparos cesaron, y vimos que el combate había concluido. Nuestros cinco botes habían capturado a los otros dos que quedaban, y los siete esperaban juntos a que los izáramos a bordo.

—¡Mire eso! —grité casi sin darme cuenta, señalando al nordeste.

La mancha de humo que indicaba la situación del *Macedonia* había vuelto a aparecer.

—Sí, la he estado observando —fue la sosegada respuesta de Lobo Larsen. Calculó la distancia que había hasta el banco de niebla y durante un instante se detuvo para percibir la fuerza del viento sobre sus mejillas—. Lo conseguiremos, creo. Pero puede estar seguro de que ese hermano mío se ha percatado de nuestro jueguecito y se dispone ahora a echársenos encima ¡Mire eso!

La mancha de humo había aumentado rápidamente de tamaño, y era muy negra.

—Te voy a zurrar, hermanito —rio entre dientes—. Te voy a zurrar, y no te deseo otra cosa peor que fuerces tus máquinas hasta que estallen.

Al ponernos al pairo, reinaba una confusa, aunque ordenada agitación. Los botes subían a bordo por un costado y otro a la vez. Tan pronto como los prisioneros saltaban la barandilla, eran conducidos al castillo de proa por los cazadores, mientras los marineros izaban atropelladamente los botes, dejándolos en cualquier punto de cubierta, y sin detenerse a amarrarlos. Nos hallábamos ya navegando, con todas las velas desplegadas y tendidas y las escotas sueltas en espera de un viento favorable, cuando todavía el último bote estaba abandonando el agua, balanceándose aún de las jarcias.

Teníamos que apresurarnos. El *Macedonia*, vomitando el más espeso humo por su chimenea, cargaba sobre nosotros desde el nordeste. Despreocupándose de los botes que aún le quedaban, había alterado su rumbo para anticipársenos. Corría no en línea recta hacia nosotros, sino delante de nosotros. Los rumbos de uno y otro eran convergentes, como los lados de un ángulo, cuyo vértice no era otro que el ribete del banco de niebla. Era en ese punto, o ya en ningún sitio, donde el *Macedonia* podía esperar darnos alcance. La esperanza del *Fantasma* en cambio era que debía alcanzar aquel punto antes de que el *Macedonia* llegara allí.

Lobo Larsen gobernaba el timón, con sus ojos despidiendo chispas y destellos fijándose en todo y saltando de un detalle a otro de la persecución. Lo mismo estudiaba el mar por barlovento, en busca de indicios que le avisaran de que el viento amainaba o arreciaba, que observaba el *Macedonia;* y de nuevo, sus ojos recorrían cada una de las velas, dando órdenes de aflojar un poco una escota, o de aferrar un poco la de allá, hasta que arrancó al *Fantasma* el máximo de velocidad de que era capaz. Se olvidaron todas las disputas y rencores, y me llamó la atención la diligencia con que corrían a ejecutar sus órdenes aquellos hombres, que tanto tiempo habían estado aguantando sus brutalidades. Por extraño que parezca, me vino a la mente el infortunado Johnson mientras nos elevábamos y hundíamos, escorados sobre las olas, y sentí que no estuviese vivo en aquel momento. ¡Había amado tanto al *Fantasma* y había disfrutado tanto con sus cualidades marineras!

—Será mejor que cojáis los rifles, muchachos —comentó Lobo Larsen a los cazadores; y los cinco hombres se alinearon junto a la barandilla, escopetas en mano, y esperaron.

El *Macedonia* se hallaba a menos de un kilómetro, corriendo como un desenfrenado por el mar a una marcha de diecisiete nudos, vomitanto por la chimenea una negra humareda en sentido perpendicular a la derrota; «ululando como un mochuelo a través del piélago», según citó Lobo Larsen mientras lo miraba. Nosotros no íbamos a más de nueve nudos, pero el banco de niebla se hallaba muy cerca.

Una bocanada de humo salió de la cubierta del *Macedonia*, oímos una fuerte detonación, y en la desplegada lona de nuestra mayor se abrió un redondo agujero. Nos estaban disparando con uno de los pequeños cañones que se rumoreaba llevaban a bordo. Nuestros hombres, congregados en mitad del barco, agitaron las gorras y estallaron en aclamaciones burlonas. De nuevo surgió una bocanada de humo y una fuerte detonación. Esta vez la bala de cañón cayó a no más de siete metros de popa, y brilló por dos veces de ola en ola a barlovento, donde se hundió. No había descargas de fusilería porque todos sus cazadores o estaban lejos en los botes o eran prisioneros nuestros. Cuando los dos barcos estuvieron a unos ochocientos metros, un tercer disparo abrió otro agujero en nuestra mayor. Entonces entramos en la niebla. Nos envolvía, velándonos y envolviéndonos con su grasa densa y húmeda.

El brusco cambio fue sorprendente. Un instante antes saltábamos, a la luz del sol, con el azul del cielo en lo alto, el mar rompiendo y abriéndose anchuroso hasta el horizonte, y un barco, que vomitaba humo, fuego y proyectiles de hierro, corriendo como un loco contra nosotros.

Y en un momento, en el transcurrir de un instante, el sol se había oscurecido, no había cielo, e incluso no podíamos ver nuestros mástiles, y el horizonte era como el que se puede distinguir con los ojos empapados en lágrimas. La niebla gris caía sobre nosotros como una llovizna. Cada hilacha de lana de nuestra ropa, cada cabello de nuestras cabezas y caras lucía la joya de una esfera de cristal. Los obenques estaban empapados de humedad, que goteaba también de lo alto de los aparejos; y debajo de los botalones las gotas de agua formaban largas hileras rutilantes que a cada cabeceo de la goleta se desprendía sobre cubierta como un aguacero en miniatura. Quedé preso de un sentimiento de estar encerrado, de ahogo. Al igual que la niebla nos devolvía el eco del ruido de la goleta al lanzarse entre las olas, de igual manera reincidían nuestros pensamientos. La mente rehusaba considerar otro mundo fuera de este húmedo velo que nos envolvía por todas partes. Este era el mundo, el universo en sí mismo, cuyos límites, de puro angostos, se veía uno impedido a empujar y ensanchar con ambos brazos. Era imposible que pudiera haber algo más tras aquellas grises paredes. Lo demás era un sueño, no otra cosa que el recuerdo de un sueño.

Aquello era misterioso, extrañamente misterioso. Miré a Maud Brewster y comprobé que estaba impresionada lo mismo que yo. Entonces miré a Lobo Larsen, pero en él no había nada subjetivo acerca de su estado de ánimo. Toda su preocupación versaba sobre lo inmediato, el presente objetivo. Continuaba gobernando el timón, y advertí que calculaba el tiempo, cronometrando los minutos según los impulsos de la proa y según las guiñadas del *Fantasma* a sotavento.

—Vaya a proa, y refuerce a sotavento, sin hacer ruido —me dijo en voz baja—. Primero recoja las gavias. Ponga hombres en todas las escotas. Que no hagan ruido con los motones, que no haya una voz. Nada de ruido, ¿entendido?, nada de ruido.

Cuando todo estuvo preparado, la orden de «reforzar a sotavento» pasó de hombre a hombre hasta llegar a proa. El *Fantasma* viró de borda sobre babor sin hacer realmente ningún ruido. Y el poco que pudo haber —el restallar de unos rizos y el crujir de la roldana en un par de garruchas— sonó fantasmal bajo el hueco y resonante palio que nos envolvía.

Parecía que apenas habíamos virado cuando la niebla se desvaneció súbitamente, y de nuevo nos encontramos a la luz del sol y el mar de amplio regazo se abrió ante nosotros hasta la línea del horizonte. Pero el océano estaba solitario. El iracundo *Macedonia* no hendía su superficie, ni el humo de su chimenea ennegrecía el cielo.

Lobo Larsen torció enseguida en ángulo recto y corrió a lo largo del banco de niebla. Su estratagema era clara. Había penetrado en la niebla a barlovento del vapor, y mientras este se lanzaba a ciegas a través de la masa gris con la esperanza de alcanzarlo, él dio la vuelta y salió de su escondite, y se encontraba ahora intentando volver a entrar por sotavento. De tener éxito, el viejo símil de la aguja en el pajar habría sido ciertamente suave comparado con las posibilidades que tenía su hermano de cogerle.

No navegamos mucho tiempo. Trasluchando el trinquete y la mayor, largó las gavias de nuevo, y retrocedimos para entrar otra vez en el banco. Juraría que según entrábamos vi una vaga silueta que emergía por barlovento. Miré rápidamente a Lobo Larsen. Ya estábamos ocultos por la niebla cuando él movió afirmativamente la cabeza. También él la había visto —el *Macedonia,* adivinando su maniobra, había estado a punto de anticipársele—. No había duda de que habíamos escapado sin que nos viera.

—No podrá continuar con esto —dijo Lobo Larsen—. Tendrá que volver a por el resto de sus botes. Envíe un hombre al timón, señor Van Weyden, y mantenga el rumbo por el momento. Esta noche no podemos perder el tiempo, así que ya puede fijar las guardias. Daría quinientos dólares —añadió— solo por estar a bordo del *Macedonia*, escuchando las maldiciones de mi hermano. Ahora, señor Van Weyden —me dijo cuando le relevaron del timón—, hemos de dar la bienvenida a los recién llegados. Sirva whisky en abundancia a los cazadores, y háganos llegar a proa unas cuantas botellas. Apuesto a que mañana cada uno de esos hombres se ha pasado a nuestro bando, y que cazará para Lobo Larsen como lo hizo para Muerte Larsen.

—¿No se escaparán como Wainwright? —pregunté.

Se rio maliciosamente.

—No, mientras nuestros cazadores tengan la última palabra. Les repartiré un dólar por cada piel que cobren los nuevos cazadores. La mitad, al menos, de su entusiasmo hoy se debía a esto. ¡Oh, no, no escapará nadie, mientras aquellos tengan la última palabra! Y ahora será mejor que acuda a proa a atender sus obligaciones en el hospital. Debe de haber todo un regimiento esperándole.

# Veintiséis

Lobo Larsen me sustituyó personalmente en el reparto de whisky, y las botellas comenzaron a circular mientras yo atendía en el castillo de proa a la última hornada de heridos. Yo había visto beber whisky, el whisky con soda que la gente bebe en los clubs, pero nunca de la manera como lo bebían estos hombres, a jarros, a tazones, y de las botellas —grandes dosis llenas hasta rebosar, cada una de las cuales equivalía a una borrachera—. Pero no se pararon a la primera ni a la segunda. Bebían y bebían, y cuando ya las botellas rodaban por el suelo, todavía seguían bebiendo.

Todo el mundo bebía; los heridos bebían, Oofty-Oofty, que era mi ayudante, también bebía. Solo se abstuvo Louis, quien apenas mojó tímidamente los labios en el licor, aunque se integró en el jolgorio con el mismo abandono que el más excitado de ellos. Fueron unas saturnales. Discutían a voces sobre el combate de aquel día, reñían por cuestiones de detalle o se derretían en manifestaciones de afecto y se hacían amigos de los hombres con quienes habían peleado. Prisioneros y captores hipaban apoyándose recíprocamente en sus hombros, y se intercambiaban solemnes promesas de estima y respeto. Lloraban por las calamidades pasadas y por las que aún les aguardaban bajo la inflexible férula de Lobo Larsen. Y todos le maldecían, mientras contaban terribles historias de su brutalidad.

Era un espectáculo extraño y aterrador: un espacio reducido, de literas alineadas, con el suelo y las paredes oscilantes y movedizas, la macilenta luz, las vacilantes sombras que se alargaban y encogían fantasmagóricamente, el aire espeso y denso del humo, el olor de los cuerpos y el yodoformo, y los rostros inflamados de los hombres —semihombres, los llamaría yo.

Reparé en Oofty-Oofty, que sostenía el extremo de una venda y contemplaba la escena con sus aterciopelados y radiantes ojos brillando a la luz como los ojos de un ciervo; pero también reconocí el demonio salvaje que se agazapaba en su pecho, y que desmentía la delicadeza y ternura, casi femeninas, de su cara y su figura.

También observé la cara infantil de Harrison —en tiempos una cara de bondad, pero ahora demoníaca—, convulsionada de excitación, mientras informaba a los recién llegados de que se hallaban en un barco infernal, y gritaba maldiciones sobre la cabeza de Lobo Larsen.

¡Lobo Larsen, siempre Lobo Larsen!, esclavizador y tormento de hombres, era una Circe masculina, y estos sus cerdos, brutos sufridores que se revolcaban en su presencia y solo se sublevaban en estado de embriaguez y en secreto. ¿Era yo también uno de sus cerdos?, pensé. ¿Y Maud Brewster? ¡No! Apreté los dientes de rabia y con tal decisión que el hombre a quien estaba atendiendo se retorció bajo mi mano, y Oofty-Oofty me miró lleno de extrañeza. Me sentí dotado de una fuerza súbita. Desde mi recién descubierto enamoramiento era un gigante. No temía a nada. Ejecutaría mi voluntad contra viento y marea, a despecho de Lobo Larsen y de mis treinta y cinco años entre libros. Todo iría bien. Yo haría que saliera bien. Y así, exaltado, imbuido de un sentimiento de poderío, volví la espalda a aquel infierno de aullidos y salté a cubierta, donde la niebla se arrastraba fantasmagóricamente a través de la noche, mientras el aire era dulce, puro y apacible.

El entrepuente, donde había dos cazadores heridos, era una réplica del castillo de proa, solo que en él no se maldecía a Lobo Larsen. Así que sentí un gran alivio cuando de nuevo salí a cubierta y me dirigí hacia el camarote de proa. La cena estaba servida, y Lobo Larsen y Maud Brewster, esperándome.

Aunque todos los del barco se emborracharon tan rápidamente como pudieron, él permaneció sobrio. Ni una sola gota de licor pasó por sus labios. No se atrevió en las presentes circunstancias, porque solo podía fiarse de Louis y de mí. Y Louis ya se hallaba al timón. Navegábamos a través de la niebla sin vigías y sin luces. Me sorprendió que Lobo Larsen prodigase la bebida entre los hombres, pero era evidente que conocía la psicología de ellos y que era el mejor método de que fraguara en cordialidad lo que había comenzado siendo una carnicería.

Su victoria sobre Muerte Larsen parecía haber surtido sobre él un efecto sorprendente. La tarde anterior había estado sumido en un arrebato de melancolía, y yo andaba esperando de un momento a otro uno de sus característicos estallidos. Pero no ocurrió nada, y ahora estaba de excelente humor. Es posible que su éxito en capturar tantos cazadores y tantos botes hubiera contrarrestado la reacción habitual. En cualquier caso, la melancolía había desaparecido, y los espíritus de la melancolía no habían hecho acto de presencia. Así pensaba yo en aquellos momentos; pero, ¡ay de mí!, qué poco lo conocía. No sospechaba que tal vez entonces andaba fraguando un estallido más terrible que todos los que hasta entonces había conocido.

Como he dicho, se encontraba de excelente humor cuando entré en el camarote. Hacía varias semanas que no sufría jaquecas, sus ojos estaban de un azul claro como el cielo, su piel bronceada mostraba la hermosura de su perfecta salud; la vida circulaba por sus venas como un torrente pletórico y generoso. Mientras me esperaban había entablado una animada conversación con Maud. El asunto sobre el que hablaban era la tentación, y a juzgar por lo que oí, deduje que sostenía que la tentación solo era tentación cuando seducía y hacía caer en ella al hombre.

—Porque mire —estaba diciendo—, según yo lo veo, el hombre hace cosas movido por el deseo. Siente muchos deseos. Puede desear huir del dolor o gozar del placer. Pero haga lo que haga, lo hace porque desea hacerlo.

—Pero suponga que desea hacer dos cosas opuestas, ninguna de las cuales le permita hacer la otra —le interrumpió Maud.

—A eso es precisamente a donde quería llegar —dijo él.

—Entre esos dos deseos es donde precisamente se pone de manifiesto el alma de un hombre —prosiguió ella—. Si es un alma buena, deseará y hará la acción buena, y su contraria si es un alma mala. Es el alma la que decide.

—¡Pura necedad y absurdo! —exclamó con impaciencia—. Es el deseo el que decide. Tomemos el caso de un hombre que quiere, digamos, emborracharse, y que al mismo tiempo no quiere emborracharse. ¿Qué hará? ¿Cómo actuará? Es una marioneta. Es un esclavo de sus deseos; y de los deseos obedecerá al más fuerte; eso es todo. Su alma no tiene nada que ver en esto. ¿Cómo tentarle para que se emborrache y para que rehúse emborracharse? Si el deseo de permanecer sobrio prevalece, es porque es el deseo más fuerte. La tentación no juega ningún papel, a menos... —se detuvo para aprehender el nuevo pensamiento que había aflorado a su mente—, a menos que le tiente a permanecer sobrio. Ja, ja —rio—. ¿Qué piensa sobre esto, señor Van Weyden?

—Que los dos son unos bizantinistas —dije—. El alma de un hombre son sus deseos, y si usted quiere, la suma de sus deseos es su alma. Por consiguiente ambos están equivocados. Usted hace recaer el énfasis sobre el deseo, independientemente del alma, y la señorita Brewster hace recaer el énfasis sobre el alma, independientemente del deseo; y de hecho, alma y deseo son la misma cosa. Sin embargo —proseguí—, la señorita Brewster tiene razón al defender que la tentación es tentación independientemente de que el hombre sucumba o triunfe. El viento aviva el fuego hasta hacerlo prender violentamente. Pues bien, el deseo es como el fuego. Resulta avivado, como si fuera por el viento, a la vista del objeto deseado, o por una descripción o comprensión nueva y seductora del objeto deseado. Ahí radica la tentación. Es el viento que aviva el deseo hasta que alcanza a dominarlo todo. Esto es la tentación. Puede que no sople con fuerza suficiente para hacer que el deseo triunfe, pero en tanto que sopla, en esa misma medida es tentación. Y, como usted dice, puede tentarnos a algo bueno o a algo malo.

Cuando nos sentamos a la mesa, me sentía orgulloso de mí mismo. Mis palabras habían resultado definitivas. Al menos habían puesto fin a la discusión.

Pero Lobo Larsen parecía locuaz, propenso a la charla como nunca hasta entonces lo había visto. Era como si estuviera rebosante de una energía reprimida que necesitara encontrar alguna madrona. Casi instantáneamente se lanzó a una discusión sobre el amor. Como de costumbre, el suyo era el lado puramente materialista, y el de Maud, el idealista. En cuanto a mí, aparte de una que otra palabra, sugerencia o corrección aquí y allá, no participé.

Él estuvo brillante, pero también lo estuvo Maud; y durante algún tiempo perdí el hilo de la conversación por estudiar el rostro de ella mientras hablaba. Su rostro rara vez perdía el color, pero esta noche estaba sofocado y vivaracho. Su ingenio funcionaba con agudeza, y disfrutaba del duelo tanto como Lobo Larsen, quien también disfrutaba a lo grande. Por alguna razón que ignoro —perdido como estaba en la contemplación de un mechón de pelo castaño de Maud—, citó él durante su argumentación un pasaje de «Isolda en Tintagel», en el que ella decía:

*Bendita soy más que otras mujeres incluso aquí,*
*pues que por encima de todas las mujeres está mi pecado*
*y completa mi transgresión.*

Al igual que había encontrado pesimismo en Omar, ahora encontraba el triunfo, mordaz y exultante triunfo, en los versos de Swinburne. Lo leyó correctamente, lo leyó muy bien. No había hecho más que acabar la lectura cuando Louis asomó la cabeza por la escalera y susurró:

—¿Da usted su permiso? La niebla ha levantado, y en este maldito momento las luces de babor de un vapor cruzan por delante de nuestra proa.

Lobo Larsen subió de un salto a cubierta, y tan rápidamente que cuando lo alcanzamos ya había cerrado la corredera del entrepuente dejando abajo el griterío de los borrachos, e iba hacia proa a cerrar la escotilla del castillo de proa. La niebla, aunque no se había disipado, había levantado, ocultando las estrellas y haciendo la noche absolutamente cerrada. Frente por frente a nosotros vi una brillante luz roja y una luz blanca, y pude oír la trepidación de las máquinas de un vapor. Sin lugar a dudas era el *Macedonia*.

Lobo Larsen había regresado a popa, mientras nosotros formábamos un grupo en silencio, contemplando las luces que cruzaban velozmente por nuestra proa.

—Por fortuna para mí no lleva ningún reflector —dijo.

—¿Y qué ocurriría si yo gritara? —le pregunté en un susurro.

—Sería nuestro fin —respondió—. ¿Pero ha pensado en lo que sucedería inmediatamente?

Sin darme tiempo a expresar mi deseo de saberlo, me cogió por la garganta con su mano de gorila y, con un ligero estremecimiento de los músculos —como si fuera un amago—, me sugirió el apretón que seguramente me hubiera roto el cuello. Al instante me soltó, y continuamos mirando las luces del *Macedonia*.

—¿Y qué si gritara yo? —preguntó Maud.

—La aprecio demasiado para hacerle daño —dijo con suavidad; sí, había en el tono de su voz una ternura y una delicadeza que me dolió—. Pero no lo haga, en ningún caso, porque le rompería al instante el cuello al señor Van Weyden.

—Entonces, tiene ella toda mi autorización para gritar —dije en tono desafiante.

—Me cuesta creer que quiera sacrificar al Segundo Decano de las letras americanas —dijo en son de burla.

Ya no hablamos más, aunque nos conocíamos lo suficiente para que el silencio no resultara molesto. Cuando las luces roja y blanca se desvanecieron, regresamos al camarote para terminar la interrumpida cena.

De nuevo volvieron a las citas, y Maud brindó una de «Impenitencia última» de Dowson. Lo recitó muy bellamente, pero yo no la miraba a ella sino a Lobo Larsen. Me sentía embelesado por la fascinación con que él miraba a Maud. Estaba completamente fuera de sí, y advertí el movimiento inconsciente de sus labios mientras localizaba palabra a palabra las que ella iba pronunciando, a su misma velocidad. La interrumpió al llegar ella a la siguiente estrofa:

*Y sus ojos serían mi luz cuando el sol se ocultara a mis espaldas, y las violas de su voz, los últimos sonidos en mi oído.*

—«Hay violas en su voz» —dijo él sin rodeos, los ojos refulgentes de una luz dorada.

Yo habría gritado de alegría, ante el control que ella tuvo de sí misma. Concluyó la estrofa final sin un quiebro en su voz y luego poco a poco condujo la conversación por derroteros menos comprometedores. Y durante todo este rato estuve medio aturdido, con el tumulto de los borrachos del entrepuente que se oía a través del mamparo, y con esa conversación continua entre el hombre a quien odiaba y la mujer a quien amaba. No había recogido la mesa. El hombre que había ocupado el puesto de Mugridge se había incorporado, sin lugar a dudas, junto a sus camaradas del castillo de proa.

Si alguna vez alcanzó Lobo Larsen la cumbre de su vida, fue precisamente aquella noche. De vez en cuando me olvidaba de mis propios pensamientos para observarle, y lo observaba con admiración, dominado en aquel momento por su notable inteligencia, hechizado por la pasión con que predicaba la revuelta.

Era inevitable poner como ejemplo el Lucifer de Milton, y la agudeza con que Lobo Larsen analizó y describió el personaje fue para mí la revelación de su genio malogrado. Me recordó a Taine, aunque estaba seguro de que nunca habría oído hablar de ese brillante aunque peligroso pensador.

—Fue el cabecilla de una causa perdida, y no temía el rayo de Dios —seguía diciendo Lobo Larsen—. Expulsado al infierno, sin ser derrotado. Un tercio de los ángeles de Dios le acompañaron, y acto seguido incitó a los hombres a que se rebelaran contra Dios, ganándose para sí y para el infierno a la mayor parte de todas las generaciones de hombres. ¿Por qué fue expulsado del cielo? ¿Porque era menos valiente que Dios? ¿Menos orgulloso? ¿Menos ambicioso? ¡No! ¡Mil veces no! Dios era más poderoso —decía él mismo— porque el rayo lo había hecho más poderoso. Pero Lucifer era un espíritu libre. Servir era asfixiarse. Prefirió sufrir en libertad antes que la felicidad de una servidumbre tranquila. No quería servir a Dios. No quería servir a nada. No era un figurón. Se sostenía sobre sus propios pies. Era un ser individual.

—El primer anarquista —rio Maud, levantándose para disponerse a marchar a su sala de estar.

—Entonces ¡es bueno ser anarquista! —gritó. También se había levantado y estaba frente a ella, que se había detenido a la puerta de su habitación, y luego prosiguió—:

*Aquí al menos seremos libres;*
*el Todopoderoso no ha edificado*
*aquí por lo que ser envidiado; no nos arrojará a otra parte;*
*aquí podemos reinar seguros; y para mi gusto*
*reinar es noble ambición, aunque sea en el infierno:*
*mejor reinar en el infierno que servir en el cielo.*

Era el grito de desafío de un espíritu poderoso. El camarote aún resonaba con su voz, mientras permanecía allí de pie, balanceándose, con su bronceado rostro resplandeciente, su cabeza erguida y desafiante, y sus ojos, dorados y masculinos, intensamente masculinos e insistentemente dulces, lanzando destellos sobre Maud, que aún estaba en la puerta.

De nuevo apareció en los ojos de ella aquel terror indecible e inconfundible, y dijo, casi como un susurro:

—¡Usted es Lucifer!

La puerta se cerró y ella se fue. Él continuó todavía un instante con la mirada fija donde ella había estado, y luego se recobró y me dijo lacónicamente:

—Voy a relevar a Louis en el timón, le ruego me releve a medianoche. Será mejor que vaya ahora a dormir algo.

Se enfundó un par de mitones, se puso la gorra y subió por la escalera, mientras yo seguí su consejo de irme a la cama. Por alguna razón desconocida, misteriosamente presentida, no me desnudé sino que me acosté totalmente vestido. Durante un rato aún escuché el bullicio del entrepuente, y me maravillé del amor que en mí había nacido. Pero mi sueño a bordo del *Fantasma* se había hecho más saludable y natural, de modo que pronto las canciones y los gritos se desvanecieron, se me cerraron los ojos y mis sentidos se hundieron en esa muerte aparente que es el sueño.

No sé decir qué fue lo que me despertó, pero lo cierto es que me encontré fuera de la litera, completamente despierto, y mi alma vibrando ante una señal de peligro como si la hubiera estremecido el toque de un clarín. Abrí la puerta. La luz del camarote alumbraba débilmente. Vi a Maud, mi Maud, debatiéndose y forcejeando apretada entre los brazos de Lobo Larsen. Pude ver cómo se agitaba y revolvía esforzándose en vano, apretando la cara contra el pecho de él para huir. Ver esta escena y abalanzarme al instante sobre él fue una misma cosa.

Le golpeé con mi puño, sobre el rostro, al levantar él la cabeza, pero fue un golpe insignificante. Rugió como una fiera enfurecida y me apartó de un manotazo. Fue solo un empujón, un golpe de su muñeca, pero su fuerza era tan descomunal que caí hacia atrás como lanzado por una catapulta. Choqué contra la puerta de la sala de estar que había sido antes de Thomas Mugridge, haciendo astillas y destrozando los paneles con el impacto de mi cuerpo. Intenté ponerme en pie, liberándome penosamente y a gatas de la puerta destrozada, sin reparar en ninguna herida de mi cuerpo. Estaba poseído por una furia incontenible. Creo que también di un grito al sacar el cuchillo que llevaba a la cadera y abalanzarme por segunda vez sobre él.

Pero algo había sucedido. Se separaba dando tumbos. Yo estaba muy cerca de él, con el cuchillo en lo alto, pero contuve el golpe. Me quedé aturdido por aquel comportamiento extraño. Maud se apoyaba con las manos en la pared, para sostenerse; pero él se tambaleaba, con su mano izquierda apretada sobre la frente tapándose los ojos, mientras con la derecha tanteaba en derredor como si estuviera deslumbrado. Al golpear sobre la pared, todo su cuerpo pareció sentir un alivio muscular y físico ante el contacto, como si hubiera recuperado el sentido de la orientación, su posición en el espacio, así como un punto en el que apoyarse.

De nuevo lo vi todo color de ira: todas las ofensas y humillaciones que había lanzado sobre mí con su deslumbradora brillantez; todo lo que yo había sufrido y habían sufrido otros a manos suyas; toda la desmesura de la propia existencia de este hombre. Salté sobre él, como un ciego, como un demente, y clavé el cuchillo en sus hombros. Noté que no le había herido más que la carne —sentí cómo la cuchilla le raspó el omóplato— y levanté el cuchillo para asestarle un golpe en una zona más vital.

Pero Maud había presenciado mi primer golpe, y me gritó:

—¡No lo haga, por favor, no lo haga!

Dejé caer mi brazo un momento, un momento nada más. De nuevo alcé el cuchillo, y probablemente hubiese matado a Lobo Larsen de no haberse interpuesto ella en medio. Me rodeó con sus brazos, y su cabello me acarició la cara. El pulso se me aceleró de una manera insólita, pero mi cólera arreció al mismo tiempo. Clavó sus ojos valientemente en los míos.

—¡Deténgase, por mí! —me suplicó.

—¡Por usted lo mataría! —grité, tratando de librar mi brazo sin hacerle daño.

—¡Silencio! —dijo poniendo suavemente sus dedos sobre mis labios. Pude haberlos besado, de haberme atrevido; pero aun en aquel momento, en plena rabia, su contacto fue tan dulce, tan dulce...

—Por favor, por favor —imploró, y con estas palabras me desarmó, como iba a desarmarme, según supe, siempre en adelante.

Retrocedí unos pasos, apartándome de ella, y reintegré el cuchillo al tahalí. Miré a Lobo Larsen. Continuaba apretándose la frente con la mano izquierda. Se tapaba los ojos. Su cabeza estaba inclinada. Parecía haberse quedado cojo. Su cuerpo contorsionado sobre las caderas, y sus anchos hombros encogidos e inclinados hacia adelante.

—¡Van Weyden! —exclamó con voz bronca y algo atemorizada—. ¡Van Weyden!, ¿dónde está?

Miré a Maud. No dijo nada, pero asintió con la cabeza.

—Estoy aquí —contesté, poniéndome a su lado—. ¿Qué ocurre?

—Ayúdeme a sentarme —dijo, con idéntica voz bronca y algo atemorizada.

—Estoy enfermo, Hump, muy enfermo —dijo al soltarse de mi apoyo y dejarse caer en una silla.

Abatió la cabeza encima de la mesa, y se la cubrió entre sus manos. De cuando en cuando la movía hacia atrás y hacia adelante, como si le doliera.

En un momento que la levantó un poco, vi gruesas gotas de sudor en la raíz del pelo de su frente.

—Estoy enfermo, muy enfermo —repetía de nuevo, una y otra vez.

—¿De qué se trata? —pregunté, pasando mi mano sobre su hombro—. ¿Qué puedo hacer por usted?

Pero él apartó mi mano con un ademán irritado, y durante un buen rato pemanecí en silencio a su lado. Maud miraba, con una expresión de terror en su rostro. No podíamos imaginar lo que le había pasado.

—Hump —dijo al fin—, tengo que ir a mi litera. Écheme una mano. En un rato todo habrá pasado. Son estos malditos dolores de cabeza, creo. Siempre me han dado miedo. Tengo un presentimiento...; no, no sé lo que digo. Ayúdeme a ir a la litera.

Pero cuando le metí en la litera, volvió a hundir la cara entre sus manos, tapándose los ojos, y mientras me daba la vuelta le oí murmurar:

—¡Estoy enfermo, muy enfermo!

Cuando salí, Maud me miró inquisitivamente. Sacudí la cabeza y le dije:

—Algo le ha ocurrido pero no sé de qué se trata. Se siente desamparado, atemorizado, por primera vez en su vida, supongo, debió de pasarle antes de recibir mi cuchillada, que le originó solo una herida superficial. Usted habrá visto lo que pasó.

Ella negó con la cabeza.

—No he visto nada. También es un misterio para mí. De pronto me soltó y se alejó dando tumbos. ¿Qué vamos a hacer ahora? ¿Qué voy a hacer ahora? ¿Qué voy a hacer yo?

—Si quiere, espere, por favor, hasta que yo vuelva —contesté. Salí a cubierta. Louis estaba al timón.

—Vete a proa y acuéstate —le dije, quitándoselo de la mano.

Obedeció diligentemente, y me encontré solo en la cubierta del *Fantasma*. Con el mayor silencio posible, recogí las gavias, arrié el petifoque y el estay, cacé el foque a la contra y aflojé la mayor. A continuación fui abajo adonde estaba Maud. Puse un dedo en mis labios para indicarle silencio, y entré en la habitación de Lobo Larsen. Continuaba en la misma posición en que le había dejado, y su cabeza se balanceaba —casi retorciéndose— de un lado a otro.

—¿Puedo hacer algo por usted? —pregunté.

Al principio no contestó, pero al repetirle la pregunta, contestó:

—No, no. Me encuentro bien. Déjeme solo hasta mañana.

Pero según me daba la vuelta para salir, noté que su cabeza reanudaba el movimiento oscilatorio. Maud me aguardaba pacientemente, y observé con un estremecimiento de alegría el majestuoso aplomo de su cabeza y la expresión de sus ojos, brillantes y serenos. Serenidad y aplomo que eran los de su propio espíritu.

—¿Confiaría usted en mí para hacer un viaje de aproximadamente mil kilómetros? —pregunté.

—¿Es que pretende...? —preguntó, y comprendí que lo había adivinado todo.

—Sí, quiero decir exactamente eso —repliqué—. No nos queda otro recurso que el bote descubierto.

—Querrá decir para mí —dijo ella—, porque usted está aquí igual de seguro que antes.

—No, no nos queda otro recurso que el bote descubierto —repetí obstinadamente—. Abríguese cuanto le sea posible, inmediatamente, por favor, y haga un hatillo con todo lo que quiera llevarse consigo. Y dese mucha prisa —añadí, cuando ella se volvía a su estancia. El pañol estaba exactamente debajo del camarote, así que abriendo la trampilla del suelo, descendí con una luz en la mano y empecé a registrar el almacén del barco. Escogí principalmente productos de conserva, y cuando estuve listo, unas manos amigas descendieron desde arriba para recoger lo que yo iba depositando en ellas.

Trabajamos en silencio. Hice provisión de mantas, mitones, chubasqueros, gorras y objetos similares que hallé en la trucha. No era una aventura pequeña esta de confiarnos a un pequeño bote por un mar tan revuelto y tempestuoso, y se hacía absolutamente obligatorio protegernos a nosotros mismos del frío y de la humedad.

Trabajamos febrilmente para transportar nuestro botín a cubierta y depositarlo en la mitad del barco; tan febrilmente que Maud, cuyas fuerzas eran ciertamente escasas, cayó rendida, exhausta, y hubo de sentarse en los escalones del saltillo de popa. Como esto no bastaba para recuperarse, se tendió de espaldas sobre la dura cubierta, con los brazos abiertos y todo el cuerpo relajado. Era un truco que yo recordaba practicaba mi hermana, y sabía que enseguida se recuperaría. Pensé que no estaría mal llevar algunas armas, de modo que volví a entrar a la estancia de Lobo Larsen para coger su rifle y su escopeta. Le hablé pero no me contestó, aunque no dormía, y su cabeza continuaba oscilando a un lado y otro lado.

«¡Adiós, Lucifer!», susurré para mis adentros, mientras cerraba con suavidad la puerta.

Lo que a continuación había que conseguir era una buena provisión de municiones, cosa fácil, aunque para ello tendría que entrar en la escalera del entrepuente. Los cazadores tenían allí las cajas de cartuchos que luego llevaban a sus botes, y, a un par de metros del bullicio de su fiesta, me apoderé de dos cajas.

A continuación, a arriar el bote. Una tarea nada fácil para un solo hombre. Una vez sueltas las amarras, lo icé primero en las jarcias delanteras, luego de las de popa, hasta que el bote superó la barandilla; luego lo bajé como medio metro, primero un aparejo y luego el otro, hasta quedar colgado cómodamente por encima del agua, contra el costado de la goleta. Me aseguré de que estaba equipado de remos, escálamos y vela. El agua potable era una cosa a tener en cuenta, así que robé las cubas de todos los botes de a bordo. Como eran en total nueve botes, pensé que tendríamos agua suficiente, así como suficiente lastre, aunque cabía la posibilidad de que, con el resto de los pertrechos con los que generosamente me estaba equipando, el bote fuera algo sobrecargado.

Mientras Maud me iba pasando las provisiones para que yo las depositara en el fondo del bote, un marinero salió a cubierta desde el castillo de proa. Se apostó un rato en la barandilla de barlovento (nosotros bajábamos por la barandilla de sotavento), y luego paseó lentamente por el centro del barco, donde de nuevo se detuvo, cara al viento, de espaldas a nosotros. Podía oírme las palpitaciones del corazón cuando me agazapé en el fondo del bote. Maud se había acurrucado sobre cubierta, y estaba —supuse— echada sin moverse, con su cuerpo en la penumbra del baluarte. Pero el marinero no se dio la vuelta, y después de desperezarse extendiendo sus brazos por encima de la cabeza, y bostezar ostensiblemente, volvió sobre sus pasos en dirección a la escotilla del castillo de proa y desapareció.

Bastaron unos minutos para concluir la carga del bote, y después lo bajé al agua. Cuando ayudaba a Maud a pasar sobre la barandilla y sentí su cuerpo tan cerca del mío, tuve que hacer los mayores esfuerzos para no gritar: «¡Te amo! ¡Te amo!».

Verdaderamente Humphrey Van Weyden se había al fin enamorado, pensé, mientras sus dedos se agarraban a los míos al ayudarla a descender al bote. Me sostuve a la barandilla con una mano, aguantando con la otra el peso de ella, y me sentí orgulloso en aquel momento de mi hazaña. Era una fuerza que no poseía yo unos meses antes, el día que me despedí de Charles Furuseth y partí de San Francisco a bordo del fatídico *Martínez*.

Al elevarse el bote sobre una ola, sus pies consiguieron apoyarse y solté sus manos. Desenganché los aparejos y salté tras ella. Yo no había remado en mi vida, pero saqué los remos y a costa de un gran esfuerzo conseguí que el bote se alejara del *Fantasma*. Luego ensayé con la vela. Había visto muchas veces a los proeles y a los cazadores izar la cebadera, pero esta era la primera vez que lo intentaba yo. Lo que a ellos les costaba probablemente dos minutos a mí veinte, pero al final logré izarla y orientarla, y con la caña del timón entre mis manos me puse en viento.

—Allá está Japón —comenté—, enfrente de nosotros.

—Humphrey Van Weyden —dijo ella—, es usted un valiente.

—No —respondí—, la que es valiente es usted.

Volvimos la cabeza, guiados por un mismo impulso, para ver por última vez al *Fantasma*. La parte inferior de su casco emergía y cabeceaba hacia barlovento sobre una ola. Su velamen aparecía oscuro en la noche; el azotado volante crujía a cada golpe de timón. Luego su silueta y sus ruidos fueron desapareciendo, y nos quedamos solos en aquel mar tenebroso.

# Veintisiete

El día amaneció gris y frío. El bote ceñía una brisa fresca y la brújula nos indicaba que nos hallábamos en la ruta que nos llevaría a Japón. A pesar de los gruesos mitones, tenía los dedos helados y me dolían de agarrar el timón. Los pies estaban doloridos por la mordedura del frío, y esperaba fervientemente que brillara el sol.

Delante de mí, en el fondo del bote, iba acostada Maud. Ella al menos estaba calentita, pues unas buenas mantas la envolvían por arriba y por abajo. Le había tapado la cara con la manta de arriba para protegerla durante la noche, de modo que no podía ver de ella sino los vagos contornos de la silueta y el cabello castaño claro que sobresalía de las mantas, enjoyado con la humedad de la atmósfera.

Durante un rato la estuve observando, deteniéndome en la única parte visible de su cuerpo, como solo podía hacerlo un hombre que la considerara como la más preciada del mundo. Era tan insistente que al final ella se revolvió bajo las mantas, retiró el embozo hacia atrás y me sonrió con los ojos todavía cargados de sueño.

—Buenos días, señor Van Weyden —dijo—. ¿Ha avistado ya tierra?

—No —contesté—, pero nos vamos aproximando a un promedio de diez kilómetros por hora.

Hizo una morisqueta de decepción.

—Eso equivale a unos doscientos cuarenta kilómetros en veinticuatro horas —añadí dándole ánimos.

Su cara se iluminó.

—¿Tenemos que ir muy lejos?

—Siberia está allí —dije, señalando hacia el oeste—, pero... Pero en esta dirección sudoeste, a unos mil kilómetros, está Japón. Llegaremos, si el viento se mantiene, en cinco días.

—¿Y si hay tormenta? ¿Podrá resistir el bote?

Tenía una manera especial de mirarle a uno a los ojos solicitando la verdad, y fue así como me miró mientras me hacía la pregunta.

—Tendría que ser una tormenta muy fuerte —dije contemporizando.

—¿Y si hay una tormenta muy fuerte?

Asentí con la cabeza.

—Pero en cualquier momento nos podrá recoger una goleta de cazar focas. Hay muchísimas esparcidas por esta parte del océano.

—¡Pero, si está usted completamente helado! —gritó—. ¡Mire. Está tiritando! No lo niegue. Y mientras, aquí he estado yo echada, calentita como una tostada.

—No sé de qué nos hubiera valido el que también usted se sentara conmigo a helarse —dije riéndome.

—Nos valdrá cuando yo aprenda a manejar el timón, cosa que sin duda haré.

Se incorporó y comenzó a hacerse su sencilla *toilette*. Se soltó el cabello, que cayó como una nube de color castaño, ocultándole el rostro y los hombros. ¡Querido húmedo cabello! Deseé besarlo, ensortijarlo entre mis dedos, enterrar mi cara en él. Miraba extasiado, hasta que el bote se puso cara al viento y la vela, al flamear, me recordó que estaba desatendiendo mis obligaciones. Siempre había sido idealista y un romántico, a pesar de mi naturaleza analítica; y sin embargo, hasta ahora nunca fui capaz de apreciar el componente físico del amor. El amor entre hombre y mujer siempre me había parecido sublime, relacionado únicamente con el espíritu, un vínculo espiritual que atraía y encadenaba sus almas. Los vínculos de la carne tenían muy pequeña cabida en mi cosmos amoroso. Pero ahora estaba experimentando en mí mismo esta dulce lección de que el alma se trasmutaba, se expresaba a través de la carne; que la contemplación, la sensación y el tacto de los cabellos de la amada tenían tanto aliento, voz y esencia espiritual como la luz que brillaba en sus ojos y los pensamientos que salían de sus labios. Después de todo, el espíritu puro es algo inaprehensible, una cosa que solo cabe sentirla o adivinarla; algo que no podía expresarse a sí misma en términos puramente espirituales. Yavé se manifestaba en forma humana porque solo así podía dirigirse a los judíos en términos que ellos comprendiesen; así, lo concebían a su propia imagen, en forma de nube, de columna de fuego, de algo tangible, físico, que la mente de los israelitas pudiese aprehender.

Y así era como contemplaba yo el castaño cabello de Maud, y lo amaba, y aprendía más sobre el amor que todo lo que me habían enseñado todos los poetas y cantores con sus cantos y sonetos. Se lo echó hacia atrás en un movimiento rápido y hábil, y apareció su rostro sonriente.

—¿Por qué no llevarán las mujeres siempre el pelo suelto? —pregunté—. Es mucho más bonito.

—Si no se enmarañara tan terriblemente —se rio ella—. ¡Ay, he perdido una de mis preciosas horquillas!

Me desentendí del bote, dejando que la vela se saliera del viento una y otra vez, tan grande era mi dicha al seguir cada uno de sus movimientos mientras buscaba la horquilla entre las mantas. Me hallaba sorprendido, y encantado, de este comportamiento tan femenino y la observación de cada detalle, de cada ademán, tan característicamente femeninos, me producía un profundo placer. Porque al forjarme un concepto de ella la había encumbrado en exceso, alejándola demasiado del plano humano e incluso de mí mismo; la había convertido casi en una criatura divina e inaccesible. De modo que ahora saludé alborozado los pequeños detalles que la proclamaban, ante todo y por encima de todo, una mujer; como por ejemplo el sacudirse la cabeza para echarse atrás la nube de pelo de su cabello o la búsqueda de su horquilla. Era solo una mujer, de mi clase, igual que yo; y la maravillosa intimidad entre hombre y mujer era tan posible como la reverencia y el respeto en que sabía que tendría que envolverla siempre.

Encontró la horquilla y dio un adorable y pequeño grito y yo volví por entero mi atención a gobernar el barco. Empecé a ensayar la manera de atar y sujetar la caña del timón para conseguir que el bote se mantuviera en la dirección del viento sin mi ayuda. Momentáneamente se ajustaba en exceso o se apartaba demasiado libremente, pero terminaba por recobrar su posición, y en conjunto se comportaba satisfactoriamente.

—Y ahora vamos a desayunar —dije—. Pero primero tiene que abrigarse mejor. —Saqué de la trucha una gruesa camisa nueva, confeccionada con el mismo material de las mantas. Sabía que ese tejido tan grueso y de textura tan prieta podía resistir varias horas de lluvia sin que la humedad lo atravesara. Después de pasársela por la cabeza, le cambié la gorra de grumete que llevaba por una gorra de marinero, suficientemente grande para cubrirle el pelo, y que con las orejeras bajadas le tapaba completamente el cuello y las orejas. El efecto era encantador. Su rostro es de los que no pueden dejar de estar bien en cualquier circunstancia. Nada podía destruir su exquisito óvalo, sus facciones casi clásicas, el delicado arco de sus cejas, sus grandes ojos castaños, serenos, de una serenidad gloriosa.

Una ráfaga más fuerte de lo usual nos sacudió entonces. Sorprendió al bote cuando cortaba oblicuamente la cresta de una ola. De pronto se escoró, hundiéndose en el mar hasta la altura de la regala, encapillando un buen cangilón de agua. En aquel instante estaba yo abriendo una lata de carne de lengua, salté a la vela y la amollé justo a tiempo. La vela aleteó y flameó, y el bote arrancó. Unos minutos de corrección de rumbo fueron suficientes para recobrarlo, y luego volví para seguir preparando el desayuno.

—Esto funciona muy bien, parece, aunque no soy una experta en náutica —dijo con grave gesto de aprobación de mi habilidad para gobernar.

—Pero este sistema solo servirá mientras naveguemos ciñendo —le expliqué—. Mas cuando naveguemos más libremente, con el viento a popa, de través, o de cuadrante, no tendré otra alternativa que ponerme al timón.

—Debo advertirle que no entiendo sus tecnicismos —dijo—, pero entiendo a qué conclusión ha llegado, y no me agrada. Usted no puede estar al timón día y noche, eternamente. De modo que espero, después del desayuno, recibir mi primera lección. Entonces podrá acostarse y dormir un poco. Estableceremos un turno de guardias, como hacen en los barcos.

—No sé cómo voy a poder enseñarle —dije como objeción—. También yo estoy precisamente aprendiendo. Al confiarse usted a mí, pensó poco en que yo carecía de experiencia en pequeños botes. Es la primera vez que estoy a bordo de uno de ellos.

—Entonces, ¡aprenderemos juntos, señor! Y ya que ha estado toda la noche gobernando, me enseñará lo que ha aprendido. Y ahora, a desayunar. ¡Caramba, este aire le abre a uno el apetito!

—No hay café —dije, lamentándolo, y le pasé unas galletas untadas de manteca y una loncha de lengua en conserva—. Y no habrá té, ni sopa, ni nada caliente hasta que desembarquemos, sea como sea.

Tras aquel frugal desayuno, regado con un vaso de agua fría, Maud recibió su primera lección de manejo del barco. Al enseñarle aprendía yo otro tanto, aunque no hacía sino aplicar los conocimientos previamente adquiridos navegando en el *Fantasma* y observando a los proeles navegar en sus pequeños botes. Era una alumna excelente, y pronto aprendió a mantener el rumbo, a orzar en las ráfagas de viento y a soltar las escotas en caso de apuro.

Cansada en apariencia del aprendizaje, me devolvió la caña del timón. Yo había doblado las mantas, pero ella se puso ahora a extenderlas al fondo del bote. Y cuando todo estuvo cómodamente dispuesto, me dijo:

—Ahora, señor, a la cama. Y dormirá hasta el almuerzo. Hasta la hora de la cena —dijo, recordando el horario del *Fantasma*.

¿Qué podía hacer yo? Ella insistió, y dijo:

—Por favor, por favor —con lo cual le entregué el timón y le obedecí.

Experimenté un verdadero placer sensual al arrastrarme en la cama que ella había preparado con sus manos. La serenidad y el aplomo que eran parte esencial en ella parecían haberse transmitido a las mantas, de modo que me invadió una dulce y placentera somnolencia. Una cara ovalada de ojos castaños, enmarcada en una gorra de marinero, moviéndose sobre un fondo de nubes grises o del grisáceo mar fue mi última impresión antes de quedarme dormido.

Miré el reloj. ¡La una en punto! ¡Había dormido siete horas!

Y ella había estado gobernando siete horas. Al ir a tomar el timón, tuve primero que estirarle sus agarrotados dedos. Sus escasas fuerzas estaban exhaustas, y era incapaz incluso de moverse de su sitio. Me vi obligado a abandonar la vela mientras la ayudaba a acomodarse en el nido de mantas y le calentaba las manos y brazos.

—Estoy tan cansada —dijo, con un rápido y profundo suspiro, dejando caer la cabeza fatigosamente.

Pero un momento después ya se había recuperado.

—Ahora ya no me regañe, no se atreva a regañarme —gritó con burlón desafío.

—Confío en que mi cara no tenga aspecto irritado —contesté en tono serio—, porque puedo asegurarle que no lo estoy en absoluto.

—N... No —observó—. Parece tener aspecto solo de reproche.

—Entonces es un rostro sincero, porque representa lo que siento. Usted se ha portado mal consigo misma, no conmigo. ¿Cómo voy a poder confiar ya en usted?

Parecía arrepentida.

—Seré buena —dijo, como diría un niño travieso—. Prometo...

—¿... obedecer como un marinero a su capitán?

—Sí —contestó—. Ha sido estúpido por mi parte, lo sé.

—Entonces tiene que prometerme otra cosa —me adelanté.

—Dispuesta.

—Que no dirá «por favor, por favor» tan a menudo; porque cuando lo hace está segura de poder anular toda mi autoridad.

Se echó a reír divertida. También ella se había percatado del poder de su repetido «por favor».

—No es mala expresión —comenté.

—Pero no debo abusar de su empleo —interrumpió.

Se rio débilmente, y su cabeza de nuevo se tambaleó. Abandoné el remo el tiempo necesario para remeter las mantas debajo de sus pies y taparle la cara con una vuelta sencilla de la manta. ¡Ay, no era una mujer robusta! Miré con recelo hacia el sudoeste y pensé en los mil kilómetros de penalidades que nos aguardaban, ¡y ojalá que no fueran más que penalidades! En aquel mar, en cualquier momento podía estallar una tormenta y destruirnos. Y, sin embargo, no sentía miedo. Tenía escasas esperanzas en el futuro, extremadamente dudoso, y, sin embargo, no albergaba ningún temor. «Todo debe salir bien, todo debe salir bien», me repetía a mí mismo, una y mil veces.

Por la tarde refrescó el viento, levantando un mar bravo que nos puso en dura prueba al bote y a mí. Pero las provisiones de alimentos y las suaves barricas de agua permitieron al bote mantenerse contra viento y marea, y yo aguanté cuanto pude. Entonces recogí la verga, cacé con firmeza el pico de la cebadera, y navegamos a todo correr bajo lo que los marineros llaman «a la pata de carnero».

Al caer la tarde divisé el humo de un vapor en el horizonte, a sotavento, y supuse que sería un barco de vigilancia ruso, o más probablemente el *Macedonia,* que aún andaría buscando al *Fantasma.* El sol no había lucido en todo el día, y el frío era insoportable. Al irse haciendo de noche, las nubes se oscurecieron y el viento refrescó, de modo que Maud y yo tuvimos que cenar con los mitones puestos, mientras yo continuaba al timón intercalando bocados entre ráfaga y ráfaga.

En cuanto cerró la noche, el viento y el mar se hicieron demasiado violentos para el bote; de no muy buena gana recogí la vela y me dispuse a preparar una rastra o ancla. Había aprendido este dispositivo oyendo hablar a los cazadores, y prepararla era una empresa sencilla. Plegando la vela, la até fuertemente alrededor del mástil, el botalón, la verga y los dos pares de remos de repuesto, y la eché por la borda. Un cabo la mantenía unida a la proa, y como flotaba semihundida, sin ofrecer apenas resistencia al viento, derivaba más lentamente que el bote. Por consiguiente, mantenía el bote emproado al viento y el oleaje —que es la orientación más segura para evitar irse a pique cuando el mar rompe en olas encrespadas.

—¿Y ahora? —me preguntó Maud risueñamente, una vez estuvo mi tarea acabada, y me ponía los mitones.

—Pues ahora ya no viajamos hacia Japón —contesté—. Nuestro rumbo es sudeste, o sur-sudeste, a un promedio de tres kilómetros a la hora cuando menos.

—Que serán solo treinta y seis kilómetros —se adelantó ella— si el viento permanece con esta fuerza toda la noche.

—Eso es, y tan solo doscientos diez kilómetros si continúa durante tres días con sus noches.

—Pero no continuará —dijo con todo convencimiento—. Cambiará y se tornará favorable.

—El mar es lo más traicionero que hay.

—¡Pero el viento! —replicó—. Le he oído los mayores elogios de los fuertes alisios.

—Tenía que habérseme ocurrido recoger el cronómetro y el sextante de Lobo Larsen —dije, todavía taciturno—. Navegando en una dirección, se deriva en otra dirección, por no hablar de las diversas corrientes que van en una tercera, y el resultado es algo que ni el cálculo más cuidado puede predecir. Dentro de poco conoceremos nuestra situación con un margen de error de ochocientos kilómetros.

Luego le rogué que me perdonara, y le prometí que no volvería a descorazonarme. A petición suya, la dejé de guardia hasta medianoche; eran entonces las nueve en punto, pero antes de acostarme la envolví con las mantas y la cubrí con un chubasquero. Solo di unas cabezadas. El bote brincaba y se hundía al saltar sobre las olas, podía oírlas precipitarse salpicando continuamente el interior del bote. Con todo, no era una mala noche, pensaba yo; nada comparado con las noches que había pasado a bordo del *Fantasma;* nada, tal vez, con las noches que nos esperaban en este cascarón. Su armazón tenía un espesor de dos centímetros. Entre nosotros y el fondo del mar no mediaban más de dos centímetros de madera.

Y, sin embargo, lo repito y no me importa repetirlo, no sentía miedo. La muerte que Lobo Larsen y Thomas Mugridge me habían hecho temer ya no me producía miedo. La aparición de Maud Brewster en mi vida parecía haberme transformado. Después de todo, pensé, es mejor y más hermoso amar que ser amado, por cuanto hace que en la vida haya algo tan valioso que a uno no le importa morir por ello. Me olvidé de mi propia vida por amor a otra vida; y a pesar de ello, tal es la paradoja, nunca había sentido tantos deseos de vivir como ahora en que daba mínimo valor a mi propia vida. Jamás tuve más razones para vivir, fue la conclusión de mis pensamientos. Después, hasta que me quedé dormido, me contenté con tratar de penetrar la oscuridad hacia el lugar en que sabía se hallaba Maud, acurrucada en las escotas de popa, atenta al espumeante mar y presta a llamarme a la menor señal de peligro.

# Veintiocho

No es necesario proceder a relatar en detalle nuestros sufrimientos a bordo del pequeño bote durante los muchos días en que fuimos arrastrados de acá para allá, quieras o no quieras, a través del océano. Durante veinticuatro horas sopló un viento fuerte del noroeste, luego amainó, y por la noche se levantó del sudoeste. A pesar de tenerlo completamente de frente, recogí la rastra y puse la vela, emprendiento el rumbo ayudado por el viento, en dirección sur-sudeste. Tuve que elegir entre esta dirección y la oeste-noroeste, que era la que el viento permitía. Pero las cálidas brisas del sur avivaron mi deseo de alcanzar un mar más cálido, y determinaron mi decisión.

Al cabo de tres horas —era medianoche, lo recuerdo muy bien, y la más oscura que nunca he visto—, el viento, que continuaba soplando del sudoeste, arreció con furia, y de nuevo me vi obligado a echar la rastra.

Al romper el día me encontró con los ojos fatigados y el mar blanco por los azotes del viento, y el bote cabeceando en situación límite, hacia la rastra. Estábamos en inminente peligro de ser inundados por las crestas de las olas. Según andábamos, la espuma y las salpicaduras llegaban a bordo de tal forma que tuve que achicar agua sin parar. Las mantas estaban empapadas. Todo estaba chorreando, excepto Maud, que, envuelta en el chubasquero, botas de goma y un sueste, seguía seca, menos la cara, las manos y un mechón rebelde de su cabello. Me relevaba achicando agua en el fondo del bote de vez en cuando, y echaba agua fuera con el mismo valor con que afrontaba la tormenta. Todo era relativo. No eran más que unas ráfagas un poco fuertes, pero para nosotros, que luchábamos por nuestras vidas en nuestra frágil embarcación, era en realidad todo un temporal.

Ateridos y desalentados, con el viento azotándonos la cara y el blanco oleaje rugiendo a nuestro alrededor, nos afanamos durante todo ese día. Llegó la noche, pero ninguno de los dos dormimos. Llegó el día, y el viento seguía azotándonos la cara y el blanco oleaje rugía al pasar. A la segunda noche Maud se quedó dormida de pura extenuación. La cubrí con un chubasquero y una lona alquitranada. Estaba relativamente seca, pero entumecida por el frío. Tuve serios temores de que muriera durante la noche; pero el día amaneció, frío y triste, con el mismo cielo de nubes, el mismo viento desapacible y el mismo mar rugiente.

Llevaba cuarenta y ocho horas sin dormir. Estaba calado y helado hasta los huesos, hasta el punto de que me sentía más muerto que vivo. Tenía el cuerpo anquilosado tanto por el esfuerzo como por el frío, y mis doloridos músculos me torturaban cruelmente cada vez que los empleaba, cosa que hacía constantemente. A su vez éramos arrastrados todo el tiempo en dirección nordeste, alejándonos precisamente de Japón, hacia el desierto mar de Bering.

Aún seguíamos con vida, y el bote resistiendo y el viento soplando sin amainar. De hecho, al caer la noche del tercer día aumentó un poco más. La proa del bote se zambulló en la cresta de una ola y salimos de ella con una cuarta de agua. Yo la achicaba como un loco. La posibilidad de encapillar una nueva ola se veía incrementada extraordinariamente por el peso del agua que hundía el bote robándole capacidad de flotación. Otra ola como esta hubiera supuesto el fin. Cuando tuve el bote nuevamente achicado, me vi obligado a quitarle a Maud la lona alquitranada que la cubría para echarla sobre la proa del bote. Y en buena hora lo hice, pues cubrió una tercera parte de la zona delantera del bote, y por tres veces en el curso de las horas siguientes rechazó la masa de agua que se precipitó sobre ella cuando la proa se hundía bajo las olas.

Maud se hallaba en un estado lastimoso. Yacía acurrucada en el fondo del bote, sus labios amoratados y el rostro lívido, revelando claramente el sufrimiento que soportaba. Pero sus ojos siempre me miraban valerosamente, y sus labios siempre pronunciaban palabras de ánimo.

Aquella noche debió de desencadenarse lo peor del temporal, aunque yo no me percaté apenas de ello. Había sucumbido al sueño, sentado en las escotas de popa. El amanecer del cuarto día vio amainar el viento hasta convertirse en un blando céfiro, con el mar en calma y el sol brillando sobre nuestras cabezas. ¡Bendito sol! Cómo bañamos nuestros pobres cuerpos en su deliciosa tibieza, resucitando como bichos y reptiles después de una tormenta. Volvimos a sonreír, a hablar desenfadadamente y aumentamos nuestro optimismo respecto a la situación. A pesar de que era, si cabe, peor que nunca. Nos hallábamos más distantes de Japón que la noche en que abandonamos el *Fantasma*. Y no podía calcular nuestra longitud y latitud más que de un modo grosero. A un promedio de tres kilómetros de deriva por hora, durante las más de setenta horas que duró la tormenta habríamos derivado unos doscientos y pico kilómetros hacia el nordeste. ¿Pero era exacto este cálculo de la deriva? Porque según lo que yo sabía, podían haber sido seis kilómetros por hora en vez de tres, en cuyo caso estaríamos otros doscientos y pico kilómetros más lejos.

Dónde estábamos no lo sabía, aunque era muy probable que nos halláramos en las proximidades del *Fantasma*. Por nuestros alrededores había focas, y yo esperaba avistar una goleta de caza en cualquier momento. Divisamos una, al atardecer, cuando la brisa del noroeste comenzó a refrescar de nuevo. Pero la extraña goleta se perdió en la línea del horizonte y nos quedamos como únicos ocupantes del marino círculo.

Vinieron días de niebla, durante los cuales incluso Maud se desanimaba y a sus labios no acudían palabras alegres; días de calma, en los que flotábamos en la solitaria inmensidad del mar, abrumados por su infinitud, aunque maravillados por el milagro de la vida en sus manifestaciones más pequeñas, pues aún seguíamos vivos y luchando por vivir; días de cellisca, viento y aguanieve, en los que no pudimos abrigarnos con nada; o días de llovizna durante los cuales llenábamos los depósitos de agua con el goteo del chorreante velamen.

Cada día que transcurría aumentaba mi amor por Maud. Era muy inestable y versátil, «carácter proteico» la llamaba yo. Pero le daba este y otros epítetos cariñosos solo con el pensamiento. A pesar de que mi declaración de amor acudió y titubeó mil veces en mi lengua, comprendí que no era el mejor momento para semejante declaración. Aunque no hubiera otras razones, no era momento de solicitar el amor de una mujer a la que uno está protegiendo e intentando salvar. Y a pesar de lo delicado de la situación —no solo en este aspecto, sino en muchos otros—, me jactaba de haber sido capaz de resolverla con delicadeza; y también me jactaba de no haber traicionado mi amor por ella con miradas o gestos. Éramos como unos buenos compañeros que aumentan su compañerismo con el paso de los días.

Una de las cosas que más me sorprendían de ella era su falta de timidez y de miedo. El terrible mar, un bote frágil, las tormentas, el sufrimiento, la rareza y aislamiento de la situación —todo lo que habría asustado a una mujer fuerte— parecían no impresionar a quien solo había conocido los aspectos más protegidos y sofisticados de la vida; alguien que era, como el fuego, el rocío y la niebla, un espíritu sublimado, todo lo que hay de delicado y tierno de manera permanente en una mujer. Y, sin embargo, me equivoco. Era tímida y miedosa, pero poseía valor. Era hija de la carne y de los estremecimientos de la carne, pero la carne solo sobre carne encastra bien. Y ella era espíritu, primero y por encima de todo espíritu, esencia etérea de vida, serena como su serena mirada, y segura de su permanencia en el cambiante orden del universo.

Vinieron días de tormenta, días y noches de tormenta, en los que el océano nos amenazó con su rugiente blancura y el viento zarandeó nuestro pugnaz bote con las bofetadas de un titán. Y cada vez nos alejábamos más y más, en dirección nordeste. Fue durante esta tormenta, la peor que sufrimos, cuando miré una vez abatido hacia sotavento, no porque buscase nada, sino del puro hastío de plantar cara a esta lucha contra los elementos, y a modo casi de súplica a estos airados poderes para que cesaran y nos dejaran en paz.

No pude dar crédito en un principio a lo que veía. Sin duda los días y las noches sin dormir, de angustia, me habían trastornado la cabeza. Me volví a mirar a Maud, para identificarme, por así decir, con el tiempo y con el espacio. La contemplación de sus queridas mejillas húmedas, su flameante cabello y sus valerosos ojos castaños me convenció de que gozaba de perfecta vista. De nuevo volví mi cara a sotavento, y de nuevo vi el sobresaliente promontorio, negro, alto, desnudo; la furiosa corriente que rompía en su base golpeando el frente a considerable altura con salpicones de espuma, y la negra y austera línea de la costa en dirección sudeste, ribeteada con una imponente orla blanca.

—Maud —dije—, Maud.

Volvió la cabeza y contempló el panorama.

—Eso no puede ser Alaska —gritó.

—¡No, qué va! —contesté, y pregunté—: ¿Sabe usted nadar?

Negó con la cabeza.

—Yo tampoco —le dije—. Así que tendremos que llegar a la playa sin mojarnos, por algún entrante de las rocas por el que poder conducir el bote y alcanzar tierra de un salto. Pero habremos de darnos prisa, la mayor prisa posible, y no correr riesgos.

Le hablaba con un aplomo que ella sabía que era fingido, ya que me dirigió una de sus enérgicas miradas y me dijo:

—Aún no le he agradecido todo lo mucho que ha hecho por mí, pero...

Vaciló, como si dudara sobre con qué palabra expresar mejor su gratitud.

—¿Y bien? —dije bruscamente, pues no quería que me agradeciese nada.

—Podría ayudarme —sonrió.

—¿A reconocer sus deudas de gratitud antes de morir? En absoluto. No vamos a morir. Desembarcaremos en esa isla, y antes de que acabe el día estaremos abrigados y cobijados bajo techo.

Hablaba con decisión, aunque no creía una palabra de lo que decía. Tampoco era el miedo lo que me impulsaba a mentir. No sentía miedo, a pesar de que estaba seguro de morir en aquel mar hirviente de escollos, cada vez más próximos. Era imposible largar la vela para apartarme de aquella costa, pues el viento volcaría el bote automáticamente; las olas nos inundarían en cualquier momento en que el bote cayera en su seno; además, la vela, atada a los remos de repuesto, se arrastraba por el mar delante de nosotros.

Como he dicho, no sentía miedo de encontrar allí mi propia muerte, cien metros a sotavento; pero lo que sí me aterraba era la idea de que Maud tuviera que morir. Mi maldita imaginación ya la veía golpeada y destrozada contra las rocas, y eso era demasiado terrible. Me esforzaba en convencerme a mí mismo de que desembarcaríamos sanos y salvos, y me decía no lo que creía, sino lo que hubiese preferido creer.

Me repugnaba la idea de esta terrible muerte, y por un instante concebí la absurda idea de tomar a Maud en mis brazos y saltar por la borda. Decidí entonces aguardar hasta el último momento, cuando ya estuviéramos en el tramo final, para cogerla en mis brazos, declararle mi amor y, abrazado a ella, luchar desesperadamente y morir.

Instintivamente nos acercamos el uno al otro en el fondo del bote. Sentí su mano envuelta en el mitón tenderse hacia la mía, y así, sin hablar, esperamos el fin. No estábamos ya muy lejos de la línea que formaba el viento con el borde más occidental del promontorio, y yo miraba con la esperanza de que alguna corriente o el flujo de las olas nos permitiera franquearla antes de llegar al rompeolas.

—Lo conseguiremos —dije con un convencimiento que no nos engañaba a ninguno de los dos—. ¡Vive Dios que lo lograremos! —grité cinco minutos después.

En la alteración de mi ánimo dejé escapar de mis labios aquel juramento —el primero, creo, en toda mi vida, a menos que «¡maldito sea!», una exclamación de mis años de juventud, pueda contarse como un juramento.

—Le ruego me perdone —dije.

—Me ha convencido de su sinceridad —dijo, con una sonrisa de desmayo—. Ahora sé que lo lograremos.

Había divisado a lo lejos un saliente de tierra que se destacaba sobre el borde del primer promontorio, y según lo mirábamos pudimos ver crecer la línea de playa de lo que evidentemente era una profunda rada. Al mismo tiempo llegó a nuestros oídos un fragor potente y continuado. Compartía la magnitud y el volumen de un trueno lejano, y nos llegaba directamente desde sotavento, elevándose sobre el estrépito del rompeolas, y se movía en la misma dirección de la cabeza de la tormenta.

Cuando rebasamos el saliente, se abrió ante nuestros ojos la amplia rada: era una playa en forma de media luna, cubierta de blanca arena, contra la que rompían unas olas enormes, y que estaba alfombrada por millares de focas.

—Una colonia —grité—. ¡Ahora sí que estamos a salvo! Aquí habrá hombres y barcos de vigilancia para protegerlas de los cazadores. Es posible que haya una estación en tierra.

Tras estudiar la línea de rompeolas que batía la playa, dije:

—Todavía es mal sitio, aunque no malo del todo. Ahora, si los dioses nos son verdaderamente propicios, doblaremos el próximo saliente y llegaremos a una playa perfectamente protegida, donde podremos desembarcar sin mojarnos los pies.

Y los dioses se mostraron propicios. El primer y el segundo promontorio se alineaban de cara al viento del sudoeste; pero una vez que rodeamos el segundo —ciñéndonos de forma peligrosa a él—, abordamos el tercer saliente, también en línea con el viento y con los otros dos. ¡Vaya rada que había entre ellos! Penetraba profundamente en tierra, y la marea, que estaba subiendo, nos arrastraba hacia la parte abrigada del saliente. Aquí el mar estaba en calma, excepto una fuerte aunque tersa resaca, por lo que recogí la rastra y empecé a remar.

Desde la punta, la playa formaba una curva que se prolongaba más y más hacia el sur y el oeste, hasta que, al fin, desembocaba en una cala en el interior de la rada, un pequeño puerto enarenado, cuya agua parecía la de un estanque, alterada solo por unas insignificantes ondas a causa de un vientecillo racheado, suspiro de las tormentas, que se abatía con cierta violencia sobre la amenazante pared rocosa que cerraba la playa, treinta metros tierra adentro.

Aquí no había focas. La roda del bote tocó el duro fondo. Salté fuera y extendí mi mano a Maud. Al momento estuvo junto a mí. Cuando mis dedos la soltaron, me agarró ella de mi brazo apresuradamente. Al mismo tiempo yo me tambaleé, y a punto estuve de caer a la arena. Era el sorprendente efecto de haber cesado el movimiento de vaivén. Habíamos pasado tanto tiempo mecidos y zarandeados por el mar, que la estabilidad de tierra firme nos sorprendía. Esperábamos que la playa se levantara de uno y otro lado, y que las paredes de roca se balancearan aquí y allá como los costados de un barco. Balanceamos nuestros brazos, automáticamente, a la espera de que se produjeran estos movimientos, y su ausencia casi nos hizo perder el equilibrio.

—La verdad es que necesito sentarme —dijo Maud con una risa nerviosa y una expresión de vértigo, y al instante se sentó sobre la arena.

Me ocupé en asegurar el bote y me uní a ella. Fue así como desembarcamos en La Esforzada, isla a la que habíamos llegado, sufriendo vértigo a causa de nuestra prolongada permanencia en el mar.

# Veintinueve

—¡Estúpido! —grité, irritado conmigo mismo.

Había descargado el bote y transportado su contenido a la parte alta de la playa, donde me proponía instalar el campamento. En la playa, aunque no mucha, había madera escupida por el mar; esto, unido a que había visto una cafetera que había cogido de la despensa del *Fantasma,* me sugirió la idea de hacer fuego.

—¡Tonto de capirote! —proseguí.

—¡Vaya, vaya...! —me dijo Maud sin embargo en tono de dulce reprimenda, y me preguntó por qué era yo un tonto de capirote.

—No hay cerillas —gruñí—. No he traído una sola cerilla. Así que no tendremos café caliente, ni sopa, ni té, ni nada.

—¿No fue... Crusoe quien frotó un palo contra otro? —dijo lentamente.

—Pero he leído el relato personal de un montón de náufragos que lo intentaron, y lo intentaron en vano —contesté—. Me acuerdo de Winters, un colega periodista con fama de haber estado en Alaska y en Siberia. Le conocí una vez en el Bibelot, y nos contó como había intentado hacer fuego con un par de palitos. Fue la mar de divertido. Lo contó de un modo inigualable, pero fue el relato de un fracaso. Recuerdo el final, con sus negros ojos centelleando mientras decía: «Caballeros, los isleños del Mar del Sur pueden hacerlo, pero créanme que es algo imposible para el hombre blanco».

—¡Bueno, hasta ahora nos hemos apañado sin nada de eso! —dijo toda animosa—. Y no hay razón alguna por la que no podamos seguir apañándonos sin ello.

—¡Pero piense en el café! —grité—. Además, sé que es muy buen café. Lo cogí del almacenillo particular de Lobo Larsen. ¡Y fíjese en esa leña tan estupenda!

Confieso que echaba mucho de menos un café: y pronto supe que la infusión de esta baya era también una pequeña debilidad de Maud. Además, llevábamos tanto tiempo con una dieta fría que estábamos tan entumecidos por dentro como por fuera. Cualquier cosa caliente habría sido muy gratificante. Pero no me quejé más, y me dispuse a hacer una tienda para Maud con la vela del bote.

Lo veía como una empresa fácil, contando con los remos, el mástil, el botalón y la verga, por no hablar de un sinnúmero de cabos. Pero como no tenía experiencia, y como cada detalle era un experimento, y cada acierto en un detalle un invento, transcurrió todo el día antes de que su cobijo fuera una empresa rematada. Esa noche llovió, la choza se inundó y tuvimos que volver al bote.

A la mañana siguiente cavé una zanja alrededor de la tienda, y una hora más tarde, una repentina ráfaga de viento que soplaba contra la pared rocosa de detrás de nosotros cogió en volandas la tienda y la estrelló contra la arena a casi treinta metros de distancia.

Maud se echó a reír ante mi expresión de abatimiento, y le dije:

—Tan pronto amaine el viento, pienso salir en el bote a explorar la isla. En alguna parte debe haber una estación con hombres, y barcos que visiten la estación. Algún Gobierno debe tener bajo su protección todas estas focas. Pero antes de partir quiero que se quede usted cómodamente instalada.

—Me gustaría ir con usted —fue todo lo que dijo.

—Sería mejor que se quedara. Ya ha sufrido bastante. Es algo milagroso que haya sobrevivido. No será nada cómodo estar en el bote, remando y navegando con este tiempo de lluvia. Lo que usted necesita es descansar, y me gustaría que se quedara y descansara.

Un no sé qué, sospechosamente parecido a la humedad, empañó sus bellos ojos ante de que los bajara y volviese un poco la cabeza.

—Preferiría ir con usted —dijo en voz baja, en la que había un leve acento de súplica—. Podría ayudarle un... —su voz se quebró— un poco. Y si algo le ocurriera, piense que me habría quedado aquí sola.

—Oh, procuraré tener mucho cuidado —contesté—. No me alejaré tanto que no pueda regresar antes de que oscurezca. Sí, ya está todo decidido, pienso que es mucho mejor que se quede, duerma y descanse, sin hacer nada.

Se volvió y me miró a los ojos. Su mirada era firme, y al mismo tiempo dulce.

—Por favor, por favor —dijo, ¡con tanta suavidad!

Me había empeñado en no ceder, y negué con la cabeza. Ella seguía esperando, con su mirada fija en mí. Intenté expresarle mi negativa, pero titubeé. Vi aflorar en sus ojos un destello, y comprendí que había perdido la partida. Era imposible decir no después de aquello.

El viento desapareció por la tarde, y a la mañana siguiente ya estábamos listos para partir. Desde nuestra cala no había manera de penetrar al interior de la isla, porque las paredes se alzaban en perpendicular desde la playa, y a uno y otro lado de la cala se erguían directamente desde las profundas aguas.

El día amaneció frío y gris, pero en calma; yo me había levantado temprano y tenía preparado el bote.

—¡Estúpido, imbécil, *yahoo!*[6] —grité, dándome cuenta al instante de que iba a despertar a Maud; pero ahora gritaba de alegría, danzando por la playa, con la gorra por los aires, con una falsa desesperación.

Su cabeza apareció bajo el ala de la vela.

—¿Qué ocurre ahora? —preguntó medio dormida y al mismo tiempo curiosa.

—¡Café! —grité—. ¿Qué me dice de una taza de café, café calentito, hirviendo?

—¡Madre mía! —murmuró—. Me ha asustado. Es usted cruel. Estaba haciéndome a la idea de pasar sin él, y ahora me fastidia usted al recordármelo inútilmente.

—Obsérveme.

De entre unas grietas de las rocas recogí unas pocas astillas y palitos secos. Los corté en pedazos y los desmenucé haciéndolos virutas. De mi cuaderno arranqué una página, y saqué un cartucho de escopeta de la caja de municiones. Separando con mi cuchillo el taco del cartucho, vacié la pólvora sobre una piedra plana. A continuación arranqué el pistón o cápsula del cartucho y lo coloqué en mitad de la pólvora allí esparcida. Todo estaba listo. Maud aún me

---

6. Nombre inventado por J. Swift para una raza imaginaria de brutos que tienen forma humana, en su obra *Los viajes de Gulliver. (N. de la T.)*

observaba desde la tienda. Sujetando el papel en mi mano izquierda machaqué el pistón con una piedra que sostenía en mi mano derecha. Se produjo una bocanada de humo blanco, prendió una llama, y el borde rugoso del papel se incendió.

Maud aplaudió de alegría.

—¡Prometeo! —gritó.

Pero yo estaba demasiado ocupado para reparar en su entusiasmo. Había que cuidar tiernamente la débil llama si queríamos que se robusteciera y se avivara. La alimenté, pajita a pajita, y viruta a viruta, hasta que al final, al prender en las astillas y los palos, estalló entre crujidos. Como no había entrado en mis cálculos ser náufrago en una isla, no teníamos una olla ni ningún utensilio de cocina de ninguna clase. Pero me las ingenié con la lata que usaba para achicar el bote, y más tarde, a medida que fuimos consumiendo nuestras provisiones de conservas, acumulamos una impresionante batería de cacharros de cocina.

Herví yo el agua, pero fue Maud quien preparó el café. ¡Qué rico estaba! Yo aporté carne de vaca en conserva frita, galletas de barco revueltas, y el agua. El desayuno fue todo un éxito, y permanecíamos sentados junto al fuego mucho más tiempo del que convenía a unos intrépidos exploradores, tomando a sorbos el negro y caliente café y conversando sobre la situación.

Estaba convencido de que encontraríamos una estación en alguna de las ensenadas, porque yo sabía que era así como estaban protegidas las colonias de focas en el mar de Bering. Pero Maud adelantó la hipótesis —por si hubiera de ocurrir lo peor— de que habíamos descubierto una colonia desconocida. Ella estaba, sin embargo, de muy buen humor, y casi bromeaba al aceptar lo apurada que era nuestra situación.

—Si está en lo cierto —dije—, entonces tenemos que prepararnos para pasar aquí el invierno. Nuestras provisiones no van a durar mucho, pero ahí están las focas. Migran en el otoño, de modo que tengo que darme prisa para hacer buen acopio de carne. Luego habrá que construir cabañas y recoger la leña que el mar escupa. También tendremos que comprobar si la grasa de foca sirve para nuestros propósitos de alumbrarnos. En resumen, tendremos las manos ocupadas si encontramos que la isla está desierta. Cosa que no espero, estoy seguro.

Pero ella era la que estaba en lo cierto. Nos hicimos a la mar con un viento atravesado, a lo largo de la costa, escrutando las radas con nuestros anteojos, y desembarcando alguna que otra vez, sin encontrar huella alguna de vida humana. Sin embargo, comprobamos que no éramos los primeros que habíamos desembarcado en La Esforzada. En la parte alta de la playa de la segunda rada, a continuación de la nuestra, hallamos los restos destrozados de un bote, un bote de cazar focas, porque los escálamos estaban envueltos en cajeta; había un soporte de escopetas en el lado de estribor a popa, y en letras blancas algo borrosas aún podía leerse *Gazelle N.º 2*. El bote debía de llevar allí mucho tiempo, pues estaba casi lleno de arena, y las astilladas maderas tenían el aspecto carcomido de las cosas que llevan expuestas largo tiempo a los elementos. En las escotas de popa encontré una escopeta mohosa del calibre diez, y una funda de cuchillo de marinero rota en su mitad, y tan tomada del moho que apenas era reconocible.

—Se han marchado —dije alegremente; pero sentí una profunda tristeza en mi corazón, y creí adivinar la presencia de huesos calcinados en algún lugar de aquella playa.

No quise que el buen humor de Maud se ensombreciera por semejante hallazgo, así que volvimos a hacernos a la mar y bordeamos con nuestro bote el cabo nordeste de la isla. En la costa sur no había playas, y a primeras horas de la tarde pasamos por el sombrío promontorio y completamos la circunnavegación de la isla. Calculé su perímetro en unos cuarenta kilómetros, y su anchura oscilaba entre tres y cinco; mientras que según mis cálculos menos optimistas en sus playas debía de haber unas doscientas mil focas. La isla tenía su mayor altura por la zona sudoeste; las partes del pico y el espinazo iban decreciendo de manera progresiva, hasta alcanzar por el nordeste una elevación de solo unos metros por encima del mar. Con la excepción de nuestra pequeña cala, las restantes playas tenían una ligera inclinación de poco más de medio kilómetro, retrocediendo hasta lo que yo llamaría unos prados rocosos, con lunares de musgo y tundra aquí y allá. Hacia ellas se arrastraban las focas desde el mar, los viejos machos guardando sus harenes, mientras que los machos jóvenes se arrastraban en solitario.

Esta somera descripción es cuanto La Esforzada se merece. Encharcada y empapada, cuando no abrupta y rocosa; azotada por los vientos de las tormentas y castigada por el mar, con el aire eternamente estremecido por los bramidos de doscientos mil anfibios; era un lugar melancólico y mísero para vivir en él.

Maud, que me había estado preparando para esta desilusión y que había estado todo el día animosa y vivaracha, se vino abajo cuando desembarcamos en nuestra pequeña cala. Luchó con valentía por ocultármelo, pero mientras andaba yo encendiendo otro fuego, la vi ahogando sus sollozos bajo las mantas en el interior de la tienda.

Ahora era mi turno de mostrarme alegre, y desempeñé mi papel con la mejor habilidad, y con tal éxito que devolví la sonrisa a sus queridos ojos y la canción a sus labios. Efectivamente, cantó para mí antes de retirarse muy temprano a dormir. Era la primera vez que la oía cantar, y me eché junto al fuego, oyéndola como transportado; porque era una artista en todo lo que hacía, y su voz, aunque no muy fuerte, era extraordinariamente dulce y expresiva.

Yo seguí durmiendo en el bote, y aquella noche permanecí despierto largo rato, mirando las primeras estrellas que veía desde hacía muchas noches, y reflexionando sobre nuestra situación. Una responsabilidad como esta era una cosa novedosa para mí. Lobo Larsen tenía toda la razón. Yo me había sostenido sobre las piernas de mi padre. Mis abogados y mis agentes de negocio se habían ocupado por mí del dinero. No había tenido ningún tipo de responsabilidad. Después, a bordo del *Fantasma*, había aprendido a ser responsable de alguien más. Y se me exigía ahora la más grave de todas las responsabilidades, porque ella era la única mujer del mundo, la única frágil mujer, como me gustaba pensar al referirme a ella.

# Treinta

No es de extrañar que la llamáramos isla la Esforzada. Durante dos semanas nos afanamos en la construcción de una cabaña. Maud insistía en ayudarme, y el ver sus contusas y ensangrentadas manos, era para echarse a llorar. Sin embargo, me sentía orgulloso de ella precisamente por eso. Había cierta heroicidad en la manera con que esta mujer tan distinguida soportaba nuestras terribles penalidades, y contribuía con sus más que menguadas fuerzas a las tareas propias de una campesina. Recogió muchas de las piedras con las que construí las paredes de la cabaña; además, prestaba oídos sordos a mis requerimientos para que desistiera de lo que hacía. Se comprometió, no obstante, a dedicarse a las tareas más livianas, como guisar, buscar las maderas escupidas por el mar y musgo para nuestros suministros de invierno.

Las paredes de la cabaña subieron sin dificultad, y todo marchaba bien hasta que acometí el problema de la techumbre. ¿De qué servían las cuatro paredes sin un techo? ¿Y con qué podría hacerse? Teníamos los remos de repuesto, es verdad. Los utilizaría como vigas para el tejado. ¿Pero con qué los cubriría? El musgo nunca serviría para ello. La hierba de tundra no daría resultado. Necesitábamos la vela para el bote, y la lona alquitranada había empezado a picarse.

—Winters utilizó piel de morsa para su cabaña —dije.

—Aquí lo que hay son focas —sugirió ella.

De modo que al día siguiente comenzó la caza. Yo no sabía disparar, y me dispuse a aprender. Pero después de haber consumido unos treinta cartuchos para tres focas, comprendí que las municiones se agotarían antes de adquirir la necesaria pericia. Para encender el fuego había usado ocho cartuchos, hasta que di con el truco de amontonar los rescoldos entre musgo húmedo; en la caja no quedaban más de cien cartuchos.

—Tendremos que matar las focas a mazazos —anuncié, después de convencerme de mi escasa puntería—. He oído decir a los cazadores de focas que lo hacen a mazazos.

—¡Son tan bonitas! —objetó—. No puedo soportar la idea de que hagan eso. Es en efecto algo tan brutal, ¿verdad?; muy diferente de matarlas a tiros.

—Hay que terminar ese tejado —contesté secamente—. El invierno casi está aquí ya. Se trata de nuestras vidas frente a las suyas. Es una desgracia que no tengamos abundancia de munición, pero en cualquier caso pienso que sufrirán menos muriendo a mazazos que disparándoles un tiro. Además, seré yo el que les dé con el mazo.

—De eso se trata precisamente —empezó a decir de manera impaciente, y se detuvo de pronto, confusa.

—Por supuesto —comenté—. Si usted prefiere...

—¿Y qué voy a hacer yo mientras tanto? —interrumpió, con esa suavidad que yo bien sabía era puro empeño.

—Recoger leña para el fuego y preparar la comida —respondí con desenfado.

Sacudió la cabeza.

—Es demasiado peligroso para usted hacerlo solo. Ya lo sé, ya lo sé —adelantándose a rechazar mi protesta—. Soy solo una frágil mujer, pero tal vez mi modesta ayuda pueda evitar un desastre.

—Pero ¿y los mazazos? —sugerí.

—Por supuesto, eso será tarea suya. Es probable que yo grite. Miraré a otro lado cuando...

—El peligro sea mayor —me reí.

—Sabré decidir cuándo tengo que mirar y cuándo no —replicó en tono de firmeza.

El resultado de todo ello fue que me acompañó al día siguiente por la mañana. Remé hacia la cala inmediata, acercándome lo más posible a la playa. A nuestro alrededor toda el agua estaba llena de focas, y los gruñidos de los millares que estaban en la playa nos obligaban a hablar a gritos para entendernos.

—Yo sé que hay hombres que las matan a mazazos —dije, tratando de infundirme valor, al tiempo que miraba con prevención a un enorme macho, a unos diez metros de distancia, que levantó sus aletas delanteras, mirándome fijamente—. Pero la cuestión es ¿cómo les dan con el mazo?

—Recojamos tundra y cubramos con ella el tejado —dijo Maud.

Estaba tan asustada como yo ante tal perspectiva, y teníamos razón para ello, mirando tan de cerca aquellos relucientes dientes y aquel hocico perruno.

—Siempre había creído que sentían miedo ante el hombre —dije—. ¿Cómo puedo saber si tienen miedo? —pregunté un poco más tarde, después de remar un buen trecho a lo largo de la playa—. Y si salto audazmente a tierra, tal vez salgan corriendo y no pueda cazar ni una.

Seguía con mis dudas.

—He oído que una vez un hombre invadió el espacio donde anidaban unos gansos salvajes —dijo Maud— y lo mataron.

—¿Los gansos?

—Sí, los gansos. Me lo contó mi hermano, cuando yo era pequeña.

—Pero yo sé que hay hombres que las matan a mazazos —insistí.

—Pienso que la tundra servirá para un excelente tejado —dijo.

Aunque no fuera su intención, sus palabras me sacaban de quicio y me servían de estímulo. No podía representar el papel de cobarde delante de ella.

—Vamos allá —dije, ciando con uno de los remos, para acercar la proa del bote a la playa.

Salté del bote y avancé como un valiente hacia un macho de larga melena que se hallaba rodeado de sus hembras. Yo iba armado del mazo corriente con el que los remeros rematan las focas heridas, a las que los cazadores han arponeado. Tenía solo medio metro de largo, y en mi ignorancia supina nunca imaginé que el mazo que emplean en tierra cuando se arrasan las colonias es de aproximadamente metro y medio. Las hembras se apartaron lentamente de mi camino, y la distancia entre el macho y yo fue disminuyendo. Se alzó sobre sus aletas con un movimiento de irritación. Estaba a unos cuatro metros de distancia. Yo seguía avanzando, a la espera de que se diera la vuelta y echara a correr en cualquier momento.

A un par de metros un pensamiento de pánico cruzó por mi mente, ¿y si no sale corriendo? Bueno, entonces lo golpearé con el mazo, fue la respuesta.

Con el miedo, había olvidado que yo había ido allí para cazar al macho y no para espantarlo. En ese momento dio un resoplido, gruñó y se precipitó sobre mí. Sus ojos despedían chispas, y su boca estaba totalmente abierta: los dientes brillaron con una blancura cruel. Sin que me dé vergüenza, confieso que fui yo quien se dio la vuelta y echó a correr. Él corría algo torpe, pero no poco. Se hallaba a medio metro cuando de un salto me encaramé en el bote, y mientras desatracaba con un remo, sus dientes cercenaron la pala. La sólida madera se quebró como una cáscara de huevo. Maud y yo nos quedamos perplejos. Un instante después se zambulló bajo el bote, cogió la quilla con el hocico, y zarandeó el bote con gran violencia.

—¡Madre mía! —dijo Maud—. Retrocedamos.

Negué con la cabeza.

—Puedo hacer lo que han hecho otros hombres, y sé que hay hombres que matan a las focas a mazazos. Pero creo que la próxima vez dejaré en paz a los machos.

—Desearía que no lo hiciese —dijo.

—Ahora no vaya a decir «por favor, por favor» —le grité, creo que bastante enfadado.

No me contestó; y me di cuenta de que mi tono le había molestado.

—Le ruego me perdone —dije, o grité, más bien, para hacerme oír por encima del estruendo de la colonia—. Si así lo desea, daré la vuelta y regresaremos; pero, francamente, yo preferiría quedarme.

—No me vaya a decir ahora que es esto lo que le ocurre por venir con una mujer —dijo. Me sonrió caprichosa, espléndidamente, y comprendí que no había necesidad de disculpas.

Remé unos setenta metros a lo largo de la playa para calmar los nervios, y luego volví a desembarcar en la playa.

—¡Tenga cuidado! —gritó a mis espaldas.

Asentí con la cabeza, y me dispuse a atacar por el flanco el harén más próximo. Todo fue bien hasta que lancé un golpe a la cabeza de una hembra que había quedado rezagada, y fallé por poco. Resopló e intentó huir arrastrándose. La seguí de cerca y le asesté otro golpe, arreándole en el lomo en vez de en la cabeza.

—¡Cuidado! —oí chillar a Maud.

En plena excitación, no había prestado atención a nada más, y cuando levanté los ojos vi cómo el señor del harén cargaba contra mí.

De nuevo corrí hasta el bote, perseguido muy de cerca; pero en esta ocasión no sugirió siquiera que nos marcháramos.

—Sería mejor, imagino, que dejara los harenes y se dedicara a las focas solitarias y de aspecto inofensivo —fue lo único que dijo—. Creo haber leído algo sobre esto. Un libro del doctor Jordan. Son los jóvenes machos, de edad insuficiente para poseer harenes propios, a los que llama *holluschickie*, o algo parecido. Si encontráramos el lugar donde se arrastran a tierra...

—Me parece que se ha despertado su instinto combativo —dije sonriendo.

Ella se ruborizó al punto, de una manera muy hermosa.

—Admito que el fracaso me disgusta tanto como a usted, pero no menos me disgusta la idea de matar a unas criaturas tan hermosas e inofensivas.

—¡Hermosas! —dije, en tono repulsivo—. No acierto a encontrar nada particularmente hermoso en esas bestias de fauces espumeantes que compiten conmigo.

—¡Ese es su punto de vista! —sonrió—. Le falta perspectiva. ¡Si no tuviese que acercarse tanto a esos individuos!

—¡Eso es! —exclamé—. Lo que necesito es un mazo más largo. Y aquí tenemos este remo roto que podrá servir.

—Ahora me acuerdo —dijo ella— de que el capitán Larsen me contó cómo arrasaban los cazadores las colonias de focas. Las conducen, en pequeños rebaños, a cierta distancia tierra adentro antes de matarlas.

—No me atrae la idea de tener que pastorear uno de esos harenes —objeté.

—Pero quedan los *holluschickie* —dijo—. Salen del agua solos, y el doctor Jordan afirma que entre los harenes quedan unos senderos donde, si los *holluschickie* permanecen sin extralimitarse, los dueños de los harenes no los molestan.

—Allí hay uno —dije, señalando a un joven macho que estaba en el agua.

—Observémosle y sigámosle cuando salga.

Nadó directamente hasta la playa y se arrastró hacia un pequeño sendero entre dos harenes, cuyos amos emitieron unos gruñidos de aviso, pero no lo atacaron. Vimos cómo avanzaba lentamente hacia el interior, cruzando por medio de los harenes a lo largo de lo que debía ser el sendero.

—Allá va —dije saltando a tierra; aunque confieso que se me hizo un nudo en la garganta al pensar que tenía que atravesar el corazón de aquella monstruosa manada.

—Sería prudente amarrar el bote —dijo Maud.

Había bajado, y estaba a mi lado. Yo la miré sorprendido.

Movió la cabeza con aire de decisión.

—Sí, voy a ir con usted, así que puede amarrar bien el bote y darme un mazo.

—Regresemos —dije, abatido—. Pienso que después de todo la tundra nos servirá.

—Sabe usted que no —replicó—. ¿Voy yo delante?

Me encogí de hombros, y con el corazón henchido de orgullo y de cálida admiración por aquella mujer, la equipé con el remo roto y cogí otro para mí. Con una tremenda excitación nerviosa recorrimos los primeros metros de nuestra expedición. Una vez Maud dio un grito de terror cuando una hembra adelantó su inquisitivo hocico hasta su pie; por idéntico motivo, yo repetidas veces aceleré mi paso. Pero, aparte de algunos resoplidos de aviso a uno y otro lados, no hubo otros signos de hostilidad. Se trataba de una colonia que no había sido nunca batida por los cazadores, y en consecuencia las focas tenían un carácter apacible, además de confiado.

En el mismísimo corazón del rebaño el estrépito era terrorífico, de efectos que casi producían vértigo. Me detuve y sonreí a Maud intentando infundirle ánimo, pues había recobrado la serenidad antes que ella. Vi que continuaba muy asustada. Se me acercó y gritó:

—¡Tengo un miedo espantoso!

Yo en cambio ya no lo tenía. Aunque la novedad de la situación aún no había desaparecido, el comportamiento pacífico de las focas había aquietado mi alarma. Maud estaba temblando.

—Tengo miedo y no tengo miedo —dijo con las mandíbulas castañeteando—. Es mi desdichado cuerpo, no yo.

—Está bien, está bien —dije tranquilizándola, y de un modo instintivo eché mi brazo alrededor para protegerla.

Nunca olvidaré de qué manera tan instantánea me hice consciente en aquel momento de mi virilidad. Las raíces más profundas del primitivismo de mi naturaleza se estremecieron. Me sentí masculino, protector del débil, macho luchador. Y, lo mejor de todo, me sentí protector de mi único amor. Ella se inclinó sobre mí, con la suavidad de un frágil lirio, y cuando su temblor cesó me sentí dotado de una fuerza prodigiosa. Me sentí digno contrincante del más feroz macho del rebaño, y si semejante macho se hubiera lanzado sobre mí, estoy seguro de que habría acudido a su encuentro con ánimo decidido e imperturbable, y lo habría matado.

—Ya estoy bien —dijo ella, mirándome con agradecimiento—. Vamos.

El ver que mi fuerza la había tranquilizado y dado confianza me hizo sentir una alegría exultante. El vigor joven de la especie pareció brotar en mí, hombre supercivilizado como era, y reviví conmigo mismo los ancestrales días de caza y las noches en la selva de mis más remotos y olvidados antepasados. Tenía mucho que agradecer de todo ello a Lobo Larsen, fueron mis pensamientos mientras recorría-mos el sendero entre los tumultuosos harenes.

Casi medio kilómetro tierra adentro sorprendimos a los *holluschickie*, machos jóvenes de piel lustrosa, viviendo en soledad su noviciado, acumulando fuerzas para los días en que tuvieran que luchar por abrirse camino por un puesto de prior en el harén.

Ahora todo resultaba fácil. Parecía como si ya supiese lo que tenía que hacer y cómo hacerlo. Gritando, blandiendo el mazo amenazante y aguijoneando a los más perezosos, pronto conseguí aislar de sus compañeros a unos veinte aspirantes. Cuando alguno trataba de romper la formación para irse al agua, lo reintegraba a la cabeza. Maud participó muy activamente en este pastoreo, y sus gritos y los molinetes que hacía con el remo roto resultaron una ayuda considerable. Sin embargo, advertí que cuando uno parecía cansado y se rezagaba, lo dejaba escapar; en cambio también advertí que si alguno intentaba abrirse paso con ademanes de combatir, los ojos de Maud centelleaban con un brillo intenso, y le asestaba un violento golpe con su mano.

—¡Madre mía, qué emocionante! —gritó, mientras hacía una pausa, de puro agotamiento—. Me parece que voy a sentarme.

Conduje el pequeño rebaño (una docena de hermosos animales, después de los que ella había dejado escapar) a unos cien metros más adelante. Cuando ella volvió a donde yo estaba, ya había acabado la matanza y comenzaba a desollarlos. Una hora más tarde regresamos todos orgullosos por el sendero que atravesaba los harenes. Dos veces más volvimos a recorrerlo cargados con pieles, hasta que pensé que tendríamos bastantes para la techumbre de la cabaña. Coloqué la vela, con una bordada salí de la cala, y con otra bordada más penetramos en el interior de nuestra cala.

—Parece como si regresáramos a casa —dijo Maud, cuando aproximé el bote a la playa.

Oí aquellas palabras con una emoción que me impresionó, de puro deliciosa y espontánea que era aquella intimidad. Luego dije:

—Parece como si hubiera hecho siempre esta vida. El mundo de los libros y de los intelectuales es algo muy vago, algo más parecido a un sueño que se recuerda que a la realidad. Probablemente he estado cazando, saqueando y luchando todos los días de mi vida. Y usted también parece ser una parte de todo esto. Usted es... —a punto estuve de decir «mi mujer, mi compañera», pero lo sustituí por un banal—: está sobrellevando muy bien las adversidades.

Pero ella se había percatado de mi vacilación. Había advertido una laguna en mitad de la frase. Me dirigió una rápida mirada.

—No es eso. ¿No estaba diciendo que...?

—Que la americana señorita Meynell estaba llevando la vida de un salvaje, y por cierto a plena satisfacción —dije con toda tranquilidad.

—¡Oh! —fue toda su réplica; aunque yo juraría que en su voz había un dejo de desilusión.

Durante el resto de aquel día y durante muchos más resonaron en mi corazón las palabras «mi mujer», «mi compañera». Y, sin embargo, nunca resonaron tan vivamente como aquella noche mientras la observaba retirar el manto de musgo de encima del rescoldo, soplar el fuego y preparar la cena. Debió de ser que se despertó en mí un latente salvajismo, porque estas ancestrales palabras, tan ligadas a las raíces de la especie, me conmovieron y me cautivaron. Me conmovieron y me cautivaron hasta que quedé dormido, repitiéndomelas para mí mismo en un susurro una y mil veces.

# Treinta y uno

—Olerá algo mal —dije—, pero conservará el calor en el interior y protegerá de la lluvia y de la nieve.

Estábamos supervisando la techumbre de piel de foca recién terminada.

—Es un poco tosca, pero cumplirá bien su cometido, que es lo más importante —proseguí, anhelando que me lo elogiara.

Ella aplaudió y manifestó que le agradaba enormemente.

—Aunque está oscuro dentro —dijo a continuación, encogiendo los hombros como si sintiera un escalofrío involuntario.

—Podría haberme sugerido una ventana cuando estaba subiendo las paredes —le dije—. Era para usted, y tendría que haberse dado cuenta de que necesitaba una ventana.

—Pero es que yo nunca veo lo que salta a la vista, ¿sabe?, —volvió a reír—. Y además, en cualquier momento podremos abrir un agujero en la pared.

—Perfecto. No se me había ocurrido —repliqué, moviendo la cabeza sesudamente.

—¿Se ha acordado de encargar el cristal de la ventana? Llame ahora mismo a la tienda, creo que el teléfono es Red, 4451, y dígales el tamaño y la clase de cristal que desea.

—Eso significa... —comenzó.

—Que no hay ventana.

Aquella cabaña era una cosa oscura e infernal, en un país civilizado no habría servido más que como pocilga; pero para nosotros, que habíamos conocido las penalidades de un bote sin techo, resultaba una pequeña habitación muy acogedora. Después de templar la casa, lo que se efectuó con la ayuda del aceite de foca y una mecha de algodón de calafatear, me dediqué a la caza a fin de aprovisionarnos de carne para el invierno, y a la construcción de una segunda cabaña.

Ahora era un asunto sencillo, salir por la mañana y regresar por la tarde con el bote repleto de focas. Y entonces, mientras yo me ocupaba en la construcción de la cabaña, Maud extraía el aceite de la grasa y mantenía vivo un fuego lento bajo los trozos de carne. Yo había oído hablar de la carne de cecina típica de las praderas, y nuestra carne de foca, cortada a tiras y ahumada, se curaba espléndidamente.

Resultó más fácil erigir la segunda cabaña, pues la construí adosada a la primera, con lo que solo hacían falta tres paredes. Pero aun así fue laborioso, muy laborioso. Maud y yo trabajábamos desde que amanecía hasta la puesta del sol, al límite de nuestras fuerzas, de manera que cuando anochecía nos arrastrábamos a nuestras camas y dormíamos el sueño animal del agotamiento. Sin embargo, Maud afirmaba que jamás se había sentido mejor ni más fuerte en su vida. Por mí mismo comprobaba que era verdad, aunque la suya era la fuerza de un lirio, y temía a cada momento verla derrumbarse. Repetidas veces, consumidas sus últimas reservas, la vi tendida de espaldas sobre la arena según esa manera peculiar suya de descansar y recuperarse. A continuación se volvía a levantar y se ponía a trabajar con la misma energía que antes. Lo que me maravillaba era de dónde sacaba esas fuerzas.

—Piense en el largo letargo del invierno —respondió a mis reproches—, daríamos cualquier cosa por tener algo que hacer.

Celebramos la inauguración de mi cabaña la noche en que quedó techada. Era al final del tercer día de una brutal tormenta que había hecho girar la brújula del sudeste al noroeste, y que ahora estaba soplando directamente sobre nosotros. Las playas de fuera de la cala tronaban con el oleaje, e incluso en el interior de nuestra enarenada cala rompía un formidable oleaje. En la isla no había ninguna cordillera alta que nos protegiera del viento, que silbaba y aullaba alrededor de la cabaña hasta el extremo de que en ocasiones me hacía temer por la resistencia de las paredes. Las pieles de la techumbre, que yo pensaba que habían quedado tirantes como la badana de un tambor, se combaban y se hinchaban a cada ráfaga; y los innumerables intersticios de las paredes, no tan estancos por el musgo como suponía Maud, empezaron a abrirse. En cambio, el aceite de foca ardía alegremente, y nos hallábamos calentitos y cómodos.

Fue una velada ciertamente agradable, y declaramos que en cuanto acto social de la isla Esforzada no había quedado falto de lucimiento. Nos sentíamos sosegados de espíritu. No solo nos habíamos resignado al crudo invierno, sino que nos habíamos preparado para pasarlo. Ahora ya no nos preocupaba que las focas pudieran emprender en cualquier momento su misteriosa migración hacia el sur; ni siquiera las tormentas nos atemorizaban. No solo nos sentíamos seguros contra la lluvia y a resguardo del frío, sino que disponíamos de los más mullidos y lujosos colchones que pudieran hacerse con musgo. Había sido idea de Maud, y ella misma había reunido con gran empeño todo el musgo. Esta iba a ser mi primera noche sobre este colchón, y sabía que dormiría el más plácido de los sueños por haberlo confeccionado ella.

Cuando se levantó para marcharse, se volvió hacia mí de esa forma extraña que le era propia y dijo:

—Algo está a punto de ocurrir, está ocurriendo de hecho ya. Lo siento. Algo está acercándose hacia nosotros. Ahora mismo se está acercando. No sé qué es, pero se está acercando.

—¿Bueno o malo? —pregunté.

Agitó la cabeza.

—No lo sé, pero está por ahí, en alguna parte.

Señaló en dirección al mar y al vendaval.

—Es una costa que está a sotavento —sonreí—, y estoy seguro de que prefiero estar aquí a estar arribando en una noche como esa. ¿Tiene miedo? —le pregunté al ponerme en pie para abrirle la puerta. Sus ojos miraron valientemente a los míos—. ¿Se encuentra usted bien? ¿Perfectamente bien?

—Nunca he estado mejor —fue su respuesta.

Charlamos aún un rato antes de que se marchara.

—Buenas noches, Maud —dije.

—Buenas noches, Humphrey —dijo.

El llamarnos por nuestros nombres había surgido como la cosa más corriente, y fue tan poco premeditado como natural. En aquel momento podría haberla rodeado con mis brazos y haberla atraído hacia mí. Lo habría hecho sin lugar a dudas de habernos encontrado en el mundo al que pertenecíamos. Pero en aquellas circunstancias, la escena terminó donde únicamente era posible; me quedé solo en mi pequeña cabaña, rebosante de una cada vez más agradable satisfacción; supe entonces que entre nosotros existía un vínculo, un acuerdo tácito, que no había existido hasta entonces.

# Treinta y dos

Me desperté con una sensación extraña de opresión. Parecía como si faltase algo a mi alrededor. El misterio y la opresión se desvanecieron a los pocos segundos de despertarme, cuando comprendí que lo que faltaba era el viento. Me había quedado dormido en ese estado de tensión nerviosa en el que uno se encuentra ante un ruido o movimiento incesantes, y me había despertado con esa misma tensión, dispuesto a encontrarme con la presión de algo que ya no gravitaba sobre mí.

Era la primera noche en varios meses que pasaba a cubierto y, tendido voluptuosamente varios minutos bajo las mantas (por una vez no estaban mojadas por la niebla ni por los salpicones), analizaba en primer lugar el efecto que producía sobre mí la ausencia de viento, y en segundo término el placer, muy personal, de reposar sobre el colchón confeccionado por las manos de Maud. Después de vestirme y abrir la puerta oí las olas estallar sobre la playa, testimonio sonoro de la furia de la pasada noche. Era un día claro y lucía el sol. Había dormido hasta muy tarde, y salí afuera con una energía repentina, dispuesto a recuperar el tiempo perdido, como correspondía a un habitante de La Esforzada.

Una vez fuera, me detuve en seco. Sin la más mínima duda yo confiaba en mis ojos, y, sin embargo, me quedé por un momento atónito ante lo que me mostraban. Allí, sobre la playa, a menos de veinte metros de distancia, con la proa de cara y desarbolado se hallaba un barco de casco negro. Mástiles y botalones, enredados con los obenques, velas y reato de escotas, se mecían suavemente a su costado. Debí de restregarme los ojos mientras lo contemplaba. Allí estaba la cocina que habíamos construido de manera casera, el familiar saltillo de popa, el poco elevado camarote que apenas sobresalía por encima de la barandilla. Era el *Fantasma*.

¿Qué capricho de la fortuna lo había arrastrado precisamente hasta aquí de entre todos los puntos posibles? ¿Qué azar de los azares? Miré a la desnuda e inaccesible pared que había a mi espalda, y me percaté de la hondura de mi desesperación. Huir era inútil, imposible pensar en ello. Me acordé de Maud, que dormía allá en la cabaña que habíamos levantado; me acordé de su «Buenas noches, Humphrey»; resonaron en mi cerebro las palabras «mi mujer, mi compañera»; pero ahora, ¡ay de mí!, sonaban como un tañido de difuntos. A continuación todo se representó de color negro ante mis ojos.

Es posible que no fuera más que la fracción de un segundo, pero no tuve conciencia del tiempo que había transcurrido hasta volver de nuevo en mí. Allí estaba el *Fantasma,* con la proa en dirección a la playa, con su bauprés astillado proyectando su sombra en la arena, y su enmarañado aparejo rozando contra su costado a la altura de las rumorosas olas. Había que hacer algo, había que hacer algo.

De pronto me chocó como algo extraño el hecho de que a bordo no había movimiento alguno. Exhaustos por la noche de brega con el temporal, estaría todo el mundo durmiendo, pensé. Mi inmediato pensamiento fue ¿podríamos escapar Maud y yo todavía si cogiéramos el bote y dobláramos el cabo antes de que nadie despertara? La llamaría y partiríamos. Tenía la mano alzada para dar con los nudillos en la puerta cuando caí en la cuenta de cuál era el tamaño de la isla. Nunca podríamos encontrar un lugar donde ocultarnos en ella. No teníamos otra salida que el amplio y crudo océano. Pensé en nuestras pequeñas y confortables cabañas, nuestras provisiones de carne, aceite, musgo y leña para el fuego, y comprendí que no resistiríamos el mar invernal y las grandes tormentas que se avecinaban.

De manera que estuve al otro lado de su puerta, dudando si debía llamar. Surgió en mi mente un salvaje pensamiento: precipitarme al interior y matarla mientras dormía. Y fue entonces, como un relámpago, cuando se me ocurrió la mejor solución. Todo el mundo dormía a bordo. ¿Por qué no introducirme en el *Fantasma* —yo conocía a la perfección el camino hasta la litera de Lobo Larsen— y matarlo en su lecho? Luego..., bueno, ya veríamos. Pues una vez muerto él, había tiempo y lugar para planear otras cosas; además de que, como quiera que se nos presentase la nueva situación, no era posible que fuera peor que la presente.

Llevaba el cuchillo a la cadera. Regresé a mi cabaña a por el rifle, asegurándome de que estaba cargado, y me encaminé al *Fantasma*. Con cierta dificultad, y a costa de mojarme hasta el pecho, trepé a bordo. La escotilla del castillo de proa estaba abierta. Me detuve para escuchar la respiración de los hombres, pero allí no respiraba nadie. Casi perdí el aliento ante el pensamiento que me asaltó: ¿Qué ocurriría si el *Fantasma* estuviera desierto? Presté mayor atención a mis oídos. No había ruido alguno. Con cierta prevención descendí por la escalera. Aquel lugar tenía el aspecto, la sensación de vacío y el olor mohoso característico de un recinto largo tiempo deshabitado.

Por todas partes se veían montones de ropa sucia, revuelta y harapienta, botas de agua viejas, chubasqueros picados: toda clase de objetos inservibles que se acumulan en el castillo de proa durante una larga travesía.

Abandonarlo a toda prisa fue mi dictamen, mientras subía a cubierta. Resucitó la esperanza en mi pecho, y miré a mi alrededor con mayor tranquilidad. Constaté que faltaban los botes. El entrepuente ofrecía el mismo aspecto que el castillo de proa. Los cazadores habían empaquetado sus pertenencias con idéntico apresuramiento. El *Fantasma* estaba abandonado. Era de Maud y mío. Pensé en los almacenes del barco y en la despensa de debajo del camarote, y se me ocurrió la idea de sorprender a Maud con algo sabroso para el desayuno.

Repuesto de mi miedo, y con la convicción de que ya no era necesario cumplir el horrible acto que había venido a ejecutar, me volví infantil e impaciente. Subí la escalera del entrepuente de dos en dos escalones, sin otra idea concreta en mi mente que una gran alegría y la esperanza de que Maud continuara durmiendo hasta que la sorpresa del desayuno estuviera dispuesta. Al dar una vuelta por la cocina, sentí una nueva satisfacción al pensar en la espléndida batería de utensilios que había en su interior. De un salto pasé al saltillo de popa y vi... a Lobo Larsen. Debido al ímpetu que llevaba y al asombro ante la sorpresa, repiqueteé tres o cuatro pasos a lo largo de la cubierta antes de poder detenerme. Él estaba de pie en la escalera, asomando solo la cabeza y los hombros, y con los ojos fijos en mí. Sus brazos descansaban sobre la puerta corredera que estaba semiabierta. No hizo movimiento alguno; tan solo estaba allí de pie, mirándome fijamente.

Empecé a temblar, las antiguas náuseas se apoderaron de mí. Apoyé una mano en el borde de la cámara para sostenerme. Los labios parecían haberse quedado de pronto resecos, y me los humedecí aunque no sentía necesidad de hablar. Ni un solo instante aparté mis ojos de él. Ninguno de los dos hablamos. Había algo ominoso en su silencio, en su inmovilidad. Todo el miedo que antes le había tenido volvió ahora, solo que centuplicado. De pie ambos, él y yo, seguíamos mirándonos.

Era consciente de que se imponía hacer algo, pero, presa de mi tradicional falta de confianza, estaba esperando que tomase él la iniciativa. Luego, sin embargo, según transcurrían los minutos, caí en la cuenta de que la situación era similar a aquella en la que me acerqué al macho de largas crines y el miedo oscureció mi intención de matarlo a mazazos, hasta llegar al extremo de desear que huyera. Entonces por fin tomé conciencia de que yo estaba allí no para que Lobo Larsen tomara la iniciativa, sino para tomarla yo.

Amartillé los dos tambores de la escopeta y la encaré hacia él. Si se llega a mover o intenta bajar por la escalera, sé que le habría disparado. Pero se mantuvo quieto, inmóvil como antes. Cuando me situé frente a él, con la escopeta encarada en mis temblo-

rosas manos, tuve ocasión de comprobar el enflaque-
cimiento y la consumición de su rostro. Era como si
le hubiese aniquilado una fuerte ansiedad. Las mejillas estaban hundidas, y en su fruncida frente se re-
velaba una expresión de cansancio. En sus ojos me
pareció ver algo extraño, no solo por su expresión,
sino por su aspecto físico, como si los nervios ópticos
y los músculos de apoyo hubieran sufrido un tirón y
le hubieran desviado ligeramente las pupilas.

Todo esto es lo que vi, y a mi cerebro, que ahora
trabajaba a toda velocidad, acudieron mil pensamientos. Y, sin embargo, no fui capaz de apretar los gatillos. Bajé la escopeta y me dirigí hacia el rincón del
camarote, sobre todo para relajar mi tensión nerviosa
y tomar nuevos arrestos, y en segundo lugar para estar más cerca de él. De nuevo levanté la escopeta. Se
hallaba casi a la distancia de un brazo, de modo que
no había esperanza para él. Mi decisión era firme. No
había posibilidad de no acertarle, por pobre que fuera mi puntería. Sin embargo, aún dudaba en mi fuero
interno y no pude apretar los gatillos.

—¿Qué hay? —preguntó en tono impaciente.

En vano luché por forzar a mis dedos a que apre-
taran los gatillos, y en vano también intenté decir algo.

—¿Por qué no disparas? —preguntó.

Me aclaré la garganta de una ronquera que me
impedía articular palabra.

—Hump —dijo muy despacio—, tú no puedes disparar. No es que tengas miedo exactamente. Es que
no puedes. Tu moralidad convencional es más fuerte
que tú. Eres esclavo de las opiniones que gozan de
credibilidad entre la gente que has conocido y está en
tu entorno. Te han machacado su código en tu cabe-

za desde que aprendiste a balbucir, y a pesar de tu filosofía y de cuanto te enseñé, no te permitirán matar a una persona desarmada e indefensa.

—Ya lo sé —dije con voz ronca.

—Y también sabes que yo sí mataría a un hombre desarmado con la misma facilidad con que me fumo un puro —continuó—. Me conoces por lo que soy, lo que valgo en este mundo, según tus patrones. Me has llamado serpiente, tigre, tiburón, monstruo y Calibán. En cambio tú, pequeño muñeco de trapo, imitamonos en miniatura, eres incapaz de matarme como matarías a una serpiente o a un tiburón por la sencilla razón de que tengo manos, pies y un cuerpo en cierto modo similar al tuyo. ¡Bah, yo esperaba más de ti, Hump!

Salió de la escalera y se acercó hacia mí.

—Baja esa escopeta. Quiero hacerte algunas preguntas. No he tenido ocasión todavía de echar un vistazo a los alrededores. ¿Qué sitio es este? ¿Cómo está varado el *Fantasma?* ¿Cómo lograsteis escapar? ¿Dónde está Maud? ¿O debo decir la señora Van Weyden?

Yo había retrocedido, casi llorando, ante mi incapacidad de dispararle, aunque sin cometer la locura de bajar la escopeta. En mi desesperación esperaba que hiciera algún movimiento hostil, un intento de pegarme o de estrangularme; porque sabía que solo en tal tesitura me atrevería a disparar.

—El nombre de esta isla es La Esforzada.

—Nunca he oído hablar de ella —comentó.

—Al menos, ese es el nombre que le hemos dado nosotros —corregí.

—¿Nosotros? —preguntó—. ¿Quiénes son nosotros?

—La señorita Brewster y yo. Y el *Fantasma*, como usted mismo puede ver, tiene la proa mirando a la playa.

—Aquí hay focas —dijo—. Me han despertado con sus ladridos. O mejor dicho, lo habrían hecho de haber estado dormido. Las oí anoche cuando llegué. Fueron la primera señal de que me encontraba en una playa a sotavento. Se trata de una colonia como aquellas en las que cazaba hace años. Gracias a mi hermano Muerte he encontrado una fortuna. Es una mina. ¿Cuál es su posición exacta?

—No tengo la menor idea —dije—. Pero usted debería conocerla con bastante aproximación. ¿Cuáles fueron sus últimas mediciones?

Me dirigió una sonrisa inescrutable, pero no me contestó.

—Bueno, ¿dónde está la tripulación? —pregunté—. ¿Cómo es que ha llegado usted solo?

Yo tampoco esperaba que me contestara, así que me sorprendió su inmediata respuesta.

—Mi hermano me dio alcance al cabo de las cuarenta y ocho horas, y no por culpa mía. Me abordó durante la noche, cuando solo tenía en cubierta a los de la guardia. Los cazadores me abandonaron. Él les ofrecía un «tanto» mayor. Oí cómo se lo ofrecía; lo hizo delante de mí. Por supuesto, la tripulación me dijo «hasta más ver». Era de esperar. Todos los hombres saltaron por la borda, y allí me quedé, abandonado en mi propio barco. Esta vez le tocó a Muerte, y en cualquier caso, todo queda en familia.

—Pero ¿cómo perdió los mástiles? —pregunté.

—Date una vuelta y examina aquellas drizas —dijo, señalando hacia el lugar en que debía estar el aparejo de la mesana.

—Los han cortado con un cuchillo —exclamé.

—No exactamente —sonrió—. Ha sido un trabajo más limpio. Mira de nuevo.

Miré otra vez. Habían cortado los cabos acolladores, dejando solo lo preciso para retener los obenques hasta que una tensión más fuerte los hiciera saltar.

—Cooky fue quien lo hizo —sonrió de nuevo—. Lo sé, aunque no lo cogí in fraganti. Una manera como otra cualquiera de nivelar un poco el tanteo.

—¡Bravo por Mugridge! —grité.

—Sí, eso fue exactamente lo mismo que pensé yo cuando todo se vino abajo sobre el costado. Solo que lo dije con un tono bien distinto.

—¿Y qué estaba usted haciendo mientras ocurría todo esto? —pregunté.

—Todo lo que pude, puede estar seguro, aunque no era mucho, dadas las circunstancias.

Me di la vuelta para volver a examinar el trabajo de Thomas Mugridge.

—Me parece que voy a sentarme a tomar un poco el sol —oí decir a Lobo Larsen.

En su voz había un acento, un ligerísimo acento, de cansancio físico, y eso era algo tan extraño que rápidamente le eché una mirada. Se pasaba nerviosamente la mano por la cara, como si se quitara una telaraña. Yo estaba perplejo. Todo en él era tan distinto del Lobo Larsen que yo había conocido.

—¿Cómo van sus dolores de cabeza? —pregunté.

—Me siguen molestando —contestó—. Creo que me amenazan de nuevo.

Se deslizó de su asiento hasta quedar tendido sobre cubierta. Luego giró sobre su costado, descansando la cabeza sobre el bíceps, y protegió del sol sus ojos con el antebrazo. Le contemplé lleno de asombro.

—Esta es tu oportunidad, Hump —dijo.

—No le comprendo —dije mintiendo, pues de sobra sabía lo que quería decir.

—¡Oh, nada! —añadió en voz baja, como si estuviera dormitando—, solo decía que me has encontrado donde tú querías.

—No, eso no —repliqué—, porque me gustaría que estuviese a miles de kilómetros de aquí.

Se rio entre dientes, y ya no volvió a decir nada más. Ni se movió cuando pasé por su lado en dirección al camarote. Levanté la trampilla del suelo, pero durante unos momentos miré dubitativo al oscuro almacén que bajo mis pies estaba. Dudaba si bajar o no. ¿Y si el haberse tumbado fuera una estratagema suya? Excelente, desde luego, para cazarme como una rata. Subí sigilosamente la escalera para espiarle sin que me viera. Seguía tumbado tal y como lo dejé. Volví a bajar, pero antes de descender al almacén tomé la precaución de echar abajo primero la trampilla. Así, al menos no podría encerrarme con la trampilla. Aunque fue totalmente innecesario. Volví a subir al camarote con una buena provisión de mermelada, galletas, carne en conserva y otras cosas semejantes —todo lo que fui capaz de acarrear— y volví a colocar la trampilla.

Me bastó una ojeada a Lobo Larsen para comprobar que no se había movido. Se me ocurrió una idea brillante. Fui con cuidado al camarote y me apoderé de sus revólveres. Ya no encontré más armas, a pesar de que revolví las otras tres salas. Para estar más seguro, retrocedí y registré el entrepuente y el castillo de proa, y de la cocina recogí todos los cuchillos de trinchar carne y de picar verduras. Me acordé entonces de la enorme navaja de marinero que siempre llevaba consigo; me acerqué a él hablándole primero muy bajo, y luego en voz alta. Entonces respiré con mayor tranquilidad. Ahora él no tenía armas con las que poder atacarme a distancia, mientras que yo, armado, podría hacerle frente siempre que intentara apresarme entre sus terribles brazos de gorila.

Llené una cafetera y una sartén con parte de mi botín, y después de coger de la alacena algunas piezas de vajilla, dejé a Lobo Larsen tumbado al sol y volví a la playa.

Maud seguía durmiendo. Soplé los rescoldos (todavía no habíamos arreglado la cocina de invierno) y con febril impaciencia preparé el desayuno. Cuando ya terminaba, la oí moverse en el interior de su cabaña, haciéndose la *toilette*. Una vez que estuvo todo dispuesto y el café colado, se abrió la puerta y apareció.

—Eso no está bien —dijo a modo de saludo—. Está usted usurpando mis prerrogativas. Ya sabe que convinimos en que la cocina era asunto mío, y...

—Solo por esta vez —le pedí.

—Si me promete no reincidir —añadió sonriendo—. A menos, por supuesto, que se haya cansado de mis pobres esfuerzos.

Con gran contento por mi parte, ni una sola vez miró a la playa, y continué la broma con tanto éxito que sorbió el café de una taza de porcelana, comió patatas fritas deshidratadas y untó la galleta con mermelada sin darse cuenta de nada. Pero no podía durar mucho tiempo. Vi de pronto la sensación de estupor que la embargó. Había descubierto que el plato en que comía era de porcelana; miró el desayuno, reparando en cada detalle. A continuación me miró a mí, y lentamente volvió la cara hacia la playa.

—¡Humphrey! —dijo.

El antiguo, indecible terror, se asomó a sus ojos.

—¿Está... él...? —dijo con voz trémula.

Asentí con un movimiento de cabeza.

# Treinta y tres

Todo el día estuvimos esperando que Lobo Larsen bajara a tierra. Fueron unas horas de angustia e inquietud. A cada momento cualquiera de los dos echaba una mirada expectante al *Fantasma*. Pero no vino. Ni siquiera apareció en cubierta.

—Quizá tenga uno de esos dolores de cabeza —dije—. Le dejé echado en la popa. Puede que pase allí toda la noche. Creo que voy a ir a ver.

Maud me miró con ojos de súplica.

—Todo está correcto —la tranquilicé—. Llevaré los revólveres. Ya sabe que recogí todas las armas de a bordo.

—Pero quedan sus brazos, sus manos, sus terribles, terribles manos —objetó ella. Y luego gritó—: ¡Humphrey, tengo miedo de ese hombre! ¡No vaya, por favor, no vaya!

Apoyó su mano en la mía, en señal de súplica, lo que aceleró vertiginosamente mi pulso. Lo que en mi corazón sentía debió de aflorar por un instante a mis ojos. ¡Mi querida y encantadora mujer! Ella era para mí la mujer sin más, aferrada a mí, suplicante, luz del sol y rocío de mi virilidad, la cual enraizaba y fortificaba cada vez más con la savia de un nuevo vigor. Estuve a punto de echarle un brazo por encima, como estuvimos en medio del rebaño de focas; pero recapacité y me contuve.

—No voy a correr ningún riesgo —dije—. Tan solo echaré una ojeada por la proa para ver.

Me apretó la mano efusivamente y me dejó partir. El lugar de cubierta en donde había dejado a Lobo Larsen estaba vacío. Sin lugar a dudas había ido abajo. Aquella noche montamos guardia por turno, pues era imposible prever lo que podría hacer Lobo Larsen. Era capaz de cualquier cosa.

Al día siguiente esperamos, y al siguiente, pero no dio señales de vida.

—¡Esas jaquecas que le dan, esos ataques! —dijo Maud la tarde del cuarto día—. Tal vez esté enfermo, muy enfermo. Puede haber muerto. O agonizando —dijo de segundas, después de haber estado esperando unos instantes a que yo hablara.

—¡Tanto mejor si así fuera! —contesté.

—Pero piense, Humphrey, que es una criatura como nosotros en la soledad de sus últimas horas.

—Tal vez —insinué.

—Sí, tal vez —admitió—. Pero eso no lo sabemos. Y sería terrible que fuera cierto. Nunca me lo podría perdonar a mí misma. Tenemos que hacer algo.

—Tal vez —insinué de nuevo.

Esperé, riéndome en mi fuero interno de su feminidad, que la impulsaba a mostrarse solícita precisamente por Lobo Larsen. ¿Dónde estaba su preocupación por mí —pensé—, por quien había sentido tanto miedo solo porque me asomara a echar un vistazo a bordo?

Era demasiado sutil para que se le escapara por dónde iba el rumbo de mi silencio. Y era tan directa como sutil.

—Vaya a bordo, Humphrey, a ver qué encuentra —dijo—. Y si quiere reírse de mí, tiene mi autorización y mi perdón.

Me levanté todo obediente y bajé a la playa.

—¡Tenga cuidado! —gritó a mis espaldas.

Desde lo alto del castillo de proa agité mi brazo, y bajé a cubierta. Ya en popa, me dirigí a la escalera del camarote donde me contenté con dar un grito. Lobo Larsen me contestó, y cuando empezó a subir las escaleras amartillé el revólver. Durante nuestra conversación lo mostré deliberadamente, pero él hizo como si no lo viera. Físicamente parecía el mismo de la última vez que le vi, aunque estaba taciturno y triste. De hecho, las pocas palabras que intercambiamos difícilmente pueden llamarse una conversación. No le pregunté por qué no había bajado a la playa, ni tampoco él me preguntó por qué no había venido antes a bordo. La cabeza había dejado de molestarle, dijo, y así, sin mediar otras palabras, lo dejé.

Maud recibió mis noticias con evidentes muestras de contento, y al ver el humo que más tarde empezó a salir de la cocina, aún se puso de mejor humor. Al día siguiente, y al otro, vimos salir humo de la cocina, y en ocasiones le divisamos a él en la popa. Pero eso era todo. No hizo ni un solo intento de venir a la playa. Lo supimos porque mantuvimos durante las noches nuestros turnos de guardia. Esperábamos que hiciera algo, que diera a conocer su juego —por así decir—, pero esta inactividad nos tenía confundidos e inquietos.

Así pasó una semana. No teníamos otra preocupación que Lobo Larsen, y su presencia pesaba tanto sobre nosotros que nos desazonaba e impedía hacer las pequeñas cosas que habíamos planeado.

Al final de esta semana dejó de salir humo de la cocina, y ya no apareció de nuevo sobre popa. Advertí que la preocupación de Maud iba en aumento, aunque por timidez —e incluso por orgullo, me parece— se abstuvo de repetir su ruego. Después de todo, ¿qué hubiera podido censurarle de su conducta? Era, a la par que mujer, una criatura extremadamente altruista. Además, también a mí me producía desazón pensar que el hombre a quien había intentado matar estuviese solo moribundo tan cerca de unas criaturas semejantes a él. Tenía razón él. El código de mi grupo era más fuerte que yo. El hecho de que tuviera manos, pies y un cuerpo de configuración similar a la del mío constituía un vínculo que me resultaba imposible ignorar.

De modo que no aguardé a que Maud me enviara por segunda vez. Advertí que andábamos necesitados de leche condensada y de mermelada, y anuncié que iba a ir a bordo. Noté que ella vacilaba. Llegó incluso a murmurar que no eran productos indispensables, y que mi viaje en busca de ellos podía resultar inoportuno. Y al igual que antes siguió el ritmo de mi silencio, ahora siguió la intención de mis palabras, y se dio cuenta de que la leche condensada y la mermelada no eran más que un pretexto para ir a bordo, y que la causa era ella y la angustia que ella no había sido capaz de disimular.

Cuando llegué a lo alto del castillo de proa, me quité los zapatos y me dirigí a popa sin hacer ruido, en calcetines. En esta ocasión no llamé desde lo alto de la escalera. Bajé con cautela, y encontré el camarote vacío. La puerta de la sala estaba cerrada. Pensé en un primer momento llamar con los nudillos, pero luego me acordé del recado que me había traído aquí y decidí llevarlo a cabo.

Evité cuidadosamente todo ruido, levanté la trampilla del suelo y la puse a un lado. La trucha y el resto de las provisiones estaban almacenadas en la despensa, y aproveché la oportunidad para equiparme con algunas prendas de ropa interior.

Al salir de la despensa oí ruidos en el camarote de Lobo Larsen. Me agazapé y agucé el oído. El pomo de la puerta chirrió. Furtivamente, de una manera instintiva me deslicé marcha atrás debajo de la mesa y saqué y amartillé el revólver. Se abrió la puerta y entró. Nunca antes había visto una desesperación más profunda que la que descubrí en aquel rostro —el rostro del luchador Lobo Larsen, el hombre fuerte e indomable—. Retorciendo la manos exactamente igual que hace una mujer, levantó sus crispados puños y se quejó. Abrió un puño, y con la palma de la mano se restregó los ojos como si quisiera apartar una telaraña.

—¡Dios, Dios! —gimió, y sus crispados puños se levantaron de nuevo con la misma infinita desesperación que vibraba en su garganta.

Era horrible. Yo temblaba de pies a cabeza y sentía los escalofríos recorrer de punta a punta mi columna vertebral, y el sudor que de mi frente brotaba. Seguramente no exista nada en este mundo más espantoso que el espectáculo de un hombre fuerte en el momento en que se ve reducido a una absoluta debilidad e impotencia.

Pero Lobo Larsen, gracias a un esfuerzo grandioso de voluntad, recobró el control de sí mismo. Fue un esfuerzo grandioso. Todo su cuerpo se estremeció en la lucha. Parecía un hombre al borde de un ataque. Su rostro se retorció en su empeño por calmarse, convulsionándose y contorsionándose en un intento vano, hasta volver a caer en su abatimiento. De nuevo levantó los puños crispados y se quejó. Contuvo el aliento una o dos veces, y sollozó. Luego consiguió vencer. Llegué a pensar que era otra vez el antiguo Lobo Larsen, aunque en sus movimientos había un barrunto de indecisión y de debilidad. Se dirigió a la escalera, y avanzaba casi como de costumbre solía verlo; sin embargo, de nuevo en sus pasos se advertía un barrunto de indecisión y de debilidad.

Ahora sentí miedo por mí mismo. El hueco de la trampilla estaba directamente en su camino, y si lo descubría, este descubrimiento le llevaría al instante a donde yo me encontraba. Yo estaba enojado conmigo mismo ante la posibilidad de ser descubierto en una postura tan cobarde, acurrucado en el suelo. Todavía, sin embargo, estaba a tiempo. Me incorporé velozmente y, de modo por completo inconsciente, adopté una actitud de desafío. Él no se dio cuenta de mi presencia. Ni tampoco de que la trampilla estaba abierta. Antes de que me hubiera podido hacer cargo de la situación y actuar, ya había dado algunos pasos en dirección a la trampilla. Un pie descendía ya hacia el agujero, mientras que el otro estaba justo a punto de levantarse del suelo. Pero cuando el pie que descendía no encontró el sólido entarimado y notó bajo sí el vacío, fue el antiguo Lobo Larsen y sus músculos de tigre el que intentó saltar con su cuerpo por encima del agujero mientras caía; de modo que, con los brazos extendidos, aterrizó sobre el pecho y el estómago en el suelo del lado opuesto. Un instante después encogió las piernas y rodaba ágilmente. Pero llegó rodando sobre mi mermelada y el fardo de ropa interior, golpeando contra la trampilla.

La expresión de su cara mostraba que había comprendido todo. Pero antes de que yo pudiera suponer lo que él había comprendido, ya había colocado la trampilla en su sitio, dejando cerrado el almacén. Entonces lo entendí. Pensaba que me había cazado abajo. Por consiguiente, es que estaba ciego, ciego como un murciélago. Le observé, respirando con sumo cuidado para que no pudiera oírme. Entonces se dirigió rápidamente a su camarote. Vi que su mano no acertaba a dar con el pomo de la puerta por un par de centímetros, y cómo tanteaba una y otra vez hasta encontrarlo. Esta era mi oportunidad. Atravesé de puntillas el camarote hasta lo alto de la escalera. Regresó, arrastrando un pesado arcón que depositó encima de la trampilla. No satisfecho con esto, fue a buscar un segundo arcón y lo colocó encima del primero. Luego recogió la mermelada y la ropa interior y lo puso todo sobre la mesa. Cuando subió la escalera, yo me aparté sin hacer ruido, rodando por lo alto del camarote. Empujó un poco la puerta corredera, y apoyando los brazos en ella permaneció allí con las piernas aún en la escalera. Su actitud parecía la de alguien que estuviera mirando la cslora de la goleta, o mejor, como si tuviera los ojos clavados en ella, porque estaban fijos y no pestañeaban. Yo me hallaba a tan solo metro y medio de él, y enfrente, en lo que debía haber sido su campo de visión. Era algo extraño. Hacía que me sintiera como un fantasma invisible. Agité mi mano adelante y atrás, pero sin ningún resultado.

Cuando la oscilante sombra cayó sobre su rostro, vi enseguida que reflejaba la sensación. Su rostro se puso más alerta y atento al tratar de analizar e identificarla. Sabía que había respondido a algún estímulo del exterior, que algo que se movía a su alrededor había impresionado su sensibilidad, pero no podía descubrir qué había sido. Dejé de mover la mano, de modo que la sombra se quedó quieta. Balanceó lentamente la cabeza atrás y adelante y de un lado a otro, ya al sol ya a la sombra, como si sintiera la sombra, verificando su existencia con la sensación.

Yo también estaba ocupado intentando explicarme cómo era capaz de percatarse de la existencia de algo tan intangible como una sombra. Si solo tuviera afectados los globos oculares, o si el nervio óptico no estuviera totalmente destruido, la explicación era bien sencilla. Pero si no era así, la única conclusión a la que podía llegar era que su sensible piel notaba la diferente temperatura entre la sombra y el sol. O quizá, ¿quién sabe?, se trataba de ese fabuloso sexto sentido que le transmitía la presencia y ausencia de objetos cercanos.

Abandonando sus intentos de identificar la sombra, salió a cubierta y se dirigió a proa andando con una rapidez y seguridad que me sorprendieron. No obstante, había en sus pasos un vestigio de la inseguridad que tienen los ciegos al caminar. Ahora ya me explicaba por qué era todo así.

Descubrió, para divertido pesar por mi parte, mis zapatos en lo alto del castillo de proa, y se apoderó de ellos llevándoselos consigo a la cocina. Le vi encender fuego y ponerse a hacer la comida. Entonces me deslicé al camarote a buscar la mermelada y la ropa interior; pasé de nuevo por la cocina y me bajé a la playa para informar de la pérdida de mis zapatos.

# Treinta y cuatro

—Es una auténtica pena que el *Fantasma* haya perdido los mástiles. Porque podíamos habernos ido en él. ¿No lo cree, Humphrey?

Me puse en pie de un salto.

—¿Por qué? ¿Por qué? —repetía yo, paseando arriba y abajo.

Los ojos de Maud me seguían, brillantes de expectación. ¡Tenía tal fe en mí! Este pensamiento me comunicaba nuevas energías. Me acordé de la frase de Michelet[7]: «Para un hombre, la mujer es como la tierra para su hijo legendario; él no tiene más que postrarse y besar su pecho para sentirse fuerte de nuevo». Por primera vez comprendí la maravillosa verdad de estas palabras. Es más, las estaba viviendo. Maud significaba todo esto para mí, un manantial inagotable de fuerza y de valor. No tenía más que mirarla o pensar en ella para ser fuerte de nuevo.

—Puede hacerse, puede hacerse —pensaba y dije en voz alta—. Lo que otros hombres han hecho puedo hacerlo yo; y aunque nunca se haya hecho antes, yo podré hacerlo.

—¿Qué dice, por Dios? —preguntó Maud—. Por favor, ¿qué es lo que puede hacer?

---

7. Tratadista francés (1798-1874) autor de una *Historia de Francia* en doce volúmenes. *(N. de la T.)*

—Podemos hacerlo —corregí—. Nada menos que enarbolar de nuevo los mástiles al *Fantasma*, y hacernos a la mar.

—¡Humphrey! —exclamó.

Y me sentí tan ufano de mi proyecto como si ya lo hubiera ejecutado.

—¿Pero cómo se va a poder hacer eso? —preguntó.

—No lo sé —fue mi respuesta—. Solo sé que estos días me encuentro capaz de hacer cualquier cosa.

Le sonreí en señal de orgullo —quizá excesivo porque ella bajó los ojos y se quedó por un momento en silencio.

—Pero ¿y el capitán Larsen? —objetó.

—Está ciego e indefenso —respondí al instante, alejándolo de mí como si me importara un ardite.

—¡Esas terribles manos que tiene! Ya sabe cómo saltó por el hueco del almacén.

—Pero también sabe usted que me escurrí y logré evitarle —afirmé alegremente.

—Y perdió los zapatos.

—Difícilmente esperaría de ellos que escaparan de Lobo Larsen sin llevar mis pies dentro.

Ambos nos echamos a reír, y luego nos pusimos a pensar en serio el plan para restituir los mástiles al *Fantasma* y regresar al mundo. Recordaba vagamente la física de mis días de colegio, mientras que durante los últimos meses había adquirido experiencia en prácticas de mecánica. Debo decir, sin embargo, que cuando dimos un paseo por el *Fantasma* para inspeccionar más de cerca la tarea que nos aguardaba, la vista de los enormes mástiles flotando por el agua me descorazonó. ¿Por dónde había que empezar? Si al menos hubiera un mástil erguido, o alguna cosa en alto donde sujetar motones y aparejos. Pero no había nada. Me evocó el problema de cómo alzarse uno a sí mismo tirándose de los cordones del zapato. Conocía la mecánica de las palancas, pero ¿de dónde sacar un fulcro?

Allí estaba el mastelero mayor con su medio metro de diámetro en lo que ahora constituía su base, y veinticinco metros de longitud todavía, y un peso que yo calculé en torno a mil trescientos kilos. También estaba el trinquete, de mayor diámetro y de unos seiscientos cincuenta kilos de peso. ¿Por dónde empezar?

Maud permanecía en silencio a mi lado, mientras yo daba vueltas en mi cabeza a un artilugio conocido entre los marineros con el nombre de «cabria». Aunque era algo conocido por los marineros, yo la tuve que inventar en La Esforzada. Cruzando y amarrando los extremos de dos vergas, y elevándolas luego en forma de una V invertida, obtendría un punto de apoyo sobre cubierta donde sujetar la polea elevadora. Si fuera necesario, podría añadir a esta una segunda polea elevadora. ¡De modo que ya tenía el molinete!

Maud se percató de que yo había encontrado una solución, y sus ojos se encendieron con un cálido afecto.

—¿Qué va a hacer? —preguntó.

—Aclarar este empacho —contesté señalando la maraña de restos del naufragio adosados al costado.

El tono de decisión, el propio sonido de las palabras, halagaron mis oídos. «Aclarar este empacho.» Imagínense al Humphrey Van Weyden de hace unos meses empleando una frase tan graciosa.

Es posible que hubiera algo de teatral en mi actitud y mi tono de voz, porque Maud se sonrió. Ella captaba el ridículo con mucha agudeza, y allá donde existieran, percibía de una manera inequívoca la sensación de vergüenza, la doblez o la alusión. Era precisamente esa cualidad la que confería a su obra un equilibrio y una profundidad que la hacían digna de estima para todo el mundo. Un autor serio que posea sentido del humor y capacidad expresiva conseguirá inexorablemente atraerse la atención de todo el mundo. Y en verdad ella lo había conseguido. Su sentido del humor era en realidad instinto artístico de la proporción.

—Estoy segura de haber oído antes esa frase; quizá la haya leído en un libro —comentó en tono de júbilo.

También yo tenía un instintivo sentido de la proporción, de modo que me derrumbé desde la altiva posición del experto en la materia a un estado de confusa humildad, que fue —cuando menos— muy triste.

Al momento me tendió la mano.

—Lo siento —dijo.

—No hay de qué —dije, tragando saliva—. Me está bien empleado. Aún tengo mucho de colegial. Pero nada de esto viene al caso; lo que tenemos que hacer de verdad y realmente es aclarar ese empacho. Si viene conmigo en el bote, nos pondremos a trabajar y a ordenar todo esto.

—«Cuando los gavieros suben a aclarar el empacho con sus navajas marineras entre los dientes...» —citó ella, y durante el resto de la tarde nos dedicamos a la faena con muy buen humor.

Su cometido consistía en mantener el bote en posición, mientras yo trabajaba en medio de aquella maraña. ¡Vaya si era una maraña!: drizas, escotas, vientos, candalizas, obenques, estáis, todo ello bañado adelante y atrás, aquí y allá, arrastrado y enredado por el mar. Yo cortaba solo cuando no había más remedio, y a fuerza de pasar los largos cabos por debajo y alrededor de botalones y mástiles, de desguarnecer drizas y escotas, adujando los cabos en el bote, y desadujándolos de nuevo con vistas a correr otro nudo por la gaza, pronto estuve calado hasta los huesos.

Las velas requirieron más cortes, y el velamen, empapado de agua, puso a dura prueba mis fuerzas. Pero conseguí antes de que anocheciera tenderlas todas bien desenrolladas en la playa para que se secaran. Ambos estábamos extenuados cuando interrumpimos la faena para cenar, y habíamos hecho un buen trabajo, aunque a simple vista parecía insignificante.

A la mañana siguiente, con Maud como inestimable ayudante, entré en la bodega del *Fantasma* para despejar las carlingas de los mástiles. No habíamos hecho más que empezar el trabajo cuando el ruido de mis golpes y martillazos atrajeron a Lobo Larsen.

—¡Quién va ahí abajo! —gritó por la escotilla.

El sonido de su voz hizo que Maud se me acercara enseguida buscando mi protección y que se agarrara a mi brazo mientras duró la conversación.

—Hola en cubierta —repuse—. Buenos días.

—¿Qué estás haciendo ahí abajo? —preguntó—. ¿Intentas desbaratar mi barco?

—Todo lo contrario. Estoy reparándolo —fue mi respuesta.

—Pero ¿qué demonios vas tú a reparar? —Había una nota de perplejidad en el tono de su voz.

—Estoy preparándolo todo para volver a plantar los mástiles —contesté tranquilamente, como si fuera la cosa más sencilla del mundo.

—¡Parece que te sostuvieras ya sobre tus propias piernas, Hump! —le oímos decir. Y luego se calló durante un buen rato—. Me parece, Hump —gritó hacia abajo—, que no puedes hacer eso.

—¡Oh, claro que puedo! —contesté—. Ya lo estoy haciendo.

—Pero este barco es mío, propiedad particular. ¿Y si te lo prohíbo?

—Usted olvida —repliqué— que ya no es la porción mayor del fermento. Lo fue una vez, y podía devorarme, como le gustaba decir: pero ha habido una merma, y ahora soy yo quien puede fagocitarle. La levadura está rancia.

Lanzó una corta y desagradable carcajada.

—Veo que empleas contra mí mi propia filosofía en cuanto tiene de valor. Pero no cometas la equivocación de subestimarme. Te prevengo por tu propio interés.

—¿Desde cuándo se ha vuelto usted filántropo? —pregunté—. Admita que al prevenirme por mi propio bien está siendo usted poco coherente.

Ignoró mi sarcasmo, diciendo:

—Supón que cierro ahora la escotilla. No te burlarías de mí como hiciste en el almacén.

—Lobo Larsen —dije en tono seco, llamándole por primera vez por su nombre propio—, soy incapaz de disparar a un hombre desarmado e indefenso. Lo ha comprobado, para satisfacción tanto suya como mía. Pero ahora le prevengo, y no tanto por su bien como por el mío, de que le dispararé tan pronto intente un acto hostil. Puedo dispararle ahora según estoy aquí; y si así lo desea, adelántese e intente cerrar la escotilla.

—Sin embargo, te prohíbo, te prohíbo terminantemente que me estropees el barco.

—¡Pero hombre! —le reconvine—, usted da por sentado que el barco es suyo como si fuera un derecho moral. Usted jamás ha considerado derechos morales en su trato con los demás. No soñará que yo vaya a tenerlos en consideración en mi trato con usted.

Me había adelantado hasta estar justo debajo del agujero de la escotilla, de modo que pudiera verlo. La falta de expresión de su rostro, tan distinta de cuando lo había contemplado sin que me viera, se veía incrementada con sus ojos apagados y fríos. No era agradable mirarle a la cara.

—Ni el más desgraciado, ni siquiera el propio Hump, me guarda ya respeto —dijo con sorna.

La sorna estaba solo en su voz, porque la cara continuaba tan inexpresiva como antes.

—¿Cómo está usted, señorita Brewster? —dijo de pronto, tras una pausa.

Me alarmé. Ella no había hecho ningún ruido, ni siquiera se había movido.

¿Sería que le quedaba algún destello de visión en sus ojos? ¿O es que estaba recuperando vista?

—¿Cómo está, capitán Larsen? —respondió ella—. Dígame ¿cómo ha sabido que estaba yo aquí?

—He oído su respiración, claro. Digo que Hump está progresando, ¿verdad?

—No lo sé —dijo sonriéndome—. Nunca lo he conocido de otra manera.

—¡Debería haberlo visto antes!

—¡Grandes dosis de Lobo Larsen —murmuré—, antes y después de cada toma!

—Quiero advertirte de nuevo, Hump —dijo amenazadoramente—, de que será mejor dejar todo como está.

—¿No desea usted escapar lo mismo que nosotros? —pregunté con incredulidad.

—No —respondió—. Deseo morir aquí.

—Bueno, pero nosotros no —concluí desafiante, y volví a empezar otra vez con mis golpes y martillazos.

# Treinta y cinco

Al día siguiente, las carlingas quedaron despejadas y todo lo demás preparado para comenzar a subir a bordo los dos mástiles. La cofa mayor medía diez metros de largo, y algo menos el trinquete; con ellos pensaba construir la cabria. Era un trabajo abrumador. Até el extremo de una resistente jarcia al molinete, y el otro extremo a la base del trinquete, y empecé a tirar. Maud sostenía la cuerda que daba la vuelta en el molinete, y adujaba la parte que se iba ganando.

Estábamos asombrados ante la facilidad con que el palo se elevaba. Era un molinete de manivela perfeccionado, y de una eficacia enorme. Por supuesto que lo que ganábamos en fuerza lo perdíamos en distancia; tantas veces multiplicaba mi fuerza, otras tantas se multiplicaba la longitud de la cuerda de la que había tirado. El aparejo se arrastraba pesadamente por la barandilla, incrementando su arrastre a medida que el palo iba saliendo más y más del agua y el esfuerzo del molinete se hacía más intenso.

Pero cuando el extremo del mástil alcanzó la altura de la barandilla, todo se detuvo.

—Podría haberlo previsto —dije impaciente—. Ahora tenemos que volver a empezar.

—¿Por qué no atas el aparejo un poco más abajo del mástil? —sugirió Maud.

—Es lo que tendría que haber hecho desde un principio —contesté, muy enfadado conmigo mismo.

Aflojé una vuelta, bajé el mástil de nuevo hasta el agua y até el aparejo a un tercio de distancia de la base. En una hora empleada en tirar y en pequeños descansos, lo había elevado a una altura en que ya no podía subir más. Unos dos metros y medio del palo pasaban por encima de la barandilla, pero me dio la impresión de estar tan lejos como antes de conseguir izar a bordo el mástil. Me senté a considerar el problema. No tardé mucho tiempo, di un salto de júbilo y me puse de pie.

—Ya lo tengo —grité—. Debo atar el aparejo en el punto de equilibrio. Lo que aprendemos con todo esto nos servirá para cuando tengamos que izar cualquier cosa a bordo.

Una vez más deshice toda la obra, y bajé el mástil al agua. Pero calculé mal el punto de equilibrio, de suerte que al tirar, subió la punta del mástil en vez de la base. Maud parecía desesperada, pero yo me reía y le decía que así también valdría.

Le di instrucciones sobre cómo sostener la vuelta y cómo prepararse para soltarla cuando se lo indicara, mientras yo agarraba el mástil con las manos y trataba de meterlo a bordo apoyándolo en la barandilla. Cuando creí haberlo conseguido, le grité que soltara, pero a pesar de mis esfuerzos el mástil se enderezó y se volvió a inclinar al agua. Entonces volví a tirar de él hacia arriba, a su anterior posición, porque se me había ocurrido otra idea. Me acordé de los cuadernales —pequeños motones de doble roldana— y fui a buscar uno.

Mientras lo enjarciaba entre el extremo del mástil y la barandilla de enfrente, apareció Lobo Larsen en escena. No nos intercambiamos más que un saludo, y a pesar de que él no veía, se sentó sobre la barandilla a un lado y siguió por el ruido todo lo que hice.

De nuevo di instrucciones a Maud para que aflojara el molinete cuado le diera una voz, y empecé a halar en el cuadernal. Poco a poco se fue levantando el palo hasta que quedó equilibrado, en perpendicular con la barandilla; entonces, con gran sorpresa, descubrí que no había necesidad de que Maud aflojara. De hecho, se necesitaba lo contrario. Amarré el cuadernal, tiré del molinete y, centímetro a centímetro, fui izando el mástil hasta que su extremo superior tocó la cubierta y al fin quedó tendido sobre ella cuan largo era.

Miré el reloj; eran las doce en punto. Me dolía enormemente la espalda y me sentía extraordinariamente fatigado y hambriento. Y sobre la cubierta, un simple palo de madera daba testimonio de toda una mañana de trabajo. Por primera vez tomé conciencia de la magnitud de la tarea que teníamos por delante. Pero iba aprendiendo, iba aprendiendo. Por la tarde ya nos encontraríamos más experimentados. Y así fue, cuando volvimos a la una en punto, repuestos y recuperados por una suculenta comida.

En menos de una hora yo tenía en cubierta el mastelero mayor, y me hallaba construyendo la cabria. Até los extremos de los dos palos y, teniendo en cuenta su desigual longitud, amarré el doble motón de la driza de boca del mayor en el punto de intersección. Esto, unido al motón sencillo y las propias drizas de boca, me proveyó de una polea elevadora. Para evitar que las bases de los mástiles resbalaran, clavé abajo unas resistentes cornamusas. Una vez estuvo todo listo, até un cabo al vértice de la cabria y lo llevé directamente al molinete. Aumentaba mi confianza en las posibilidades del molinete, porque me daba mayor rendimiento del que cabía esperar. Como de costumbre, Maud sostuvo la vuelta de cabo mientras yo halaba. La cabria se alzó en el aire.

Al poco me percaté de que me había olvidado de fijarle unos vientos. Ello me obligó a trepar a la cabria, cosa que hice por dos veces, antes de que quedaran fijos los vientos de popa, proa y a ambos lados. Anochecía cuando remataba mi obra. Lobo Larsen, que había estado sentado escuchando allí toda la tarde, pero sin abrir la boca, se marchó a la cocina a prepararse su cena. Yo me sentía con tal envaramiento de riñones, que ponerme derecho me suponía un esfuerzo muy doloroso. Pero contemplaba con orgullo mi obra. Empezaban a notarse los resultados. Como un niño con un juguete nuevo, estaba como loco deseando izar cualquier objeto con mi cabria.

—¡Desearía que no fuera tan tarde! —dije—. Me gustaría ver cómo funciona.

—No sea insaciable, Humphrey —me reprendió Maud—. Recuerde que mañana será otro día; además, está tan cansado ahora que apenas puede sostenerse.

—¿Y usted? —dije mostrando súbito interés—. Debe de estar muy cansada. Ha trabajado de firme y con generosidad. Estoy orgulloso de usted, Maud.

—Ni la mitad de lo que lo estoy yo de usted, y con mayor motivo —contestó ella, mirándome fijamente a los ojos durante un momento con una expresión muy propia, y un brillo rutilante y trémulo que nunca antes había visto, y que me provocó una sensación de vivo júbilo, sin saber por qué, pues no lo entendía.

Luego bajó la mirada, para volverla a levantar, sonriendo.

—Si nos pudieran ver nuestros amigos —dijo—. Fíjese en nosotros. ¿Se ha detenido alguna vez a considerar el aspecto que tenemos?

—Sí, me he fijado muchas veces en el suyo —contesté, aturdido por lo que había visto en su mirada y confundido por su súbito cambio de tema.

—¡Piedad! —gritó—. ¿Y qué parezco?, dígame.

—Me temo que un espantapájaros —respondí—. Mire justamente su falda hecha jirones, por ejemplo. Fíjese en esos desgarrones pendientes de un hilo. ¡Y esa blusa! No haría falta ser un Sherlock Holmes para llegar a la conclusión de que ha estado cocinando en un fuego al aire libre, por no mencionar que usaba aceite de foca. ¡Y para broche final, esa gorra! ¡Y todo eso es la mujer que ha escrito «Un beso tolerado!».

Me hizo un gesto de agradecimiento muy cumplido y majestuoso y me dijo:

—En cuanto a usted, caballero...

Y durante los cinco minutos de bromas que siguieron hubo bajo la chanza un algo serio, algo que no pude menos de relacionar con la extraña y fugaz expresión que había notado en sus ojos. ¿Qué fue aquello? ¿Sería que nuestros ojos hablaban más allá de lo que expresaba nuestra lengua? Supe que mis ojos habían hablado, y tan pronto descubrí a los culpables los reduje al silencio. Había ocurrido varias veces. ¿Se había percatado ella del clamor que en ellos me alzaba, lo había comprendido? ¿Me habían hablado sus ojos en la misma forma? ¿Qué otra cosa podría haber significado esa expresión; ese brillo rutilante y trémulo que escapaba por completo a lo que puede describirse mediante palabras? Pero no podía ser. Era imposible. Además, yo no estaba familiarizado con el lenguaje de las miradas. Yo no era más que Humphrey Van Weyden, un ratón de biblioteca que estaba enamorado. Amar, esperar y ganar su amor era sin lugar a dudas suficiente gloria para mí. Y eso es lo que pensaba, incluso mientras bromeábamos sobre el aspecto que teníamos uno y otro, hasta que alcanzamos la orilla y hubo otras cosas en que pensar.

—Es una vergüenza que después de trabajar duramente todo el día, no podamos descansar ininterrumpidamente toda la noche —me quejé después de la cena.

—Pero ¿ahora ya no puede haber ningún peligro? ¿No está ciego? —preguntó.

—Nunca podré fiarme de ese hombre —afirmé—, y mucho menos ahora que está ciego. Lo más probable es que su desesperanza le haga aún más malvado que antes. Ya sé lo primero que voy a hacer mañana: echar un anclón y alejar de la playa la goleta. Y cuando por la noche regresemos a tierra en el bote, dejaremos al señor Lobo Larsen prisionero a bordo. De manera que esta va a ser la última noche de montar guardia, y así todo será más fácil.

Nos levantamos temprano, y acabábamos de tomar el desayuno cuando amanecía.

—¡Oh, Humphrey! —oí gritar a Maud consternada, y luego se calló.

La miré. Ella tenía fijos sus ojos en el *Fantasma*. Seguí la dirección de su mirada, pero no advertí nada extraordinario. Ella me miró, y yo le devolví la mirada inquisitivamente.

—¡La cabria! —dijo ella con voz temblorosa.

Yo me había olvidado de su existencia. Miré de nuevo, pero no la vi.

—Si la ha... —murmuré como una fiera.

Compadeciéndose de mí, puso su mano sobre la mía, y me dijo:

—Tendrá que empezar otra vez desde el principio.

—¡Oh, créame, mi irritación no sirve para nada! Sería incapaz de matar una mosca —sonreí amargamente—. Y lo peor de todo es que él lo sabe. Tiene usted razón, si ha destruido la cabria, no podré hacer otra cosa que volver a empezar. Pero a partir de este momento, montaré guardia a bordo —dije bruscamente algo después—. Y si se me interpone...

—No me atrevo a pasar toda la noche sola en tierra —dijo Maud cuando ya me había serenado—. ¡Sería tanto mejor que él se comportara amistosamente con nosotros y nos ayudara! Podríamos vivir todos a bordo muy cómodamente.

—Eso vamos a hacer —afirmé, todavía furioso, porque la destrucción de mi querida cabria me había dolido profundamente—. Esto es, usted y yo viviremos a bordo, amistosamente si quiere Lobo Larsen, y si no también. Es una chiquillada —dije luego riéndome— que él actúe así y que yo me irrite por una cosa así.

Pero el corazón me dio un vuelco cuando trepamos a bordo y vimos el destrozo que había causado. La cabria había desaparecido por completo. Los vientos estaban cortados a cuchilladas, a diestro y siniestro. Las drizas de boca que había yo aparejado, hechas pedazos por todas partes. Y él sabía que no podría empalmarlas. Tuve una idea. Eché a correr el molinete. No funcionaría. Lo había destrozado. Nos miramos el uno al otro consternados. Entonces corrí a la borda. Los mástiles, botalones y cangrejos que había aclarado habían desaparecido. Él había encontrado los cabos que los sostenían y los había arrojado por la borda.

Los ojos de Maud estaban anegados de lágrimas, y creo que era por mí. Yo también hubiese llorado. ¿Dónde había ido a parar nuestro proyecto de volver a arbolar el *Fantasma?* Había hecho su obra a la perfección. Me senté en el borde de la escotilla, apoyando el mentón en mis manos, desesperado.

—Merece morir —grité—; y que Dios me perdone, no soy suficientemente hombre para ser su verdugo.

Maud se encontraba a mi lado, acariciándome el cabello suavemente como a un niño, y me decía:

—Vamos, vamos; todo se arreglará. Tenemos la razón, y todo saldrá bien.

Me acordé de Michelet, y apoyé mi cabeza contra ella; y realmente volví a sentirme fuerte. Aquella bendita mujer era un manantial inagotable de energía para mí. ¿Qué más daba? Tan solo una contrariedad, una demora. La marea no podía haber arrastrado los mástiles, además de que no había habido viento. Tan solo suponía el trabajo suplementario de encontrarlos y remolcarlos hasta allí. Por otra parte, era una lección. Ya sabía a qué tenía que atenerme. Podía haber esperado él unos días más y haber destruido más eficazmente nuestro trabajo cuando lo hubiéramos tenido más adelantado.

—Ahí viene ahora —susurró ella.

Levanté los ojos. Caminaba tranquilamente a lo largo de la popa por el lado de babor.

—Haga como que no le ve —susurré—. Está esperando a ver cómo reaccionamos. No le vamos a decir que lo sabemos. No le vamos a dar ese gusto. Quítese los zapatos, eso es, y llévelos en las manos.

Entonces, nos pusimos a jugar al escondite con el ciego. Cuando él iba a babor, nosotros nos deslizábamos a estribor; y desde popa le veíamos volverse y dirigirse en persecución nuestra otra vez a popa.

Debió de darse cuenta, no sé por qué indicios, de que estábamos a bordo, porque dijo «buenos días» con un tono de mucha seguridad, esperando que le devolviéramos el saludo. Luego se volvió a popa, y nosotros escapamos hacia proa.

—Sé que están a bordo —gritó, y vi cómo después de haber hablado se ponía a escuchar atentamente.

Me recordó a un gran búho ululante, que cuando acaba de lanzar su zumbante silbo se queda acechando el movimiento de su asustada presa. Pero nosotros no nos movimos, y solo andábamos cuando andaba él. Y así, cogidos de la mano, recorrimos la cubierta como una pareja de niños perseguidos por un ogro malvado; hasta que Lobo Larsen, claramente disgustado, abandonó la cubierta y se marchó al camarote. Había alegría en nuestros ojos, y una risa contenida en nuestras gargantas cuando nos pusimos los zapatos y saltamos por el costado a nuestro bote. Y cuando miré los marrones ojos de Maud, olvidé todo el daño que me había hecho él; solo sabía que la amaba, y que solo gracias a ella conseguiría la fuerza necesaria para abrirnos camino de regreso al mundo civilizado.

# Treinta y seis

Durante dos días Maud y yo recorrimos el mar y exploramos las playas en busca de los mástiles perdidos. Al cabo del tercer día los encontramos, todos ellos, incluida la cabria, en un lugar muy peligroso, en el azotado rompeolas del siniestro promontorio del sudoeste. ¡Y cómo tuvimos que trabajar! Al oscurecer del primer día regresamos, exhaustos, a nuestra pequeña cala, remolcando el mastelero mayor. Nos vimos obligados a remar el trayecto prácticamente centímetro a centímetro, pues había una calma chicha. Otro día de trabajo agotador y peligroso nos llevó transportar felizmente al campamento dos nuevos masteleros. Al día siguiente estaba desesperado, y construí una balsa con el trinquete, los botalones de proa y la mayor, y los cangrejos de proa y la mayor. Al ser el viento favorable, pensé arrastrarlos de regreso con la ayuda de las velas; pero el viento amainó hasta caer por completo, y nuestro avance a golpe de remos fue a paso de caracol. Era un esfuerzo descorazonador del todo. Impulsar los remos con todas las fuerzas y el peso de tu cuerpo, y sentir que el bote se frena en su impulso hacia adelante a causa del pesado lastre que acarrea, no es nada precisamente que estimule.

La noche empezaba a caer, y para empeorar las cosas, saltó un viento de proa. No solo cesó por completo todo avance, sino que empezamos a ser arrastrados en dirección contraria, mar adentro. Mi esfuerzo con los remos fue descomunal, hasta el punto de quedar extenuado. La pobre Maud, a quien nunca fui capaz de convencer de que no trabajara hasta el límite de sus fuerzas, yacía extenuada sobre las escotas de popa. Yo no podía remar más. Mis manos, magulladas e inflamadas, ya no podían cerrarse sobre las empuñaduras de los remos. Las muñecas y los brazos me dolían insoportablemente, y aunque había comido con muy buen apetito la comida de las doce, el trabajo había sido tan duro que me sentía desfallecer de hambre.

Embarqué los remos y me incliné hacia adelante, sobre el cabo que arrastraba el remolque. Pero las manos de Maud se deslizaron y apretaron las mías.

—¿Qué va a hacer? —preguntó con voz tensa y forzada.

—Dejarlos —contesté, aflojando una vuelta de la cuerda.

Sus dedos se cerraron sobre los míos.

—Por favor, no lo haga —suplicó.

—Es inútil —le contesté—. Es de noche, y el viento nos empuja lejos de tierra.

—Piénselo, Humphrey. Si no partimos en el *Fantasma*, tendremos que permanecer años en esta isla, incluso toda la vida. Si en todos estos años no la han descubierto, es posible que no la descubran jamás.

—Usted olvida el bote que encontramos en la playa —le recordé.

—Era un bote de cazadores de focas —replicó—, y usted sabe perfectamente que si aquellos hombres hubieran escapado habrían regresado para hacerse ricos en esta colonia de focas. Usted sabe que jamás escaparon.

Permanecí en silencio, indeciso.

—Además —añadió algo vacilante—, esto ha sido idea suya, y quiero ver cómo la acaba con éxito.

Ahora ya podría endurecer mi corazón. Tan pronto como ella recurrió a un argumento de adulación personal, la generosidad me impulsó a llevarle la contraria.

—Mejor es pasar unos años en la isla que morir esta misma noche o mañana, o pasado, en un bote descubierto. No vamos preparados para un mar embravecido. Carecemos de alimentos, de agua, de mantas, de todo. No sobreviviría sin mantas a la noche. Conozco el límite de sus fuerzas. Ahora mismo tiene escalofríos.

—Son solo los nervios —contestó—. Tengo miedo de que suelte los mástiles, a pesar de lo que le he dicho. ¡Por favor, por favor, Humphrey, no lo haga! —exclamó de pronto, un instante después.

Y así acabó, con la frase que ella misma sabía que ejercía tan gran influencia sobre mí. Pasamos toda la noche tiritando de una forma lastimera. De vez en cuando dormía a ratos, pero el dolor del frío me despertaba continuamente. No comprendo cómo pudo aguantar Maud. Estaba demasiado cansado para azotarme los brazos y calentarme, pero encontré suficientes fuerzas para frotar repetidas veces sus manos y sus pies y restablecerle la circulación. Ella continuaba suplicándome que no abandonara los mástiles. A eso de las tres de la madrugada sufrió un calambre de frío, y después de conseguir que se le pasara a base de frotar, se quedó totalmente tumefacta. Me alarmé. Eché al agua los remos y la puse a remar, aunque estaba tan débil que me parecía que iba a desmayarse a cada palada.

Despuntó la mañana, y desde lo lejos buscamos nuestra isla en la creciente claridad. Finalmente apareció, pequeña y negra, sobre el horizonte, a más de veinte kilómetros de distancia. Escudriñé el mar con los anteojos. Muy a lo lejos, por el sudoeste, pude atisbar una línea oscura sobre el agua, que fue creciendo mientras la miraba.

—¡Viento favorable! —grité con una voz fornida que ni yo mismo reconocí como mía.

Maud intentó responder algo, pero no podía hablar. Sus labios estaban amoratados por el frío, y los ojos, hundidos, pero ¡con qué valor me miraban esos marrones ojos! ¡Con qué lastimero valor!

De nuevo volví a frotarle las manos y a moverle los brazos arriba y abajo, hasta que ella misma pudo azotárselos. Luego la obligué a ponerse en pie, y aunque se habría caído de no haberla sujetado, le hice pasear atrás y adelante por el espacio que había entre la bancada y las escotas de popa; y finalmente, a saltar arriba y abajo.

—¡Oh, mujer más que valerosa! —dije al ver que la vida volvía a aparecer en su rostro—. ¿Sabía que era una mujer valiente?

—Nunca antes lo he sido —contestó—. Nunca lo he sido hasta que le conocí. Ha sido usted quien me ha hecho valiente.

—Tampoco yo lo era hasta que la conocí —contesté.

Me dirigió una fugaz mirada, y de nuevo sorprendí en sus ojos ese brillo rutilante y trémulo, y algo más. Pero solo fue un momento. Luego sonrió.

—Deben de haber sido las circunstancias —dijo. Pero yo sabía que no tenía razón, y me preguntaba si también ella lo sabría.

Más tarde volvió el viento, favorable y fresco, y el bote pronto anduvo bregando con un recio mar rumbo a la isla. A las tres y media de la tarde doblamos el promontorio del sudoeste. No solo estábamos hambrientos, sino que ahora soportábamos además la sed. Teníamos los labios secos y agrietados, y ni siquiera podíamos humedecerlos con la lengua. Luego el viento fue amainando poco a poco. A la noche había una calma chicha, y de nuevo tuve que ponerme a penar con los remos, pero débil, muy débilmente. A las dos de la madrugada, la proa del bote tocó la playa de nuestra cala interior y salté a tierra tambaleándome para asegurar las amarras. Maud no podía mantenerse en pie ni yo tenía fuerzas para llevarla. Me dejé caer en la arena junto a ella, y después de recuperarme algo, intenté pasar mis manos bajo sus hombros y la arrastré por la playa en dirección a la cabaña.

Al día siguiente no trabajamos. De hecho, estuvimos durmiendo hasta las tres de la tarde, o mejor dicho, dormí, porque cuando me desperté vi que Maud estaba preparando la comida. Su capacidad de recuperación era asombrosa. Había una tenacidad tal en aquel cuerpo de la fragilidad de un lirio, tal apego a la existencia, que parecían irreconciliables con su manifiesta debilidad.

—Ya sabe usted que mi viaje a Japón se debía a razones de salud —dijo, mientras nos quedamos sentados al fuego después de la comida, deleitándonos en aquella inactiva holgazanería—. No he sido una persona de fuerte salud. Nunca lo fui. Los doctores me recomendaron un viaje por mar, y elegí el más largo.

—¡Qué poco sabía usted lo que estaba eligiendo! —sonreí.

—Pero tras esta experiencia seré una mujer distinta, además de una mujer de mejor salud —contestó—, y espero que hasta mejor mujer. Al menos comprenderé mucho mejor lo que es la vida.

Después, mientras aquel corto día concluía, pasamos a charlar sobre la ceguera de Lobo Larsen. Era inexplicable. Y tanto más grave cuanto que —según me había manifestado— tenía el propósito de quedarse a morir en La Esforzada. Cuando un hombre fuerte como él lo era, amante de la vida como él la amaba, aceptaba la muerte, era evidente que se encontraba perturbado por algo más que la simple ceguera. Estaban sus terribles jaquecas, y estuvimos de acuerdo en que se trataba de alguna forma de descomposición cerebral, y que durante el proceso del ataque debía de sufrir dolores más allá de donde alcanzaba nuestra comprensión.

Advertí, mientras hablábamos sobre su estado, que la compasión de Maud hacia él aumentaba más y más; yo no podía sino apreciarla más por esta dulce prueba de feminidad que daba. Además, no había falsedad en la manifestación de sus sentimientos. Se mostraba de acuerdo en que, si queríamos escapar, era preciso ser implacables con él; aunque al sugerirle yo que tal vez me viera en la necesidad de quitarle la vida para salvar la mía —«la nuestra», precisó ella—, sintió una gran repugnancia.

A la mañana siguiente tomamos el desayuno y nos pusimos a trabajar tan pronto amaneció. Encontré un pequeño anclote en la bodega de proa del barco, que era donde tales utensilios se guardaban, y con grandes esfuerzos lo subí a cubierta y lo traspasé al bote. Con un largo cabo corredizo adujado en la popa, me alejé remando hacia las aguas profundas de nuestra pequeña cala, donde arrojé el anclón. No había viento, la marea estaba alta, y la goleta flotaba. Soltando las amarras, la alejé de la playa a base de pulso (el molinete estaba roto) hasta que surcó arriba y abajo las aguas próximas al anclote. Este era demasiado pequeño para sujetarla en caso de que saltara una brisa, de manera que bajé la gran ancla de estribor, largándole bastante cabo. Por la tarde me puse a trabajar en el molinete.

Tres días trabajé en este molinete. Menos que nada era yo un mecánico, de modo que hice en tres días lo que un profesional corriente hubiera hecho en otras tantas horas. Para empezar, tuve que familiarizarme con las herramientas y aprender los más elementales principios de la mecánica, incluso aquellos que dicho profesional domina al dedillo. Así pues, al cabo de los tres días disponía de un molinete que funcionaba torpemente. Nunca dio el rendimiento que había sacado al antiguo, pero funcionaba y hacía posible mis trabajos.

En solo medio día subí a bordo los dos masteleros, alcé la cabria y le tendí los vientos como antes. Dormí aquella noche a bordo, sobre cubierta, junto a mi obra. Maud, que se negó a quedarse sola en la playa, durmió en el castillo de proa. Lobo Larsen había estado sentado al lado, oyéndome reparar el molinete y hablando con Maud de temas intrascendentes. No hubo alusiones por ninguna de las dos partes a la destrucción de la cabria, ni tampoco me volvió a decir que dejara yo su barco en paz. Yo aún le tenía miedo, y ciego, desamparado, escuchando, siempre escuchando como estaba, yo nunca me ponía al alcance de sus fuertes brazos mientras trabajaba.

Aquella noche, mientras dormía debajo de mi querida cabria, sus pasos me despertaron al caminar sobre cubierta. Era una noche de brillantes estrellas y pude ver su figura vagamente caminando de un lado a otro. Me deslicé fuera de mis mantas y le seguí de puntillas, en calcetines, sin hacer ruido. Iba armado con una planilla de albañil que había cogido del cajón de las herramientas, con la que se disponía a cortar las drizas de boca que yo había vuelto a atar a la cabria. Tanteó las drizas con las manos y verificó que no estaban tensas. De manera que le era imposible cortarlas con la planilla; entonces se agarró a un extremo de las cuerdas, tiró de ellas, las ató y se dispuso a cortarlas con la planilla.

—Yo no lo haría, de ser usted —dije con calma.

Oyó el click de mi pistola y se echó a reír.

—¡Hola, Hump! —dijo—. Todo el tiempo supe que estabas ahí, no puedes engañar a mis oídos.

—Eso es mentira, Lobo Larsen —dije, con la misma calma de antes—. Sin embargo, ardo en deseos de matarle, de modo que adelante, córtelas.

—Siempre tienes una oportunidad al alcance de tu mano —dijo con desdén.

—¡Adelante y corte! —contesté en tono ominoso.

—Prefiero no darte ese gusto —dijo riendo; se dio la vuelta sobre sus talones y se marchó a popa.

—Hay que hacer algo, Humphrey —dijo Maud a la mañana siguiente, cuando le conté el incidente de la pasada noche—. Mientras esté en libertad, podrá hacernos cualquier trastada. Puede hundir el barco, o prenderle fuego. No se puede ni contar lo que ese hombre es capaz de hacer. Tenemos que convertirlo en nuestro prisionero.

—Pero ¿cómo? —pregunté encogiendo los hombros en señal de impotencia—. Yo no me atrevo a ponerme al alcance de sus brazos, y él sabe que en tanto su resistencia sea pasiva soy incapaz de dispararle.

—Debe de haber alguna forma —replicó ella—. Déjeme pensar.

—Hay una manera —dije, en tono siniestro.

Ella esperó.

Cogí un mazo de matar focas.

—No lo matará —dije—, y antes de que vuelva en sí le habré atado de pies y manos.

Ella movió la cabeza con un estremecimiento.

—No, eso no. Tiene que haber algún otro procedimiento menos brutal. Esperemos.

Pero no tuvimos que esperar mucho tiempo, y el problema se solucionó por sí mismo.

Esa mañana, después de varios intentos, logré encontrar el punto de equilibrio del trinquete, y amarré mi polea elevadora algo más de un metro más arriba. Maud sostenía la vuelta en el molinete y adujaba abajo según yo iba recuperando cabo. De haber funcionado el molinete, no habría resultado tan dificultoso; pero según estábamos, me vi obligado a emplear todo mi peso y todas mis fuerzas para izarlo centímetro a centímetro. En realidad, los ratos de descanso duraban más que los de trabajo. Incluso Maud se veía obligada, en aquellos momentos en que ni con todas mis fuerzas podía mover el molinete, a sostener la vuelta del cabo con una mano, y con la otra dejar caer todo el peso de su delgado cuerpo para ayudarme.

Al cabo de una hora, los cuadernales sencillos y dobles se unieron en el vértice de la cabria. No podía tirar más. Y el mástil todavía no se hallaba izado totalmente a bordo. La base se apoyaba sobre la parte exterior de la barandilla de babor, mientras que la punta del palo estaba suspendida por encima del agua muy lejos de la barandilla de estribor. La cabria era excesivamente corta. Todos mis esfuerzos habían resultado inútiles. Pero yo ya no me desesperaba como en los primeros tiempos. Iba adquiriendo mayor confianza en mí mismo y en las posibilidades de los molinetes, cabrias y poleas. Había alguna manera con la que poderlo conseguir, y asunto mío era encontrar esa manera.

Mientras consideraba el problema, Lobo Larsen había subido a cubierta. Enseguida notamos algo extraño en él. La indecisión, la debilidad en sus movimientos era más pronunciada que antes. En realidad su paso era tambaleante cuando pasó por la parte de babor del camarote. En el saltillo de popa dio unos tumbos, se llevó una mano a los ojos como si volviera a quitarse la telaraña y se precipitó por los escalones —todavía de pie— de la cubierta principal; la cruzó tambaleándose, cayéndose y tanteando con sus brazos en busca de apoyo. Recuperó el equilibrio junto a la escalera del entrepuente, y permaneció allí unos momentos como presa del vértigo cuando, de pronto, se desplomó, se derrumbó, se le doblaron las piernas y cayó sobre cubierta.

—Uno de sus ataques —susurré a Maud.

Ella insistió con un movimiento de su cabeza. Vi en sus ojos el calor de la compasión.

Nos acercamos a él; parecía hallarse inconsciente, respirando espasmódicamente. Maud le cogió, levantándole la cabeza para evitar que la sangre se le agolpara en ella, y me mandó al camarote a por una almohada. Le tomé el pulso. Latía con regularidad y con fuerza, casi normal. Esto me extrañó. Me hizo sospechar.

—¿Y si fuera una superchería? —pregunté, sin soltarle la muñeca.

Maud agitó la cabeza y me dirigió una mirada de reproche. Pero justo en ese instante la muñeca que yo tenía cogida se libró de mi mano y su mano se cerró como un cepo de acero sobre la mía. Lancé un grito horrible, presa de terror, un grito inarticulado; vi en su rostro una mirada malvada y triunfal, mientras con la otra mano me sujetaba el cuerpo y me atraía hacia sí con un terrible agarrón.

Mi muñeca quedó libre, pero me pasó su otro brazo por detrás de la espalda y me sujetó los dos míos de forma que no podía moverme. Me echó la mano libre a la garganta, y en aquel instante tuve el más amargo de los presentimientos: una muerte muy merecida por mi propia imbecilidad. ¿Por qué me había puesto al alcance de aquellos terribles brazos? Sentí otras manos por mi garganta. Eran las manos de Maud, intentando en vano que la mano que me ahogaba soltara su presa. Desistió de ello, y oí un alarido tal que me llegó al alma, porque era el alarido de miedo y desesperación que helaba el corazón y provenía de una mujer. Había oído con anterioridad ese grito, durante el hundimiento del *Martínez*.

Tenía mi cara contra su pecho y no podía ver nada, pero sentí que Maud se volvía y corría a toda prisa por cubierta. Todo esto ocurrió rápidamente. Aún no había perdido el conocimiento y, sin embargo, me pareció interminable el tiempo que transcurrió hasta que volví a oír sus apresurados pasos de regreso. Sentí entonces que toda la humanidad de aquel hombre se desplomaba a mis pies. Sus pulmones dejaron de respirar y su pecho se hundió bajo mi peso. No sé si fue sencillamente el aire que salió expelido, o si fue la conciencia de su cada vez mayor impotencia; lo que sí sé es que su garganta vibró con un profundo gemido. La mano que oprimía mi garganta se aflojó. Respiré. Vibró y volvió a apretar. Pero a pesar de su tremenda voluntad, nada podía hacer frente a la disolvente fuerza que le asaltaba. Aquella voluntad suya se quebró. Se estaba desmayando.

Los pasos de Maud se hallaban muy cerca cuando su mano tembló por última vez y mi garganta quedó libre. Di vueltas rodando por la cubierta sobre mis espaldas, jadeando y guiñando los ojos a la luz del sol. Maud estaba lívida pero serena —mis ojos se dirigieron automáticamente a su rostro— y me miraba con una mezcla de alarma y alivio. Sorprendí en su mano un pesado mazo de matar focas, y en aquel momento ella bajó sus ojos siguiendo mi mirada. El mazo cayó de su mano como si de pronto le quemara. Y en ese instante agitó mi corazón una gran alegría.

En verdad ahora sí que era mi mujer, mi compañera, que luchaba conmigo y por mí, como lo habría hecho la compañera de un cavernícola; todo el primitivismo que en ella había aflorado, olvidándose de la cultura, endurecida a despecho de la única y refinada civilización que había conocido en su vida.

—Querida mujer —grité, poniéndome de pie en un salto.

Al momento la tenía en mis brazos, sollozando entre convulsiones sobre mis hombros mientras la estrechaba contra mí. Admiré el esplendor de sus cabellos castaños, gemas refulgentes al brillo del sol, más preciadas para mí que las que tienen los reyes en sus tesoros. Incliné la cabeza y besé sus cabellos suavemente, tan suavemente que ni se dio cuenta.

Luego vinieron a mi mente pensamientos más serenos. Después de todo, no era más que una mujer que lloraba de alivio, una vez pasado el peligro, en los brazos de su protector, o del hombre que había estado en peligro de morir. De haber sido su padre o su hermano, la situación no habría cambiado en ningún sentido.

Además, el momento y el lugar no eran los más oportunos, y yo también quería tener más derecho a declararle mi amor. De modo que besé de nuevo suavemente su cabello cuando sentí que se apartaba de mi abrazo.

—Esta vez ha sido un ataque de verdad —dije—; un *shock* como el que le dejó ciego. Al principio fingió, y al hacerlo él mismo se lo provocó.

Maud le estaba rehaciendo la almohada.

—No —dije—, todavía no. Ahora que le tenemos indefenso, indefenso permanecerá. A partir de hoy nosotros viviremos en el camarote, y Lobo Larsen vivirá en el entrepuente.

Cogiéndolo por debajo de los hombros, lo arrastré hasta la escalera. Di instrucciones a Maud de que buscara una cuerda que pasé por debajo de sus hombros, lo balanceé sobre el umbral y lo bajé por las escaleras hasta el suelo. Al no poderlo levantar directamente sobre la litera, con la ayuda de Maud subí primero los hombros y la cabeza, y luego el cuerpo. Lo apoyé en el borde y lo hice rodar al interior de una litera de abajo.

Pero esto no fue todo. Cogí de un camarote unas esposas que solía usar con los marineros en vez de los anticuados y débiles grilletes. De modo que cuando lo dejamos estaba esposado de pies y manos. Por primera vez en muchos días pude respirar en libertad. Me sentí extrañamente ligero al salir a cubierta, como si me hubieran quitado un peso de los hombros. También sentía que Maud y yo estábamos cada vez más próximos. Y me preguntaba, mientras paseábamos por cubierta, el uno junto al otro, hacia donde el erguido trinquete pendía de la cabria, si ella también sentía eso mismo.

# Treinta y siete

Enseguida nos trasladamos al *Fantasma*, ocupamos nuestros antiguos camarotes y utilizamos la cocina para nuestros guisos. El tener prisionero a Lobo Larsen resultó muy oportuno, porque lo que parecía haber sido el veranillo de San Martín[8] en estas latitudes tan al septentrión había concluido, y comenzaba el tiempo de tormenta y de cellisca. Estábamos muy cómodamente instalados, y el trinquete suspendido de mi no muy perfecta cabria daba a la goleta un aspecto de laboriosidad, como si presagiara una próxima partida.

Y ahora que teníamos a Lobo Larsen entre grilletes, ¡qué poco necesitábamos de todo esto! Lo mismo que el primer ataque, el segundo había tenido consecuencias. Maud lo descubrió aquella misma tarde, cuando trataba de que comiera. Había dado muestras de estar consciente, pero cuando ella le habló no obtuvo respuesta alguna. Reposaba sobre su costado izquierdo en aquel momento, y era claro que sentía grandes dolores. En un desasosiego continuo, giró la cabeza apartando la oreja izquierda de la almohada, contra la que la había tenido apoyada. Tan pronto como la oyó y le contestó algo, Maud vino corriendo a mí.

Oprimí la almohada sobre su oreja izquierda y le pregunté si me oía, pero no contestó. Al apartarle la

---

8. O, con expresión más popular, «del membrillo». *(N. de la T.)*

almohada y repetirle la pregunta, me respondió enseguida que sí.

—¿Sabe que está sordo del oído derecho? —le pregunté.

—Sí —contestó en voz baja, aunque enérgica—, y aún peor que eso. Toda la parte derecha de mi cuerpo está afectada. Parece dormida. No puedo mover el brazo ni la pierna.

—¿Fingiendo otra vez? —pregunté en tono enfadado.

Agitó la cabeza, y su boca severa esbozó la más extraña y torcida sonrisa. Fue en efecto una sonrisa torcida, porque solo sonreía con el lado izquierdo, ya que los músculos faciales de la parte derecha no se movían en absoluto.

—Esta ha sido la última jugada del Lobo —dijo—. Sufro una parálisis, y no volveré a andar. ¡Ah, solo sobre el otro costado! —añadió, como si adivinara la mirada de sospecha que dirigí a su pierna izquierda, cuya rodilla acababa de levantarse moviendo las mantas—. ¡Es una lástima! —continuó—, me habría gustado terminar contigo, Hump. Pensé que aún me quedaban fuerzas.

—Pero ¿por qué? —pregunté entre horrorizado y curioso.

De nuevo su recia boca esbozó una torcida sonrisa, mientras decía:

—¡Oh, precisamente para estar vivo, para vivir y actuar, para ser la porción mayor de fermento hasta el final, para fagocitarme. Pero morir de esta forma...!

Encogió los hombros, o intentó encogerlos, más bien, porque solo se movió su hombro izquierdo. Al igual que la sonrisa, también el encogimiento de hombros era torcido.

—Pero ¿cómo puede explicarse usted esto? —pregunté—. ¿Dónde está la raíz de su enfermedad?

—El cerebro —dijo instantáneamente—. Esas malditas jaquecas han sido las desencadenantes.

—Síntomas —dije.

Meneó la cabeza.

—No tiene ninguna explicación. Nunca en mi vida he estado enfermo. Algo ha debido de enfermar en el cerebro. Un cáncer, un tumor, o algo parecido, algo que devora y destruye. Está atacando mis centros nerviosos, comiéndoselos, poco a poco, célula a célula... con grandes dolores.

—También los centros motores —sugerí.

—Así parece. Pero lo más horrible de todo es que tengo que permanecer aquí echado, consciente, mentalmente incólume, sintiendo que las líneas se están cortando, rompiéndose poco a poco toda comunicación con el mundo exterior. No veo, el oído y el tacto me abandonan, y a este paso pronto dejaré de hablar; y, sin embargo, permaneceré aquí todo este tiempo, vivo, activo, pero impotente.

—Cuando dice que *usted* está aquí, ¿me hace pensar en la posibilidad de un alma? —dije.

—¡Tonterías! —fue su respuesta—. Eso significa sencillamente que en el ataque a mi cerebro los centros nerviosos más importantes están ilesos. Puedo recordar, puedo pensar y razonar. Cuando esto funciona, funciono. No soy yo. ¿El alma?

Estalló en una carcajada burlona, y luego apoyó la oreja izquierda en la almohada, en señal de que no deseaba continuar la conversación.

Maud y yo volvimos a nuestro trabajo, impresionados por la terrible desgracia que se había abatido sobre él —aunque aún no nos percatábamos de todo lo terrible que era—. Se trataba de un atroz y merecido castigo. Nuestros pensamientos eran serios y de preocupación, y apenas levantábamos la voz más que un susurro cuando nos hablábamos.

—Podías quitarme las esposas —me dijo aquella noche, mientras departíamos con él—. Vuestra seguridad es completa. Ahora estoy paralítico. Lo que tendréis que vigilar de ahora en adelante serán las escaras que me produzca el jergón.

Sonrió con su torcida sonrisa, y Maud, con sus ojos espantados del horror, tuvo que volver la cabeza.

—¿Sabe que su sonrisa es siniestra? —le pregunté, pues sabía que era ella la que debía cuidarle, y deseaba que la viera lo menos posible.

—Entonces ya no sonreiré más —dijo con calma—. Ya me imaginaba que algo no iba bien. He tenido entumecida todo el día la mejilla derecha. Sí, ya llevo tres días que lo veía venir. A ratos se me dormía el lado derecho, a veces el brazo o una mano, a veces la pierna o el pie ¿Así que mi sonrisa es siniestra? —preguntó un instante después—. Bueno, haceos a la idea de que de ahora en adelante sonrío interiormente, con el alma, si así preferís, con el alma. Pensad que ahora mismo estoy riendo.

Y por espacio de varios minutos continuó allí tumbado en silencio, dando rienda suelta a sus grotescas fantasías.

El hombre que en él vivía no había cambiado. Era el antiguo, indomable, terrible Lobo Larsen, aprisionado en algún lugar de aquella carne que antaño fue invencible y espléndida. Ahora le sujetaba con invisibles grilletes, encarcelando su alma en la oscuridad y el silencio, apartándola del mundo que para él había sido un torbellino de acción. Ya no volvería a conjugar el verbo «hacer» en ninguno de sus modos ni tiempos. «Ser» era todo cuanto le quedaba; ser, como él mismo había definido la muerte, sin movimiento; querer, pero no ejecutar; pensar, y razonar y seguir vivo como antes espiritualmente, pero muerto, completamente muerto, en la carne.

Y aunque finalmente le quité las esposas, no podíamos adaptarnos a su situación. Nuestra razón lo rechazaba. Para nosotros continuaba teniendo toda su potencialidad. No sabíamos lo que cabía esperar de él al momento siguiente, qué cosa horrible sería capaz de realizar, remontándose por encima de las limitaciones de la carne. La experiencia nos autorizaba a sentir estas preocupaciones, y nos reincorporábamos al trabajo con esta angustia siempre sobre nosotros.

Había resuelto el problema surgido a raíz de la otra altura de la cabria. Merced al cuadernal (había instalado uno nuevo), icé la base del trinquete por encima de la barandilla y luego lo deposité sobre cubierta. A continuación, con la ayuda de la cabria, subí a bordo el botalón de la mayor. Sus trece metros de longitud me proporcionarían la altura necesaria para balancear holgadamente el mástil. Por medio de una jarcia suplementaria que tenía amarrada a la cabria, icé el botalón hasta situarlo en una posición casi perpendicular, luego bajé sus bases sobre cubierta, donde, para evitar que se deslizara, clavé unas enormes cornamusas a su alrededor. Até el motón sencillo de la cabria primitiva al extremo del botalón, y así, llevando esta jarcia al molinete, pude levantar y bajar a mi voluntad el extremo del botalón, manteniendo siempre la base quieta, y con la ayuda de unos vientos la hacía bascular de un lado a otro. En el extremo del botalón había atado una jarcia de elevación; y una vez que estuvo dispuesto todo el aparejo, no pude por menos de asombrarme de la fuerza y la maniobrabilidad que me proporcionaba.

Por supuesto, fueron necesarios dos días de trabajo para llevar a cabo esta parte de mi tarea, y hasta la mañana del tercer día no pude levantar de la cubierta el trinquete y proceder a cuadrar su base para ajustarla a la fogonadura. Aquí sí que me las vi mal. Serré, corté y desbasté la madera sometida a las inclemencias del tiempo hasta que adquirió el aspecto de haber sido roída por un gigantesco ratón. Pero al fin se ajustó.

—Esto funcionará, sé que funcionará —grité.

—¿Conoce cuál es, según el doctor Jordan, la auténtica prueba de la verdad? —me preguntó Maud.

Sacudí la cabeza, y me detuve para desalojar las virutas que se me habían metido por el cuello.

—«¿Podemos hacerlo funcionar? ¿Podemos confiarle nuestras vidas?», esa es la prueba.

—Es uno de sus favoritos —dije.

—Después de desmantelar mi antiguo Panteón, desalojando a Napoleón, a César y sus compañeros, erigí de inmediato un nuevo Panteón —contestó toda seria—, y al primero que instalé fue al doctor Jordan.

—Un héroe moderno.

—Y precisamente por ser moderno es mayor —añadió—. ¿Cómo van a poderse comparar los héroes de la Antigüedad con los nuestros?

Asentí con la cabeza. Éramos muy parecidos en muchas cosas para discutir. Nuestros puntos de vista y nuestras perspectivas sobre la vida, al menos, eran muy similares.

—Para ser una pareja de críticos, nos entendemos de maravilla —sonreí.

—Y también como carpintero y eficaz aprendiz —añadió devolviéndome la sonrisa.

Pero había poco tiempo para risas aquellos días a causa del duro trabajo que teníamos y de la horrible muerte en vida de Lobo Larsen.

Había sufrido otro ataque. Había perdido la voz, o estaba perdiéndola. Solo a ratos hacía uso de ella. Como él mismo había dicho, los hilos de comunicación eran como las acciones de bolsa, a veces subían, a veces bajaban. En ocasiones los hilos estaban en alza y entonces hablaba como siempre había hablado, aunque despacio y pesadamente. Luego el habla se le iba bruscamente, a veces en mitad de una frase, y durante horas en ocasiones esperábamos a que se reanudara la conexión. Se quejaba de grandes dolores de cabeza, y fue por entonces cuando dispusimos un sistema de comunicación previendo el momento en que perdiera por completo el habla: un apretón de manos para decir «sí», y dos para «no». Fue muy oportuno llegar a este sistema, porque por la tarde perdió la voz por completo. A partir de ese momento respondía a nuestras preguntas mediante apretones de mano, y si deseaba hablar, garrapateaba con la mano izquierda su pensamiento, bastante legible, sobre una hoja de papel.

El crudo invierno se nos había echado encima. Un temporal seguía a otro temporal, con nieve, cellisca y lluvia. Las focas habían iniciado su gran migración al sur, y la colonia se había quedado prácticamente desierta. Yo trabajaba febrilmente, a despecho del mal tiempo y de lo que me entorpecía sobre todo el viento. Me pasaba en cubierta desde el amanecer hasta que oscurecía, y hacía sustanciales progresos.

Saqué gran provecho de lo que había aprendido levantando la cabria y de haberla tenido que desmontar para fijarle los vientos. Até en la punta del trinquete, después de subirlo a una altura conveniente sobre cubierta, el aparejo, los estáis y las drizas de boca y de puño. Como de costumbre, yo había subestimado la magnitud de la tarea a realizar en esta fase del trabajo, y se necesitaron dos largos días para acabarla. Y quedaba tanto por hacer... las velas, por ejemplo, que prácticamente había que hacerlas desde el principio.

Mientras me afanaba en aparejar el trinquete, Maud cosía las velas, siempre dispuesta a dejarlo todo y venir en mi ayuda cuando hacían falta más de dos manos. El paño era duro y recio, y ella lo cosía con el rempujo corriente de los marineros y la aguja triangular de barro. Pronto tuvo sus manos llenas de ampollas, pero seguía trabajando con mucho ánimo, además de cocinar y cuidar al enfermo.

—¡Me importa un bledo la superstición! —dije el viernes[9] por la mañana—. Este mástil va a quedar plantado hoy.

Todo estaba listo para hacer el intento. Llevando la jarcia del botalón al molinete, icé el mástil hasta casi que dejara de rozar la cubierta. Aseguré esta jar-

---

9. Nuestro martes y trece. *(N. de la T.)*

cia, llevé al molinete la jarcia de la cabria (que estaba atada al extremo del botalón) y con unas cuantas vueltas conseguí separar el mástil y ponerlo perpendicular a la cubierta.

Maud aplaudió tan pronto dejó de tener que sujetar la vuelta del cabo, y dijo a gritos:

—¡Funciona! ¡Funciona! ¡Le confiaremos nuestras vidas!

Después adoptó una expresión de pesar.

—¡No está encima del agujero! —dijo—. ¿Tendrá que empezar de nuevo?

Yo sonreí con aire de superioridad, y soltando uno de los vientos del botalón y recogiendo otro, situé el mástil exactamente en el centro de la cubierta. Aún no estaba encima del agujero. De nuevo afloró en su rostro una expresión de pesar, y de nuevo sonreí con aire de superioridad. Soltando la jarcia del botalón, y halando igual cantidad en la jarcia de la cabria, llevé la base del mástil a la posición justamente encima del agujero de cubierta. Luego di a Maud precisas instrucciones sobre cómo aflojar y me bajé a la bodega de la goleta, al agujero de la fogonadura. Le di una voz y el mástil se desplazó con suavidad y precisión. La base cuadrangular del mástil descendió directamente al agujero cuadrado de la fogonadura. Pero mientras descendía, sufrió un leve giro, de suerte que el cuadrado no encajaba en la base cuadrada. Pero no dudé ni un instante. Grité a Maud que dejara de aflojar, subí a cubierta y aseguré el cuadernal al mástil mediante un giro. Dejé a Maud tirando de la cuerda mientras me volvía abajo. A la luz de la linterna vi cómo la base giraba despacio, hasta que sus lados coincidieron con los lados de la fogonadura. Maud lo ató y regresó al molinete. La base descendió lentamente, centímetro a centímetro, girando al mismo tiempo levemente otra vez. De nuevo Maud corrigió el giro con ayuda del cuadernal, y de nuevo aflojó el molinete. Un cuadrado encajó en el otro cuadrado. El mástil ya estaba plantado.

Lancé un grito, y ella corrió abajo a verme. A la macilenta luz de la linterna contemplamos nuestra obra rematada. Nos miramos, y nuestras manos se buscaron hasta juntarse. Ambos teníamos los ojos, creo, húmedos por la alegría de nuestro éxito.

—Después de todo, ha sido sencillo hacerlo —hice notar—. Lo que más trabajo ha supuesto han sido los preparativos.

—Y lo más maravilloso es que está acabado —añadió Maud—. Difícilmente puedo creerme que este inmenso mástil esté realmente en alto; que usted lo haya sacado del agua, izado en el aire y depositado en su sitio. Es una empresa de titanes.

—Y los náufragos hicieron por sí mismos muchos descubrimientos... —empecé alegremente cuando, de pronto, me paré para olfatear el aire.

Miré rápidamente a la linterna. No había humo. De nuevo olfateé.

—Algo se está quemando —dijo Maud súbitamente convencida.

Saltamos los dos al mismo tiempo hacia la escalera, pero la adelanté camino de la cubierta. Una densa columna de humo salía de la escalera del entrepuente.

—El Lobo aún no está muerto —murmuré para mis adentros mientras saltaba en medio de la humareda.

Era tan espeso en aquel espacio tan reducido que me vi obligado a ir tanteando el camino. Y la imagen de Lobo Larsen estaba tan firmemente impresa en mi imaginación, que no me hubiera sorprendido que aquel gigante, a pesar de hallarse inválido, me cogiera por el cuello y me estrangulara.

Vacilé y casi me dominó el deseo de retroceder el camino y regresar a cubierta. Entonces pensé en Maud. Se me representó tal y como acababa de verla a la luz de la linterna en la bodega de la goleta, con sus marrones ojos, cálidos y húmedos de alegría, lanzando destellos frente a mí, y comprendía que no podía retroceder.

Cuando llegué a la litera de Lobo Larsen, me encontraba ahogado, asfixiado. Adelanté la mano para buscarle. Yacía inmóvil, aunque se movió ligeramente al contacto con mi mano. Palpé por encima y por debajo de las mantas. No había calor ni señales de fuego. Sin embargo, aquel humo que me cegaba y me hacía toser y jadear debía tener un origen. Por un momento perdí la cabeza y corrí frenéticamente hacia el entrepuente. Al colisionar con una mesa, me quedé parcialmente sin aliento y me hizo volver en mí. Me dije que un inválido solo puede provocar un incendio en las proximidades de donde yace.

Regresé a la litera de Lobo Larsen, y encontré allí a Maud. No podía adivinar cuánto tiempo llevaba en aquella sofocante atmósfera.

—¡Suba a cubierta! —le ordené conminatoriamente.

—¡Pero Humphrey! —comenzó a replicar con voz débil y carraspeante.

—Por favor, por favor —le grité bruscamente.

Se alejó toda obediente y entonces se me ocurrió, ¿y si no encuentra la salida? Eché a caminar detrás de ella, y me detuve al pie de la escalera. Tal vez estuviera ya arriba. Mientras me hallaba allí, dubitativo, oí su grito amortiguado:

—¡Humphrey, me he perdido!

La encontré golpeándose contra la pared frente al mamparo, y guiándola, casi arrastrándola, la subí escaleras arriba. El aire puro fue como néctar. Maud solo se hallaba desvanecida; la dejé echada sobre cubierta y me volví a zambullir en la bodega.

El origen del fuego debía de estar muy cerca de Lobo Larsen —fue lo que mi mente calculó—, y me dirigí directamente a su litera. Mientras palpaba entre sus mantas, algo caliente cayó sobre el dorso de mi mano. Me quemó y aparté la mano. Entonces comprendí. A través de las rendijas del fondo de la litera de arriba había prendido fuego al colchón. Aún conservaba suficiente fuerza en su brazo izquierdo para hacerlo. La húmeda paja del colchón, prendida desde abajo y sin tener salida de aire, había estado incandescente todo este tiempo.

Al sacar el colchón de la litera, pareció desintegrarse en mitad del aire, ardiendo entre llamas al mismo tiempo. Apagué los rescoldos de paja que aún ardían en la litera y me salí a toda prisa a cubierta buscando aire puro.

Varios cubos de agua bastaron para apagar el colchón, que seguía ardiendo en el suelo del centro del entrepuente. Diez minutos más tarde, cuando el humo se había disipado por completo, permití a Maud bajar. Lobo Larsen estaba inconsciente, pero en cuestión de minutos el aire puro le reanimó. Estábamos atendiéndolo, sin embargo, cuando nos dio a entender por una señal que quería papel y lápiz.

—Les ruego que no me interrumpan —escribió—. Estoy sonriendo. Aún sigo siendo un poco de fermento, como ven —escribió un poco más tarde.

—Me alegro de que ahora sea una porción tan ínfima —dije.

—Gracias —escribió—. Pero piense cuánto más pequeña seré antes de morir. Y, sin embargo, continúo aquí, Hump —escribió con una rúbrica al final—. Ahora pienso con mayor clarividencia que nunca antes en mi vida. Nada me molesta. La concentración es perfecta. Todo mi yo está aquí, y más que aquí.

Era como un mensaje desde las sombras de ultratumba. Porque el cuerpo de aquel hombre se había convertido en su propio mausoleo. Y allí, en tan extraña sepultura, su espíritu palpitaba y vivía. Palpitaría y viviría hasta que se interrumpiera la última línea de comunicación; y después de esto, ¿quién podría calcular cuánto tiempo continuaría palpitando y viviendo?

# Treinta y ocho

—Me parece que estoy perdiendo el lado izquierdo —escribió Lobo Larsen la mañana siguiente a su tentativa de incendiar el barco—. El entumecimiento aumenta. Apenas puedo mover la mano. Tendréis que hablar más alto. Las últimas líneas se están cortando.

—¿Siente dolor? —pregunté.

Me vi obligado a repetir la pregunta en voz más alta para que me contestara.

—No siempre.

Su mano izquierda resbaló lenta y penosamente sobre el papel, y solo con extrema dificultad pudimos descifrar los garabatos. Parecía un «mensaje de los espíritus», de esos que se dictan en las sesiones de espiritismo a dólar la entrada.

—Pero todo mi yo está aquí, completamente aquí —garabateó, la mano más lenta y penosamente que nunca.

Se cayó el lápiz, y tuvimos que volvérselo a colocar en la mano.

—Cuando no tengo dolores, disfruto de una paz y una quietud completas. Jamás había pensado con tanta clarividencia. Recapacito sobre la vida y la muerte igual que un sabio hindú.

—¿Y la inmortalidad? —le preguntó Maud a voces en su oído.

Por tres veces intentó escribir su mano, pero resbaló desesperadamente. El lápiz se cayó. En vano intentamos volvérselo a poner. Los dedos no se cerraban sobre él. Entonces Maud se los apretó y comprimió en torno al lápiz ayudándose con su propia mano; y la mano escribió, en grandes letras, y tan lentamente que cada letra le llevó varios minutos:

—¡TONTERÍAS!

Esta fue la última palabra de Lobo Larsen, «tonterías», escéptico e irreductible hasta el final. El brazo y la mano se relajaron. El tronco del cuerpo se agitó ligeramente. Luego ya no hubo más movimiento. Maud soltó su mano. Los dedos se abrieron un poco, cediendo a su propio peso, y el lápiz rodó lejos.

—¿Puede oírme todavía? —grité, sosteniendo sus dedos, en espera del apretón solitario que significaba «sí». Pero no hubo respuesta. La mano estaba muerta.

—Me ha parecido ver un ligero movimiento de sus labios —dijo Maud.

Repetí la pregunta. Los labios se movieron. Ella puso las yemas de sus dedos sobre ellos. Repetí la pregunta.

—Sí —anunció Maud. Nos miramos el uno al otro con expectación.

—¿De qué vale esto? —pregunté—. ¿Qué le podemos decir ahora?

—¡Oh, pregúntele!...

Maud titubeó.

—Pregúntele algo a lo que tenga que contestar «no» —sugerí—. Así lo sabremos con seguridad.

—¿Tiene hambre? —le preguntó ella.

Los labios se movieron bajo sus dedos, y ella contestó.

—Sí.

—¿Quiere tomar algo de carne? —fue su siguiente pregunta.

—No —interpretó ella que dijo.

—¿Consomé?

—Sí, quiere consomé —dijo ella en voz baja, mirándome—. Mientras le funcione el oído, podremos comunicarnos con él. Después...

Me dirigió una mirada extraña. Vi que sus labios temblaban y que sus ojos se llenaban de lágrimas. Se inclinó hacia mí y la cogí entre mis brazos.

—¡Oh, Humphrey! —gimió—, ¿cuándo va a terminar todo esto? ¡Estoy tan cansada, tan cansada!

Enterró su cabeza entre mis hombros, y su frágil cuerpo se agitó en una tormenta de llanto. Era como una pluma en mis brazos, igual de liviana y etérea.

«Al final se ha derrumbado —pensé—. ¿Qué puedo hacer sin su ayuda?»

La consolé y reconforté, hasta que se recobró y se recuperó con la misma entereza de ánimo con que solía hacerlo de su agotamiento físico.

—Debería estar avergonzada de mí misma —dijo; y luego añadió con esa sonrisa extraña que yo adoraba—, pero soy solo una frágil mujer.

La expresión «una frágil mujer» me sacudió como una descarga eléctrica. Era una expresión muy mía, mi frase secreta, preferida, mi frase de amor al referirme a ella.

—¿Dónde aprendió esa expresión? —pregunté con tal brusquedad que fue ella ahora la que se sobresaltó.

—¿Qué expresión? —preguntó.

—«Una frágil mujer.»

—¿Es suya? —me preguntó.

—Sí —contesté—, mía. La acuñé yo.

—Pues debe usted de haberla dicho mientras dormía —sonrió.

El rutilante y trémulo brillo asomó a sus ojos. Los míos, estoy seguro, hablaron más allá del deseo de mi lengua. Me incliné hacia ella. Involuntariamente, me incliné hacia ella igual que un árbol vencido por el viento. ¡Ah, qué próximos estuvimos en aquel momento! Pero ella sacudió la cabeza como quien se sacude de encima el sueño o una ensoñación, mientras decía:

—La conozco de toda la vida. Esa es la expresión con que mi padre llamaba a mi madre.

—Pero también es una expresión mía —dije obstinadamente.

—¿Para su madre?

—No —contesté. Y ya no volvió a preguntar, aunque podría yo haber jurado que en sus ojos apareció una expresión divertida y burlona, que duró unos instantes.

Plantado el trinquete, el trabajo continuó ahora intensamente. Casi antes de darme cuenta, y sin un solo contratiempo serio, tuve instalado el palo mayor. Una grúa aparejada sobre el trinquete lo llevó a efecto. Al cabo de unos días todos los estáis y obenques estaban en su sitio y todo el aparejo tensado. Las gavias habrían supuesto un estorbo y un peligro para una tripulación de solo dos personas, así que arrié los masteleros y los amarré sobre cubierta.

Algunos días más empleamos en rematar las velas y envergarlas. Eran solo tres: el foque, la vela de trinquete y la mayor. Remendadas, acortadas y deformadas eran como un traje ridículo y mal sentado para un barco tan elegante como el *Fantasma*.

—¡Pero funcionarán! —gritó llena de júbilo Maud—. Las haremos funcionar y les confiaremos nuestras vidas.

Es verdad que de entre mis nuevos oficios, en el que menos destacaba era en el de fabricar velas. Más fácil me resultaba gobernarlas que construirlas, y no desconfiaba en mi capacidad de llevar la goleta hasta algún puerto al norte de Japón. De hecho había estudiado a fondo la navegación en todos los libros de a bordo que trataban esta materia; además contábamos con la escala celeste de Lobo Larsen, un invento tan sencillo que hasta un niño lo podría utilizar.

En cuanto a su inventor, aparte de su progresiva sordera y el movimiento de sus labios cada vez más débil, había sufrido pocos cambios en su situación durante esta semana. El día que terminamos de envergar las velas de la goleta perdió la audición que le quedaba y se extinguió el último movimiento de sus labios. Aunque no antes de que yo le preguntara:

—¿Está todo usted ahí? —y sus labios me hubieran respondido:

—Sí.

Las últimas líneas se habían cortado. En algún rincón del interior de aquella tumba de carne aún seguía viva el alma de aquel hombre. Emparedada entre viviente arcilla continuaba ardiendo aquella fiera inteligencia que habíamos conocido, pero ardía en silencio y en la oscuridad. Era algo incorpóreo. Para aquella inteligencia no existía el conocimiento objetivo de un cuerpo. No conocía cuerpo alguno. Incluso el mismo mundo no existía. Solo se conocía a sí misma y la inmensidad y profundidad de la quietud y de las tinieblas.

# Treinta y nueve

El día de nuestra partida llegó. Ya no había nada que nos retuviera por más tiempo en La Esforzada. Los achaparrados mástiles del *Fantasma* estaban plantados, y sus estrafalarias velas, envergadas. El conjunto de mi obra de artesanía era sólido, aunque no muy hermoso. Y estaba seguro de que funcionaría, y me sentí un hombre capaz al mirarla.

«¡Lo he hecho, lo he hecho. Lo he hecho con mis propias manos!», deseé gritar con todas mis fuerzas.

Pero Maud y yo habíamos desarrollado una capacidad de expresar los pensamientos del otro, y fue ella quien dijo mientras nos diponíamos a izar la mayor:

—¡Pensar, Humphrey, que lo ha hecho usted todo con sus propias manos!

—Hubo otras dos manos —contesté—. «Dos frágiles manos», y no me diga ahora que esa es también una expresión que usaba su padre.

Sonrió, sacudió la cabeza y alzó las manos para mirárselas.

—Nunca las volveré a tener limpias —se lamentó—, ni podré suavizar los efectos de la intemperie.

—La suciedad y la aspereza de la intemperie serán su mayor motivo de honra —dije, sosteniéndoselas entre las mías; y a pesar de mis buenos propósitos, habría besado aquellas dos queridas manos de no haber sido porque ella las apartó rápidamente.

Nuestra camaradería se estaba haciendo cada vez más trémula. Yo había logrado dominar mi amor largo tiempo y con éxito, pero ahora era él mi dueño. Me había desobedecido deliberadamente haciendo hablar a mis ojos y ahora se estaba adueñando de mi lengua, y ¡ay!... también de mis labios, que en este momento estaban locos por besar aquellas dos frágiles manos que con tanta fe y entusiasmo habían trabajado. Yo también estaba loco. Había en el interior de mi ser un grito de clarines que me lanzaban hacia ella. Y sobre mí soplaba sin que yo me diera cuenta un viento imposible de resistir, que inclinaba mi cuerpo hasta rozar el suyo. Y ella lo sabía. No podíamos menos de saberlo, pues retiró rápidamente las manos, aunque no pudo evitar una fugaz e inquisitiva mirada antes de apartar los ojos.

Con la ayuda de los aparejos de cubierta, conseguí llevar las drizas hasta el molinete; y luego, icé la vela mayor, pico y boca a un mismo tiempo. Era un método algo tosco, pero que se hacía en un momento, y pronto también la vela del trinquete estuvo izada y flameante.

—Disponiendo de tan poco espacio, no vamos a poder recoger esa ancla cuando se haya separado del fondo —dije—, porque nos iríamos antes contra las rocas.

—¿Qué puede hacer? —preguntó.

—Soltarla —fue mi respuesta—. Y cuando yo lo haga tendrá que ejecutar su primera maniobra en el molinete. Yo iré a toda prisa al timón, y al mismo tiempo usted tendrá que estar izando el foque.

Yo había estudiado y ensayado esta maniobra de zarpar una veintena de veces; como la driza del foque estaba amarrada al molinete, seguro que Maud sería capaz de izar aquella vela que era indispensable. Una brisa fresca soplaba hacia el interior de la cala, y aunque el agua estaba tranquila, era necesario efectuar la faena rápidamente para poder salir sin daño.

Cuando solté el perno del ancla, la cadena cayó tronando por el escobén al mar. Corrí a popa e hice girar el timón a barlovento. El *Fantasma* pareció renacer a la vida cuando se escoró con sus velas hinchadas por primera vez. El foque iba subiendo, y mientras iba tomando viento, la proa del *Fantasma* saltó hacia adelante, y tuve que rebajar algunas cabillas en el timón para mantenerlo en rumbo.

Había inventado una escota para el foque que lo cazaba automáticamente, a fin de que Maud no tuviese necesidad de atender esta faena; pero aún estaba ella halando el foque cuando tuve que poner el timón todo a sotavento. Fueron momentos de ansiedad porque el *Fantasma* embicaba derecho hacia la playa, de la que solo distaba un tiro de piedra. Pero la goleta viró obedientemente sobre su quilla, y se puso en viento. Se produjo un fuerte flamear y entrechocar de lienzos y rizos, que mis oídos acogieron con júbilo, y luego la goleta salió con las velas henchidas a la siguiente bordada.

Maud había concluido su tarea y vino a popa para sentarse a mi lado. Tocada con una gorra pequeña sobre su cabello batido por el viento, las mejillas sonrosadas por el ejercicio físico, y sus ojos abiertos y brillantes por la excitación, las aletas de la nariz dilatadas por la violencia y la mordedura del salobre y puro viento. Sus marrones ojos parecían los de un ciervo asustado. Había en ellos una mirada penetrante y aguda como nunca antes la había visto; los labios entreabiertos y la respiración contenida mientras el *Fantasma* se precipitaba contra la pared de rocas de la entrada de la cala del interior, viraba proa al viento y salía a mar abierto.

Mi anterior empleo de segundo en los campos de cazar focas me resultó de mucha utilidad. Abandoné la cala interior y recorrí un buen tramo a lo largo de la playa de la cala de fuera. De nuevo viré y el *Fantasma* puso proa al mar abierto. La goleta bogaba ahora al impulso de los palpitantes pechos del océano, como si ella misma perdiera aliento ante el recurrente ritmo, mientras se deslizaba y cabeceaba blandamente montada sobre las olas que refluían en sentido contrario. El día había empezado nublado y triste, pero ahora el sol irrumpió entre las nubes, como un presagio favorable, y brillaba sobre las curvas de aquellas playas en las que Maud y yo habíamos desafiado a los dueños del harén y habíamos matado a los *holluschickie*. La Esforzada refulgía en toda su extensión bajo los rayos del sol. Incluso el siniestro promontorio del sudoeste parecía menos siniestro, y aquí y allá, donde quiera que la espuma del mar humedecía su superficie, se alzaban luces relampagueantes que hacían guiños al sol.

—Siempre me acordaré de ella con orgullo —dije a Maud.

—¡Querida, querida isla, La Esforzada! ¡Siempre te amaré!

—Yo también —añadí instantáneamente.

Pareció que nuestros ojos iban a confluir en un gran abrazo de compenetración, pero, reluctantes, se desviaron y no confluyeron.

Luego hubo un silencio que me atrevería a llamar embarazoso, hasta que lo rompí diciendo:

—Mire esos negros nubarrones por barlovento. ¿Recuerda que anoche le dije que el barómetro estaba bajando?

—El sol se ha ocultado —dijo, con sus ojos todavía fijos en nuestra isla, en la que habíamos demostrado nuestro dominio sobre la materia, y donde habíamos alcanzado la más auténtica camaradería que puede darse entre hombre y mujer.

—Ya es tiempo de soltar las escotas rumbo a Japón —exclamé alegremente.

—Un viento favorable y un paño que ondee es cuanto necesitamos para que esto marche.

Dejando el timón, corrí a proa, aflojé las velas del trinquete y del palo mayor, halé las jarcias del botalón y lo preparé todo para que el viento nos cogiera por el cuadrante. Era una brisa fresca, muy fresca, pero yo estaba decidido a correr aceptando el desafío. Desgraciadamente, cuando se navega con todas las velas, es imposible soltar el timón, de modo que se me presentaba una guardia para toda la noche. Maud insistía en relevarme, pero había quedado claro que no tenía fuerza suficiente para llevar el timón cuando el mar está picado, aunque hubiera adquirido la maestría necesaria para ello en tan corto espacio de tiempo. Parecía descorazonada al darse cuenta de ello, pero recuerdo su buen humor adujando aparejos, drizas y toda suerte de cabos extraviados. Además había que preparar en la cocina la comida, hacer las camas, atender a Lobo Larsen; acabó la jornada haciendo zafarrancho del camarote a la bodega.

Pasé al timón toda la noche, sin descansar, con un viento que aumentaba poco a poco pero sin cesar, y un mar que se iba encrespando. A las cinco de la mañana Maud me trajo café caliente y unas galletas que ella misma había hecho, y a las siete un copioso y humeante desayuno me devolvió la vida.

Durante todo el día, y tan lenta pero incesantemente como siempre, el viento continuó arreciando. Era impresionante su pertinaz decisión de soplar, y soplar más fuerte, y seguir soplando. El *Fantasma* seguía corriendo, devorando kilómetros, hasta el extremo de que calculaba que íbamos al menos a once nudos. La situación era demasiado buena para no aprovecharla, pero a la caída de la noche me encontraba exhausto. Aunque mi forma física era excelente, una sesión de treinta y seis horas al timón era el límite de mi resistencia. Además, Maud me suplicaba que nos pusiéramos al pairo, pero yo sabía que si el viento y el mar continuaban incrementándose en la misma proporción durante la noche, me resultaría imposible ponerme al pairo. Así que cuando oscureció del todo, feliz y no sin recelo al mismo tiempo, puse al *Fantasma* pico al viento.

Pero yo no había caído en la cuenta de la colosal tarea que supone para un solo hombre recoger los rizos a tres velas. Mientras anduvimos a favor del viento, no supe apreciar su fuerza, pero cuando dejamos de correr, bien que me enteré, para mi pesar y también para desesperación mía, con qué fiereza soplaba en realidad. El viento frustraba todos mis esfuerzos, me atrancaba el lienzo de las manos y deshacía en un instante lo que había conseguido en diez minutos de encarnizada lucha. A las ocho en punto solo había logrado poner la segunda fila de rizos a la vela del trinquete. A las once no había avanzado mucho más. La sangre me caía a gotas de las yemas de los dedos y las uñas estaban rotas de raíz. De puro dolor y agotamiento me eché a llorar en la oscuridad, en secreto, a fin de que Maud no se enterara.

Luego, desesperado, desistí de mi intento de coger los rizos a la mayor y me decidí a intentar ponerme al pairo con la vela del trinquete bien rizada. Necesité tres horas para plegar la mayor y el foque, y a las dos de la madrugada, casi muerto, sintiendo que la vida casi se escapaba y me abandonaba, apenas me quedó conciencia para verificar que el experimento resultó un éxito. La vela del trinquete fuertemente rizada aguantó bien. El *Fantasma* se ciñó muy de cerca al viento sin mostrar propensión a caer de costado en el abismo.

Estaba muerto de hambre, pero fueron vanos los intentos de Maud por hacerme comer. Daba cabezadas con la boca llena de comida. Me quedaba dormido mientras ella me acercaba la comida a la boca, y era un suplicio el despertarme y ver que su intento aún no había concluido. Tan desesperadamente dormido estaba que ella se vio obligada a sostenerme en la silla para evitar que me cayera con las violentas sacudidas de la goleta. No recuerdo nada del trayecto que va de la cocina al camarote. Era como un sonámbulo al que Maud guiaba y sostenía. En realidad, no me di cuenta de nada hasta que desperté, no puedo ni imaginar después de cuánto tiempo, en mi litera y descalzo. Era de noche. Estaba entumecido y rígido, y lloraba de dolor cada vez que las ropas de la cama tocaban las yemas de mis pobres dedos.

Evidentemente, aún no había amanecido, de modo que cerré los ojos y me puse a dormir otra vez. Yo no lo sabía, pero había estado durmiendo más de doce horas y se había hecho de noche otra vez.

Me volví a despertar, disgustado por no poder volver a conciliar mejor el sueño. Encendí una cerilla y miré el reloj. Marcaba medianoche. ¡Y yo me había ido de cubierta a las tres de la anterior madrugada! Poco tenía que devanarme los sesos para imaginar la solución. No era extraño que mi sueño fuera entrecortado. ¡Había dormido veintiuna horas! Permanecí atento unos minutos a la conducta del *Fantasma*, al embate de las olas y al amortiguado rugido del viento sobre cubierta; luego me di media vuelta de costado y me dormí plácidamente hasta la mañana.

Cuando me levanté a las siete, no vi por ningún sitio a Maud, y deduje que estaría en la cocina preparando el desayuno. Ya en cubierta, me encontré con que el *Fantasma* navegaba espléndido bajo el velamen remendado por ella. En la cocina, aunque había fuego encendido y agua hirviendo, no estaba Maud.

La encontré en el entrepuente, junto a la litera de Lobo Larsen. Dirigí mis ojos a él, al hombre que se había precipitado desde el más alto cénit de la existencia hasta quedar enterrado vivo, peor que la muerte misma. Había en su inexpresivo rostro un relajamiento que era nuevo. Maud me miró y comprendí.

—Su alma ha volado durante la tormenta —dije.

—Pero él aún vive —contestó ella, con una fe infinita en sus palabras.

—Su fuerza era excesiva.

—Sí —dijo ella—, pero ahora ya no lo aprisiona. Es un espíritu libre.

—Es un espíritu libre, sin duda —contesté; y tomándola de la mano me la llevé a cubierta.

La tormenta desapareció aquella noche, lo que quiere decir que fue amainando tan lentamente como había ido formándose. A la mañana siguiente, después del desayuno, cuando arrastré el cuerpo de Lobo Larsen a cubierta presto para el sepelio, aún soplaba recia y había un fuerte oleaje. La cubierta estaba de continuo recubierta de agua, que se colaba por encima de la barandilla y por los imbornales. El viento sacudió la goleta con una repentina ráfaga, y se escoró hasta sepultar en el agua la barandilla de sotavento, mientras que el silbido del aparejo adquiría la intensidad de un alarido. Estábamos con agua hasta la rodilla cuando me descubrí la cabeza.

—Solo recuerdo una parte de la ceremonia —dije—, y es: «Y el cuerpo será arrojado al mar».

Maud me miró, entre sorprendida y escandalizada. Pero sobre mí pesaba intensamente la escena de algo que había presenciado antes, y que me impulsaba a practicar con Lobo Larsen el mismo triste ceremonial que Lobo Larsen había prestado no hacía mucho a otro hombre. Levanté la tapa de la escotilla y el cuerpo envuelto en una lona se hundió en el mar con los pies por delante. El lastre de hierro lo arrastró al fondo. Desapareció.

—¡Adiós, Lucifer, orgulloso espíritu! —murmuró Maud en voz baja, tan baja que el sonido del viento la ahogó; aunque yo me percaté del movimiento de sus labios y lo comprendí.

Cuando, asidos a la barandilla de sotavento, nos trasladábamos a popa, miré casualmente a sotavento. En ese instante el *Fantasma* había escalado la cresta de una ola, y percibí con toda claridad un pequeño vapor a tres o cuatro kilómetros de distancia, balanceándose y cabeceando proa al mar, cada vez más cerca de nosotros. Estaba pintado de negro, y según lo que yo había oído a los cazadores acerca de sus hazañas de caza furtiva, lo reconocí como un patrullero anticontrabando de los Estados Unidos. Se lo señalé a Maud y a toda prisa la conduje hasta popa, a la protección de la toldilla.

Eché a correr hacia la bodega al pañol de las banderas, cuando me acordé de que al aparejar el *Fantasma* había olvidado confeccionar una driza de banderas.

—No necesitamos señal de socorro —dijo Maud—, solo tendrán que vernos.

—Estamos salvados —dije sobria y solemnemente. Y luego, en una explosión de júbilo—: No sé a ciencia cierta si estar contento o no.

La miré. Nuestros ojos no rehuyeron encontrarse. Nos inclinamos el uno hacia el otro, y antes de que me diera cuenta, la había rodeado con mis brazos.

—¿Tengo que...? —pregunté.

Ella contestó:

—No es que sea una obligación, aunque oírlo sería dulce, tan dulce.

Sus labios avanzaron al encuentro de los míos, y no sé por qué extraño capricho de la imaginación, pasó como un relámpago por mi mente la escena en el camarote del *Fantasma*, cuando ella había apretado sus dedos suavemente contra mis labios y me había dicho:

—¡Silencio, silencio!

—¡Mi mujer, mi frágil mujer! —dije, mientras mi mano libre acariciaba su espalda como todos los amantes saben hacer sin haberlo aprendido en ninguna escuela.

—¡Amor mío! —dijo ella, mirándome por un instante con los párpados trémulos, que se bajaron para velar sus ojos; al mismo tiempo apoyaba su cabeza contra mi pecho con un leve suspiro de felicidad.

Miré al patrullero. Cada vez más cerca. Estaban izando un bote.

—Un beso, amor mío —susurré—. Otro beso más, antes de que lleguen.

—Y nos rescaten de nosotros mismos —completó la frase ella, con la más adorable de las sonrisas, y la más enigmática que yo jamás había visto, porque encerraba el enigma del amor.

# Índice